Katie Ganshert

# DAS MOTEL DER VERGESSENEN TRÄUME

Katie Ganshert

# Das Motel der vergessenen Träume

francke

**Über die Autorin:**
Katie Ganshert war Lehrerin, bis ihr der Durchbruch als Romanautorin gelang. Sie ist verheiratet und hat zwei Kinder. Für „Das Motel der vergessenen Träume" bekam sie in den USA einen Preis für den besten zeitgenössischen christlichen Roman des Jahres verliehen.

Bibliografische Information der Deutschen Nationalbibliothek
Die Deutsche Nationalbibliothek verzeichnet diese Publikation in der Deutschen Nationalbibliografie; detaillierte bibliografische Daten sind im Internet über http://dnb.dnb.de abrufbar.

ISBN 978-3-86827-709-8

Originally published in English under the title
*The Art of Losing Yourself*
Published by WaterBrook Press, 12265 Oracle Boulevard, Suite 200,
Colorado Springs, Colorado 80921
This translation published by arrangement with
WaterBrook Multnomah, an imprint of the Crown Publishing Group,
a division of Penguin Random House LLC, USA

Deutsch von Dorothee Dziewas
Umschlagbild: © fotolia.com / Connor Evans
© iStockphoto.com / Warrengoldswain
Umschlaggestaltung: Verlag der Francke-Buchhandlung GmbH
Satz: Verlag der Francke-Buchhandlung GmbH
Printed in Czech Republic

www.francke-buch.de

*Für Salima, mein überaus tapferes kleines Mädchen.*
*Deine Mutter zu sein, ist eine der größten Ehren, die mir diesseits der Ewigkeit geschenkt wird. Komme, was wolle – Gott schreibt eine wunderbare Geschichte für dein Leben.*

Einmal wurde ich vom Herrn ergriffen und hatte eine Vision. Darin hob mich Gottes Geist empor und brachte mich in ein weites Tal, das mit Totengebeinen übersät war. Dann führte er mich durch die ganze Ebene, und ich sah dort unzählige Knochen verstreut liegen. Sie waren völlig vertrocknet. Gott fragte mich: „Du Mensch, können diese Gebeine je wieder lebendig werden?" Ich antwortete: „Herr, mein Gott, das weißt du allein!"

*Hesekiel 37,1-3 (Hoffnung für alle)*

# Prolog

*Carmen*

Die Krankenschwester schob mich einen Gang hinunter und durch eine Tür in den kleinen Aufwachraum, in dem mein Mann saß und wartete. Sobald wir ins Zimmer kamen, stand er auf.

„Ihre Frau ist ziemlich müde, aber wach. Sie muss aufstehen und herumlaufen können, bevor Sie gehen dürfen."

„Hat sie Schmerzen?", wollte Ben wissen.

Ich schloss die Augen und tat so, als würde ich schlafen.

„Eigentlich dürfte sie keine haben."

Die Tür schloss sich.

Ben kam an mein Bett und umfing meine kalte, leblose Hand mit seinem festen Griff, so als hoffte er, ich würde näher bei ihm bleiben, je fester er mich hielt. Aber es war zu spät. Ich war bereits fort.

Als die Krankenschwester einige Zeit später wiederkam, trat Ben zurück. Sie rüttelte mich ein wenig an der Schulter und ermunterte mich erst, mich aufzusetzen, dann aufzustehen und anschließend durchs Zimmer zu gehen. Und dann entließen sie mich einfach – als würde die Tatsache, dass ich aufstehen und herumlaufen konnte, bedeuten, dass es mir jetzt besser ging.

Auf dem Weg hinaus war Ben sichtlich um mich besorgt. Sein Blick brannte mehr auf meinem Gesicht als die Sonne Floridas. Seit die Schwester mich ins Zimmer geschoben hatte, waren seine Augen nicht von mir gewichen. Ich hatte ihn noch immer nicht angesehen. Er öffnete mir die Wagentür und ich stieg ein. Dann zog ich den Sicherheitsgurt über meinen Brustkorb und starrte mit trockenen Augen und leerem Herzen geradeaus. Sobald Ben den Zündschlüssel drehte, erfüllte christliche Musik das Auto.

Wie eine Schlange stieß meine Hand vor und betätigte die Aus-Taste.

Dann fuhren wir in der Stille los.

Da mir einfach nicht warm werden wollte, schlang ich die Arme um meinen Körper und beobachtete die Palmen, die wie leuchtend grüne Streifen an meinem Fenster vorbeizogen. Ben hielt das Lenkrad so fest umklammert, dass seine Knöchel weiß hervortraten, und jedes Mal, wenn wir an einer roten Ampel hielten, warf er mir rasch einen Blick zu. Als er schließlich in die Einfahrt zu unserem Haus abbog und den Wagen zum Stehen brachte, blieben wir beide reglos sitzen. Das Schweigen zwischen uns war schreiend laut, während ich immer weiter davontrieb – hinaus auf ein Meer ertrinkender Hoffnungen.

„Carmen." Eine ganze Armee aus Emotionen war in meinen Namen einmarschiert, allen voran die Verzweiflung.

Eine bessere Ehefrau wäre ihrem Mann auf halbem Wege entgegengekommen, hätte ihn vielleicht sogar beruhigt – mit einem Blick, einem Händedruck, irgendeinem Zeichen, dass alles gut werden würde. Ich dagegen konnte nichts tun, als die rosa Blüten der Kreppmyrte vor unserem Haus anzustarren. Neues Leben.

Wie ironisch.

Ben streckte den Arm über die Mittelkonsole und legte die Hand auf mein Knie. „Sag mir, was ich tun soll. Sag mir, wie ich es besser machen kann."

Etwas Unbeherrschtes kletterte gewaltsam meine Kehle hinauf. Ein Baby würde es besser machen. Gib mir ein *Baby!*

Ben und ich machten alles richtig. Wir folgten Gottes Willen. Warum also funktionierte es nicht? Warum geschah das hier immer wieder? Aber ich schluckte die Unbeherrschtheit in mir hinunter und bewegte mein Bein.

Seine Hand rutschte auf den Sitz – trauernd und allein.

# Kapitel 1

*Gracie*

Wenn man in einer Kleinstadt wie New Hope, Texas, aufwächst, gibt es den Luxus der Anonymität nicht. Ich war die Tochter von Evelyn Fisher, einer Frau, die für zwei Dinge bekannt war: dass sie oft das Spirituosengeschäft an der Ecke besuchte und dass sie sich jeden zweiten Sonntag im Fluss taufte.

Als kleines Mädchen saß ich auf der Reifenschaukel unter unserer Eiche und malte mit dem großen Zeh Kreise in den Dreck, während ich zusah, wie meine Mutter sich im Namen des Vaters, des Sohnes und des Heiligen Geistes bekreuzigte, bevor sie in das Gewässer hineinstieg, das an unseren Garten grenzte. Ich weiß noch, dass das Kreuzzeichen mich mehr verwirrte als die eigentliche Taufe. Damals gingen wir in eine Baptistengemeinde, wo man so etwas nicht tat.

„Man kann das Mädchen aus dem Katholizismus entfernen, aber nicht den Katholizismus aus dem Mädchen“, sagte sie auf meine Nachfrage hin.

„Ich weiß nicht, was das bedeutet.“

„Es bedeutet, dass man alte Gewohnheiten nur schwer ablegt, Gracie-Spätzchen.“

Das verstand ich. Denn sooft sie auch ihre Flaschen in die Spüle entleerte und in dem Fluss untertauchte, der Spirituosenschrank blieb nie lange leer. Natürlich waren wir hässliche Entlein in New Hope und die hässlichsten Entlein von allen in unserer Kirche. Nicht so sehr, weil Mama einen Rosenkranz in ihrer Handtasche bei sich trug oder während der Predigten weinte oder sich beim Segen bekreuzigte, sondern weil sie trank, und unser Pastor sagte, die Trinkerei sei so, als würde man mit dem Teufel tanzen.

Eines Sonntags, als sie von Kopf bis Fuß patschnass auf unser Haus zukam, hielt ich meinen Reifen an und blinzelte sie durch die helle Nachmittagssonne an. „Warum tauchst du immer so im Fluss unter?“

Sie blieb stehen, als würde sie mich zum ersten Mal sehen. Das kam oft vor – dass sie meine Anwesenheit vergaß. Für gewöhnlich musste ich schon in größere Schwierigkeiten geraten, damit sie sich an mich erinnerte. Mama beschirmte mit einer Hand ihre Augen. „Um neu gemacht zu werden, Kleines.“

Irgendwann gab sie die Taufen auf und beschloss, stattdessen einen Entzug zu machen. Mein viertes Schuljahr war gerade zu Ende, als sie mich für drei Monate bei meinem Vater absetzte. Als sie mich schließlich wieder abholte, waren alle unsere Habseligkeiten in den Kofferraum unseres rostigen alten Kombis gestopft. Wir verließen New Hope und fuhren nach Osten in eine Stadt namens Apalachicola in Florida. Meine Mutter bekam dort eine Anstellung als Kellnerin und ich ging in die *Franklin High* zur Schule. Ab diesem Zeitpunkt gab es keine Kirchenbesuche mehr. Und auch keine Taufen im Fluss. Das Einzige, was sich nicht änderte, war Mamas Tanz mit dem Teufel.

Als mein Wecker ertönte, überkamen mich zwei diametral entgegengesetzte Gefühle. Erleichterung, weil dies mein letztes Jahr an der *Franklin High* war, und Angst, weil es erst der erste Tag dieses letzten Jahres war.

Ich schlug mit der Hand auf mein Handy, damit es verstummte, und nahm den Stimmungsring von meinem Nachttisch; sein Stein hatte die Farbe eines Gewitterhimmels. Eigentlich glaubte ich nicht daran, dass der Ring meine Stimmung erspüren konnte, aber ich hatte ihn unter einem Kaubonbonpapier gefunden, als ich einen der vielen Straßengräben von Müll befreit hatte. Der Ring war ganz hübsch und sogar aus richtigem Silber – nicht wie die kitschigen Fünf-Dollar-Ringe, die man in Modeschmuckgeschäften wie *Claire's* kaufen konnte. Und er passte. Also hatte ich ihn sauber gemacht und eingesteckt. Mein einer, einziger Schatz aus einem Sommer voller Müll.

Durch den schmalen Spalt zwischen dem fadenscheinigen Teppich und meiner Schlafzimmertür drang eine gedämpfte Unterhaltung herein – eine Männer- und eine Frauenstimme, die sich über einen Wasserrohrbruch in der Innenstadt von Tallahassee unterhielten. Das bedeutete, Mom war entweder a) schon wach und sah sich die Nachrichten an oder b) bewusstlos auf dem Sofa, während der Fernseher vom Abend zuvor noch lief. Wenn ich Geld gehabt hätte, das ich verwetten könnte, hätte ich alles auf Möglichkeit b) gesetzt.

Ich presste den Daumen auf den Stein des Stimmungsrings und stellte mir Lila vor – eine Farbe, die für glücklich, entspannt und frei stand. Das wusste ich, weil ich im letzten Frühjahr im Buchladen in der Stadt dieses gigantische Taschenbuch mit dem Titel *Die Bedeutung der Farben* gefunden und es an einem einzigen Tag komplett durchgelesen hatte. Ich nahm den Daumen von dem Stein und wagte einen Blick. Der Bernsteinton von Katzenaugen starrte mich an – gemischte Gefühle.

Vielleicht funktionierte der Ring ja doch.

Mit einem resignierten Seufzer trat ich das Laken, das meine Beine bedeckte, zur Seite und streckte den Kopf zur Tür hinaus. Der Fernseher warf ein himmlisches Licht auf meine Mutter, die auf dem Sofa lag, einen Arm über den Kopf gestreckt. Jenseits von Gut und Böse.

*Einhundertachtzig Tage … einhundertachtzig Tage … einhundertachtzig Tage …*

Das sagte ich mir immer wieder, während ich mir die Zähne putzte, das Gesicht wusch und die Augen mit flüssigem Eyeliner schminkte. Dann schlüpfte ich in ein schlichtes T-Shirt, eine verschlissene Jeans und ein Paar Springerstiefel, das ich mir in einem Secondhandladen gekauft hatte, als ich noch nicht pleite gewesen war. Dank Chris Nanning und meiner falschen Entscheidung und dem dicken Richter mit der chronisch düsteren Miene herrschte auf meinem Konto zurzeit gähnende Leere. Prüfend musterte ich mich noch ein letztes Mal im Spiegel.

Die vergilbte Postkarte, die in der Ecke meines Kommodenspiegels festgeklemmt gewesen war, hatte sich gelöst. Ich zog sie ganz heraus und drehte sie um. Die Einladung auf der Rückseite war ebenso vergilbt wie die Vorderseite, aber in meinem Gedächtnis war sie ganz scharf und deutlich zu lesen. Es war der einzige Ort, an dem meine Gesellschaft nicht nur geduldet, sondern erwünscht war. Erhofft sogar. Wenn es den Beweis nicht gäbe, der mich anstarrte, hätte ich die Erinnerung wahrscheinlich einem ernsten Fall von Wunschdenken zugeschrieben.

Ich klemmte die Karte wieder ein und schob mir eine Strähne meines kohlrabenschwarzen Haares hinters Ohr. Sie blieb nicht dort. Vor zwei Tagen hatte ich in einem impulsiven Augenblick meine Haare abgeschnitten und schwarz gefärbt. In dem Moment hatte die Veränderung sich mutig angefühlt, sogar symbolisch, so als würde ich meinen Mitschülern eine lange Nase drehen. Mit Sicherheit würden sie am ersten Schultag besonders laut hinter meinem Rücken tuscheln. Die neue Optik war meine Botschaft an die anderen, dass es mir egal war, was sie sagten oder dachten.

Wenn das doch nur wahr wäre.

Auf der Arbeitsplatte in der Küche stand eine leere Weinflasche Wache; eine zweite lag umgekippt in der Spüle. Ich nahm mir ein Fertigtörtchen aus einem der Schränke und sah auf die Uhr. Viertel vor acht.

„Mom!" Hastig drehte ich den Wasserhahn auf und schlürfte etwas von dem fließenden Wasser, dann riss ich meine Schultasche von der Rückenlehne eines Esszimmerstuhls. „Wir müssen los."

Sie murmelte etwas Unverständliches.

Ich nahm die Fernbedienung vom Couchtisch und schnitt der Nachrichtensprecherin mitten im Satz das Wort ab. „Du musst dich fertig machen."

Sie wischte sich den Speichel aus dem Mundwinkel und drehte sich auf die andere Seite. Selbst mit der verschmierten Wimperntusche, den zerzausten Haaren und der roten Falte quer über ihrer Wange schaffte sie es noch, schön auszusehen. Dumm für mich, dass ich nach meinem Vater kam.

„Ich komme zu spät zur Schule. Und du zur Arbeit."

„Zu müde", krächzte sie.

Oder besser zu verkatert.

In meiner Brust stieg Wut auf. Ich holte tief Luft und atmete langsam wieder aus. Keine Ahnung, wie oft sie noch zu spät kommen konnte, bevor sie rausgeschmissen wurde, aber die Unpünktlichkeit meiner Mutter war nicht mein Problem. Sie würde nur zu meinem Problem werden, wenn ich hierblieb. Ihr Boss drückte möglicherweise ein Auge zu. Direktor Best (ein Name, wie er ironischer nicht hätte sein können) würde es hingegen nicht tun. Ich kramte in ihrer Handtasche und nahm ihren Schlüssel heraus.

*Einhundertachtzig Tage … einhundertachtzig Tage … einhundertachtzig Tage …*

# Kapitel 2

*Gracie*

In der ersten Stunde hatten wir Sport. Völkerball. Hurra. Ich lehnte mich an die Wand, während Schaumstoffbälle quer durch die Halle flogen. Die Jungs übernahmen den Großteil der Würfe. Die Mädchen kreischten dafür am meisten. Mein Sportlehrer, der mittig am Spielfeldrand stand, bemerkte, dass ich mit meinem iPod Musik hörte, und winkte mich mit dem Zeigefinger zu sich. Ich tat so, als hätte ich ihn nicht gesehen. Daraufhin kam er zu mir und streckte die Hand aus. „So dumm bist du doch nicht, Gracie."

Widerwillig drückte ich ihm den iPod in die Hand.

„Du kannst ihn heute nach der Schule wieder abholen", sagte er in dem Moment, als ein Schaumstoffball ihn am Hinterkopf traf.

„Sorry, Coach", rief Kyle Marcello, einer der dreistesten und unterbelichtetsten Verteidiger der *Franklin High*, von der anderen Seite der Halle zu uns herüber. „Ich hatte auf Fisher gezielt."

Der Trainer kehrte auf seinen Platz an der Mittellinie zurück. Meinen iPod hatte er in die Tasche seiner Shorts geschoben. Ihh! Ich war mir nicht sicher, ob ich ihn jetzt noch wiederhaben wollte. Kyle fing meinen Blick auf und schwang mit einem spöttischen Grinsen im Gesicht einen imaginären Baseballschläger.

Ich verdrehte nur die Augen.

*Einhundertachtzig Tage … einhundertachtzig Tage …*

In der zweiten Unterrichtsstunde hatten wir unser Oberstufenwahlfach. In meinem Fall bedeutete das: Einführung in die Philosophie. Das hatte mir meine Tutorin aufs Auge gedrückt. *„Du bist ein kluges Mädchen, Gracie, das beweisen die Ergebnisse deines College-Eignungstests. Deshalb ist das ein guter Kurs für dich."* Als ich ihre Argumente eins nach dem anderen widerlegt hatte, hatte sie gesagt, das sei nur ein weiteres Zeichen, dass ich für diesen Kurs gut geeignet sei. Machte ja nichts, dass der Lehrer, der kleine, kahlköpfige, schildkrötenartige Mr Burrelson, nach Voltarensalbe roch und sich ständig ein weißes Speichelband zwischen seiner Unter- und Oberlippe bildete, wenn er sprach. Ich starrte auf die Spuckebläschen in seinem Mund, während er das Lehrbuch *Die philosophische Reise: ein interaktiver Ansatz* austeilte und unaufhörlich über die Erwartungen schwadronierte, die er an uns Schüler stellte.

Seine trüben Augen leuchteten auf, als er davon sprach, wie wichtig Analyse und Debatte seien. Das bisschen Aufmerksamkeit, das die Schüler ihm noch entgegengebracht hatten, verlor er, als er anfing, mit Begriffen wie „ethische Entscheidungsfindung" und „moralische Zulässigkeit versus moralische Notwendigkeit" um sich zu werfen. Ich spielte mit meinem Stimmungsring, bis sich die Farbe von Gelb zu Hellgrün änderte, und überlegte, wie lang Mr Burrelsons Spuckeband wohl werden würde, bevor es abriss.

Sobald die Glocke ertönte, packte ich meine Sachen zusammen und ging zur Toilette. Als ich meine Kabine verließ, kam gerade Chelsea Paxton, ein übergewichtiges Mädchen aus meiner Klasse, herein. Chelsea war eine Außenseiterin, so wie ich. Seit ich in der fünften Klasse auf die Schule gekommen war, hatte ich mit angesehen, wie sie alles nur Menschenmögliche tat, um dazuzugehören. Bis jetzt mit wenig Erfolg. Meistens sah sie aus wie ein Hündchen, das man getreten hat, weshalb ich sie anlächelte, wann immer wir uns über den Weg liefen. Auch wenn sie verzweifelt zu den Leuten gehören wollte, die ich hasste, tat sie mir einfach leid.

Chelsea erwiderte mein Lächeln, dann verschwand sie in der letzten Toilettenkabine in der Reihe.

Ich hatte gerade zweimal den Seifenspender betätigt und die Seife zu Schaum verrieben, als die Situation sich drastisch verschlechterte. Zwei der größten wandelnden Klischees der Schule – Sadie Hall und ihr bewährter Schatten Jenna Smith – betraten den Raum. Sobald Sadie mich sah, musterte sie mich von oben bis unten. „Schöne Haare."

„Schönes Gesicht."

Ihre Wangen leuchteten rosa.

Eine Toilettenspülung rauschte.

Wahrscheinlich hätte ich Chelsea davor warnen sollen rauszukommen. Sadie und Jenna waren erbarmungslos, wenn es um sie ging. Sie griffen sie persönlich an, machten sie in den sozialen Netzwerken fertig, attackierten sie mit Textnachrichten. Und das

Schlimmste? Chelsea wehrte sich nie und die Lehrer unternahmen nichts dagegen. Ich spülte gerade die Seife von meinen Händen, als Chelsea aus der Kabine kam. Sie sagte atemlos Hallo zu Clown 1 und Clown 2 und drehte dann den Wasserhahn auf.

Jenna fing an, Würgegeräusche von sich zu geben.

Chelsea starrte auf das Waschbecken.

Ich presste die Lippen aufeinander.

„Hier drinnen stinkt's", sagte Jenna.

Ich riss einige Papierhandtücher ab. *Halt dich da raus, Gracie. Du kannst es dir nicht leisten, noch mehr Schwierigkeiten zu bekommen.*

Den Kopf immer noch gesenkt, schob Chelsea sich an Sadie vorbei, um sich die Hände abzutrocknen.

Sadie hustete und fächelte sich mit einer Hand Luft zu.

„Was hast du für ein Problem?" Die Worte sprangen aus meinem Mund, bevor ich sie aufhalten konnte, und hallten in der gewölbeartigen Mädchentoilette wider. Offenbar war ich doch nicht so schlau, wie meine Tutorin meinte.

„*Ich* soll ein Problem haben? Schließlich bin ich nicht diejenige, die sich nicht duschen kann." Sadie musterte Chelsea von oben bis unten mit angewidertem Blick. „Heute ist der erste Schultag. Und sie gibt sich nicht mal Mühe."

„Und es gibt Leute, die geben sich zu viel Mühe."

„Wie bitte?"

„Ist das *eine* Flasche Foundation in deinem Gesicht oder sind es zwei?"

Sadie trat näher und rückte mir dabei unangenehm auf die Pelle. Unsere Nasen berührten sich beinahe. „Kannst du uns nicht allen einen Gefallen tun und deinen Pony länger wachsen lassen? Dann müssen wir uns dein hässliches Gesicht nicht mehr angucken. Ich weiß, dass Chris es zu schätzen wüsste."

Meine Hände machten sich selbständig.

Gerade hatten sie noch heruntergehangen und jetzt stießen sie Sadie fort, so fest, dass sie stolperte. Ihre Miene war so entsetzt, dass ich lachen musste. Ich war mir nicht sicher, ob es jemals ein Mensch gewagt hatte, Sadie zu schubsen. Ihr Gesicht verzog sich zu einer hässlichen Grimasse. Dann stürzte sie sich auf mich und mit einem Mal kämpften wir am ersten Schultag auf dem Boden des Mädchenklos. Sadies scharfe Fingernägel gruben sich in meinen Hals. Ich ballte die Hand zur Faust und zielte auf ihren Mund. Sie riss mich an den Haaren. Ich stieß ihr mein Knie in die Magengrube. Jenna und Chelsea kreischten. Die Glocke zur dritten Stunde ertönte. Und eine Lehrerin trennte uns.

Ich keuchte.

Sadies Lippe blutete.

So viel zum Thema Raushalten.

An der Fensterwand des Sekretariats standen drei unbequeme Stühle. Auf einem davon saß ich, auf einem anderen Sadie. Sie hatte die Arme verschränkt und sah so weit wie möglich in die andere Richtung, als hätte ich Läuse oder sonst irgendwas. Ich streckte die Beine vor mir aus und ließ die Fußspitzen gegeneinanderstoßen. Augenblicklich warf Sadie meinen Füßen einen düsteren Blick zu. Ich fing an, Beethovens Fünfte zu klopfen, während ich leise die Melodie dazu summte. „Ta ta ta taaaa. Ta ta ta taaaa."

Sadies Blick verfinsterte sich noch mehr. „Du bist echt ein totaler Freak."

Die Sekretärin nahm einen Anruf entgegen und tippte auf ihrer Tastatur, während sie uns beide ignorierte.

Vor einer halben Stunde hatte sie unsere Mütter angerufen und sie freundlich gebeten, in die Schule zu kommen. In der Zwischenzeit hatte Direktor Best die beiden Zeuginnen – Chelsea und Jenna – in sein Büro gebeten. Hätte er Chelsea als Erste und alleine hereingerufen, hätte ich vielleicht eine Chance gehabt. Aber Chelsea und Jenna zusammen? Mein Schicksal war besiegelt. Ich mochte mich für Chelsea einsetzen, aber Chelsea würde sich nie im Leben für mich einsetzen. Nicht im Beisein von Jenna.

Bis Direktor Best die Tür schließlich wieder öffnete und die beiden in die Klasse zurückgehen ließ, war Mrs Hall eingetroffen. Sie war eine erwachsene Version von Sadie, nur dass sie Altersfältchen am Mund hatte und keine geschwollene Lippe. Sie war die Vorsitzende des Elternrats und alle Lehrer der *Franklin High* liebten sie. Eigentlich hatte ich erwartet, die ganze Wucht ihres missbilligenden Blicks abzubekommen, doch zu meiner Überraschung richtete sich ihr Unmut gegen Sadie. Wenigstens eine kleine Genugtuung. Direktor Best gab Mrs Hall freundlich die Hand und entschuldigte sich für die Unannehmlichkeit. Er entschuldigte sich doch tatsächlich! Sadies Mutter war vielleicht bereit, die Umstände zu meinen Gunsten auszulegen, doch Direktor Best würde das nicht tun.

Er bat Mutter und Tochter in sein Büro.

Ich nahm das Taktklopfen mit meinen Stiefeln wieder auf.

Inzwischen waren eine Stunde und zwanzig Minuten seit unserem Toilettenkampf verstrichen. Eine Stunde und zehn Minuten, seit die Sekretärin meine Mutter angerufen hatte. Als wäre auch ihr das in diesem Moment aufgefallen, blickte sie von ihrem Computer auf. „Noch nichts von deiner Mom zu sehen?"

Ich schüttelte den Kopf. Nee. Null. Und sie würde auch nicht kommen. Immerhin hatte ich ihren Wagen genommen. Und wahrscheinlich lag sie eh noch bewusstlos auf dem Sofa. Ich berührte die Kratzer an meinem Hals und schnitt eine Grimasse, weil das brannte. Die Tür zum Büro von Direktor Best dämpfte das Geräusch von Gelächter – eine Baritonstimme, eine weibliche Stimme. Es folgte noch mehr Gerede, dann öffnete sich die Tür. Sobald Sadie und ihre Mutter gegangen waren, räusperte Best sich laut und kehlig.

Das war höchstwahrscheinlich alles, was ich als Einladung bekommen würde. Ich stand auf, bereit, diese Schlacht im Alleingang zu schlagen, als die Tür zum Vorzimmer aufging und ausgerechnet meine Mutter eintrat. Sie trug eine schwarze Stoffhose und eine weiße Bluse und ihr Haar war nicht mehr völlig durcheinander, sondern im Nacken zu einer Lockenmähne frisiert. Dank des Make-ups würde niemand ihre Blässe entdecken und das leichte Zittern ihrer Finger würde auch niemandem auffallen. Das waren Dinge, die man nur bemerkte, wenn man wusste, wonach man gucken musste. Die meisten Leute wussten es nicht und Mom war eine Expertin darin, ihre Probleme vor der Welt zu verbergen.

„Es tut mir schrecklich leid, dass ich so spät komme. Gracie hat sich heute Morgen meinen Wagen ausgeliehen. Einer meiner Kollegen musste mich herbringen." Als sie die Kratzer an meinem Hals bemerkte, riss sie die Augen auf. „Was ist passiert?"

Direktor Best machte eine Handbewegung, die uns dazu aufforderte, in sein Büro zu treten. Kein freundlicher Handschlag. Keine Entschuldigung. Nicht für uns. „Wir können drinnen reden."

Mom und ich setzten uns auf die beiden Stühle vor Bests Schreibtisch, während er in seinem Drehsessel dahinter Platz nahm. Er lehnte sich zurück und bildete mit den Fingerspitzen ein Dreieck vor seinem Kinn, während er mich anstarrte und Mom ihn. Es war wie dieses lange, langweilige Spiel, bei dem derjenige verlor, der als Erster wegsah. „Gracie, kannst du deiner Mutter erklären, was passiert ist?", sagte er schließlich.

Ich warf ihm einen fragenden Blick zu. „Bringt es was, wenn ich das mache?"

„Gracie", tadelte Mom mich.

„Ich spreche schließlich mit einem voreingenommenen Richter." Ich zeigte auf Direktor Best, der aufgeblasen wie ein Pfau auf seinem Stuhl saß. Der Typ litt an einem ernsthaften Kleiner-Mann-Syndrom. „Seine Meinung steht doch schon fest. Jenna hat mir mit ihrer Aussage das Grab geschaufelt und Sadie hat die Erde darauf festgetrampelt." Ich war mir außerdem sicher, dass Best mit seiner festgefahrenen Meinung einen Spaten genommen und mitgeholfen hatte. Wenn ich irgendetwas von meiner Mutter gelernt hatte, dann, dass wir alle berechenbar sind. Und in Bezug auf mich wollte Best das Schlimmste sehen.

„Es tut mir wirklich leid", sagte Mom. „Ich weiß nicht, was in letzter Zeit in sie gefahren ist."

Direktor Best trommelte die Fingerspitzen gegeneinander. „Mit einer Sache hast du recht, Gracie. Unser Verhalten hinterlässt einen Eindruck. Ob du es für gerecht hältst oder nicht – was jemand in der Vergangenheit getan hat, wirkt sich auf die Meinung anderer in der Gegenwart aus."

„Sie geben also zu, dass es kein faires Verfahren ist?"

„Du hast in der Vergangenheit schon häufiger gelogen und Gewalt angewendet. Miss Hall hingegen war noch nie in Schwierigkeiten."

„Sadie Hall schikaniert andere. Sie sollten sehen, wie sie Chelsea behandelt."

„Wenn das stimmt, warum hat Chelsea dann in meinem Büro nichts gesagt?"

„Weil Chelsea Angst vor ihr hat. Und Sie haben Chelsea zusammen mit Jenna befragt.“ Also wirklich. Wie blöd konnte ein Mensch denn sein? „Da sie sich auf der Mädchentoilette nicht selbst verteidigt hat, habe ich beschlossen, es zu tun. Was predigen Sie noch jedes Jahr zum Schulanfang? Dass die, die zusehen, genauso schuldig sind wie die, die andere schikanieren?“

Die Ohren des Direktors röteten sich.

„Mein Verhalten war moralisch zulässig, wenn auch nicht moralisch notwendig. Fragen Sie Mr Burrelson, wenn Sie mir nicht glauben.“

„Dein Verhalten war inakzeptabel. Wir dulden keine Prügeleien an unserer Schule.“

Mom rieb sich die Nasenwurzel und schüttelte den Kopf. Sie sah müde und genervt aus, genau so, wie die Mutter eines Straftäters aussehen würde. Und während der kleine Mann hinter dem Schreibtisch die sehr einseitige Schilderung der Ereignisse auf der Toilette von sich gab, wirkte sie zunehmend so.

Die Geschichte ging natürlich so, dass die unschuldige Sadie, die mir ein Kompliment über meine Haare gemacht hatte, von der wilden und unbeherrschten Gracie angegriffen worden war. Die Kratzer an meinem Hals waren Selbstverteidigung von Sadies Seite. Sadies aufgeplatzte Lippe war inakzeptable Aggression von meiner Seite. Jenna hatte alles so gedreht, dass alle Schuld bei mir lag, und Chelsea hatte nicht widersprochen. Als Direktor Best endete, hatte Mom sich in eine verwelkte Begonie verwandelt.

„Nichts davon ist wahr“, sagte ich.

„Sadie hat dir kein Kompliment wegen deiner Haare gemacht?“

„Das war Sarkasmus.“

„Und du hast sie nicht zuerst gestoßen?“

„Sie hat Würgegeräusche in Chelseas Richtung gemacht.“

Direktor Best ignorierte mich und sprach mit Mom. „Aufgrund Gracies früherer Übertretungen bleibt uns nichts anderes übrig, als sie für drei Tage von der Schule zu verweisen. Wir sehen Gracie am Montag wieder.“ Wenn er einen Hammer gehabt hätte, bin ich mir sicher, dass er ihn auf den Tisch hätte fallen lassen. „Ich hoffe, wir können dann einen Neuanfang machen.“

Ein schnaubendes Lachen entwich durch meine Nase.

Mom sah mich scharf an.

Aber im Ernst – ein Neuanfang? Hatte sie nicht gehört, was er gesagt hatte? Es würde keinen Neuanfang geben, nicht mit ihm, nicht für mich. Seine Meinung stand fest. Warum es also überhaupt versuchen?

# Kapitel 3

*Gracie*

Die Eingangstür unseres kleinen Hauses öffnete sich und knallte genau in dem Augenblick wieder zu, als ich es geschafft hatte, das Glas mit der Spaghettisoße zu öffnen. Mom war zu Hause. Und dem Türknallen nach zu schließen war sie keinen Deut besser auf mich zu sprechen als zu dem Zeitpunkt, als sie mich nach unserem Treffen mit Direktor Best zu Hause abgesetzt hatte.

Ich drehte einen der Ringe am Gasherd auf. Es klickte mehrfach, dann zündete eine Flamme, die ich höher drehte, bevor ich die Soße in einen Topf füllte und diesen auf den Herd stellte. Als Mom in die Küche kam und den Kühlschrank öffnete, kramte ich hinten in der Vorratskammer nach einer Packung Pasta. Meine Hand berührte einen vielversprechenden Karton. Dann zog ich eine Packung Rigatoni heraus.

Mom nahm ein Weinglas aus einem der Schränke und füllte es mit Franzia aus einem Tetrapack – der großen Version, die sie im Großmarkt einkaufte. Ich schüttete die Rigatoni in einen großen Topf und aus dem Wasser stieg Dampf auf, während die Soße im Topf zu köcheln begann. Fasziniert beobachtete ich, wie die orangefarbene Soße zischende rote Tropfen auf den Herd spuckte. In der chinesischen Kultur stand Rot für Reinheit, aber so ziemlich überall sonst verband man mit dieser Farbe Leidenschaft oder Wut. Das warme Orange hingegen sollte Unterhaltungen anregen. Es passte also, dass das Orange explodierte und rote Perlen hinterließ, während Mom ihr Weinglas leerte und erneut füllte.

Keine von uns beiden sagte ein Wort.

Als die Pasta al dente war, schüttete ich sie in ein Sieb. Dann vermischte ich die Nudeln mit der Tomatensoße, füllte einen Teller für mich und ging damit ins Wohnzimmer – weg von meiner Mutter und ihrem billigen Wein. Sosehr ihr Schweigen mir auch unter die Haut ging, war es mir immer noch lieber als irgendwelche Vorträge. Ich wollte meine Strafe absitzen und wieder zur Normalität zurückkehren. Es gab schlimmere Strafen als einen Schulverweis. Ich machte es mir auf dem Sofa bequem, zappte durch die Kanäle, bis ich auf eine Wiederholung von *The Big Bang Theory* stieß, und machte mich über die Nudeln her.

Bei meinem vierten Bissen setzte Mom sich mit ihrem Weinglas in der Hand auf das andere Ende der Couch. Aus dem Augenwinkel warf ich ihr einen Blick zu, während ich wünschte, sie würde ihren Wein in der Küche austrinken. Als ich die sechste Gabel voll aß, griff sie nach der Fernbedienung und schaltete den Fernseher aus.

Ich hörte auf zu kauen.

„Ich glaube, du musst bei deinem Vater leben."

Die Rigatoni verwandelten sich in Gips. Meine Mutter hasste meinen Vater. In der Vergangenheit hatte sie mich sogar als Waffe gegen ihn benutzt. Und jetzt wollte sie mich zu ihm abschieben? Ich zwang den Bissen meine Kehle hinunter und funkelte Mom an.

Sie stellte ihr Glas auf den Couchtisch und rieb sich die Schläfen in kreisenden Bewegungen. Die Wut, mit der sie die Küche betreten hatte, war Resignation gewichen. „Ich habe ihn heute angerufen."

Ich sprang vom Sofa auf. „Du hast was?"

Sie sah mich an und ihre Augen spiegelten ihre Erschöpfung. „Auch wenn ich ihn nicht leiden kann – dein Vater kann seine Autorität besser durchsetzen als ich und es ist offensichtlich, dass du im Moment genau das brauchst. Er hat gesagt, er sei bereit, dich ein paar Monate lang bei sich aufzunehmen."

„Ich ziehe nicht zu ihm."

„Die Sache ist entschieden."

„Du hast mich nicht mal gefragt."

„Ich brauche dich nicht zu fragen. Ich bin deine Mutter."

Jetzt kochte meine Wut über – dicker und röter als die Tomatensoße. Diese Frau konnte man doch kaum als Mutter bezeichnen. „Ich habe dir doch gesagt, dass ich den Streit auf der Toilette nicht angezettelt habe."

„Du hast eine Vorgeschichte, Gracie." Wieder knetete sie ihre Schläfen. „Und ich weiß nicht mehr, was ich noch tun soll. Deine Schwester war nie so wie du."

Ich nahm ihr Glas vom Couchtisch und schleuderte es gegen

die Wand. Es zerbarst in einer roten Explosion und blutete an der Wandfarbe herunter.

Mom regte sich nicht. Sie sagte nichts. Sie reagierte überhaupt nicht. Sie saß nur wie eine Statue da und alle Farbe war aus ihrem Gesicht gewichen.

„Ich ziehe nicht zu Dad." Bevor sie widersprechen konnte, ging ich in mein Zimmer und knallte die Tür hinter mir zu.

Nachdem ich nach Apalachicola gezogen war, hatte ich in der fünften Klasse eine Lehrerin, die jeden Morgen nach dem Schuleid die Arme ausstreckte und erklärte: „Jungs und Mädchen, die Welt ist eure Auster!" Sie hatte ein schmales Gesicht und hieß Mrs Dulane, und obwohl ich mir nicht sicher war, was genau ihre Worte bedeuteten, klangen sie nett. Sogar hoffnungsvoll. Und da Mom und ich gerade in die Austern-Hauptstadt von Florida gezogen waren, klangen sie auch angemessen.

Bis zu meinem elften Geburtstag, als ich meine Mutter anflehte, mit mir zu *Boss Oyster* zu gehen, einem Restaurant am südlichen Ende der Water Street, in dem die Meeresfrüchtespezialität der Stadt auf siebzehn verschiedene Arten serviert wurde. Ich weiß noch, wie die Spannung wuchs, während wir auf unser Essen warteten. Wie würde meine Welt wohl schmecken? Man kann sich meine Enttäuschung vorstellen, als die Bedienung einen Teller brachte, der mit etwas gefüllt war, was wie geknackte Erdnüsse aussah. Meine Mutter musste mehrere Drohungen flüstern, bis ich die erste Auster in meinen Mund schob. Als ich die schleimige, gummiartige Konsistenz spürte, wurde aus meiner gerümpften Nase ein heftiges Würgen. Nach diesem ersten Erlebnis waren mir die sechzehn anderen Zubereitungsarten von Austern egal – ich schwor mir, nie wieder eine zu essen.

Auf dem Heimweg erzählte ich Mom von Mrs Dulanes morgendlichem Ritual. Sie lachte und erklärte mir, dass Austern Perlen herstellten. Der Ausspruch stamme von Shakespeare, sagte sie, als würde das alles erklären. Was sie mir nicht verriet und was ich später dank Google selbst herausfand, war die Tatsache, dass nur sehr wenige Austern in der Natur Perlen produzieren. Die meisten Perlen sind die Folge davon, dass man der armen Muschel einen Fremdkörper als Reizmittel injiziert.

Logischerweise fand ich Mrs Dulanes Begrüßungsworte anschließend nicht mehr nett oder hoffnungsvoll. Im Wesentlichen erzählte sie uns fünfundzwanzig leicht zu beeindruckenden Fünftklässlern, unsere Welt bestünde aus dem Äquivalent von ekligem Essen oder unausweichlichen Reizstoffen. Das waren unsere Alternativen.

Sechs Jahre später stellte sich nun heraus, dass *ich* das Reizmittel war. Welch eine Ironie des Schicksals.

Meine frühesten Erinnerungen drehen sich um Streit – wie meine Eltern sich stritten, wie meine Mom sich mit ihren Eltern stritt, mein Dad mit meiner Stiefmutter. Und immer ging es dabei um mich. Ich hatte ein für alle Mal genug davon und deshalb fing ich an, Kosmetika und Kleidung in meinen Seesack zu stopfen, sobald meine Zimmertür hinter mir zugefallen war. Ich würde nicht zu meinem Vater ziehen, aber ich würde garantiert auch nicht hierbleiben, als Reizmittel, das gewaltsam in die Austernwelt meiner Mutter injiziert wurde.

Als ich mit dem Packen fertig war, saß ich auf meiner Bettkante und lauschte dem Summen und Piepsen der Mikrowelle. Dann lief in der Küche der Wasserhahn. Eine Schranktür wurde geöffnet und geschlossen. Der Fernseher dröhnte im Hintergrund – erst die Sechs-Uhr-Nachrichten, dann irgendeine Show, die ich nicht erkannte. Ich wartete, bis es dunkel geworden war, der Fernseher ausgeschaltet wurde und der Boden unter den Schritten meiner Mutter knarrte.

Nachdem alle Lebenszeichen außerhalb meines Zimmers verklungen waren, nahm ich die Postkarte, die ich an den Spiegel meiner Kommode geklemmt hatte, und trat mit meinem Seesack über der Schulter auf den Flur hinaus. Auf Zehenspitzen schlich ich ins Wohnzimmer. Mom hatte weder das zerbrochene Glas noch den Rotweinfleck an der Wand entfernt. Mein halb leer gegessener Teller mit Nudeln stand noch immer auf dem Couchtisch.

So leise wie möglich machte ich mir ein Erdnussbutter-Gelee-Sandwich, nahm eine Dose Limonade aus dem Kühlschrank und begab mich hinaus in die Nacht. Ich überlegte, ob ich Moms

Wagen nehmen sollte, aber dann würde sie mich garantiert suchen. Also lief ich stattdessen auf der Hickory Street nach Süden, während ich mein Brot aß. Sobald ich die Avenue E erreicht hatte, öffnete ich meine Limo und wandte mich gen Westen.

Ein paar Autos fuhren an mir vorbei, aber keines hielt an oder wurde langsamer. Ich trank den letzten Schluck aus der Dose und hielt, während ich weiterlief, Ausschau nach dem nächsten Mülleimer. Dabei versuchte ich den Riemen meines Seesacks zu ignorieren, der in meine Schulter schnitt, ebenso wie die Tatsache, dass mein Gepäck mit jedem Häuserblock schwerer wurde. Ich ging immer weiter, weg von meiner Mutter und ihrem verkorksten Leben.

Als ich den Stadtrand erreicht hatte und hinter mir Scheinwerfer auftauchten, streckte ich den Daumen raus. Der Wagen hielt ein Stück weiter auf dem Standstreifen. Der Rost hatte bereits die halbe Stoßstange des Fahrzeugs weggefressen und eines der hinteren Fenster war mit etwas bedeckt, was wie Frischhaltefolie aussah. Ein leises Klicken ertönte, als der Kofferraum geöffnet wurde.

Ich ließ mir keine Zeit, einen Rückzieher zu machen oder darüber nachzudenken, was passieren könnte, wenn die Person am Steuer ein Verrückter war. Nachdem ich mich davon überzeugt hatte, dass im Kofferraum keine Drogen oder Leichen lagen, warf ich meine Tasche hinein und nahm auf dem Beifahrersitz Platz.

Das Wageninnere war voller Countrymusik und Zigarettenqualm. Eine Frau mit lederner Haut und langen, glatten grauen Haaren saß hinter dem Lenkrad. „Wo willst du hin?"

„Ein paar Kilometer westlich von Navarre Beach, an der Route 399."

Die Frau spitzte die Lippen. „Du kaufst mir eine Schachtel Kippen und tankst meinen Wagen voll, dann bringe ich dich ungefähr dahin."

Ich zog den Sicherheitsgurt über meinen Schoß. „Abgemacht."

Meine Mutter hatte in dem Flusswasser von New Hope, Texas, immer wieder nach einem Neuanfang gesucht. Ich ergriff meinen in einer Wolke aus Zigarettenqualm auf einer Autobahn in Florida, eine vergilbte Postkarte fest in der Hand.

# Kapitel 4

*Carmen*

Im Sommer zwischen der dritten und vierten Klasse war ich besessen von *Mary Poppins.* Ich sah mir den Film wie in einer Wiederholungsschleife an – immer und immer und immer wieder, bis ich jede Zeile auswendig kannte. Am Anfang des Films gibt es diese eine Szene, in der Bert mit einem etwas spastischen Lied und Tanz die Menschenmenge unterhält. Der Wind dreht und er verfällt in einen merkwürdigen, tranceartigen Zustand. *„Wind dreht nach Ost, Nebel kommt auf. Der Himmel sieht plötzlich so merkwürdig aus. Was uns bevorsteht, das zu sagen ist schwer. Doch ich fühle, es kommt was, es kommt etwas her.“*

Ich habe mir oft ausgemalt, wie praktisch es wäre, wenn das in Wirklichkeit geschähe. Wenn eine Veränderung sich vorher ankündigen würde. Dann könnten wir uns wenigstens dagegen wappnen. Aber die Veränderung spricht sich nicht mit dem Wind oder dem Nebel ab. Meistens geschieht sie dann, wenn wir am wenigsten damit rechnen, und das macht es schwer, den Anfang zu erkennen. Für die Banks-Familie begann die Veränderung, als Mary Poppins mit ihrem Schirm hereingeflogen kam, nachdem alle anderen Kindermädchen davongeweht waren. Für mich, glaube ich, begann sie mit einem Nervenzusammenbruch auf dem Parkplatz eines *Toys-R-Us*-Ladens.

Ich holte tief Luft.

*Ich schaffe das.*

Ich musste nur in den Laden gehen, die Geschenkliste ausdrucken, den ersten Gegenstand, der mir ins Auge stach, nehmen, die Kassiererin anlächeln und wieder gehen. Ohne groß nachzudenken. Ohne mich umzuschauen. Ohne von dem zu träumen, was womöglich nie sein würde. Ich sah noch einmal in den Rückspiegel, fuhr mir mit den Fingern unter den Augen entlang und schob eine Strähne meines welligen Haares hinter mein Ohr. Ich hatte es zwar vorher geglättet, aber die Luftfeuchtigkeit in Florida brachte immer wieder meine Naturkrause zum Vorschein.

Während ich den Riemen meiner Handtasche über meine Schulter schob, stieg ich aus und ging durch die schwüle Luft auf den Eingang von *Toys-R-Us* zu. Dabei blickte ich ein- oder zweimal zum Himmel hinauf, der mit Wolken gefüllt war – großen, hellen, klar umrandeten Kissen vor einer blauen Decke. Es waren Wolken, wie mein Dad und ich sie stundenlang beobachtet hatten, als ich noch klein war. Die Art Wolken, auf denen Mary Poppins im Vorspann des Films saß und sich die Nase puderte.

Die Tür glitt auf und ein Schwall kühler Luft schlug mir entgegen, während die Absätze meiner Pumps kein dumpfes Geräusch mehr machten, sondern auf den Kunststofffliesen hell klackerten. Ich wandte mich nach rechts zur Babyabteilung des Ladens, wo eine freundlich dreinblickende Dame in einer Bluse mit lila Kragen hinter einem Tresen stand.

„Kann ich hier einen Wunschzettel ausdrucken lassen?“

„Natürlich. Wie lautet denn der Nachname der Kundin?“

„Dolten. D-o-l-t-e-n. Vorname Katy mit y.“ Katy war eine gute Freundin aus der Gemeinde, für die ich mich freuen sollte. Korrektur: für die ich mich *tatsächlich* freute. Wirklich. Das Problem war nicht meine mangelnde Freude; es war der unvermeidliche schmerzhafte Stich, der damit verbunden war.

Ich wartete, während die Dame den Namen in den Computer eingab, die Liste ausdruckte und mir gab, während in ihren schokoladenbraunen Augen ein Erkennen dämmerte.

Unter anderen Umständen wäre ich vielleicht noch geblieben und hätte übers Wetter geredet. Es kam gut an, wenn ich das tat. Heute hatte ich jedoch eine Mission. Ich bedankte mich für die Hilfe und überflog dann die erste Seite der Wünsche. Alles schon gekauft. Ich blätterte zur zweiten Seite. Dann zur dritten.

Was in aller Welt …?

Erst auf der vierten Seite fand ich Gegenstände, die noch nicht abgehakt waren – alle preiswert und unpersönlich. Ein Schnuller von Philips ohne Weichmacher, ein Nagelknipser für Säuglinge, eine Ohrenspritze, Plastikspielzeug für die Badewanne und Nachfüllkassetten für den geruchlosen Windeleimer. Ich blätterte zu

Seite fünf, der letzten Seite, in der Hoffnung, dass ich noch etwas Größeres finden würde, zum Beispiel eine Badewanne oder einen Maxi-Cosi. Irgendetwas, wofür ich nur einen Gang ansteuern musste, nicht viele verschiedene. Ich fand nichts anderes als weitere Kleinigkeiten.

Mit dem Finger fuhr ich über die Liste, bis ich die Gangnummer für den Schnuller gefunden hatte, dann begab ich mich dorthin. Tunnelblick. Das war überlebenswichtig. Ich sah mir nicht die süße Babykleidung an, die mich von allen Seiten umgab. Ich ignorierte die glücklichen Mütter mit ihren süßen Kindern, die sich die süße Babykleidung ansahen, die mich von allen Seiten umgab. Ich dachte nicht daran, wie verzweifelt ich mich danach sehnte, eine dieser Mütter zu sein.

Mit gestrafften Schultern redete ich mir ein, dass es so kommen würde. Vielleicht nicht auf die konventionelle Weise, die ich mir vorgestellt hatte, als Ben und ich geheiratet hatten, aber das spielte jetzt keine Rolle. Wichtig war nur, dass wir seit letzter Woche offiziell auf der Adoptionsliste standen. Nach all den Kursen und der erforderlichen Lektüre, nach all dem hektischen Putzen in Vorbereitung auf die Hausbesuche, nach polizeilichen Führungszeugnissen und Fingerabdrücken, Prüfung der Kreditwürdigkeit, Empfehlungen, endlosem Papierkram und einer erheblichen Geldsumme hatte ich unserer Mappe endlich den letzten Feinschliff verpasst und sie an die zuständige Sozialarbeiterin geschickt. Schon bald würde ich auch dem Klub der Mütter angehören und dann würde der tiefe, unaufhörliche Schmerz in meinem Herzen endlich verschwinden.

Ich lief den Gang hinunter, nahm den Schnuller und wandte mich dann einem anderen Gang zu, um Nagelknipser und Ohrenspritze zu suchen. Nachdem ich insgesamt fünf Gegenstände beisammen hatte, erklärte ich meine Hände offiziell für voll. Zeit für die Kasse. Auf halbem Weg dorthin rief jemand meinen Namen.

„Carmen?"

Ich erkannte Mandy schon von Weitem. Sie war in Yoga-Hosen, Blue-Angels-T-Shirt und Baseballkappe gekleidet und winkte begeistert, während sie näher kam. „Dachte ich mir doch, dass du es bist!"

Nur mit Mühe unterdrückte ich ein Stöhnen.

Mandy Thom war die Vorsitzende des *Bay Breeze Highschool*-Fördervereins. Sie hatte drei Söhne. Ihr Ältester spielte als Quarterback für die *University of Central Florida.* Ihr mittlerer Sohn war der erste Angreifer in Bens Footballmannschaft. Das letzte Mal, dass wir einander gesehen hatten, war beim alljährlichen Frühjahrsquiz des Vereins gewesen – eine Fundraisingveranstaltung, an der die ganze Stadt Bay Breeze teilnahm. Mandy hatte Ben und mich an ihrem Tisch platziert, sodass ich mir den ganzen Abend anhören musste, wie sie mit Ben flirtete und immer wieder sagte, was für ein süßes Paar wir doch seien und wann wir ihr endlich ein paar süße Hart-Babys schenken würden, mit denen sie schäkern konnte.

Sie meinte es nicht böse. Wirklich nicht. Aber das änderte nichts an meinem Drang, vor ihr davonzulaufen.

„Wie geht es dir?" Sie schlang den Arm um meinen Hals und drückte mich. „Kannst du es fassen, dass wir schon wieder die nächste Saison haben? Ich bin so aufgeregt, dass ich heulen könnte." Mandys dicker Südstaatenakzent verwandelte das Wort *heulen* in genau das: ein Heulen.

„Ben hat viel zu tun, das steht fest."

„Natürlich hat er das. Er ist schließlich Coach Hart." Sie warf mir einen ihrer vielsagenden Blicke zu und wackelte mit den Augenbrauen. Die Mütter des Fördervereins hielten mit ihrer Zuneigung zu Ben nicht hinter dem Berg. „Dein Mann ist einfach zu gut, um wahr zu sein, das sage ich dir. Wie er diese Jungen liebt! Und die Aufstellung in diesem Jahr? Er wird der erste Trainer der *Bay Breeze* sein, der zweimal hintereinander die Meisterschaft gewinnt."

Der Schnuller fiel mir aus der Hand.

Mandy hob ihn vom Boden auf und hielt ihn mir mit großen Augen hin. Beim Frühjahrsquiz hatte ich ihr von unseren Adoptionsplänen erzählt. In dem Moment, in dem sie mich gefragt hatte, wie viel das Baby kosten würde, hatte ich gewusst, dass es ein Fehler gewesen war. „Ach du lieber Himmel, bedeutet das, was ich vermute? Darf man gratulieren?"

„Nein, nein. Das sind Geschenke für eine Freundin." Ich nahm den Schnuller entgegen und umklammerte die Nachfüllpackung für den Windeleimer noch fester. „Wir … äh, wir warten noch."

„Ach, du Arme. Ihr wartet doch schon so lange."

„Na ja, eigentlich nicht." Unsere Sozialarbeiterin hatte gesagt, dass manchen Paaren innerhalb weniger Monate ein Kind vermittelt wurde, wenn sie erst einmal auf der Warteliste standen. Andere warteten jahrelang. Bei der Vorstellung, dass wir zu der zweiten Kategorie gehören könnten, fühlte ich mich wie eine ausgedörrte Hülse. „Jedenfalls nicht annähernd so lange wie andere Paare."

„Also, wie funktioniert denn das – ihr müsst alle warten, bis irgendeine Frau euch von der Liste aussucht?"

„Mehr oder weniger."

Mandy wirkte entsetzt.

Ich schob mich in Richtung Kasse, weil ich nur noch wegwollte.

„Das muss wirklich hart sein. Welche Form der Kontrolle habt ihr denn bei dem ganzen Prozess? Wisst ihr überhaupt, was für eine Art Baby ihr bekommt?"

„Ein menschliches, hoffe ich."

Sie lachte und gab mir einen Klaps auf den Arm. „Weißt du, ich habe vor ein paar Wochen an dich gedacht."

„Ach ja?" Ich trat an eine Kasse und warf meine Einkäufe auf das Band.

Mandy reihte sich mit ihrem Wagen hinter mir ein, obwohl mindestens eine weitere Kasse geöffnet war. „Ich habe mit einer meiner Cousinen zu Mittag gegessen. Ein Ehepaar in ihrer Kirchengemeinde hat vor Kurzem ein Kind adoptiert. Wusstest du, dass sie drei Anläufe gebraucht haben? Beim zweiten Mal hatten sie zwei Wochen lang ein süßes kleines Mädchen und dann hat die leibliche Mutter es sich anders überlegt und sie mussten das Baby zurückgeben. Ist das nicht schrecklich?"

Ja, das war es. Genau genommen war das mein schlimmster Albtraum. Und wie freundlich von ihr, das zu erwähnen.

Mandy schien ihren Fauxpas zu bemerken, denn sie erzählte schnell weiter, dass die Frau jetzt einen sechs Monate alten Jungen hatte und alle unglaublich glücklich waren. Der ganze Kummer hatte sich gelohnt. Gott hatte einen Plan. Sein Timing war perfekt gewesen.

Ich presste die Lippen aufeinander und nickte.

„Siebenundzwanzig sechsundfünfzig, Ma'am", sagte die Kassiererin.

Ich holte mein Portemonnaie aus der Handtasche und zog meine Kreditkarte durch das Lesegerät. Dann kritzelte ich meine Unterschrift auf den Zettel, sorgfältig darauf bedacht, angestrengt weiterzulächeln. *Sie meint es gut … Sie meint es gut … Sie meint es gut …*

Die Kassiererin reichte mir Tüte und Kassenbeleg.

„Es ist ja so schön, dass wir uns über den Weg gelaufen sind, Carmen. Bitte sag Coach Hart einen schönen Gruß von mir und wir sehen uns morgen Abend. Das erste Spiel der Saison." Mandy reckte eine Faust in die Luft. „Go Sting Rays!"

„Ja, go Sting Rays." Obwohl mir nicht nach Anfeuern war, stieß ich meine eigene Faust ungeschickt in die Höhe, dann verabschiedete ich mich und eilte hinaus, um endlich tief Luft holen zu können. Mir war nicht ganz klar, an welchem Punkt die Luft im *Toys-R-Us* zu dick geworden war. Mandys Worte hatten einen ganzen Schwall von Was-wäre-Wenns ausgelöst. Was, wenn wir nie ausgewählt wurden? Was, wenn wir dasselbe durchmachen mussten wie die Freundin von Mandys Cousine? Was, wenn Ben und ich dazu verdammt waren, für immer an diesem Ort zu verharren, an den wir uns nun begeben hatten, ohne die Hoffnung, jemals zu entkommen? Ich versuchte die Fragen so gut wie möglich zu verdrängen.

Gott hatte einen Plan …

Das war etwas, das ich auch einmal geglaubt hatte, vor langer Zeit. Aber jetzt?

Meine Hand legte sich auf meinen flachen Bauch, während ich versuchte, die Erinnerungen in Schach zu halten. Aber sie waren hartnäckige, aufdringliche Biester, die ständig einen Haufen Zweifel ausgruben, die ich unglaublich leid war. Früher war ich so naiv gewesen zu glauben, dass Gott Ben und mich dafür segnen würde, dass wir nach seinem Willen lebten. Und jetzt saß ich auf dem Fahrersitz meines Wagens, eine Tüte mit Babyutensilien auf dem Schoß, aber hatte nichts als sehnsüchtige Arme und ein leeres Haus.

Ein Sonnenstrahl brach durch die Wolken und fiel genau auf ein Parkplatzschild vor mir: *Für werdende Mütter.*

Da war es um meine Fassung geschehen.

Ohne Vorwarnung, ohne Nachdenken legte ich den Gang ein und trat das Gaspedal durch, während ein wilder Schrei meiner Kehle entwich. Mein Wagen machte einen Satz vorwärts und rammte den Metallpfosten. Das Schild blieb stehen. Seine Widerstandskraft spottete jeglicher Vernunft. Mit aller Wucht schob ich den Schaltknüppel in den Rückwärtsgang, setzte zurück und fuhr noch einmal gegen das Schild, wobei ich das Gaspedal ganz durchdrückte, bis ein lautes Knirschen ertönte.

Ich blinzelte mehrmals, das Lenkrad fest umklammert. Dann richtete ich mich in meinem Sitz auf. Ein Storch mit einem Baby im Schnabel flog auf den Asphalt zu.

# Kapitel 5

*Carmen*

Ich konnte das Lenkrad nicht loslassen. Ich konnte nur mit großen Augen, trockenem Mund und zitternden Händen auf das umgeknickte Schild unter meiner Stoßstange starren.

Eine Mutter ging mit ihrem Kind an meinem Auto vorbei. Ich spürte, wie die Frau mich durch die Windschutzscheibe anstarrte. Während ich auf meinem Sitz nach unten rutschte, wünschte ich, ich hätte Mandy Thoms Baseballkappe auf. Nachdem die beiden vorbeigegangen waren, wagte ich einen vorsichtigen Blick. Der kleine Junge sah mich über die Schulter hinweg an, während seine Mutter ihn in das Geschäft zerrte, fort von der verrückten Frau am Lenkrad.

Ich setzte zurück, sodass mein Wagen nicht mehr über dem Schild stand, und erwog einen kurzen Augenblick lang, einfach wegzufahren. Der Parkplatz war fast menschenleer. Ich könnte abhauen. Aber selbst wenn mein Gewissen es zugelassen hätte, versetzten die Überwachungskameras über mir diesem Plan den Todesstoß. Sie hatten meinen Kampf mit dem Schild garantiert aufgenommen und höchstwahrscheinlich auch mein Nummernschild. Es gab kein Entrinnen. Ich würde hineingehen und ein Geständnis ablegen müssen.

Während ich auf das Geschäft starrte und über die Folgen dessen nachdachte, was ich gerade getan hatte, hörte ich über mir gelegentlich einen Flugzeugmotor. Ein Adoptionsprozess drang tief in die Privatsphäre ein. Im Laufe der vergangenen Monate hatte man unser gesamtes Leben wie Wasser durch ein Sieb laufen lassen, nur um sicherzustellen, dass Ben und ich zum Elternsein geeignet waren. Wenn der Inhaber des Ladens beschloss, Anzeige zu erstatten, hätte ich einen Eintrag im polizeilichen Führungszeugnis. Und was dann?

Ich legte die Stirn aufs Lenkrad und schüttelte den Kopf – hin und her, hin und her –, bis jemand an mein Fenster klopfte.

Ein Mann mit kantigem Kinn und silbernen Haaren blickte durch die Scheibe auf mich herunter. Seiner Kleidung nach zu urteilen, war er der Geschäftsführer. Ich stieg aus in die drückende Hitze, während mir das Herz bis zum Hals schlug.

„Ma'am, ist alles in Ordnung?" Er lehnte sich ein wenig zurück, um sich meine Stoßstange und das Schild genauer anzusehen. Als er seine Aufmerksamkeit wieder mir zuwandte, wandelte sich seine gerunzelte Stirn zu einer überraschten Miene. „Also, das ist doch … Sie sind Carmen Hart von den Nachrichten auf Channel 3! Sie würde ich überall erkennen."

Ich schluckte, unsicher, was ich sagen sollte. Ich wusste, wie ich normalerweise reagierte. Ein breites Lächeln, ein freundlicher Handschlag, gefolgt von etwas Small Talk übers Wetter. Aber das hier war keine normale Situation.

„Sie sind meine Lieblingswetterfee seit Stacy Pine damals in den Achtzigern. Sie wissen es zwar nicht, aber Sie frühstücken jeden Wochentag mit meiner Frau und mir."

Der Geschäftsführer war ein Fan. Ich hätte vor Erleichterung in Ohnmacht fallen können. Stattdessen lehnte ich mich ein wenig vor und zwinkerte ihm verschwörerisch zu. „Nur damit Sie es für die Zukunft wissen: Ich trinke meinen Kaffee mit Sahne."

Er lachte und streckte die Hand aus. „Dale Benson."

„Es ist mir ein Vergnügen, Sie kennenzulernen, Mr Benson", sagte ich und gab ihm die Hand.

„Das Vergnügen ist ganz meinerseits, Mrs Hart, daran besteht kein Zweifel." Und dann betrachtete er wieder das Schild, so als wäre ihm gerade der Grund für unsere Begegnung eingefallen. „Wenn ich fragen darf, Mrs Hart, wie genau ist das eigentlich passiert?"

„Ich, äh …" Ein nervöses Lachen stieg in meiner Kehle auf. Ich was? Dale mochte ein Fan sein, aber was, wenn das nach hinten losging? Was, wenn er seiner Frau heute Abend von unserer Begegnung erzählte und sie beschloss, eine Schilderung des merkwürdigen Vorfalls auf Facebook zu posten? Ich repräsentierte nicht nur mich; ich repräsentierte den gesamten Nachrichtensender. Ich war eine Person des öffentlichen Lebens und Personen des öffentlichen Lebens machten keine Fehler, jedenfalls nicht in der Öffentlichkeit. „Die Sache tut mir wirklich unglaublich leid. Ich bin mir nicht ganz sicher, wie das passiert ist, aber natürlich stelle ich Ihnen einen Scheck aus, der den ganzen Schaden abdeckt."

Dale kratzte sich an der Schläfe.

Ich hielt die Luft an und bat Gott um etwas Gnade. Ein wenig Nachsicht.

Er hakte die Daumen in den Bund seiner Hose. „Eigentlich sehe ich keinen Grund, warum wir wegen eines Parkschilds die Polizei einschalten sollten. Oder warum Sie für etwas zahlen sollten, wo wir doch noch mehr von den Dingern im Lager haben. Ich finde, das Wichtigste ist, dass niemand verletzt wurde. Sie sind doch nicht verletzt, oder?"

„Nein, ich bin nicht verletzt. Sind Sie sich sicher, dass ich keinen Scheck ausstellen soll?"

„Wie wäre es hiermit? Sie geben mir ein Autogramm und damit sind wir quitt." Der Geschäftsführer lächelte. „Am Samstag hat meine Frau Geburtstag. Ich glaube, wenn ich Ihr Autogramm in die Geburtstagskarte legen könnte, würde sie sich freuen wie eine Schneekönigin."

Am liebsten hätte ich Dale Bensons Gesicht umfasst und einen dicken, feuchten Kuss auf seine Stirn gedrückt. Hastig suchte ich in meiner Handtasche nach einer meiner Visitenkarten, malte meinen Namen mit schwarzem Filzstift quer über die Rückseite und lachte, als Dale sagte, er würde mich morgen früh „treffen". Als ich schließlich wieder in meinem verbeulten Auto saß und nach Hause fuhr, zitterte ich am ganzen Körper.

*Danke, Herr.*

Es war der erste Ausdruck von Dankbarkeit, den ich ihm seit Langem entgegenbrachte. Ich hatte keine Ahnung, dass dieser Dank verfrüht war.

Ich nahm eine Spielkarte vom Stapel, schob sie zwischen eine Kreuz-Acht und eine Herz-Neun und warf einen König ab, obwohl ich vermutete, dass Tante Ingrid mindestens einen auf der Hand hatte.

Jeden Tag fuhr ich nach der Arbeit zum *Pine Ridge*-Seniorenheim, um meine Großtante zu besuchen. An ihren guten Tagen spielten wir *Gin Rummy 500*, an den schlechten Tagen *War*. An ausgesprochen guten Tagen *Hearts* im Speisesaal mit ihren Freundinnen, doch diese Tage wurden immer weniger und seltener.

Jetzt sah sie mich über ihre Karten hinweg an, zögerte, um es besonders spannend zu machen, dann nahm sie den König, legte ihn mit zwei anderen raus und warf ihre letzte Karte verdeckt ab.

Ich lächelte. Tante Ingrid hatte einen guten Tag. Im Großen und Ganzen galt das für mich auch. Ich konnte immer noch nicht fassen, dass der Geschäftsführer mich so ohne Weiteres hatte davonkommen lassen. Die ganze Misere hatte meinen Glauben an Gottes Gnade wenigstens teilweise wiederbelebt. Vielleicht hatte er mich ja doch nicht vergessen.

Ingrid zählte ihre Punkte. Ich zählte meine und addierte dann beide Zahlen jeweils zu unseren Gesamtpunkten hinzu, während sie die Karten neu mischte und mit dem Geschick eines Profis austeilte.

„Wie hast du geschlafen?“, fragte ich, während ich meine Karten eine nach der anderen aufnahm.

Sie schnaubte – ob wegen der Frage oder der Art, wie ich die Karten hielt, konnte ich nicht mit Sicherheit sagen. Tante Ingrid war der Meinung, ein Kartenspieler sollte die Karten erst dann aufnehmen, wenn alle gegeben waren. Aber ich hatte noch nie gut warten können. „Gestern Nacht habe ich geträumt, Gerald hätte mir ein Rhinozeros gekauft.“

Lachend steckte ich ein Pik-Ass neben den passenden König.

„Unter dem Weihnachtsbaum stand diese riesige Kiste, die sich immerzu bewegte. Gerald sagte zu mir, ich solle sie aufmachen, und als ich es tat, fand ich ein ausgewachsenes Nashorn mit einem Kranz um sein Horn darin. Er fing an, *Jingle Bells* zu singen.“

„Gerald?“

„Nein, der Kranz.“ Sie gab mir die letzte Karte und fing an, ihre Karten auf der Hand zu ordnen. Unweigerlich bemerkte ich, wie dünn ihre Handgelenke waren. Nicht nur, dass die Demenz ihr den Verstand raubte; ihre Knochen wurden zudem von Osteoporose aufgefressen. „Es war wirklich absurd.“

„Träume können so sein.“

„Es war seit langer Zeit der erste Traum. Ich vermisse diese Träume.“

Ich dachte an den Albtraum, den ich in letzter Zeit immer wieder hatte. Mir hätte eine traumlose Nacht nichts ausgemacht. Ich zog eine Karte, legte drei Buben raus und warf eine Fünf ab.

Ingrid murmelte etwas von wegen Glück gehabt. „Beim Aufwachen habe ich an Weihnachten gedacht."

„Ja?"

Sie warf eine Zwei ab. „Und daran, wie schön es wird, im *Treasure Chest* zu feiern."

Ich blickte von meinen Karten auf. Wir hatten keine Weihnachtsfeier mehr im *Treasure Chest* veranstaltet, seit ihr Mann Gerald vor vier Jahren gestorben war. Tatsächlich hatten Dad und ich das Motel, das immer ein Familienbetrieb gewesen war, im letzten April aufgeben müssen, nachdem der Geschäftsführer gekündigt hatte. Es war unglaublich deprimierend gewesen, den Ort, den ich immer so geliebt hatte, in einem derart heruntergekommenen Zustand zu sehen.

„Erinnerst du dich an die Weihnachtsfeiern, die wir veranstaltet haben, als du klein warst? Gerald hat sich als Weihnachtsmann verkleidet und du und deine Cousins und Cousinen habt euch vor lauter Aufregung beinahe in die Hosen gemacht."

Ich lächelte nostalgisch. „Und weißt du noch, wie Dad mich einmal an Weihnachten mit einem Meerschweinchen überrascht hat?"

„Wie der kleine Gauner in Mrs Penningtons Dusche gelandet ist, war mir immer ein Rätsel."

Mein Lächeln wurde breiter. Mrs Pennington war schneller aus ihrem Zimmer geflohen, als ich jemals eine Frau hatte rennen sehen. Nachdem mein lebendes Weihnachtsgeschenk wieder in seinem Käfig verstaut gewesen war, hatte Tante Ingrid eine ganze Stunde gebraucht, um Mrs Pennington davon zu überzeugen, dass es im *Treasure Chest* keine ungewöhnlich großen Mäuse gab. „Oder als Ben versucht hat, Dads Eierpunsch zu machen?"

Ingrid legte die Hände auf ihr dunkles Haar und stieß einen Jauchzer aus. „In dem Rezept stand 2 Gläser Rum und er hat 2 Liter reingetan! Ich glaube, mein schottischer Mann war der Einzige, der den Punsch mochte."

„Und der Ire in Zimmer 4." Ich schüttelte den Kopf. „Ben hatte ein furchtbar schlechtes Gewissen."

In Tante Ingrids kaffeebraunen Augen funkelte ein ganzes Labyrinth aus Erinnerungen. Ich wünschte, ich könnte in dieses Labyrinth hineinkriechen und noch einmal darin leben. „Tja", sagte sie, „den Fehler hat unser Servicejunge auch nur einmal gemacht."

*Servicejunge.*

Das Wort versetzte meiner Liebe einen energischen Stupser, so als wollte es sie aus einem tiefen und dauerhaften Schlaf aufwecken. Wie lange war es her, dass ich zuletzt an diesen Spitznamen gedacht hatte?

# Kapitel 6

*Carmen*

Ich stand mit laufendem Motor an der Kreuzung Bayou und Ninth Street, während meine Gedanken zum *Treasure Chest* zurückwanderten. In den vergangenen Monaten hatte das Leben meine Zuneigung zu diesem Ort in den Winterschlaf gezwungen. Ich hatte das Motel und sein Schicksal in ein mentales Wartezimmer gesteckt – den Ort für all die Dinge, um die ich mich später kümmern würde. Aber dadurch, dass ich mit meiner Tante in Erinnerungen geschwelgt hatte, war diese Zuneigung wieder erwacht und hatte eine ganze Reihe Erinnerungen aufgerüttelt. Eine stach ganz besonders aus den anderen hervor – die an damals, als Tante Ingrid mich gewarnt hatte, ich sollte mich vor dem neuen Servicejungen in Acht nehmen.

Ich hatte nur schnaubend gelacht. „Was denn für ein Servicejunge?"

Sie wischte mit einem feuchten Lappen die Oberfläche des Empfangstresens ab. Während der letzten drei Jahre hatte ich zwei unterschiedliche Identitäten entwickelt – von September bis Mai war ich an der *University of Virginia* die überaus erfolgreiche Meteorologiestudentin, fest entschlossen, so viel wie möglich über die stürmische Atmosphäre zu lernen, so als könnte sie gezähmt werden; und von Juni bis August war ich Tante Ingrids unkonventionelle rechte Hand, mit einem Sonnenbrand auf der Nase und Flipflops an den Füßen. In all meinen Jahren im *Treasure Chest* hatte Ingrid noch nie einen Servicejungen gebraucht.

„Ich habe ihn für dich eingestellt." Sie warf mir über die Schulter einen Blick zu und wackelte mit den Augenbrauen. Dann verschwand sie im Hinterzimmer.

*Sie hat ihn für mich eingestellt?*

Was sollte das denn heißen? Die Frage ging mir nicht aus dem Kopf, während ich Anrufe entgegennahm, Zimmer buchte und

Fragen von Gästen beantwortete, die wissen wollten, wo man am besten Meeresfrüchte essen oder die besten Antiquitäten einkaufen oder am besten Golf spielen konnte. Erst gegen Ende meiner Schicht ergaben Tante Ingrids Worte einen Sinn.

Ich war gerade hinten und räumte einen Haufen Laken von der Waschmaschine in den Trockner, als die Tür aufging. Hastig warf ich ein paar Trocknertücher ein, eilte ins Empfangsbüro und blieb wie angewurzelt stehen. Vor dem Tresen stand ein Mann – groß und breitschultrig, mit der Sonnenbräune eines Surfers und der Frisur eines Elitestudenten, wobei die Haare teils braun, teils blond wirkten, je nachdem, wie die Sonne darauffiel.

„Willkommen im *Treasure Chest*", sagte ich mit der besonders freundlichen Stimme, die ich für die Motelgäste reserviert hatte. Meine Worte klangen so unnatürlich hoch, dass ich mich räuspern musste. „Wollen Sie … äh … einchecken?"

Einer seiner Mundwinkel zuckte. „Ingrid hat mich geschickt. Ich soll den Trockner reparieren."

„Den Trockner? Aber der Trockner ist nicht …" In diesem Moment hatte ich einen Geistesblitz. „Du bist der Servicejunge."

„Servicejunge?" Er grinste schief und zog zugleich die Stirn kraus. Beides stand ihm ausgesprochen gut.

„Meine Tante hat mir gesagt, dass wir einen Servicejungen eingestellt haben. Ich vermute, das bist du?"

Er stützte einen Ellbogen auf den Empfangstresen. „Ich bin kein Servicejunge."

Ich zwang meine Füße, sich in Bewegung zu setzen, vorübergehend abgelenkt von dem intensiven Blau seiner Augen – leuchtend wie Saphire ohne einen Hauch von irgendetwas anderem, kein bisschen Grün oder Grau oder auch nur Hellblau. Nicht einmal die Carmen, deren Nase immer in den Büchern steckte, hätten ihnen widerstehen können. „Also gut, und wer bist du dann?"

„Ben", sagte er und streckte die Hand aus, „Sommerhausmeister."

Ich ergriff seine Hand – seine Handfläche war die perfekte Mischung aus rau und warm. „Carmen, Sommergästebetreuerin."

„Und berühmte Nichte."

„Berühmt?"

„Ingrid redet viel von dir. Ich bin erst seit einer Woche hier und ich glaube, ich könnte allmählich deine Biografie schreiben."

Ich schnitt eine Grimasse. „Tut mir leid."

„Nicht nötig."

„Ich glaube, sie versucht Amor zu spielen."

„Wollen wir es ihr leicht machen?"

In meinem Bauch hoben ein paar Schmetterlinge ab. Der Servicejunge flirtete mit mir.

Er zwinkerte. „Und was ist jetzt mit dem Trockner?"

„Der ist nicht kaputt."

„Ich hatte schon so einen Verdacht."

„Wirklich?"

„Deine Tante hatte ganz leuchtende Augen, als sie mich hergeschickt hat, um nach dem Gerät zu sehen. Ich merke ganz gut, wenn sie etwas ausheckt." Er trommelte ein paarmal mit den Zeigefingern auf den Tresen und beugte sich dann vor. „Carmen, Sommergästebetreuerin, es war mir ein Vergnügen."

Ein Auto hupte und riss mich aus meiner neun Jahre alten Erinnerung. Wie damals brachte ein Lächeln die Grübchen in meinen Wangen zum Vorschein. Der Wagen hupte erneut.

Ich traf eine schnelle Entscheidung und bog in die Ninth Street in Richtung Süden ab, obwohl die Autowerkstatt am Summit Boulevard in entgegengesetzter Richtung lag, und fuhr stattdessen Richtung Pensacola Bay Bridge. Zwanzig Minuten später fuhr ich auf den Parkplatz der *Bay Breeze Highschool*, nicht ganz sicher, warum ich eigentlich hier war. Nachdem ich mich am Empfang angemeldet und ein paar bekannte Gesichter begrüßt hatte, steckte ich mir eine Besuchermarke an und ging zu Bens Klassenzimmer im Keller.

Die meisten Menschen dachten, er wäre Sportlehrer, da seine Lieblingsaufgabe, in die er auch die meiste Zeit investierte, die des Footballtrainers war. Aber Ben unterrichtete Töpfern und Bildhauerei, zwei der beliebtesten Wahlfächer der Schule. In unserem Keller zu Hause hatten wir sogar eine Töpferscheibe. Früher hatte Ben mir Privatstunden gegeben und dabei gewitzelt, wir würden unseren inneren *Ghost* heraufbeschwören. Dann lachte ich und nannte ihn gefühlsduselig. Aber in Wirklichkeit fand ich meinen Mann tausend Mal aufregender als Patrick Swayze, vor allem, wenn er ganz zart meinen Nacken küsste, sodass mir ein Schauer über den Rücken lief.

Sobald ich die zweiflügelige Tür am Fuß der Treppe aufgestoßen hatte, schlug mir der Geruch von Chlor und Sägemehl entgegen. Bens Klassenzimmer befand sich gegenüber vom Schwimmbad und auf demselben Gang wie die Räume für den Werkunterricht. Die Schule hatte am Montag wieder begonnen und schon jetzt war der Boden mit einer Staubschicht bedeckt. Die Schüler arbeiteten fleißig an ihren Projekten, die aussahen wie Kaffeebecher.

Ben stand mit dem Rücken zu mir an einem der hohen Tische, noch immer mit breiten Schultern und schmaler Taille, und trug Arbeitsschuhe, braune Levi's und ein lässiges Hemd, dessen Ärmel er bis zu den Ellbogen hochgekrempelt hatte. Eines der Mädchen am Tisch bemerkte mich im Türrahmen und sagte etwas zu ihm. Er drehte sich um, legte den Kopf leicht schief und kam dann zu mir. Normalerweise tauchte ich nicht mitten am Tag in seiner Klasse auf.

„Hi." Die Begrüßung wurde von einem Stirnrunzeln und einem fragenden Blick begleitet. Oft vergaß ich, wie beeindruckend das Blau seiner Augen war. Aber heute nicht. Nicht, nachdem ich mich an den Servicejungen erinnert hatte. „Was machst du denn hier?"

„Hast du kurz Zeit zu reden?"

„Ist alles in Ordnung?" Er legte eine Hand auf meinen Rücken und führte mich auf den Flur hinaus, fort von der unwillkommenen Aufmerksamkeit seiner Schüler. „Hat die Sozialarbeiterin angerufen?"

*Oh, Ben glaubt …*

Mein Herz zog sich zusammen. Er dachte, ich wäre mit guten Neuigkeiten gekommen. Er dachte, ich wäre hier, weil eine leibliche Mutter uns ausgewählt hatte. Er dachte, unser Warten wäre vorüber und wir hätten den Adoptionsprozess irgendwie in Rekordzeit hinter uns gebracht. Als ich den hoffnungsvollen Blick in seinen Augen sah, bereute ich es, hergekommen zu sein. „Nein, sie hat nicht angerufen."

„Oh." Er rieb sich den Nacken. „Warum bist du dann hier?"

Weil ich ihn vermisste? Weil ich uns vermisste? Wegen einer Erinnerung, die Gefühle wiederbelebt hatte, die ich lange, zu lange nicht mehr gespürt hatte?

Ben zog die Augenbrauen hoch und wartete.

„Ich habe ein Schild umgefahren."

„Ein Schild."

„Heute Morgen. Auf dem Parkplatz von *Toys-R-Us.*"

„Wie bist du denn in ein Schild reingefahren?" Die Herablassung in seiner Stimme war hörbar genug, um mich zu ärgern, aber gleichzeitig zu schwach, um eine ungehaltene Erwiderung meinerseits zu rechtfertigen. Ben hatte diese frustrierende Gratwanderung zu einer regelrechten Kunstform entwickelt und ich war mir ziemlich sicher, dass es ihm nicht einmal bewusst war.

„Es war für werdende Mütter."

Er kratzte sich die Bartstoppeln am Kinn. Ben rasierte sich dreimal die Woche und zwischendrin wuchsen die Haare zwar nicht zu einem richtigen Vollbart, aber immerhin zu einem Dreitagebart. „Also ... soll ich irgendetwas machen?"

„Nein."

„Warum bist du dann hergekommen? Nur, um es mir zu erzählen?"

„Ich weiß nicht, Ben." Vielleicht hatte ich diese Unterhaltung nicht später führen wollen. Vielleicht hatte das Schwelgen in Erinnerungen mit Tante Ingrid mich nostalgisch gemacht. Oder vielleicht wollte ich in meinem tiefsten Innern ja doch, dass er irgendetwas tat, auch wenn ich mich mit Händen und Füßen dagegen wehrte.

„Ist der Wagen beschädigt?"

„Die vordere Stoßstange hat eine Beule."

„Wie schlimm?"

„Wahrscheinlich brauchen wir eine neue Stoßstange."

Er presste die Lippen aufeinander.

Ich tat es ihm gleich, um nicht laut zu schreien.

So standen wir im Gang – er und ich – mit aller Spannung der Welt zwischen uns und unwillkürlich fragte ich mich, wie wir hierhergekommen waren. An diesen Ort ständiger Fehlschläge. Ich dachte an das alte chinesische Sprichwort, das gerne am Beginn eines längeren Unterfangens zitiert wird: *Eine Reise von tausend Meilen beginnt mit dem ersten Schritt.* Die Leute verbanden das mit anregenden, lohnenswerten Reisen. Aber es stimmte genauso für die unabsichtlichen, unerfreulichen Reisen.

In meiner Handtasche klingelte mein Handy. Ich fischte es heraus und sagte Hallo, froh über die Ablenkung.

„Carmen, Dad hier."

„Dad?" Normalerweise rief er nicht mitten an einem Arbeitstag an, wenn es keinen akuten Anlass gab. „Ist alles in Ordnung?"

„Nicht ganz. Die Zentrale vom Sheriffbüro in Escambia County hat mich angerufen. Offenbar hat jemand einen Einbrecher beim *Treasure Chest* gesehen."

„Einen Einbrecher?"

Ben beugte sich vor und versuchte, das Gespräch mitzuverfolgen.

„Sie haben einen Deputy hingeschickt, damit er nachsieht. Anscheinend gibt es tatsächlich Hinweise auf einen Einbruch. Jemand muss hinfahren und sich darum kümmern, dass das Gebäude gesichert wird. Meinst du, du könntest das tun?"

„Natürlich. Das mache ich." Nach der Unterhaltung mit Ben klang ein Ausflug in mein altes Revier wie die perfekte Gelegenheit, mich wieder neu zu justieren. Außerdem war der letzte Besuch dort viel zu lange her.

„Danke, Liebling." Dad zögerte und füllte die Leere dann mit einem Seufzer. „Weißt du, wir müssen bald entscheiden, was wir mit dem Gelände machen wollen."

Obwohl sie sanft geklungen hatten, zerrten seine Worte an einer Naht der Sehnsucht in meinem Herzen.

# Kapitel 7

*Carmen*

Als ich die Bob Sikes Bridge überquerte und auf dem zweispurigen Highway namens County Road 399 in Richtung Osten fuhr, konnte ich die Naht beinahe reißen hören. Die Urlaubshotels und Wohnanlagen wurden immer kleiner und seltener, je weiter ich mich vom Touristenzentrum Pensacola Beach entfernte, und gaben irgendwann den atemberaubenden Blick frei auf smaragdgrünes Wasser und weißen Sand, sich im Wind wiegende Gräser und Yuccapalmen und struppige kleine Büsche.

Das *Treasure Chest* war 1939 von meinem Urgroßvater Frank Sideris eröffnet worden, damals unter dem Namen *La Tresor Motel.* Bei der Realisierung seines Traums hatte er auf die finanzielle Unterstützung seines guten Freundes Charles Darrow zurückgreifen können, dessen Erfindung des Monopoly-Spiels ihm während der schlimmsten Wirtschaftskrise unseres Landes Millionen eingebracht hatte. Damals war das Motel das erste seiner Art auf Santa Rosa Island gewesen und hatte eine Ära des Hotelgewerbes an wichtigen Straßen begründet. Als Frank starb, hinterließ er das Motel seiner jüngsten Tochter, meiner Tante Ingrid. Sie liebte den Ort genauso wie ihr Vater und machte es zu ihrer Lebensaufgabe, ihn gedeihen zu lassen. Aber inzwischen gehörte das *Treasure Chest,* was so viel wie Schatztruhe bedeutete, einer aussterbenden Gattung an und war nicht nur das erste, sondern auch das letzte Motel seiner Art auf Santa Rosa Island.

Zehn Minuten von Navarre Beach und den dortigen, in der Ferne bereits sichtbaren Hochhäusern entfernt erblickte ich am Straßenrand das Schild des Motels, dessen Neonschriftzug jetzt schon seit Monaten nicht mehr leuchtete. Selbst in der Haupttouristensaison war es dunkel geblieben. Als ich auf den Parkplatz einbog, der abgesehen von einem einsamen Streifenwagen verlassen dalag, zerbarst die Naht der Sehnsucht endgültig. Tante Ingrids ganzer Stolz ähnelte eher einem heruntergekommenen Stundenhotel als der familienfreundlichen Unterkunft, die es einmal gewesen war. Das ehemals charmante Art-Deco-trifft-auf-1960er-Jahre-Vintage-Motel mit seinen dreizehn Einheiten, komplett mit Neon- und Chromelementen, stand verlassen und baufällig auf einem Grundstück, das unglaublich wertvoll gewesen sein musste.

Wie war es nur so weit gekommen?

Ich dachte an die vergangenen vier Jahre – Geralds unerwarteten Tod, den Versuch, Tante Ingrid in ihrer Trauer beizustehen, die Zuversicht, dass ihre Vergesslichkeit sich mit der Zeit wieder legen würde, und die Erkenntnis, dass sie stattdessen immer schlimmer wurde. Die Diagnose des Arztes, Tante Ingrids Umzug ins *Pine Ridge*-Seniorenheim, meine Bemühungen, ihr bei der Eingewöhnung dort zu helfen, und das alles, während ich mit meinen eigenen geheimen Verlusten fertigwerden musste. Ich hatte Tante Ingrid versprochen, dass ich mich um ihr Baby kümmern würde, aber in den letzten zweieinhalb Jahren war ich so gut wie nie hier gewesen.

Ich stieg aus, atmete die milde Luft ein und grüßte die Frau, die neben ihrem Streifenwagen stand. Unter ihrem Deputy-Hut hatte sie Unmengen von Sommersprossen im Gesicht und ihr karottenrotes Haar trug sie in einem langen Zopf, der ihr über den Rücken fiel. „Deputy Ernst", sagte sie und streckte die Hand aus. „Sie sind die Tochter des Eigentümers?"

„Ich bin die Großnichte. Mein Vater ist ihr Neffe und ihr Bevollmächtigter." Sodass er praktisch für die Immobilie zuständig war. „Er lebt allerdings in Gainsville, deshalb hat er mich gebeten herzukommen." Ich betrachtete die Gästezimmer, die in einem U um den leeren, nierenförmigen Pool angesiedelt waren. Der war für Urlauber gebaut worden, die lieber badeten, ohne Haien oder Quallen zu begegnen. „Er hat etwas von einem Einbruch gesagt?"

Deputy Ernst nickte. „Ein Tourist, der am Strand joggen war, hat sich heute Morgen bei uns gemeldet. Er hat jemanden auf dem Gelände herumlungern sehen und fand das merkwürdig. Also hat er unsere Dienststelle angerufen. Wer auch immer der Eindringling war, ist jetzt nicht mehr da, aber ich glaube, er hat einige Dinge zurückgelassen."

„Einige Dinge?"

Sie bedeutete mir, ihr zu folgen.

Als wir uns dem Eingang zum Empfangsbüro näherten, verdorrte etwas in mir. Jemand hatte die Bretter losgerissen. Fenster waren eingeschlagen. Irgendwelche Vandalen hatten unflätige Worte über die Stuckfassade gesprüht. Die anstößigen Kunstwerke waren bis auf die Glasbausteine getröpfelt, die den Eingang umrahmten.

„Ich bin in Mobile aufgewachsen", sagte Deputy Ernst. „Jeden Sommer zwängte sich unsere ganze Familie ins Auto und fuhr an der Küste entlang, bis wir zum Haus meiner Oma in Rosewood kamen. Auf dem Weg dorthin haben wir in Motels wie diesem hier übernachtet. Ein paarmal sind wir sogar hier abgestiegen."

Tante Ingrid würde sich riesig über die Geschichte der Beamtin freuen.

„Inzwischen haben die meisten Familienmotels, in denen wir waren, den Kampf gegen die großen Jungs dort drüben verloren." Sie deutete mit einem Nicken auf die Silhouette der hoch aufragenden Hotels von Navarre Beach ein paar Kilometer weiter östlich. Mit jedem Jahr kamen sie näher. „Es ist eine Schande, wie das hier zugerichtet ist."

Sie stieß mit dem Fuß die Tür zum Empfangsbüro auf. Als wir eintraten, knirschten Trümmer und Glasscherben unter unseren Füßen und ich schnappte hörbar nach Luft. „Hat der Einbrecher das gemacht?"

„Ich bin mir da nicht sicher. Das Graffiti ist nicht frisch. Ich wette, das waren irgendwelche gelangweilten Teenager im Sommer. Was den Rest betrifft, habe ich keine Ahnung."

Wer auch immer die Täter gewesen waren, sie hatten sich große Mühe gegeben, das wenige, das noch hier war, zu zerstören. Sie hatten ein altmodisches Telefon mit Wählscheibe, zwei Stühle und die gerahmten Bilder an den Wänden zertrümmert, darunter auch das historische Monopoly-Brett, das Charles Darrow handsigniert hatte. Zum Glück hatten sie anscheinend nicht gewusst, wer der Mann war, denn sie hatten es nicht mitgenommen.

Ein Band der Verzweiflung zog sich um meine gemischten Gefühle und schnürte sie zu einem Bündel zusammen, das erbärmlicher war als das Motel. Es war nicht so sehr der Vandalismus, der mich erschütterte, sondern vielmehr das, was hinter dem Vandalismus zu erkennen war – die Zeichen der Vernachlässigung, der Erosion, des langsamen Zerfalls. Dicke Staubschichten auf allen Oberflächen, schmutzige Scheiben in den unbeschädigten Fenstern, der zerschlissene Teppich, die Spinnweben und die abblätternde Farbe. All das traf mich ganz persönlich.

„Ich glaube, der Einbrecher muss hier eine Zeit lang gehaust haben." Deputy Ernst ging zum Gemeinschaftsraum, der leer war, abgesehen von einer Decke und einem Kissen in der hinteren Ecke. „Wir haben viele Obdachlose hier in der Gegend. Landstreicher, die von einer Stadt zur nächsten weiterziehen, lassen sich nieder, wo immer sie ein Dach überm Kopf finden. Aber ich bin mir nicht sicher, dass das hier so ein Fall ist."

„Warum nicht?"

Die Polizistin blieb vor einem Seesack stehen und hockte sich daneben. „Es ist überwiegend Kleidung drin. Nichts Außergewöhnliches. Aber ich habe das hier gefunden." Sie reichte mir eine Postkarte.

Ich erkannte sie sofort. Während meiner Zeit als „Sommergästebetreuerin" hatte ein ganzer Stapel davon hier am Empfang gelegen. Ich drehte die Postkarte um. Auf der Rückseite stand eine Nachricht von Tante Ingrid. Ihre runde Handschrift war mir nur zu vertraut.

*Bis zum nächsten Sommer, Gracie. Du bringst deine Frechheit mit, ich die Kekse.*

„Sie kennen diese Gracie nicht zufällig, oder?"

„Doch, das tue ich." Ich blickte von der Handschrift auf. „Sie ist meine Schwester."

# Kapitel 8

*Gracie*

Ich hockte hinter einem Feuerbusch neben dem Swimmingpool, als ein dunkelblauer Kia Optima mit verbeulter Stoßstange vorfuhr, neben dem Streifenwagen hielt und Evelyn Fisher 2.0 ausstieg – eine jüngere, nüchterne Version meiner Mutter, mit den gleichen braunen Locken, den gleichen weit auseinanderstehenden Augen, der gleichen zierlichen Nase und der gleichen hellen Haut. Makellos in eine weiße Bluse, einen blassrosa Rock und farblich passende Pumps gehüllt. Carmen Hart, eine wandelnde Reklametafel für Perfektion.

Sie und die rothaarige Polizistin unterhielten sich eine Weile, bevor sie im Haus verschwanden. Ich presste die Beine zusammen, weil ich mal musste. Dringend. Aber ich konnte jetzt nicht gehen. Ich musste hierbleiben und mich vergewissern, dass sie meinen Seesack nicht konfiszierten. Abgesehen von meinem restlichen Zeug in Apalachicola (wohin ich nicht zurückgehen würde) enthielt der Beutel alles, was ich besaß, darunter auch mein Handy mit leerem Akku und die mickrigen drei Dollar, die von dem Geld aus Moms Handtasche noch übrig waren.

Mein Magen stieß ein wütendes Knurren aus. In den letzten paar Tagen hatte ich von den Nahrungsmitteln gelebt, die ich an einer Tankstelle in der Nähe von Navarre Beach gekauft hatte. Um dorthin zu gelangen, hatte ich sechs Kilometer durch die sengende Hitze Floridas marschieren müssen. Schweißgebadet und völlig verbrutzelt war ich schließlich wieder beim *Treasure Chest* angelangt. Wenn ich nicht verhungerte, würde ich wahrscheinlich an Hautkrebs sterben.

Die Polizistin mit dem langen roten Zopf kam aus dem Gebäude geschlendert, dicht gefolgt von Carmen. Sie hatte meine Tasche bei sich! Ich duckte mich noch tiefer hinter den Busch und versuchte zu entscheiden, ob ich aus meinem Versteck kommen sollte, weil ich diese Tasche brauchte, oder ob ich mich bedeckt halten sollte, weil ich mich mit der Polizei in der Vergangenheit nicht allzu gut verstanden hatte.

Die beiden wechselten noch ein paar Worte. Dann stieg Officer Rotschopf in ihren Streifenwagen und fuhr weg. Carmen hob eine Hand wie ein Visier an ihre Stirn und drehte sich langsam um dreihundertsechzig Grad, auf der Suche nach der Besitzerin des Seesacks, vermutete ich. Als ich mich auf den Weg hierher gemacht hatte, war eine Wiedervereinigung mit meiner Schwester ganz und gar nicht Teil meines Plans gewesen. Mir war schon klar gewesen, dass unsere Wege sich hin und wieder kreuzen würden, aber das bedeutete schließlich noch lange nicht, dass ich dann auch mit ihr reden musste. Jetzt war ich mir allerdings nicht so sicher, ob mir etwas anderes übrig bleiben würde. Ich konnte nicht zulassen, dass sie meine Tasche mitnahm.

Sie öffnete die hintere Tür ihres Wagens und stellte die Tasche auf den Rücksitz.

Sofort schoss ich hinter dem Feuerbusch hervor und ging auf den Parkplatz zu. Durch das wenige Essen mussten meine Schritte besonders leicht geworden sein, denn Carmen bemerkte mich erst, als sie sich umdrehte und ich quasi direkt vor ihr stand. Beinahe wäre sie vor Schreck aus ihren hübschen rosafarbenen Pumps gesprungen. Sie presste eine Hand auf ihre Brust und fiel fast durch die geöffnete Tür auf die Rückbank des Wagens.

Ich ließ ihr Zeit, Luft zu holen.

„Was in aller Welt machst du denn hier, Gracie?", fragte sie schließlich.

„Ich hole meine Tasche."

Sie sah sich um, so als erwarte sie, dass ich Freunde mitgebracht hatte, dann widmete sie ihre Aufmerksamkeit wieder mir – dreckig, verschwitzt, mit ungewaschenen Haaren, nach Aschenbecher riechend, halb verhungert, wie ich war, und total angespannt, weil ich dringend pinkeln musste. „Wie lange bist du schon hier?"

„Etwa drei Tage."

„Drei Tage!" Carmen sah mich mit großen Augen an. „Weiß Mom Bescheid?"

„Wenn ich raten müsste, würde ich sagen, nein."

Sie starrte mich noch einen Augenblick an, dann holte sie ihre Handtasche aus dem Wagen und kramte darin, bis sie ihr Handy gefunden hatte. Als sie es endlich in der Hand hielt, fing sie an, Nummern einzugeben.

„Was – du rufst meinetwegen die Polizei?"

„Nein, ich rufe nicht die Polizei. Ich rufe unsere Mutter an. Sie macht sich bestimmt schreckliche Sorgen." Carmen biss auf ihren Daumennagel und hielt sich das Telefon ans Ohr. „Wie bist du überhaupt hergekommen?"

„Per Anhalter."

Wieder bekam sie große Augen. „Per Anhalter?"

„Spar dir den Hirnschlag. Ich habe nicht vor, es noch mal zu machen." Von allen Geschichten, die Anhalter zu erzählen hatten, war meine mit Sicherheit die langweiligste. Ich war weder ausgeraubt noch mit einer Waffe bedroht worden noch war sonst irgendwas Dramatisches passiert. Aber nachdem ich vier Stunden lang hatte zuhören müssen, wie Deborah unanständige Witze über ihre Exfreunde machte, während sie eine ganze Packung Marlboro Lights aufrauchte, hätte ich eine vorgehaltene Pistole bevorzugt.

Das Einzige, was mich dazu bewogen hatte, in dem stinkenden Wagen sitzen zu bleiben, war der Gedanke an dieses Motel. Zur Begrüßung hatte ich mir eine herzliche Umarmung von Ingrid ausgemalt. Ich hatte mir vorgestellt, dass ich eine warme Mahlzeit und eine heiße Dusche und ein bequemes Bett vorfinden würde. Ich würde für immer hierbleiben und alle Arbeiten verrichten, die anfielen, als Gegenleistung für ein Zimmer. Vielleicht war es kein glanzvoller Neuanfang, aber es war der einzige Neuanfang, den ich wollte. Stattdessen hatte ich das hier angetroffen – ein mit Brettern vernageltes, von Vandalen zerstörtes Motel ohne Klimaanlage, Elektrizität, fließend Wasser, Bad oder Essen.

„Gefällt mir übrigens gut, was ihr aus dem Motel gemacht habt", sagte ich und zeigte auf das Rattenloch, vor dem wir standen. „Seit meinem letzten Besuch hat es ein ganz neues Ambiente bekommen."

Carmen legte auf.

„Willst du keine Nachricht hinterlassen?"

„Bitte sag mir, was los ist, Gracie."

„Warum sagst du mir nicht, was los ist? Wo ist deine Tante Ingrid?"

„Wir mussten sie vor ein paar Jahren in ein Seniorenheim bringen."

„Warum?"

„Weil sie Demenz hat."

„Und das ist alles? Ingrid wird krank und du überlässt das *Treasure Chest* sich selbst?" Das war so typisch für Carmen, dass es nicht einmal komisch war. Dasselbe hatte sie mit mir gemacht. Die einzige Überraschung war, dass ich gedacht hatte, das Motel sei ihr irgendwie wichtig.

„Wir hatten einen Geschäftsführer eingestellt, der sich aber als nicht besonders gut erwiesen hat. Im vergangenen Frühjahr mussten wir das Motel dann schließen. Und anschließend hat offenbar jemand beschlossen, das Gebäude zu demolieren."

„Du brauchst mich gar nicht so anzusehen."

Carmen legte den Kopf schief, so als wären meine Bemerkung und die Geschwindigkeit, mit der ich sie hervorgebracht hatte, höchst interessant. Ich verdrehte die Augen und versuchte, mich an ihr vorbeizuschieben, um an meine Tasche zu kommen, aber sie versperrte mir den Weg. „Komm doch mit zu mir nach Hause."

„Danke, aber da stech ich mir lieber ein Auge aus."

„Ich lasse dich nicht hier."

Ich verschränkte die Arme und konzentrierte mich darauf, mir nicht in die Hose zu machen. „Kann ich bitte meine Tasche haben?"

„Komm schon, Gracie. Lass mich dir wenigstens was zu essen kochen."

Mein Magen ließ ein verräterisches Knurren hören. Sosehr ich den Gedanken auch hasste, ich hatte wirklich keine andere Wahl. Mir waren die Vorräte ausgegangen und ich war es leid, an den Strand zu gehen, wenn ich mal musste. Mein großer Plan für einen Neuanfang erwies sich gerade als riesiger Flop. „Also gut. Aber ich muss erst noch was erledigen."

„Gracie."

„Es dauert nur eine Sekunde." Meine Blase duldete keinen Aufschub und ein letzter Gang zum Strand würde mich nicht umbringen. Zu Carmen nach Hause zu gehen, allerdings unter Umständen schon. Da ich inzwischen ausreichend geübt war, dauerte es nicht lange. Und dann saß ich in ihrem Auto und schnallte mich widerstrebend an.

Während der Fahrt sagte keine von uns beiden auch nur ein Wort. Carmen ließ das Radio aus. Und es war zu heiß, um das Fenster zu öffnen. Also saß ich einfach da und genoss die kühle Luft aus der Klimaanlage auf meiner kross gebratenen Haut, während sie mir verstohlene Blicke zuwarf.

„Wann hast du dir die Haare gefärbt?", fragte sie schließlich.

„Letzte Woche."

Sie trommelte mit den Fingern aufs Lenkrad. „Und was ist mit deinem Hals passiert?"

Ich berührte die Kratzer. In den letzten Tagen hatten sie Schorf gebildet. „Sadie Hall hat eine typisch weibliche Kampftechnik."

Carmen rutschte unbehaglich auf ihrem Sitz herum. Man merkte, dass sie nicht wusste, was sie mit mir anfangen sollte. Die wenigsten Menschen wussten das. Nach meinem Fehler am Ende des letzten Schuljahres war ich gezwungen gewesen, wegen der „Wutthematik" eine Therapie zu machen. Die Therapeutin war eine junge Frau, die ihr neues Therapeuten-Diplom stolz an die Wand ihres Büros gehängt hatte. Sie hatte mein Verhalten als Verteidigungsmechanismus beschrieben. „Du stößt andere fort, damit du nicht diejenige bist, die zurückgewiesen wird", hatte sie eifrig gesagt und angesichts dieser Erkenntnis ganz beglückt ausgesehen. Ich hatte sie gefragt, ob sie eine Medaille haben wollte.

Carmen bog in eine Straße namens Magnolia Avenue ab und dann in eine Auffahrt. Wie sich herausstellte, wohnte sie in einem Barbiepuppenhaus in Menschengröße. Mitsamt hellblauer Holzverkleidung und weißer Fensterläden, Schiebefenstern und einer tiefen Terrasse vor dem Haus mit einem kleinen Giebelbalkon im Obergeschoss. Drinnen war es genauso bilderbuchmäßig perfekt wie außen – überall blitzeblanke Fußböden und glänzende Oberflächen und *Schöner Wohnen*-Zeitschriften.

Ich ließ meinen Seesack an der Tür fallen, trat einige Schritte ins Foyer und betrachtete dann das große gerahmte Bild der hinreißenden Carmen und ihres hinreißenden Bräutigams bei ihrer hinreißenden Hochzeit, auf dem die beiden sich verträumt in die hinreißenden Augen blickten. Der Anblick löste einen Würgereflex in mir aus. Ich fuhr mit dem Finger über den Bilderrahmen, aber es war kein einziges Staubkörnchen darauf zu sehen. „Dein Haus ist ja unglaublich sauber."

„Danke."

„Das war kein Kompliment."

Seufzend nahm sie meine Tasche und führte mich eine mit Teppich bedeckte Treppe in einen großen Flur hinauf. Das ganze Obergeschoss roch nach Trocknertüchern und Lavendel. Im ersten Zimmer auf der linken Seite stellte Carmen meinen Beutel ab – es war ein geräumiges Schlafzimmer mit buttergelben Wänden, passender Kommode und Nachttisch, einem bodenlangen Spiegel in einer Ecke und einem großen Himmelbett mit einem schneeweißen Federbett und dicken Kissen. Sonnenstrahlen fielen durch das große Fenster herein, sodass alles noch mehr glänzte. „Das Bad ist gegenüber. Handtücher sind im Wäscheschrank. Ich mache uns was zu essen."

„Aye, aye", sagte ich mit einem Salut.

Sobald sie gegangen war, schloss ich die Tür und ließ mich aufs Bett fallen. Die Matratze schwang etwas nach und lag dann ruhig, während ich meine Stiefel abstreifte.

Über der Kommode hing eine Leinwand, auf der in fetter Schrift die Worte *Siehe, ich mache alles neu! – Offenbarung 21,5* standen. Sie erinnerten mich an mein Leben in New Hope und an das zweiwöchentliche Untertauchen im Fluss. Aber die ganzen Taufen hatten nie etwas bewirkt. Mom war dieselbe geblieben – ganz egal ob trocken oder nass.

Wahrscheinlich war das mit dem Neuanfang eine Illusion.

# Kapitel 9

*Carmen*

Ich hielt mir das Telefon ans Ohr, während ich aus dem Inhalt des Kühlschranks ein Büfett zusammenstellte – Karottensticks, ein würziger Dip, Hummus, Weintrauben, Brezeln, die verschiedensten Zutaten für Sandwiches. Noch immer konnte ich nicht fassen, dass Gracie hier war, in meinem Haus, oder dass ich sie dort im *Treasure Chest* gefunden hatte oder dass sie aussah wie eine Obdachlose. Oder dass ihre Anschuldigung einen derart dauerhaften Stachel hinterlassen hatte.

*„Und das ist alles? Ingrid wird krank und du überlässt das* Treasure Chest *sich selbst?“*

Ja, genau das hatte ich getan.

Es klingelte weiter. Mom ging nicht dran.

Ich nahm zwei Teller aus dem Schrank und wählte ihre Dienstnummer bei der Bank. Ein junger Mann informierte mich darüber, dass Evelyn Fisher heute nicht zur Arbeit gekommen war. Während ich mit den Fingern auf der Küchenzeile trommelte, versuchte ich es zum dritten Mal auf ihrem Handy. Sie musste sich doch Sorgen machen. Ihre Teenie-Tochter war vor drei Tagen von zu Hause weggelaufen. Ich konnte nicht fassen, dass sie mich noch nicht angerufen hatte.

Endlich, beim vierten Läuten, nahm sie ab und ihre Stimme klang so rau, dass ich einen Blick auf die Uhr am Herd warf. „Mom?“

Ein Zögern am anderen Ende. „Gracie, bist du das?“

„Nein, nicht Gracie. Ich bin's, Carmen.“ Ich schob die Terrassentür auf und schlüpfte hinaus auf die hintere Veranda.

„Carmen?“ Es war nur mein Name, aber die undeutliche Art, wie sie die zwei Silben zusammenzog, ließ eine ganze Armee unangenehmer Erinnerungen aufsteigen. Schon vor dem Mittagessen betrunken. Unglaublich.

„Weißt du, wo Gracie gerade ist?“, fragte ich.

„Gracie?"
„Ja, Mom, Gracie. Deine siebzehnjährige Tochter."
„Ich weiß nicht. Sie geht nicht ans Telefon."
„So machst du das also? Du rufst an. Sie geht nicht ran. Und du machst mit deinem Alltag weiter, als wäre das egal?"
„Was soll ich denn sonst tun?"
„Die Polizei anrufen!"
„Die Polizei werde ich damit nicht behelligen. Gracie ist ein großes Mädchen. Wenn sie von zu Hause weglaufen will, dann ist das nicht mein Problem."
„Doch, Mom, es *ist* dein Problem. Du bist ihre Mutter." Es war einfach ungerecht, dass sie diesen Titel tragen durfte – eine Frau, die sich lieber betrank, als ihre eigene Tochter zu suchen. Ich holte tief Luft und stieß mit dem Atem meine wachsende Gereiztheit aus. „Falls es dich interessiert, ich habe Gracie im *Treasure Chest* gefunden, wo sie sich verkrochen hatte."
„Im *Treasure Chest*?"
„Ja. So wie es aussieht, ist sie getrampt."
Ich wartete auf etwas – Sorge, Beschämung, Erleichterung. Selbst Ratlosigkeit hätte mir genügt. Alles war besser als nichts. „Mom?"
„Wo ist sie jetzt?"
„Ich habe sie mit nach Hause genommen." Ich warf einen Blick über meine Schulter. „Sie ist oben und duscht."
„Hast du was dagegen, wenn sie bleibt?"
„Wie bitte?"
„Auf mich hört sie nicht, Carmen. Sie ist nicht zu bändigen. Letzten Mai ist sie wegen Sachbeschädigung verhaftet worden." Am anderen Ende der Leitung ertönte ein Schluckauf. „Sie musste vor Gericht und Sozialstunden ableisten. Der Richter hat gesagt, sie hätte Glück gehabt, dass sie noch nicht volljährig sei. Vor ein paar Wochen habe ich ein Päckchen Hasch in ihrer Jeanstasche gefunden, als ich die Wäsche gemacht habe. Und jetzt hat sie an ihrem ersten Schultag nach den Ferien auch noch einen Schulverweis bekommen, weil sie auf der Mädchentoilette eine Prügelei angefangen hat."
Gracie war verhaftet worden?
„Ich weiß nicht mehr, was ich mit ihr machen soll. Du warst als Kind nie so."

Das lag daran, dass ich die entgegengesetzte Richtung eingeschlagen und versucht hatte, noch perfekter zu sein als Mary Poppins, die praktisch in allem perfekt war. Solange alle mir Komplimente machten, bemerkte niemand meine Mutter. Eine gestörte Familie wie aus dem Bilderbuch.

„Ich ... ich brauche eine Auszeit. Gib mir ein paar Tage, dann komme ich sie holen. Versprochen."

Ihrer undeutlichen Sprache nach zu urteilen brauchte sie deutlich mehr als eine Auszeit. Aber das würde ich ihr nicht am Telefon sagen, schon gar nicht, wenn sie so betrunken war. Ich schüttelte den Kopf. Ben und ich konnten es uns nicht leisten, für ein paar Tage einen wilden Teenager bei uns aufzunehmen, aber was blieb mir anderes übrig? Wild oder nicht, Gracie war meine Schwester und sie brauchte meine Hilfe.

Als sie in die Küche kam, trug sie eine schwarze Jeans mit mehreren Rissen quer über jedem Hosenbein, ein übergroßes T Shirt, auf dem *Bazinga* stand, und nichts an den Füßen. Ein schwacher Erdbeerduft hatte den Zigarettengestank ersetzt, der während der Fahrt in ihren Haaren gehangen hatte.

„Wie war die Dusche?", fragte ich mit meinem besten aufgesetzten Lächeln.

„Nass."

Ich lachte ein wenig, dann öffnete ich den Kühlschrank. „Magst du etwas trinken? Wir haben Wasser, Milch, Eistee, Cranberrysaft."

„Kein Bier?"

Ich streckte den Kopf hinter der Kühlschranktür hervor.

„Nicht witzig? Kein Sinn für Humor in diesem Haus? Also gut. Dann Wasser."

Ich reichte ihr eine Flasche.

Gracie schob sich auf einen der Barhocker, einen Fuß unter sich geklemmt, das andere Knie an die Brust gezogen. Sie nahm eine Scheibe Aufschnitt vom Teller und rollte sie auf, bevor sie hineinbiss.

„Wenn du lieber etwas anderes essen willst, kannst du gerne im

Kühlschrank oder in der Kammer nachsehen, was wir so dahaben." Ich nahm ein paar Weintrauben aus der Schüssel, hauptsächlich, um etwas zu tun zu haben, und nicht weil ich besonderen Appetit darauf hatte. „Ich habe Mom erreicht."

Sie aß ihren Putenaufschnitt zu Ende und drehte die nächste Scheibe auf. „Und?"

„Und wenn es dir nichts ausmacht, fände ich es gut, wenn du ein paar Tage hierbleibst."

„Fändest du das gut oder Mom?"

Als ich nicht antwortete, schnaubte Gracie verächtlich.

Ich spielte mit den Weintrauben und überlegte krampfhaft, was ich sagen sollte. Je länger das Schweigen anhielt, desto unangenehmer fühlte sich alles an. „Also … wie geht es dir denn in letzter Zeit so?"

Gracie hörte auf zu kauen und starrte mich an, als wäre ich der größte Idiot aller Zeiten. Im Moment war ich das wahrscheinlich auch. „Prima."

„Mom sagte etwas von Sozialstunden im letzten Sommer?"

Sie tunkte eine Brezel in den Dip und schob sie sich in den Mund.

In mir stieg sture Entschlossenheit auf. Wenn Gracie mauern wollte, dann würde ich den Presslufthammer nehmen. Vielleicht war das einer meiner grundlegenden Fehler, aber je schwieriger etwas zu erreichen war, desto mehr wollte ich es. Und in diesem Augenblick wollte ich bei meiner Schwester weiterkommen. „Was ist denn passiert?"

„Ich habe ausgiebigen Kontakt zu Müll gehabt."

Mein Handy vibrierte auf der Arbeitsplatte. Die Nummer meiner Freundin Natalie Jane erschien auf dem Display. Wahrscheinlich wollte sie mich zum CrossFit-Training einladen. Ich drückte sie weg. „Ich meine nicht, was während der Sozialstunden passiert ist, sondern was passiert ist, damit du sie überhaupt machen musstest."

Sie rollte die dritte Scheibe Aufschnitt zusammen.

„Gracie?"

Nichts.

Ich atmete langsam ein und beschloss, es auf andere Weise zu versuchen. „Warum bist du weggelaufen?"

„Weil unsere Mutter mich bei meinem Dad abladen wollte."

„Und du willst nicht bei deinem Vater wohnen?" Ich kannte Gracies Vater nicht besonders gut, aber es erschien mir besser, als mit einer Alkoholikerin zusammenzuleben.

Sie verdrehte die Augen. „Ich hab keine Lust, mit dir darüber zu reden."

„Worüber?"

„Über die Familiendynamik."

Ich legte die Weintrauben auf die Arbeitsplatte. Eine rollte davon und fiel auf den Boden. „Wie lange trinkt sie schon wieder?"

Gracie blickte von ihrem Wurströllchen auf. „Weißt du noch, wie alt du warst, als sie das letzte Mal eine Therapie gemacht hat?"

„Zweiundzwanzig." Die Antwort kam wie aus der Pistole geschossen. Es war der Sommer gewesen, in dem ich Ben kennengelernt hatte. Als Mom aus der Therapie angerufen hatte, war ich sowohl schockiert gewesen – weil ich nicht gewusst hatte, dass sie wieder trank – als auch erleichtert, weil sie und Gracie mich im Juli garantiert nicht im *Treasure Chest* besuchen würden, wenn sie im Entzug war. Also hatte ich die ganze Zeit für Ben.

„Okay. Nimm dein jetziges Alter. Zieh zweiundzwanzig ab. Addiere einen Monat dazu." Gracie nahm sich eine Handvoll Salzbrezeln. „Dann hast du deine Antwort."

Ich öffnete den Mund, aber bevor mir etwas einfiel, was ich sagen könnte, rutschte Gracie von ihrem Hocker und verließ den Raum.

Wieder vibrierte mein Handy. Diesmal war es nicht Natalie. Es war mein Dad. Er fragte nach dem *Treasure Chest*. Ich erzählte ihm die bizarre Geschichte, die sich seit unserer letzten Unterhaltung ereignet hatte, angefangen mit dem tragischen Zustand des Motels, gefolgt von dem Seesack und schließlich der Tatsache, dass Gracie jetzt bei mir war. „Ich habe das Motel abgeschlossen, als wir gegangen sind, aber ich bin mir nicht sicher, was ich wegen der zerbrochenen Fenster unternehmen soll. Deputy Ernst meinte, wir sollten sie wieder zunageln, was ich morgen machen kann, wenn du willst."

„Ich glaube, es wird Zeit, Carmen."

Ich kniff die Augen zu, weil ich nicht hören wollte, was er gleich sagen würde. In dem Augenblick, in dem er das Motel zum Verkauf anbot, würde irgendein Bauunternehmer es niederwalzen und durch ein weiteres überteuertes „Hast du eins gesehen, kennst du alle"-Luxushotel ersetzen. „Es gehört zur Familie, Dad."

„Ich bin Professor, Liebling, und habe nicht vor, in meinem Ruhestand ein Motel zu führen. Als ich das letzte Mal gefragt habe, hatte dein Onkel Patrick auch keine Lust dazu. Du hast dich für deine eigene Karriere entschieden. Deine Cousins haben ihre Berufe. Und so ungern ich es sage, aber Tante Ingrid wird nicht wieder gesund. Es wird Zeit, das Motel zu verkaufen."

Die Endgültigkeit, die in seinen Worten lag, durchbohrte mir die Brust. Das *Treasure Chest* war ein Teil von mir, ein Teil von Ben und mir als Paar. Wenn es nach Dads Willen ging, würde davon in Kürze nur noch ein Geröllhaufen übrig sein.

# Kapitel 10

*Carmen*

Ich putzte mir die Zähne und versuchte, die Verärgerung, die sich im Laufe des Abendessens in mir breitgemacht hatte, zu verdrängen. Es gelang mir nicht. Irgendwie hatte mein Mann es geschafft, meine sarkastische Schwester zum Lächeln zu bringen. Sie hatte ihm gesagt, sie hasse Football. Er hatte gelacht und dann hatten die beiden die restliche Mahlzeit damit verbracht, sich gegenseitig von ihren Abenteuern als Anhalter zu erzählen. Ich musste mir in Erinnerung rufen, dass Ben jeden Tag mit Teenagern zu tun hatte. Er wusste, wie man mit ihnen kommunizierte. Selbst mit den mürrischen.

Ich spuckte die Zahnpasta ins Waschbecken, spülte mir den Mund aus und schlappte ins Schlafzimmer. Ben saß auf der Bettkante und tippte auf seinem Handy herum. Mein eigenes zeigte zwei weitere verpasste Anrufe von Natalie an. Ich musste unbedingt daran denken, sie morgen zurückzurufen. Jetzt zog ich die Bettdecke zurück und kroch zwischen die Laken. Wahrscheinlich sollten Ben und ich über Gracie reden. Wenigstens ein bisschen mehr als die kurzen Bemerkungen zwischen den Vorbereitungen fürs Abendessen und dem anschließenden Aufräumen. Aber ich war nicht in der Stimmung dazu. Und außerdem war es bereits 20:30 Uhr, wie mir die Uhr auf meinem Nachttisch verriet, anderthalb Stunden später als meine übliche Schlafenszeit. Früh zu Bett, früh aus den Federn – ein Nebenprodukt meines Berufs. „Könntest du auf dem Weg nach draußen bitte das Licht ausmachen?“

Ohne von seinem Handy aufzublicken, stand Ben auf, schaltete das Licht aus und setzte sich dann, anstatt zu gehen, wieder aufs Bett, wobei er sich diesmal an seine Seite des Kopfendes lehnte und die Beine ausstreckte.

Normalerweise guckte er donnerstagabends immer Fußball. „Bleibst du hier?“

„Ich werde nicht alleine mit Gracie unten fernsehen."

Und damit war das Thema eröffnet. Seine Verärgerung zeigte sich und wollte raus. „Sie ist meine Schwester."

„Sie ist siebzehn."

„Was hätte ich denn machen sollen, Ben? Sie im *Treasure Chest* lassen?"

Er seufzte. „Es war ein langer Tag, Carmen. Ich will nicht darüber diskutieren."

Natürlich nicht. Der konfliktscheue Ben. Er wollte nie über irgendetwas diskutieren. Tja, zu spät. Jetzt war ich auf einen Streit aus. „Tut mir leid, dass ich dir mit meinen familiären Verpflichtungen zur Last falle. Aber zufällig hatte ich heute auch nicht den besten Tag."

Ich drehte mich zur Seite und blinzelte in die Dunkelheit. Je länger ich wartete, desto wütender wurde ich. Würde er wirklich nichts sagen? Wenn ich mich jetzt umdrehte, würde er dann wieder mit seinem Handy beschäftigt sein – damit, seine Traummannschaft aufzustellen oder sich Videos auf dem Sportkanal anzugucken? Schon der reine Gedanke und die Tatsache, dass er nicht völlig abwegig war, gaben mir das Gefühl, schrecklich allein zu sein.

„Tut mir leid", sagte er schließlich.

Der weiche Klang seiner Stimme erinnerte mich an das Sprichwort, das mein Vater oft zitiert hatte, als ich klein war: *„Eine sanfte Antwort dämpft die Erregung, eine kränkende Rede reizt zum Zorn."* Nur dass sie meine Erregung nicht dämpfte, sondern meine Verärgerung noch schürte.

„Macht dir das mit Gracie zu schaffen?", fragte Ben.

Gracie. Meine Mom. Ihre Unfähigkeit, mit dem Trinken aufzuhören. Der heruntergekommene Zustand des Motels, das ich als Heranwachsende so geliebt hatte. Die verletzende Anklage meiner Schwester. Das Warten darauf, dass die Sozialarbeiterin anrief und uns mitteilte, dass unser Warten endlich ein Ende hatte. Das Gefühl der Verpflichtung, das im Laufe des Abends immer stärker geworden war. All das nagte an mir. „Ich glaube, sie sollte länger als nur ein paar Tage hierbleiben."

„Was meinst du damit?"

„Ich meine, meine Mutter trinkt und Gracie braucht Stabilität in ihrem Leben. Wir könnten sie hier zur Schule gehen lassen."

„Was ist mit ihrem Vater?"

„Sie will nicht bei ihrem Vater wohnen. Aus dem Grund ist sie überhaupt erst weggelaufen."

Ich wappnete mich für weitere Fragen. Irgendeinen Kommentar oder ein Gegenargument. Sicherlich hatte Ben in jeder Kategorie etwas zu bieten. Doch er sagte nichts. Schweigen. Sosehr ich auch wollte, dass er ohne Bedenken zustimmte, wusste ich doch, dass das viel verlangt war. Also wartete ich, während Ben nachdachte. Und je länger ich wartete, desto mehr wollte ich ihn davon überzeugen, dass es eine gute Idee war. Dass Gracie mich brauchte. Aber ich schwieg, bis Ben endlich resigniert seufzte. „Wenn du meinst, dass du das tun musst."

„Das meine ich." Ich rollte mich auf den Rücken und legte einen Arm über meinen Kopf, während ich an die Postkarte dachte, die Deputy Ernst mir gezeigt hatte. Warum hatte Gracie von allen Orten, die sie aufsuchen konnte, ausgerechnet das Motel ausgewählt? Was bedeutete der Ort ihr? „Mein Vater will das *Treasure Chest* verkaufen."

Ben sah auf mich herunter.

Ich wollte, dass er protestierte. Dass er „Das geht doch nicht!" rief. Dass er den Gedanken genauso schlimm fand wie ich.

„Du wusstest doch, dass es nicht ewig so weitergehen kann wie jetzt."

„Ja, aber ich dachte nicht, dass das bedeutet, dass wir das *Treasure Chest* verkaufen."

„Was dachtest du denn, was es bedeutet?"

„Keine Ahnung. Vielleicht könnten wir es ja sanieren und wieder zum Laufen bringen."

„Carmen." Ben warf mir diesen Blick zu, der ganz klar besagte, dass mein Vorschlag Unsinn war.

„Was denn?"

„Ich habe einen Job. Du hast einen Job. Wir haben ein Haus. Und jetzt einen Teenager, um den wir uns kümmern müssen. Woher sollen wir denn da die Zeit nehmen, ein Motel zu sanieren?"

In meinem wiederkehrenden Albtraum habe ich vergessen, wie man schwimmt. Das Wasser schlägt über mir zusammen und steigt immer höher, während ich um mich schlage und keuche. *Hilfe! Bitte helft mir!* Aber nie kommt jemand. Eine ganze Menschenmenge steht an Land und lächelt, während ich mit den Armen rudere.

„Gut gemacht“, scheint ihr Lächeln zu sagen. „Du machst das prima.“

Das Wasser reicht mir bis übers Kinn.

Kaltes Wasser füllt meine Lunge.

Mit einem scharfen Atemzug riss ich die Augen auf. Ben starrte mich im Dunkeln an. Sein Gesicht war besorgt. Ich setzte mich auf und versuchte, mich zu orientieren. Ich ertrank nicht. Ich war im Bett. Es war ein Traum gewesen. Einer, den ich schon öfter gehabt hatte, nur hatte ich diesmal zum ersten Mal Ben damit geweckt.

„Hattest du einen Albtraum?“, fragte er.

Ich schob mir einige Locken aus den Augen und nickte.

„Willst du darüber reden?“ Ich legte meine Hand zwischen uns auf das Bettlaken. Im College hatte ich einen Psychologieprofessor gehabt, der eine ganze Vorlesung lang nur über das Gedächtnis der Muskeln gesprochen hatte und dass Üben nicht Perfektion erzielte, sondern dafür sorgte, dass etwas von Dauer war. Studien zeigten, dass das Gedächtnis der Muskeln am schwersten umzuprogrammieren war. Ich wollte Ben sagen, was mich nachts quälte. Ich wollte ihn nicht ausschließen. Aber nachdem ich mich jahrelang eingerollt und diese Überlebenshaltung kontinuierlich eingeübt hatte, war ich mir nicht sicher, ob ich mich überhaupt noch öffnen konnte. Und bevor ich irgendetwas sagen konnte, war es zwei Uhr und der Wecker meines Handys begann zu summen.

„Ist schon gut“, sagte ich. „Schlaf ruhig weiter.“

Nachdem ich mich fertig gemacht hatte, blieb ich vor der geschlossenen Tür von Gracies neuem Schlafzimmer stehen. Es war ein merkwürdiges Ritual geworden – in dieses dunkle, leere Zimmer zu starren und mich zu fragen, ob es für immer leer und dunkel bleiben würde. In der ersten Nacht, nachdem Ben und ich hier eingezogen waren, hatten wir dort Schulter an Schulter gesessen, uns eine Flasche *Root Beer* geteilt und davon geträumt, in welcher Farbe wir die Wände streichen würden – Rosa oder Blau? Ich vermutete Blau. Ben behauptete steif und fest, es würde Rosa werden. Wir hatten lange geredet, uns über alberne Namen kaputtgelacht, die wir niemals auswählen würden, und darüber philosophiert, ob das Baby wohl Bens flexible Daumengelenke oder meine Locken haben würde. Zwei Dinge waren mir damals aufgefallen: Mein Mann strahlte vor elterlicher Freude und ich konnte es kaum erwarten, sein Baby zu bekommen. Zwei Wochen später hatte ich meine erste Fehlgeburt.

Wir strichen die Wände cremefarben.

Meine Schwester drehte sich im Bett um.

Ich trat einen Schritt zurück.

Jetzt war das Zimmer nicht mehr leer. Es war voller Wut.

# Kapitel 11

*Carmen*

Wie immer war ich eine der Ersten, die im Sender eintrafen. Ich ging in den Pausenraum, um Kaffee aufzusetzen, schaltete die Lampen im Studio an und bereitete mich darauf vor, die Zukunft vorherzusagen. Denn das tat ich bei einem Wetterbericht schließlich. Eine Aufgabe, die durch eine wechselhafte Atmosphäre besonders erschwert wurde.

Meine Arbeit ließ keinen Raum für Fehler. Die Informationen, die ich zusammentrug, mussten hundertprozentig genau sein. Die kleinste Fehldeutung der Ausgangswetterdaten konnte riesige Ungenauigkeiten in der Vorhersage zur Folge haben – und das würden die unzufriedenen Zuschauer uns später wissen lassen. Ich war äußerst penibel beim Überprüfen der Radare, Satelliten und automatischen Wetterstationen sowie beim Auswerten jeglicher anderer Daten, die wir vom Supercomputer der nationalen Ozean- und Wetterbehörde erhielten.

Normalerweise verbrachte ich die erste Stunde damit, meine zweite Tasse Kaffee zu trinken und mich in die Daten zu vertiefen. Meistens ging ich gerade vom Datensammeln zum Datenanalysieren über, wenn meine Produzentin auf ihren hohen Absätzen ins Studio gestöckelt kam. An diesem Morgen erschien sie jedoch nur wenige Sekunden, nachdem ich an meinem Schreibtisch Platz genommen hatte. Das Geräusch ihrer Schuhe überrumpelte mich.

„Du bist aber früh dran", sagte ich.

„Stimmt. Wir müssen reden."

Ich wappnete mich für ihre strategischen Überlegungen. Wie können wir mehr Zuschauer gewinnen? Was machen wir nicht, was unsere Konkurrenz tut? Normalerweise schnipste sie mit den Fingern, wenn sie diese Art Fragen stellte, so als würde das Geräusch bessere, schnellere Antworten erzeugen. Doch stattdessen bat Nancy mich in ihr Büro.

Diese Bitte war ebenso merkwürdig wie ihr frühes Eintreffen. Zusammen ließen die beiden Ausnahmen mein Herz schneller schlagen. Während ich krampfhaft nach einer Erklärung suchte, folgte ich ihr durch das Studio und nahm auf einem der Sessel in ihrem Büro Platz nahm.

Nancy setzte sich hinter ihren Schreibtisch. „Ich vermute, du weißt, worum es geht?"

„Nein, das weiß ich nicht."

„Das Video."

„Welches Video?"

Nancy drehte ihren Bildschirm so, dass ich ihn sehen konnte, und startete ein YouTube-Video. Es zeigte einen kleinen Jungen, der in die Kamera winkte. Dann knirschte es. Der Klang von Metall auf Metall. Der kleine Junge fuhr herum, als er das Geräusch hörte. Das Bild wackelte, dann wurde es wieder scharf gestellt. Mir drehte sich der Magen um. Was ich sah, war mein Auto – auf dem Parkplatz von *Toys-R-Us*. Wie ich zurücksetzte und dann das Schild rammte. Die Aufnahme meines Profils war glasklar. Und es zeigte eine Wahnsinnige.

Ich wurde blass. 15.753-mal war das Video bis jetzt angesehen worden.

„Ein Zuschauer hat es gestern auf der Facebook-Seite des Senders gepostet und wollte wissen, ob die Frau in dem Video Carmen Hart von den Nachrichten auf Channel 3 ist. Die Sache wird in allen sozialen Medien verbreitet. Falls du keine Doppelgängerin hast, bist das hinter dem Steuer definitiv du. Ich verstehe nur nicht, warum. Was bringt dich dazu, etwas so Untypisches zu tun?"

Mein Puls hämmerte dröhnend in meinen Ohren. Ich saß mit offenem, staubtrockenem Mund da und konnte weder Nancy antworten noch den Blick von dem Bildschirm abwenden. Die Zahl der Aufrufe war schon wieder um sieben gestiegen und es war drei Uhr morgens.

Nancy wartete ungewöhnlich lange. Als klar wurde, dass ich nicht antworten konnte – oder wollte –, machte sie eine wegwerfende Handbewegung, als wollte sie die Frage verscheuchen. „Ich weiß nicht, was dich dazu bewogen hat, dich so zu verhalten, aber du bist eine Person des öffentlichen Lebens. Du repräsentierst unseren Sender."

Das war Nancys Credo. War es immer gewesen, seit sie mich vor einigen Jahren eingestellt hatten.

„Ich habe mit unserem Produktionsleiter darüber gesprochen, wie wir am besten mit der Situation umgehen. Wir waren uns beide einig, dass es klug wäre, wenn du dir eine Auszeit nimmst."

„Was?"

„Du hast jede Menge Überstunden, Carmen. Ich kann mich nicht einmal daran erinnern, wann du das letzte Mal krank warst. Ein Urlaub würde dir guttun. Vielleicht kannst du mit Ben ein paar Wochen wegfahren. Entspann dich oder sortier dich oder was auch immer nötig ist, damit du gut erholt wiederkommen kannst."

„Ein paar Wochen? Aber … aber ich brauche keine paar Wochen."

„Das ist keine Bitte." Nancy faltete die Hände auf ihrer Schreibtischplatte. „Wir müssen den Sturm über uns hinwegwehen lassen und wir glauben, dass es das Beste ist, wenn du währenddessen nicht auf Sendung bist."

Sie sprach weiter.

Hier und dort schnappte ich Fetzen ihres Monologs auf. Etwas von sich bedeckt halten. Dem Sender die Sache überlassen. Der Wochenendmeteorologe sei bereit einzuspringen, während ich Urlaub machte. Irgendwann wandelte sich das Rauschen in meinen Ohren zu einem Klingeln. Ich musste immerzu auf das YouTube-Video auf Nancys Computerbildschirm starren.

Die Zahl der Aufrufe stieg weiter.

Als ich acht Jahre alt war, bin ich mal verloren gegangen. Dad und ich besuchten das jährliche Florida-Fest in Tampa und sahen uns *Cracker Country* an – ein Freilichtmuseum auf dem Festgelände, das Einblicke in das Leben in Florida vor hundert Jahren gibt. Gerade war mein Dad noch an meiner Seite gewesen, dann war er mit einem Mal fort. Während ich um das Eisenbahndepot herumging, das ursprünglich aus Okahumpka stammte, war mir immer mulmiger zumute geworden. Panisch hatte ich den Namen meines Vaters gerufen. Es war ein schreckliches Gefühl gewesen. Für ihn muss es auch furchtbar gewesen sein, denn als er mich schließlich fand, umarmte er mich so fest, dass ich kaum noch atmen konnte.

Während ich jetzt die knapp zwanzig Kilometer lange Aussichtsroute rund um die Küste der Escambia Bay auf und ab fuhr, während immer mehr Nachrichten von Natalie auf meinem Handy eingingen, fühlte ich mich wieder genauso. Alles löste sich auf. Es gab ein belastendes Video von mir, das sich wie ein Grippevirus verbreitete. Ich war vom Dienst suspendiert worden. Dad wollte das *Treasure Chest* verkaufen. Und ich hatte einen feindseligen Hausgast. Mein Auto rollte an den Eichen und Magnolien vorbei, die die Brücke über den Bayou Texar umgaben, und an riesigen Klippen entlang, die den höchsten Punkt von Floridas Küste bildeten. Aber auch der erhöhte Aussichtspunkt brachte mir keine Klarheit. Alles, was ich vor mir sah, war dieses Video. Es spielte sich in einer Endlosschleife vor meinem geistigen Auge ab, bis die Sonne über dem Horizont aufging und der Zeiger meiner Tankuhr sich Richtung „leer" neigte.

Gestern hatte ich törichterweise geglaubt, Gott hätte mir mit dem netten Geschäftsführer eine Atempause verschafft. Jetzt hatte sich das Ganze zu einer einzigen Katastrophe entwickelt: Das Video zeigte meinen Nervenzusammenbruch und alle Welt konnte ihn sehen. Was würde geschehen, wenn die Adoptionsbehörde ihn ebenfalls sah? Schon allein der Gedanke löste in meinem Inneren einen Wirbelsturm aus. Eine ganz hässliche Seite von mir war öffentlich geworden und ich konnte sie nicht verbergen. Ich war nicht die beherrschte Carmen Hart, die beliebte Wetterfee der Channel-3-Nachrichten. Ich war nicht die hübsche, lächelnde Gattin von Coach Hart, die die ganze Mannschaft zu sich nach Hause einlud und nett mit dem Förderverein plauderte. Ich war die Wahnsinnige, die ein Schild für werdende Mütter umnietete.

Ich fühlte mich verloren und brauchte jetzt unbedingt etwas Vertrautes.

Mit Tante Ingrid Karten zu spielen, schien mir eine gute Idee zu sein, also fuhr ich nicht nach Hause, sondern zum Seniorenheim, wo ich mich direkt in den zweiten Stock begab, in dem sich das Zimmer meiner Tante befand. Ich stieß dort auf Rayanna, die gerade mit einem Bündel Laken auf den Flur trat. Sie war die Pflegerin, die ich am liebsten mochte – eine kräftige Afroamerikanerin mit extrem kurzem Haar, goldenen Ohrsteckern, von denen ich mir nicht sicher war, ob sie die Ohrläppchen ihrer Besitzerin jemals verließen, und einer großen Lücke zwischen den Schneidezähnen. Wenn sie lachte, musste ich immer an das Lied aus *Mary Poppins* denken, das Onkel Albert singt, während er an die Decke schwebt. *„Mancher Mann lacht durch die Zähne, oh Graus. Sieht wie 'ne Giftschlange aus.*" Auch wenn Rayanna natürlich eine Frau war.

Obwohl Mary diese Angewohnheit für kein bisschen attraktiv hielt, fand ich sie sehr liebenswert. Wann immer sie mich kommen sah, trat ein breites Lächeln auf Rayannas Gesicht. Heute jedoch grinste sie nicht.

Eine düstere Vorahnung stieg in mir auf. Wahrscheinlich hatte Rayanna das Video gesehen.

„Hallo, meine Liebe." Sie klemmte sich das Bündel Laken unter einen Arm. „Sie sind früher dran als sonst. Müssen Sie heute nicht arbeiten?"

„Heute nicht." Und morgen auch nicht. Oder übermorgen. Was in aller Welt sollte ich mit mir anfangen? Ich hielt einen Packen Spielkarten hoch. „Meinen Sie, Ingrid hat Lust auf eine Partie?"

Rayanna runzelte die Stirn. „Sie hat einen ziemlich schlechten Morgen."

Früher hätte ich gefragt, was der Auslöser dafür war, aber niemand schien das zu wissen. Tante Ingrids Gehirn war so unvorhersehbar geworden wie das Wetter. Ihr altes Ich kam vielleicht von Zeit zu Zeit durch, aber letzten Endes war sie verlorener als ich.

Wie auf Kommando drang der unverwechselbare Klang von Tante Ingrids Schreien über den Flur.

Augenblicklich setzte sich Rayanna in Bewegung. Ich folgte ihr, vorbei an dem kleinen Eingangsbereich und dem Gemeinschaftsraum, ins Schlafzimmer meiner Tante, wo diese sich über ein Schälchen mit rotem Wackelpudding geworfen hatte, als wäre es das einzige Rettungsboot auf stürmischer See.

Ein Mädchen im Kittel, das kaum älter als Gracie war, versuchte, sie zu trösten.

„Hände weg von meinem Pudding, verstanden? Ich will nicht, dass du ihn anfasst!"

Das Mädchen sah Rayanna mit großen Augen an. „Ich dachte, sie wäre fertig, aber in dem Moment, in dem ich versucht habe, ihr Tablett abzuräumen, ist sie ausgerastet."

Tante Ingrid nahm ihren Löffel und schleuderte ihn von sich. Direkt in Richtung des Mädchens.

Mir wurde ganz anders, während ich das Geschehen beobachtete.

Rayanna schaltete sich ein und murmelte beruhigende Worte, während sie das Mädchen mit einer Handbewegung aus dem Zimmer winkte und sie bat, einen neuen Löffel zu holen. Die Ärmste ging nur zu gerne.

„Sie brauchen sich keine Sorgen zu machen, Miss Ingrid. Niemand nimmt Ihnen den Wackelpudding weg."

Langsam ließ Ingrids Hysterie nach.

Das Mädchen streckte gerade lange genug den Kopf durch die Tür, um mir den neuen Löffel zu geben, dann verzog sie sich wieder, bevor noch etwas in ihre Richtung fliegen konnte.

Ich trat einen Schritt auf Tante Ingrid zu und hielt ihr den Löffel hin.

Sie sah ihn an, als versuchte ich, ihr eine Schlange in die Hand zu drücken.

„Nun machen Sie ruhig, Ingrid. Sie können den Pudding doch nicht ohne Löffel essen", sagte Rayanna.

„Nimmst du mir auch meinen Wackelpudding weg?", fragte Tante Ingrid mich.

Ich schüttelte den Kopf. „Nein, das verspreche ich."

Ingrid zog ihre Bluse zurecht, die bei dem Kampf verrutscht war, dann nahm sie mir die Gabel ab. „Nicht alles lohnt das Bewahren, musst du wissen. Aber für manche Dinge lohnt es sich, mit aller Kraft zu kämpfen." Dann aß sie einige kleine Bissen von ihrem Dessert so würdevoll, wie man es sich nur vorstellen konnte. „Man muss nur den Unterschied erkennen."

# Kapitel 12

*Carmen*

Ich ging mit Natalie an der lebhaften Schülertribüne des *Bay Breeze*-Footballstadions vorbei, wo eine Reihe Jungs, die sich den nackten Oberkörper in Blau und Gold angemalt hatten, die Menge anstachelte. Wir kletterten die Aluminiumtribüne hinauf zu einer Stelle, an der wir sonst nie saßen – ganz oben links, abseits von den anderen Trainerfrauen und Fördervereinmüttern. Normalerweise saßen wir in ihrer Mitte, aber nicht an diesem Abend. An diesem Abend hatte ich eigentlich überhaupt nicht mitgehen wollen. Nicht jetzt, wo das Video kursierte. Aber Natalie hatte einfach vor der Tür gestanden und mich gezwungen, mein Versteck zu verlassen.

Ihr Mann war ein Trainerkollege von Ben. So hatten wir uns kennengelernt – vor vier Jahren, als Brandon den Job als Abwehrcoach übernommen hatte, sodass Ben Cheftrainer werden konnte. Damals waren Brandon und Natalie neu in Bay Breeze gewesen, frisch verpflanzte Yankees aus Minnesota, die noch immer ihre *O*s in die Länge zogen. Zuerst hatten Natalie und ich bei Banketten und Mannschaftsessen und Freitagabendspielen Small Talk gemacht, dann waren wir zu viert miteinander ausgegangen, dann hatten wir Brandon und sie zu den Gottesdiensten in unserer Kirche eingeladen, was wiederum dazu geführt hatte, dass Natalie und ich gemeinsam zu den Gemeindeveranstaltungen für Frauen gegangen waren, und das schließlich dazu, dass wir uns auch einfach zu zweit getroffen hatten.

Als wir uns kennenlernten, hatte Natalie ein wenig Übergewicht gehabt – eine müde Mutter von drei kleinen Kindern und einem Fast-Teenie mit allem Kummer der Pubertät. Dann hatte sie ein Foto von sich selbst auf Facebook gesehen, „abgehalftert und fett", wie sie selbst sagte, und beschlossen, sich bei einem Fitnessstudio anzumelden. So war sie schließlich zu einer der leidenschaftlichsten

Verfechterin von CrossFit geworden. Ihre Verwandlung war schon bemerkenswert.

„Alle gucken", murmelte ich und zog den Schirm meiner Kappe tiefer.

„Niemand guckt", sagte Natalie, die Reese und Lainey vor sich die Treppe hinaufschob, „und wenn jemand etwas sagt, machst du einfach einen Witz. Glaub mir, je weniger peinlich dir die Sache ist, desto eher werden sie das Interesse verlieren."

Als wir unsere kleine Ecke erreicht hatten, zog sie ein paar Barbiepuppen für Lainey aus ihrer Tasche und gab Reese ihr iPhone. Er war der jüngste ihrer Sprösslinge und seiner Mutter wie aus dem Gesicht geschnitten.

Ich setzte mich ganz an den Rand und kniff Reese ins Knie. „Wie läuft es im Kindergarten?"

Er rümpfte die Nase und machte die übliche Handbewegung für „Geht so". Ich lachte, während er sich wieder seinem Spiel widmete.

Natalie stellte sich auf die Zehenspitzen und reckte den Hals, damit sie über die Menschenmenge das Spielfeld sehen konnte. Ihr Drittklässler Mason lehnte mit ein paar Freunden am Zaun und versuchte, einem der Cheerleader einen Minifootball abzuschwatzen, während die anderen Mädchen auf der Laufbahn Rad oder Flickflack schlugen. Als würde er den Blick seiner Mutter spüren, drehte Mason sich um und blickte zur Tribüne hinauf. Natalie zeigte auf ihre Augen, die sie übertrieben weit aufriss, und dann auf ihren Sohn. Er nickte feierlich. Es war das erste Mal, dass Natalie ihn während des Spiels allein mit seinen Freunden losziehen ließ. Auf dem Weg hierher hatte sie ihm mindestens dreimal gesagt, wenn er auf die Idee käme, sich unter der Tribüne herumzutreiben, oder nicht alle Viertelstunde Meldung machte, würde er den Rest der Footballsaison mit Lainey und ihren Barbiepuppen spielen müssen.

Natalie war eine gute Mutter.

„Er ist schon so groß", sagte ich.

„Aber lass ihn das ja nicht hören." Jetzt wandte sie ihre Aufmerksamkeit dem Bereich zu, in dem die älteren Schüler saßen. Dort flirtete einer der blau angemalten Jungs mit Samantha, ihrer Ältesten, die gerade auf die Highschool gekommen war. Natalie und

Brandon hatten „die harte Tour“ gewählt: Erst die Schwangerschaft, dann die Hochzeit. Es schien zu funktionieren.

„Wie lange bleibt Gracie bei euch?“, fragte Natalie.

Am Vormittag hatte ich sie telefonisch auf den neuesten Stand gebracht, was sich in den letzten achtundvierzig Stunden in meinem Leben ereignet hatte. Ich hatte mit dem Schildervorfall auf dem Parkplatz von *Toys-R-Us* angefangen, dann von Gracie erzählt, dann von dem Video, meiner Zwangsbeurlaubung, den Panikattacken, die ich hatte, wann immer das Telefon klingelte – denn was, wenn die Sozialarbeiterin anrief? –, von Tante Ingrids beunruhigendem Anfall, meiner verrückten Idee bezüglich des *Treasure Chest* und der neuen Stoßstange für vierhundert Dollar.

„Ich bin mir nicht sicher.“ Ich betrachtete Reese und Lainey, die in ihre jeweilige Spielwelt vertieft waren – sie waren gesunde, ausgeglichene Kinder, weil sie eine Mom und einen Dad hatten, die sie liebten. Gracie hatte das nicht. Und so wütend ich auch auf unsere Mutter sein wollte, weil sie eine so erbärmliche Mutter war, konnte ich es nicht. Denn das hätte bedeutet, dass ich auch meine Rolle als Schwester ehrlich einschätzen musste, und eines war im Laufe des Tages mehr als deutlich geworden: In Sachen Schwestersein war ich eine totale Versagerin gewesen. „Auf Dauer, nehme ich an.“

„Und Ben hat kein Problem damit?“

„Er sagt, nein.“

„Brandon würde einen Anfall kriegen. Er findet es schon eine Zumutung, wenn meine Eltern ein langes Wochenende bei uns verbringen. Ich kann dir sagen, die geistliche Gabe der Gastfreundschaft hat dieser Mann nicht.“

„Ben weiß bisher nichts von dem Video. Oder von meinem Job. Oder von meinen Plänen für das *Treasure Chest*.“

Natalie zog auf die für sie typische vielsagende Weise die Augenbrauen hoch.

„Ich wollte ihm das alles nicht vor dem Spiel zumuten.“ Auf keinen Fall wollte ich dafür verantwortlich sein, dass mein Mann beim ersten Spiel der Saison abgelenkt war.

„Glaubst du nicht, dass er das mit dem Video schon weiß?“, fragte Natalie.

„Wenn, dann hat er es mir gegenüber jedenfalls nicht erwähnt.“

Ben war nicht in den sozialen Netzwerken unterwegs, aber seine Schüler natürlich schon. Wusste mein Mann von der Sache? Und machte es ihm genauso viel Angst wie mir? Ich wandte meine Aufmerksamkeit dem Spielfeld zu, wo Ben mit dem Angriff ein paar Spielzüge übte. Er trug sein königsblaues *Sting Rays*-Polohemd und sein ernstes Profigesicht. Es war wichtig, dass er heute Abend gewann. Nach einem Sieg würde die Unterhaltung mit ihm über all diese Dinge deutlich einfacher.

Die Sting Rays verloren zehn zu vierzehn. Die gegnerische Mannschaft und ihre Fans waren ganz aus dem Häuschen und jubelten und lagen sich in den Armen, als hätten sie den Super Bowl gewonnen. Unsere Seite des Stadions war vor Schock wie versteinert. Floridas Highschool-Meister begannen die Saison mit einer Niederlage gegen eine titellose, mittelmäßige Mannschaft – und das auch noch bei einem Heimspiel.

Natalie sammelte ihre beiden Ältesten ein, dann gingen wir mit den anderen Zuschauern hinaus auf den Parkplatz, inmitten von mürrischen Kommentaren, die mehr oder weniger alle dasselbe ausdrückten.

„Sie waren zu selbstsicher."

„Bei keinem von ihnen hatte man das Gefühl, dass er weiß, was er tut."

„Die hatten den Kopf im Du-weißt-schon-was."

„Vielleicht ist das ja mal ein längst fälliger Weckruf."

Ich entdeckte Bens Wagen nahe der Tür, durch die die Spieler und Trainer herauskamen, und lehnte mich an die Motorhaube, um auf ihn zu warten. Es war ein schwüler Abend und jede Menge Mücken waren unterwegs. Eintagsfliegen und Motten umschwärmten die Lampen auf dem Parkplatz. Normalerweise gingen Brandon und Ben und die anderen Trainer nach einem Spiel noch gemeinsam in *Jake's Bar and Grill*, um ein Bier zu trinken, während ich schon heimfuhr und schlafen ging. Aber heute mussten wir reden.

Einer nach dem anderen kamen die Spieler heraus mit ernsten Mienen und hängenden Schultern. Sie trafen auf Mütter und Kumpels und Freundinnen, die sie umarmten oder ihnen einen Klaps auf den Rücken gaben oder Dinge sagten wie: „Besser jetzt als später."

Die Trainer kamen als Letzte.

Brandon strebte auf seinen Familien-Van zu, der in der Nähe stand und neben dem Natalie wartete. Er schlang seine kräftigen Arme um ihre Taille und vergrub das Gesicht an ihrem Hals. Ich riss den Blick von den beiden los und sah Ben an, der auf mich zukam, den Daumen unter den Riemen seiner Sporttasche geklemmt. Das Stadionlicht warf Schatten auf sein Gesicht. Der Gedanke, ihn zu umarmen, so wie Natalie es mit Brandon gemacht hatte, fühlte sich ungefähr so fremd an wie die Astronomiebücher meines Vaters.

Ich wischte meine verschwitzten Handflächen an meinen Shorts ab. „Ein hartes Spiel."

„Mehr als hart."

„Vielleicht ist es für sie ein kleiner Tritt in den Hintern."

„Ja, vielleicht." Ben fuhr sich mit den Händen übers Gesicht und stieß einen langen Seufzer aus. Als seine Finger ihm nicht länger den Blick versperrten, blickte er kurz auf meine Kopfbedeckung. „Süße Kappe."

Ich zupfte ein wenig schüchtern an dem Schirm der Mütze und murmelte ein „Danke". Normalerweise trug ich keine Kopfbedeckungen, aber normalerweise versuchte ich auch nicht, mich vor der Öffentlichkeit zu verstecken. „Gehst du noch mit den Jungs was trinken?"

„Heute nicht."

Einen Moment lang herrschte unsicheres Schweigen, dann …

„Sollen wir was essen gehen?"

„Wir müssen reden."

Wir sprachen beide gleichzeitig.

Und sobald ich Bens Worte registriert hatte, wünschte ich, ich könnte meine zurücknehmen.

„Über irgendetwas Bestimmtes?", fragte er.

*Ja.* Aber worüber wir reden *mussten* und worüber ich reden *wollte*, waren zwei verschiedene Paar Schuhe. Ich wollte das Video nicht erwähnen. Alles in mir wollte es unter den Teppich kehren und hoffen, dass Ben nie davon erfuhr. Aber das war natürlich unmöglich. Ich blickte mich auf dem Parkplatz um. Brandon und Natalie waren bereits gefahren. Die meisten Spieler waren ebenfalls fort. Heute Abend war niemandem danach zumute, noch länger hierzubleiben. Mir auch nicht, aber Ben wartete, und wenn ich es jetzt nicht herausbrachte, würde ich es nie schaffen. „Hast du heute etwas über ein Video gehört?"

Seiner gerunzelten Stirn nach zu urteilen, lautete die Antwort auf meine Frage Nein.

„Als ich gestern das Schild umgefahren habe, hat jemand das mit dem Handy gefilmt", ich starrte auf meine Füße hinunter – „und das Video bei Facebook gepostet. Eine Menge Leute haben es gesehen."

„Wie viel ist eine Menge?"

„So viele, dass meine Produzentin mich gebeten hat, mir ein paar Wochen freizunehmen."

„Weil du gegen ein Schild gefahren bist?"

„Weil ich zurückgesetzt und das Schild absichtlich umgenietet habe."

Ich wartete auf seine Reaktion und fragte mich, wie sie wohl ausfallen würde. War ihm bewusst, dass mein Fehler all die Arbeit zunichtemachen konnte, die wir in die Adoption investiert hatten – all den Schweiß und die Tränen und die finanzielle Belastung? Klopfte sein Herz ebenfalls vor Angst schneller bei dem Gedanken, dass unsere Sozialarbeiterin eine von denen sein könnte, die das Video gesehen hatten?

Ben atmete langsam aus. „Na, das gibt dir immerhin die Gelegenheit, mehr Zeit mit Gracie zu verbringen."

„Wo wir gerade davon sprechen …"

Er legte fragend den Kopf schief.

„Es gibt da etwas, das ich gerne tun würde, zusammen mit Gracie."

„Und zwar?"

„Das *Treasure Chest* wieder fit machen."

Seine Miene verfinsterte sich. „Ich dachte, wir hätten darüber gesprochen."

„Ben, wenn ich nichts unternehme, wird das ganze Gelände von irgendjemandem gekauft und das Motel dem Erdboden gleichgemacht. Ich weiß, dass du das für unvermeidlich hältst, aber ich sehe das anders." Und ich durfte das nicht zulassen. Tante Ingrid hatte es selbst gesagt. Manche Dinge waren es wert, dass man für sie kämpfte. Das *Treasure Chest* gehörte zu diesen Dingen. „Durch diese Zwangspause habe ich jetzt die Zeit dafür."

„Es wird länger als ein paar Wochen dauern, das Motel zu sanieren. Und wieso glaubst du überhaupt, dass Gracie dir dabei helfen wollen wird?"

„Es gibt einen Grund, warum sie dorthin gegangen ist. Der Ort muss ihr etwas bedeuten." Ganz zu schweigen von Tante Ingrids Postkarte, die sie all die Jahre aufgehoben hatte. Ich verlagerte mein Gewicht von einem Fuß auf den anderen, während meine Entschlossenheit wuchs. „Ich habe heute Nachmittag mit meinem Dad gesprochen. Tante Ingrid hat jede Menge Ersparnisse. Immerhin ist Geralds ganzes Erbe auf sie übergegangen. Es hat mich ein bisschen Überzeugungskraft gekostet, aber schließlich musste er zugeben, dass es nichts gibt, wofür Ingrid ihr Geld lieber ausgeben würde, als für die Rettung des *Treasure Chest*. Die Sanierung wird uns nichts kosten."

„Erwartest du von mir, dass ich dir helfe?"

Bei der Frage musste ich die Zähne zusammenbeißen. „Ich habe dich nicht um Hilfe gebeten."

„Und was passiert, wenn ihr fertig seid?"

„Das weiß ich nicht."

„Willst du es selbst führen? Dort einziehen?"

„Ich sagte doch schon, ich weiß es nicht!"

Ben rieb sich das Kinn und blickte zum Himmel hinauf, als suchte er in den Sternen nach Selbstbeherrschung. „Es tut mir leid, aber wir sind gerade einfach nicht in einer Situation, in der wir die Sanierung eines Motels schultern könnten."

„Warum nicht?"

„*Warum nicht?* Meinst du nicht, dass wir, wenn wir schon an irgendetwas arbeiten wollen, besser an unserer Ehe arbeiten sollten, Carmen?"

Es war das erste Mal, dass Ben den kaputten Zustand unserer Beziehung offen ansprach, aber ich war zu verletzt, um die Rettungsleine zu ergreifen. Traurigkeit stieg aus der aufgeplatzten Naht in meinem Herzen auf und verwandelte sich in einen riesigen See aus Sehnsucht. Aber Sehnsucht wonach? Nach dem *Treasure Chest* in seinem früheren Glanz? Nach Ben und mir ohne die Distanz zwischen uns? Nach einem Kind, das ich im Arm halten konnte? Danach, dass das Video auf magische Weise verschwand, damit meine immer größer werdende Angst nachließ? Nach etwas – *irgendetwas* –, was mir zeigte, dass Gott mich immer noch liebte? Dass er überhaupt da war?

Ben sah mich an und wartete.

„Ich weiß nicht, was du von mir hören willst." Achselzuckend hob ich die Hände und ließ sie dann resigniert sinken. „Wenn ich warte, ist das *Treasure Chest* weg." Und mit ihm alles, was wir einmal waren.

# Kapitel 13

*Gracie*

Das Städtchen Bay Breeze roch nach Salz und Citronella. Ich lief an Häusern mit manikürten Rasenflächen und weißen Lattenzäunen vorbei und bog willkürlich in irgendwelche Straßen ab, bis ich einen Fahrradweg entdeckte, der von einer Straße namens Sand Castle Circle (Sandburgenring? Echt jetzt?) abging. Mom hatte diese Phobie in Bezug auf Fahrradwege am Abend – sie nannte sie die Brutstätte für Hooligans (diese Worte hatte sie tatsächlich benutzt), aber ich hatte beim Herumschnüffeln in Carmens und Bens Kramschublade ein Jagdmesser gefunden und mir das in den Stiefel geschoben, bevor ich das Haus verlassen hatte.

Die Dämmerung nahm ihren Lauf und irgendwann landete ich auf einer Straße mit Gaslaternen und gepflasterten Bürgersteigen, die einen Platz einrahmte, der von kleinen Geschäften umgeben war – *Kirby's Antiques*, einem Antiquitätengeschäft, einem Süßigkeitenladen mit dem Namen *Sweeties*, einer Eisenwarenhandlung, einer Kunstgalerie, ein paar Restaurants, zwei Cafés. Auf dem Platz befand sich ein kleiner Park mit gusseisernen Bänken, rosa blühender Kreppmyrte und einem Pavillon. Ich kam mir vor wie jemand, der in die Kulisse eines Hallmark-Films versetzt worden war, nur dass niemand zum Dreh erschienen war. Es sah aus wie in einer Geisterstadt.

Ich bog in die Dock Street ab, wo mir salzige Luft entgegenschlug. Eine Ansammlung verwitterter Holzgebäude schwebte über dem Meerwasser – Souvenirläden für Touristen, noch eine Kunstgalerie, ein paar Schnellrestaurants. Das letzte Tageslicht schwand. Orange- und pinkfarbene Wirbel verschmolzen miteinander und färbten den Himmel über dem Wasser einen Moment lang blutrot, bis die Dunkelheit sich von einem Horizont bis zum anderen erstreckte und in der Ferne die Lichter der Hotels von Pensacola Beach, das auf der anderen Seite der Bucht lag, zu funkeln begannen.

Vor mir ragte ein beleuchteter Bootsanleger ins Wasser hinein. In Apalachicola, einer Stadt, deren Überleben vom Meer abhing, lagen an den Stegen Krabbenkutter und Austernfischerboote und es waren Fischer an Bord. Hier in Bay Breeze schaukelten die Boote einsam und verlassen vor sich hin. Ich schlenderte auf die Lichter zu.

Das Footballspiel musste inzwischen zu Ende sein. Bestimmt waren Carmen und Ben wieder in ihrem Barbiepuppenhaus und diskutierten über das Problem namens Gracie. Heute Nachmittag hatte Carmen mich eingeladen, länger als nur ein paar Tage bei ihnen zu bleiben. Sie sagte, Ben und sie hätten darüber gesprochen und seien sich einig, dass es eine gute Idee sei. Ich könne künftig hier in Bay Breeze zur Schule gehen. Ich setzte mich ans Ende des Bootssteges und zog das Messer aus meinem Stiefel. Dass ich bei Carmen und ihrem Mann wohnte, hatte mein ursprünglicher Plan nicht vorgesehen. Ich wollte keins ihrer Wohltätigkeitsprojekte sein. Aber angesichts meiner finanziellen Situation waren meine Möglichkeiten sehr begrenzt. Ich ließ die Beine über dem Wasser baumeln und die Klinge des Messers auf- und zuschnappen, während ich überlegte, was ich als Nächstes tun sollte. Plötzlich schwankte der Steg unter dem Gewicht von Schritten.

Mit klopfendem Herzen fuhr ich herum, das Messer in der Hand.

Ein groß gewachsener Jugendlicher mit muskulösen Armen blieb stehen und hob die Hände, als wäre ich ein Polizist mit einer Waffe, der gerade „Hände hoch!" gebrüllt hatte. Trotz des Messers hätte ich gegen ihn keine Chance gehabt. Zum Glück schien er ebenso überrascht zu sein, mich zu sehen, wie ich ihn, was bedeutete, dass er mir nicht mit irgendwelchen bösen Absichten hierher gefolgt war. Im Licht der Lampen konnte ich ein Paar abgetragene Sneakers, ausgeblichene Jeans, die tief auf seinen Hüften hingen, ein einfaches weißes Unterhemd, karamellbraune Haut und sonst nicht viel ausmachen.

„Das ist eine Premiere", sagte er schließlich.

„Was?"

„Dass ich in Bay Breeze einer bewaffneten Fremden über den Weg laufe."

Ich ließ das Messer sinken, klappte es aber nicht zu. Dank seines überraschenden Auftauchens stand mein Adrenalinspiegel auf Alarm.

„Kann ich die Hände runternehmen?", wollte er wissen.
„Ich hab ja gar nicht gesagt, dass du sie hochheben sollst."
Er ließ die Arme sinken und musterte mich von seinem Standort aus. „Was dagegen, wenn ich mich zu dir setze?"
„Ist ein öffentlicher Steg."
Ich sah zu, wie er vorsichtig näher kam und sich neben mir niederließ. Er hatte volle Lippen, eine breite Nase und geschwungene Wimpern und er roch wie die Luft nach einem kräftigen Regen. Während ich ihn anstarrte, lächelte er – ein offenes weißes Lächeln mit Grübchen, das mich ein Stück zur Seite rutschen ließ. So einem offenen weißen Lächeln traute ich nicht.
„Und", sagte er, die Finger um die Kante der Holzplanke gelegt, „wohnst du hier in der Nähe?"
Ich zögerte, weil ich mir nicht sicher war, ob ich mich auf eine Unterhaltung einlassen sollte. „Das wird sich noch zeigen."
Meine Antwort schien ihn zu amüsieren. „Wie jetzt – du guckst dir die Stadt erst mal an, bevor du dich entscheidest?"
„So ungefähr."
„Wie alt bist du?"
Ich reckte mein Kinn vor. „Was meinst du denn, wie alt ich bin?"
Seine Augen, die eine erdige Mischung aus Braun, Grün und Bernsteinfarben waren, blickten von meinen Stiefeln, die über dem Wasser hingen, zu meinem Gesicht hoch. „Fünfzehn?"
Ich schnaubte verächtlich.
Sein Lächeln wurde breiter. „Hast du einen Namen?"
„Haben doch die meisten Leute."
„Sagst du mir deinen denn?"
„Stellst du immer so viele Fragen?"
„Nur, wenn ich messerschwingende Mädchen auf meinem Bootssteg antreffe."
Ich zog eine Augenbraue hoch. „*Deinem* Bootssteg?"
„Na ja, er gehört mir nicht im wörtlichen Sinne."
„Wie denn dann – im übertragenen Sinne?"
„Sagen wir, dieser Steg und ich kennen uns sehr gut." Er deutete mit einem Nicken auf das vorletzte Gebäude, ein baufälliges Restaurant mit einer Neonreklame, auf der *Jake's Bar and Grill* stand.

„Meine Mom hat früher bei *Jake's* gearbeitet. Aber mal im Ernst, wie alt bist du denn nun wirklich?"

„Siebzehn."

„Ist das nicht ein bisschen jung, um zu entscheiden, wo du leben willst?"

„Nicht, wenn ich alleine bin."

„Ach so." Er nickte, als hätte er verstanden, was ich meinte. Seine Haut hatte wirklich eine tolle Farbe. Geradezu verwirrend. Und seine Stimme hatte etwas Beruhigendes an sich, so wie das sanfte Geräusch der Wellen. „Du bist von zu Hause weggelaufen."

„Ich bin nicht gelaufen. Ich bin getrampt."

„Warum?"

„Weil ich nicht gut zu Fuß bin."

Da war es wieder, dieses Lächeln. Und die Grübchen auch.

Aus der Bucht kamen Wellen herein, die die Boote leicht schaukeln ließen, während ich darauf wartete, dass er sein Verhör fortsetzte. Als er es nicht tat, klappte ich das Messer zu und schob es wieder in meinen Stiefel. „Du warst heute nicht bei dem Footballspiel?"

Er legte den Kopf schief. „Ist es ein Problem, wenn ich es war?"

„Nein – warum?"

„Weil die Frage so klang, als fändest du diese Möglichkeit bescheuert."

Ich zuckte mit den Schultern. „Es ist ein dämlicher Sport."

„Ach ja?"

„Sich mit Polstern zu verkleiden und einen Helm aufzusetzen, nur um eine Ausrede zu haben, rumzurennen und Leute zu schlagen und anzugreifen? Komm schon, das ist doch wie ein riesiges, überschätztes Balzritual."

„Ein Balzritual?"

„Mit all dem Auf-die-Brust-Klopfen und Rumstolzieren wie Halbgötter, nur weil eine Mannschaft einen Ball öfter auf die andere Seite des Spielfelds befördert hat als der Gegner? Das ist doch ein einziges ‚Wollen wir doch mal sehen, wer den Größten hat'-Spiel."

Der Junge lachte – ein nettes Lachen, das mein Selbstbewusstsein stärkte. Es gab mir das Gefühl, witzig zu sein. Er schüttelte den Kopf und massierte seine Handfläche. Auf der Innenseite seines Handgelenks war das Wort *„Truth"* eintätowiert. *Wahrheit.*

„Was hat es mit dem Tattoo auf sich?", fragte ich.

Er rieb mit dem Daumen über die schwarze Tinte. „Die Wahrheit ist wichtig."

Ich verdrehte die Augen.

„Bist du anderer Meinung?"

„Um es mit den Worten aller Philosophielehrer auf dieser Welt zu sagen: ‚Was ist Wahrheit?'"

Sein Blick war so bohrend, dass ich mich innerlich wand. „Was meinst du denn, was Wahrheit ist?"

„Die meisten Leute würden sagen, sie ist subjektiv."

„Ich habe nicht gefragt, was die meisten Leute sagen. Ich wollte wissen, was du denkst."

Während ich mit gerunzelter Stirn ins Wasser starrte, wanderten meine Gedanken zu Mrs Dulanes Morgenritual in der fünften Klasse zurück. Zu der Leinwand, die in meinem neuen Schlafzimmer hing. Zu den Taufen meiner Mutter und den Gottesdiensten, zu denen sie mich in Texas geschleppt hatte. Die Wahrheit war, dass ich es nicht wusste. Und diese Unterhaltung wurde allmählich viel zu persönlich und merkwürdig für meinen Geschmack. Ich atmete hörbar aus und stand auf.

„Keine Antwort?", fragte er und blickte zu mir auf.

„Ich glaube, ich habe für einen Abend genug philosophiert." Ohne zum Abschied zu winken oder mich noch einmal umzusehen, ging ich zurück an Land.

Irgendwann während meines Treffens mit Dr. Truth war Bay Breeze wieder zum Leben erwacht. Ein Junge und ein Mädchen saßen Schulter an Schulter auf der offenen Ladefläche eines rostigen Pickups, der an der Dock Street parkte, eine Gruppe Teenager alberte auf einem Rasenstück in der Mitte des Platzes herum und ein ganzer Haufen Autos drängte sich auf dem Parkplatz neben einem Lokal namens *Barbeque Pit*. Mein Magen knurrte bei dem Gedanken an Chicken Wings und Carmen hatte mir zehn Dollar fürs Essen dagelassen. Das müsste reichen, um das Knurren zum Schweigen zu bringen.

Der näselnde Klang von Countrymusik wurde lauter, je näher ich kam. Als ich eintrat, hielten die Teenager an einigen Tischen inne und glotzten. Ohne mit irgendjemandem Blickkontakt aufzunehmen, ging ich an den Glotzern vorbei und bestellte mir eine Cola und die würzigen Chicken Wings zum Mitnehmen. Fünfzehn Minuten später kehrte ich mit einer weißen Tüte in der Hand in die Magnolia Avenue zurück.

Jedes Fenster im Erdgeschoss von Bens und Carmens Haus war erhellt.

Na super.

Sobald ich zur Tür hereinkam, sprang Carmen vom Sofa auf und schob sich die Haare aus den verwirrten Augen. „Wo warst du?"

Ich hielt meine Tüte hoch und schleuderte meine Stiefel von mir. Sie landeten einer nach dem anderen in der Nähe des Garderobenschranks im Flur. „Was zu essen holen."

„Um halb elf nachts?"

Ich ging in die Küche.

Carmen folgte mir. „Es wäre nett gewesen, wenn du uns einen Zettel geschrieben hättest. Ich habe mir schreckliche Sorgen gemacht."

Ich lachte.

„Was ist daran so witzig?"

„Du und dir Sorgen um mich machen? Das ist ja wohl die Ironie schlechthin." Ich zog die Packung mit den Chicken Wings aus der Tüte. Bei dem würzigen, süßen Duft der Buffalo-Soße lief mir das Wasser im Mund zusammen. Hier zu sein, war nicht mein Plan gewesen, aber ich musste zugeben, dass es deutlich besser war, als in einem heißen Zimmer auf einem harten Boden mit leerem Magen einzuschlafen. „Als ich von einer Alkoholikerin großgezogen worden bin, hast du dir nie Sorgen um mich gemacht."

Carmen runzelte die Stirn.

Aber das war mir egal. Ich würde mich wegen ihrer Schuldgefühle nicht schuldig fühlen. Kam gar nicht infrage. Ich nahm einen Hähnchenflügel, biss hinein und hätte beinahe gestöhnt, so gut schmeckte er.

„Ich wusste es nicht", sagte Carmen.

„Dass sie getrunken hat?", schnaubte ich. *Das kannst du mir doch nicht erzählen.*

„Ich wusste nicht, wie schlimm es war."

Und warum? Weil sie es nicht wissen wollte. Weil es bedeutet hätte, dass sie etwas deswegen hätte unternehmen müssen. Sie hatte die Unwissenheit gewählt, weil alles andere unbequem gewesen wäre, und der Himmel möge verhüten, dass es in Carmens perfektem Leben irgendeine Unannehmlichkeit gab. Ich nagte das letzte Fleisch von dem Hähnchenflügel und saugte den Knochen aus. Sie sah zu, leicht angewidert, wie mir schien. Ich leckte mir die Finger ab und öffnete die Coladose. Meine Zunge brannte.

„Hättest du Lust, morgen mit mir zum *Treasure Chest* rauszufahren?"

Ich schlürfte lautstark meine Cola. „Willst du mich schon wieder zurückbringen?"

„Nein, ich bringe dich nicht zurück." Sie schob sich eine Haarsträhne hinters Ohr und lächelte etwas zu enthusiastisch. Eher nervös als glücklich. „Ich habe mir überlegt, dass wir das Motel gemeinsam renovieren könnten. Das *Treasure Chest* wieder zum Laufen bringen."

Ich starrte sie an. „Warum?"

„Weil Tante Ingrid sich das wünschen würde. Und ich es auch will."

Ein kleiner Wurm der Hoffnung schlängelte sich in mein Herz. Ich hasste diesen Wurm. Wenn man mit einem alkoholabhängigen Elternteil groß wird, lernt man ziemlich schnell, dass Hoffnung zu Enttäuschung führt. Versprechen enden als Scherben. Und Veränderung ist niemals von Dauer. Carmen wollte ihr schlechtes Gewissen beruhigen, und das war ihre Lösung. Ich glaubte nicht, dass die Wandlung länger als ein paar Wochen anhalten würde. Ich wischte mir die Hände an einem Papiertuch ab, trank einen großen Schluck von meiner Cola und stellte die leere Dose mit einem betonten Klicken auf die Küchenzeile. „Nein danke."

Aus irgendeinem Grund verwirrte meine Antwort sie. Sie sah mich an und blinzelte. Ich blinzelte zurück. Ein stilles Blinzelduell. Und dann presste sie die Lippen aufeinander und bekam den Blick, den ich kannte. Es war der gleiche Blick, den ich aufsetzte, wenn jemand mir sagte, ich könne irgendetwas nicht tun. „Was ist, wenn ich dich für deine Mitarbeit bezahle?"

Ich sah sie misstrauisch an. „Du würdest mich bezahlen?"
„Du hast das Motel gesehen. Ich brauche deine Hilfe."
„Wie viel?"
„Acht Dollar die Stunde."
„Das ist ja nicht mal der Mindestlohn."
„Also gut. Zehn."
Ich nahm mir noch einen Chicken Wing. „Wann fange ich an?"
Carmen lächelte, so als hätte sie einen Sieg errungen. Dabei war ich diejenige, die gewonnen hatte. Immerhin würde sie mir zehn Dollar die Stunde für etwas geben, was ohnehin von Anfang an mein Plan gewesen war.

# Kapitel 14

*Carmen*

In jeder Hand einen Eimer voller Reinigungsutensilien, stand ich neben meiner Schwester auf dem zerklüfteten Parkplatz und versuchte, nicht an das Video zu denken, das sich wie ein Lauffeuer verbreitete, oder an meinen spontanen Entschluss, nicht zu Katys Babyparty zu gehen. Natalie hatte gesagt, das sei albern. Den Leuten sei das Video egal. Ich hatte erwidert, ich hätte nicht wegen des Videos abgesagt, sondern wegen Gracie und dem *Treasure Chest.*

Wir hatten beide gelogen.

Über uns bedeckten Stratocumuluswolken den blauen Himmel. Sie hingen dort in großen, langen Reihen – ihre dunklen Bäuche würden aber nur bellen, nicht beißen. Die Menschen sehen diese Art Wolken oft und denken, dass es regnen wird, aber Stratocumuli bringen nur selten Regen, und wenn, dann meist nur wenig. Die Wolken über uns hatten uns während der Herfahrt mit einer minimalen Menge Niederschlag geneckt, der gekommen und wieder gegangen war und die Luft noch schwerer und feuchter zurückgelassen hatte.

Jetzt schob sich die Sonne in eine der blauen Wolkenlücken. Gracie hob eine Hand, um ihre Augen zu beschatten. Mein Blick wanderte von meiner Schwester zum Motel hinüber, während ich überlegte, was ihr dieses Gebäude wohl bedeutete. Ich war davon überzeugt gewesen, dass es ihr wichtig war, aber wenn das der Fall war, warum hatte sie dann kein Interesse daran, es wieder auf Vordermann zu bringen? Warum hatte ich sie bestechen müssen? Und dann noch mit zehn Dollar die Stunde?

„Als ich klein war, bin ich unheimlich gerne hierhergekommen“, sagte ich, weil ich hoffte, dass meine Bemerkung irgendeine Reaktion auslösen würde. Gracie war als kleines Mädchen auch hier gewesen. Zugegeben, ein Hauptanreiz für mich war gewesen, dass ich ohne meine Eltern hier war. Und das bedeutete, dass ich mich weder mit einer Mutter auseinandersetzen musste, die zu viel trank, noch mit einem Vater, der so tat, als würde sie nicht zu viel trinken. Jeden Sommer war ich einen Monat lang von dem schweren Joch befreit worden, ich selbst zu sein – die perfekte kleine Carmen, die so hübsch und so höflich und so gut in der Schule war, dass bei ihr zu Hause auf keinen Fall etwas im Argen liegen konnte. Gracie hingegen war immer mit Mom hier gewesen. Ich warf ihr einen verstohlenen Blick zu. „An diesem Ort hängen viele tolle Erinnerungen."

Sie schnaubte verächtlich. „Erzähl das mal TripAdvisor."

Ruckartig wandte ich mich ihr zu, sodass die Möbelpoliturdose in einem meiner Eimer klapperte. „TripAdvisor?"

„Während du damit beschäftigt warst, dein Arsenal aus Umweltgiften zusammenzusuchen, habe ich mir auf dem Handy mal ein paar Rezensionen angeschaut. Da waren jede Menge Beschwerden dabei."

„Worüber denn?"

„Nicht identifizierbare Flecken auf den Bettdecken. Teppichböden, die nach Katzenpisse riechen. Schrecklicher Kundenservice. Eine Person hat geschrieben, das Wasser aus dem Hahn hätte die Farbe von Tee gehabt, und, ich zitiere: ‚Ich würde mich lieber von einer ganzen Quallenfamilie beißen lassen, als noch mal da abzusteigen.' Zitatende."

„Das ist aber ein bisschen übertrieben, meinst du nicht?"

„Ich hab's nicht geschrieben."

Meine Schuldgefühle wuchsen und überlagerten alle positiven Emotionen, die ich an diesem Morgen zusammengerafft hatte. Schuldgefühle, weil ich nicht für Gracie da gewesen war, und Schuldgefühle, weil ich nicht öfter nach dem Motel gesehen hatte, nachdem wir Tante Ingrid ins *Pine Ridge*-Seniorenheim gebracht hatten. Wie das Unkraut, das zwischen den Pflastersteinen des Parkplatzes wuchs – unerwünschte, unappetitliche Störenfriede, die man am besten an den Wurzeln herauszog. Ich wollte hinsichtlich des *Treasure Chest* alles wiedergutmachen. Ich wollte meine Fehler Gracie gegenüber wiedergutmachen. Aber sie machte es mir wirklich nicht leicht. „Ich wette, die älteren Rezensionen waren gut."

„Wen kümmern alte Rezensionen, wenn die aktuellen grottig sind?"

„Wenn etwas früher einmal gut war, hat es auch das Potenzial, wieder gut zu werden.“ Ich versuchte mehr, mich selbst zu überzeugen als sie.

Gracie blickte weiterhin skeptisch drein.

Ich holte tief Luft und ging auf den Haupteingang zu, während ich hoffte, dass Gracie mir folgen würde. Das tat sie auch, allerdings ohne große Begeisterung. Ich schloss die Tür auf und trat ein. Dieselbe abgestandene Hitze, die Deputy Ernst und mir am Donnerstag entgegengeschlagen war, begrüßte Gracie und mich jetzt wieder. Am Montagmorgen würde ich als Erstes die Stadtwerke anrufen und alles wieder einschalten lassen. Es war August und wir waren in Florida, was bedeutete, dass wir eine Klimaanlage brauchten. Und wenn wir richtig sauber machen wollten, brauchten wir auch fließendes Wasser. Selbst wenn es die Farbe von Tee hatte.

Ich reichte Gracie einen Müllsack und ein Paar Gartenhandschuhe. „Fangen wir in diesem Zimmer an und sehen wir, wie weit wir kommen.“

Nachdem ich mir selbst ein Paar Handschuhe übergestülpt hatte, hob ich die größeren Glasscherben, Stücke von dem zertrümmerten alten Telefon und kleinere Teile von zerbrochenen Stühlen auf. Das Glas warf ich in einen Pappkarton, den Rest in eine Tüte. Die größeren Möbelteile schichtete ich draußen zu einem Haufen auf. Wahrscheinlich mussten wir einen Container bestellen. Wenn die Rezensionen, die Gracie gelesen hatte, zutrafen und der Teppich in den Zimmern wirklich nach Katzenurin roch, dann musste er raus. Ich fegte die Staub- und Müllreste zusammen, leerte das Kehrblech in Gracies Tüte, band beide Müllbeutel zu und stellte sie dann zu den kaputten Stühlen draußen auf der Veranda.

Mein T-Shirt war schweißnass und Gracies schwarzer Pony klebte ihr an der Stirn. Wir hatten die Tür offen stehen lassen, damit frische Luft hereinkam, aber es fühlte sich trotzdem so an, als würden wir in einer Sauna arbeiten. Draußen im Schatten machten wir eine Pause und tranken gierig aus den Wasserflaschen, die wir unterwegs bei einer Tankstelle gekauft hatten.

„Wie hast du eigentlich da drin drei Nächte lang geschlafen?“, fragte ich, während ich mir mit dem Hemdsärmel die Tropfen von der Stirn wischte.

„Schlecht."

Vom Meer wehte eine Brise herauf und die Luft war zwar schwül, aber sie bewegte sich wenigstens. Ich nahm eine Brechstange aus einem der Eimer. Wenn wir weiterarbeiten wollten, musste ich einige Bretter von den Fenstern entfernen. Ich rammte das Ende der Brechstange unter eines der Speerholzbretter über einem heilen Fenster links von der Tür.

Gracie lehnte an einem Pfosten und sah zu.

„Ben hat übrigens mit dem Direktor der *Bay Breeze Highschool* gesprochen. Er sagte, sie hätten bei deiner alten Schule angerufen und sich deine Unterlagen schicken lassen. Du kannst am Montag anfangen." Ich riss an der Brechstange und hebelte das Brett los. „Vielleicht können wir was essen gehen, wenn wir hier fertig sind, und ein paar Sachen für die Schule kaufen."

Gracie sagte nichts.

Ich legte das Brett neben die Müllsäcke und machte mich an das nächste Brett. „Wir könnten uns Pizza holen, am besten bei *Bruno*. Die haben eine Superauswahl."

Immer noch keine Antwort, also gingen wir wieder hinein. Gracie begab sich in einen halbherzigen Kampf gegen den Staub, während ich mit den Fenstern weitermachte. Die kaputten Scheiben ließ ich in Ruhe, aber die anderen attackierte ich mit Glasreiniger und Lappen, bis meine Muskeln brannten, um sowohl den hartnäckigen Dreck als auch meine wachsende Frustration meiner Schwester gegenüber loszuwerden.

Gracie entfernte mit einem Besen die Spinnweben in den Ecken des Zimmers. Sie sammelten sich in den Borsten wie ein dickes Netz und klebten an ihren Fingern, als sie versuchte, den Besen zu säubern. „Warum habt ihr eigentlich keine Kinder, du und Ben?"

Die Frage ließ mich mitten in der Bewegung erstarren.

Es war eine Gracie-typische Fassung *der* Frage. *Der* Frage, die andere Leute normalerweise mit etwas mehr Takt und einem erwartungsvollen Lächeln stellten. *„Wann wollt ihr eigentlich Kinder haben, du und Ben?"* Als könnte man einfach entscheiden, ein Kind zu bekommen. Ich sprühte weiter und gab ihr die Antwort, die ich auch allen anderen gab. „Wir hoffen, dass wir irgendwann welche bekommen."

Wenn das Video die Sache nicht vermasselte.

Ich blickte zu meinem Handy hinüber, das auf dem inzwischen sauberen Empfangstresen lag. Wann immer es klingelte, zog sich mein Magen zusammen und mein Herz schlug so schnell, dass mir schwindelig wurde. Das Video und seine möglichen Auswirkungen bildeten eine unsichtbare Gewitterwolke über meinem Kopf. Schon allein der Gedanke daran sorgte dafür, dass sich die Muskeln in meinen Schultern verkrampften und die Luft im Empfangsbüro noch unerträglicher wurde. „Ich … äh … mache mal im Gemeinschaftsraum weiter."

Gracie ging in eine andere Ecke, wo sie einen regelrechten Wirbelwind aus Wollmäusen verursachte.

Ich floh mit einem der Putzmitteleimer in das Zimmer nebenan. Bis in die frühen 60er-Jahre war dieser Raum einfach ein weiteres Gästezimmer gewesen. Aber dann hatte Tante Ingrid die Wohneinheit im Zuge einer Renovierung in einen Aufenthaltsraum für die Motelgäste umgewandelt, etwas, das es in den meisten Motels damals nicht gab. So wurde der Gemeinschaftsraum geboren – als ein Ort, wo nicht nur Gratiskaffee und Muffins für die Gäste bereitstanden, sondern wo darüber hinaus die reiche und interessante Geschichte des Motels ausgestellt war. Irgendwann wurde er zur Hauptattraktion des *Treasure Chest.*

Auch wenn er jetzt leer war, war dieser Raum einmal voller Nippes gewesen. Gerald hatte eigenhändig eine große Vitrine gebaut, allerdings nicht für Pokale, sondern für Erinnerungsstücke, die Ingrid ausgewählt hatte. Die meisten von ihnen hatten etwas mit Monopoly zu tun. An zwei Wände hatte sie gerahmte Fotografien gehängt – Schwarz-Weiß-Bilder von dem Motel, als es noch *La Tresor Motel* geheißen hatte, ein großes Bild, auf dem Frank Sideris Charles Darrow die Hand schüttelte, und anrührende Fotos aus der Zeit der Weltwirtschaftskrise und dem Zweiten Weltkrieg. Die dritte Wand war die Legendenwand geworden, mit Bildern von allen Stars, die hier abgestiegen oder das *Treasure Chest* bei ihrer Eröffnung besucht hatten. Meine Lieblingswand war die vierte. Ingrid hatte die Gäste dazu eingeladen, auf dieser Wand zu unterschreiben, etwas darauf zu zeichnen, einen Witz zum Besten zu geben oder ihr Lieblingszitat zu verewigen. Sie nannte sie die *Wand der Weisheit.*

Als Mädchen hatte ich beinahe jedes Wort auswendig gelernt, sodass ich jetzt, als Erwachsene, schnell meine Lieblingszitate fand.

Genau in der Mitte: *Phillip Peppergree war hier*. Mir gefiel der Name so gut, dass ich meine erste und einzige Katze so genannt hatte.

Weiter links, ein bisschen höher: *Johannes 3,16. Leben*. Ganz lange dachte ich damals, das sei der Name der Person – Leben. Und was für ein merkwürdiger Name das war. Bis ich den Vers in Tante Ingrids Bibel nachschlug und mir klar wurde, dass es kein Name war, sondern ein Statement.

Eine Handbreit darunter: *Seelenverwandte, Helena und George, 1962*. Ich hatte mich oft gefragt, ob sie noch lebten, ob sie immer noch ineinander verliebt waren, ob sie Kinder oder Enkel hatten.

Weiter unten rechts, fast schon am Boden, befand sich der Spruch, der mir als Kind besonders gut gefallen hatte: *Das Leben ist lebenswert, solange es etwas zu lachen gibt*. Das war früher mein absolutes Lieblingszitat aus *Anne von Green Gables*. Die Person, die es an die Wand geschrieben hatte, hatte nicht unterschrieben, aber eins war offensichtlich: Wir waren Seelenverwandte. Jetzt, als Erwachsene, kam mir eine ganz andere Zeile aus Annes Geschichte in den Sinn.

*Mein Leben ist der perfekte Friedhof begrabener Hoffnungen.*

Ich schüttelte die Worte ab und legte dann eine Hand auf die Initialen, die in ein winziges Herz gekritzelt waren, gleich neben Mr Peppergree – S + W. Unter meiner Handfläche pulsierte eine Erinnerung.

„Wir sind doch erst einmal miteinander ausgegangen", hatte ich zu Ben gesagt. Und so atemberaubend dieses eine Date auch gewesen war – dies war die *Wand der Weisheit*. Was man hier hinschrieb, konnte nicht mehr zurückgenommen werden.

Ben hatte mich missbilligend angesehen. „Du bist aber eine Pessimistin."

„Ich sage ja nur, dass es für immer da stehen wird, wenn du es an die *Wand der Weisheit* schreibst."

Kopfschüttelnd zeichnete er ein schmales, etwas schiefes Herz – nichts daran war irgendwie feminin oder überschwänglich. Alle, die es später sahen, würden wissen, dass es das Herz eines Mannes war.

„Es ist mein Ernst“, sagte ich. „Das könnte Unglück bringen.“

Ben ließ den Stift sinken. „Also gut, wie wäre es mit einem Kompromiss?“

„Wie meinst du das?“

Anstatt zu antworten, kritzelte er die Initialen S und W in das Herz, verbunden durch ein Pluszeichen.

Ich blinzelte. „Wer sind S und W?“

„Wir.“

„Das sind aber nicht unsere Initialen.“

„Natürlich sind sie das. Servicejunge und Wetterfee.“ Ben nahm meine Hand und zog mich näher, sodass die Schmetterlinge in meinem Bauch aufstoben. Er roch unwiderstehlich – eine männliche Mischung aus Seife und einem Hauch Rasierwasser. „Wenn du beschließt, dass du genug von mir hast, wird es also niemand wissen.“

„Doch, ich ...“, sagte ich etwas zu atemlos. Ich konnte mir nicht vorstellen, dass ich jemals genug von ihm haben könnte. Nicht in einer Million Jahre.

Ben legte eine Hand auf meinen Rücken. Seine Berührung war elektrisierend. Sie brachte mein Herz dazu, ganz komische Dinge zu machen. Und dabei waren unsere Lippen bisher noch gar nicht zum Einsatz gekommen. Unsere erste Verabredung hatte mit einer langen Umarmung geendet. Einer Umarmung, die so wundervoll gewesen war, dass es wehgetan hatte.

„Weißt du, woher ich weiß, dass wir es schaffen werden?“

„Woher?“

„Deine Tante liebt mich.“ Dabei grinste er – ein ungeheuer verführerisches, freches Grinsen.

„Du glaubst wohl, du bist –“

Ben ließ mich nicht ausreden. So plötzlich, dass ich es nicht kommen sah, zog er mich fest an sich und küsste mich. Ich krallte die Finger in sein Baumwoll-T-Shirt, weil ich mir sicher war, dass ich vom Boden abheben würde, wenn ich losließ. Unser allererster Kuss. In meinem Lieblingszimmer, vor meiner Lieblingswand im *Treasure Chest*.

Während ich jetzt in dem leeren Raum stand, hob ich die Finger an meine Lippen und die Erinnerung verblasste. An ihre Stelle trat ein ernüchternder Gedanke. An den meisten Tagen erinnerte Tante

Ingrid sich nicht einmal mehr an Ben, geschweige denn, dass sie ihn liebte. Was bedeutete das wohl für uns?

# Kapitel 15

*Gracie*

Die Stadt zog in einem gleichmäßigen Tempo von fünfzig Stundenkilometern an uns vorbei. Carmen hielt das Lenkrad genau so, wie man es in der Fahrschule lernt – ihr Fahrlehrer wäre mit Sicherheit stolz auf sie gewesen. Ich saß auf dem Beifahrersitz und knibbelte an meiner Nagelhaut herum, während ich gedanklich zur Mittagspause vorspulte und dazu, wie peinlich es werden würde, einen Platz an einem der Tische zu finden. Ich hasste die Highschool. Ich hasste es, dass Carmen darauf bestand, mich hinzubringen, als wäre ich ein Kleinkind. Und ich hasste die Tatsache, dass ich mich krampfhaft bemühte, so auszusehen, als würde ich mich nicht krampfhaft bemühen. An diesem Morgen war ich meine drei Outfits durchgegangen und hatte mich schließlich für meine bevorzugten Klamotten entschieden: meine enge Lieblingsjeans – schwarz und zerschlissen –, meine Stiefel und ein orangefarbenes T-Shirt im Knitterlook. Carmen hatte mir nur einen Blick zugeworfen und gesagt, sie werde diese Woche noch mit mir einkaufen gehen. Ich hatte sie angesehen und geschnaubt. Irgendetwas verriet mir, dass ihr Geschmack und meiner in etwa so weit voneinander entfernt waren wie der Weihnachtsmann und Pinguine.

Mein Nagelbett brannte. An der Stelle, wo ich den Hautfetzen abgerissen hatte, erschien ein stecknadelkopfgroßer Tropfen Blut. Ich schob mir den Finger in den Mund und lutschte den Schmerz fort, während ich versuchte, das flaue Gefühl, das sich in meinem Magen ausbreitete, zu ignorieren.

Carmen trommelte mit dem Daumen ein paarmal auf das Lenkrad. „Bist du nervös?"

Ich nahm mir den nächsten Fingernagel vor.

„Wenn es so ist, ist das völlig in Ordnung."

Ich spürte, dass sie mir verstohlene Blicke zuwarf. Das tat sie oft.

So als wäre ich ein wildes Tier, das jeden Augenblick ausrasten und mich selbst oder andere Leute um mich herum verletzen könnte.

„Als ich in der sechsten Klasse die Schule wechseln musste, war ich am ersten Tag schrecklich nervös."

Zwei Teenager in einem Honda CR-V rasten an uns vorbei. Carmen setzte den Blinker und bog in eine Straße mit dem Namen De La Cruz Boulevard ein, die überwiegend von Wohnhäusern und einigen wenigen Geschäften gesäumt war.

„Die *Bay Breeze* ist aber eine richtig gute Schule. Die Lehrer sind wirklich nett. Ich bin mir sicher, sie werden dich gut aufnehmen. Und wenn du mit jemandem reden musst, ist Ben ja auch noch da."

„Ich bin nicht nervös."

„Oh, okay. Das ist gut."

Ich lugte unter meinem Pony hervor und warf ihr einen Blick zu. Heute Morgen, als Ben gefragt hatte, ob ich mitfahren wolle, hatte Carmen sich eingeschaltet und darauf bestanden, dass sie mich selbst zur Schule fuhr. Es war eine der wenigen Gelegenheiten, bei denen ich mitbekommen hatte, wie die beiden miteinander sprachen, und ich schlief jetzt schon seit vier Nächten unter ihrem Dach. Irgendetwas stimmte da definitiv nicht. Ich hatte den ausgeprägten Verdacht, dass ich dieses Etwas war – das ständige Reizmittel. „Wird das jetzt ein morgendliches Ritual – dass du mich zur Schule fährst, als wäre ich fünf?"

„Heute ist dein erster Tag." Carmen bog in die Breeze Street ein, die in einer T-Kreuzung endete, an der die *Bay Breeze Highschool* in ihrer ganzen Schönheit stand – ein ausladendes Steingebäude mit einem überfüllten Parkplatz und einem großen blau-goldenen Schild am Eingang, auf dem stand: *Bay Breeze Highschool, Heimat der Sting Rays.*

„Ich gehe seit Jahren ohne Hilfe zur Schule." An meinem ersten Tag in der Grundschule war ich allein hingegangen und hatte zugesehen, wie all die Mommys und Daddys sich von meinen Klassenkameraden verabschiedet hatten. Carmen war damals nicht da gewesen und jetzt brauchte ich sie auch nicht. „Also: Kannst du uns beiden einen Gefallen tun und aufhören, dich so anzustrengen?"

Sie wurde blass.

In mir regten sich Schuldgefühle, aber ich hatte keine Zeit, mich damit zu befassen. Wir waren inzwischen vor dem Haupteingang angekommen, wo sich bereits jede Menge Schüler auf der Treppe zu der zweiflügeligen Tür drängten. Bevor Carmen etwas so Verrücktes tun konnte wie auszusteigen und mich reinzubringen, stieg ich in die Morgenhitze aus und knallte die Wagentür hinter mir zu.

Nachdem ich im Sekretariat vorbeigeschaut, mir meinen Stundenplan abgeholt und eine Minirede meines neuen Vertrauenslehrers über mich hatte ergehen lassen, suchte ich meinen Landeplatz – Schließfach 128. Hoffentlich war es der letzte Highschool-Spind, der mir das zweifelhafte Vergnügen bot, meine Bücher darin aufzubewahren. Ich drehte an dem Zahlenschloss und packte den Inhalt meiner Tasche in den Schrank, während hinter mir Schüler entlangliefen. Bis jetzt hatte ich es erfolgreich vermieden, mit irgendjemandem Blickkontakt aufzunehmen.

„Hast du alles, was du brauchst?"

Die vertraute Stimme hinter mir war die von Ben.

Ich schob meinen Rucksack in das Schließfach, schnappte mir eine Mappe und einen Notizblock und knallte den Spind zu. „Hat Carmen dich beauftragt, nach mir zu sehen?"

„Nein, darauf bin ich von ganz allein gekommen."

„Ich bin zutiefst gerührt."

Eine kleine Gruppe breitnackiger Jungs schob sich an uns vorbei. Sie klatschten Ben zur Begrüßung ab. Ihrem selbstgefälligen Gang nach zu urteilen hätte man meinen können, sie hätten das Spiel am Freitag gewonnen.

„Wie ich sehe, sind sie immer noch ganz schön geknickt wegen der Niederlage."

Ben lächelte. „Weißt du, Gracie, aus irgendeinem Grund mögen mich die meisten Leute hier."

„Du hast sie alle an der Nase herumgeführt, was?"

Sein Lächeln wurde breiter. „Du kannst gerne meinen Namen ins Spiel bringen, falls du meinst, dass es was nützt."

„Ich werde es mir merken."

„Nach der Schule habe ich Training, deshalb wird Carmen dich vermutlich abholen."

*Du lieber Himmel, bloß nicht.* „Ich kann laufen."

„Bist du dir sicher?"

„Dass ich lieber laufen will, als von der Schule abgeholt zu werden? Ja."

„Okay. Ich rufe sie an und sag ihr Bescheid." Er fügte hinzu, dass ich ihn in seinem Klassenzimmer im Keller finden würde, gegenüber vom Schwimmbad, falls ich irgendetwas brauchte, und ich solle nicht zögern, ihn zu besuchen. Er hatte keine Ahnung, wie versucht ich war, ihm während der Mittagspause einen Besuch abzustatten. Dann drückte er kurz meine Schulter und verließ den Schließfachbereich. Mehrere Mädchen folgten ihm mit den Blicken. Ich fragte mich, ob Carmen wusste, wie beliebt ihr Mann in der Schule war.

Ich klemmte mir Mappe und Notizblock unter den Arm und machte mich daran, meinen ersten Unterrichtsraum zu suchen. Fünf Minuten und zwei falsche Abzweigungen später fand ich mein Ziel: Diskussion und Ethik bei einem Lehrer namens Reyas. Mein neuer Vertrauenslehrer hatte mir mitgeteilt, dass das meinem Wahlfach Philosophie, das ich an der *Franklin High* belegt hatte, am nächsten käme. Im Klassenzimmer waren die Tische u-förmig angeordnet und auf den Stühlen saßen nur wenige Schüler. Einer der Jungen – ein schlaksiger blonder Typ – beobachtete mich, während ich in der Tür stand.

„Buh!"

Ich sprang – ganz wortwörtlich – hoch und fuhr herum, bereit, demjenigen, der mich da gerade erschreckt hatte, einen Fausthieb zu verpassen. Aber meine Wut wich augenblicklich einem Gefühl der Verwirrung. Im Neonlicht ähnelte seine Haut eher einem Milchkaffee als Karamell, aber ich erkannte ihn trotzdem wieder. Es war Dr. Truth – der Junge vom Bootssteg. Er stand genau vor mir.

„Gut, dass du dein Messer nicht dabeihast. Ich glaube, ich hätte es zwischen die Rippen bekommen." Er trat in den Klassenraum, damit die Schüler hinter ihm durchgehen konnten.

„Was machst du denn hier?", fragte ich.

„Ich bin in diesem Kurs."

Ich blinzelte, fest davon überzeugt, dass ich jeden Moment aufwachen und diesen ganzen schrecklichen Morgen noch einmal durchmachen musste. Ich meine, jetzt mal im Ernst. Wie groß war die Wahrscheinlichkeit, dass dieser Junge in der ersten Stunde denselben Kurs hatte wie ich? Und das ist keine rhetorische Frage. Ich hätte es wirklich gerne gewusst.

Er gab mir mit einer Handbewegung zu verstehen, dass ich vorgehen sollte. „Nach dir."

Ich setzte mich auf einen freien Platz an einem der Tische ganz hinten.

Dr. Truth schnappte sich den Stuhl neben mir, drehte ihn um und platzierte seine langen Beine links und rechts von der Rückenlehne. „Du hast also beschlossen zu bleiben?"

„Was?"

„Als wir uns das letzte Mal unterhalten haben, war dein Aufenthalt in Bay Breeze noch nicht beschlossene Sache."

„Ach ja, stimmt." Ich schluckte, noch immer ziemlich schockiert, weil dieser Typ jetzt neben mir saß. Im Laufe des Wochenendes hatte ich unsere Begegnung am Bootsanleger ein paarmal Revue passieren lassen und versucht, sein Alter zu erraten. Ich war zu dem Ergebnis gekommen, dass er wahrscheinlich auch auf die Highschool ging und wir uns dort eventuell wieder über den Weg laufen würden. Ich hätte nur nicht gedacht, dass es so schnell passieren würde. „Erst mal."

„Erst mal", wiederholte er.

Ich sah mich im Klassenraum um. Jeder einzelne Schüler starrte mich an, als wäre ich ein Fisch in einem Goldfischglas.

Dr. Truth beugte sich näher. „Keine Angst. Sie sehen mich an, nicht dich."

„Ja, klar."

Die Glocke ertönte. Ein paar Nachzügler hasteten herein und füllten die restlichen Plätze. Wie sich herausstellte, war Reyas eine Frau hispanischer Abstammung mit schwarzrandiger Brille und dunklen, glänzenden Haaren. Sie saß an ihrem Computer und kontrollierte die Anwesenheit. Als Drittes rief sie einen Eli auf und der Junge neben mir hob den Arm.

Ich stützte meinen Ellbogen auf den Tisch. „Eli, hm?"

„Genehmigt?“

Ich musterte ihn – von seinen ausgelatschten Turnschuhen über seinen lässig über die Rücklehne seines Stuhls drapierten Arm bis zu seiner schönen Haut und den farblich nicht genau einzuordnenden Augen. „Du siehst nicht aus wie ein Eli.“

„Nicht?“

Ich schüttelte den Kopf.

„Sehe ich denn aus wie ein Elias? Das steht nämlich auf meiner Geburtsurkunde. Elias Dante Banks, um genau zu sein.“

Elias. Das war mal ein guter Name. *„Masse und Macht.“*

„Hm?“

„Das ist ein Buch von Elias Canetti. Hat ihm 1981 den Literaturnobelpreis beschert.“ Ich hatte einen ganzen Monat gebraucht, um es zu lesen, aber ich war froh, dass ich es getan hatte. Canetti war hämisch und witzig und ausschweifend und tiefschürfend – alles gleichzeitig. „Walt Disney heißt mit zweitem Namen auch so.“

Elias lächelte mich an.

„Was ist?“

„Weißt du generell so viel über Namen oder sollte ich mich geschmeichelt fühlen?“

„Ich hab ein seltsames Gedächtnis für unwichtige Details.“ Mein Gehirn konnte offenbar Fakten abspeichern, ohne dass ich mir besondere Mühe gab.

„Gracie Fisher?“ Reyas schob ihre Brille die Nase hinauf und suchte schnell den Raum ab, bis sie mich entdeckte.

Das Goldfischglas wurde kleiner.

Wärme stieg mir in die Wangen.

„Willkommen bei *Diskussion und Ethik*, Gracie.“ Sie hielt ein zerlesenes Schulbuch hoch.

Als ich damit wieder an meinen Platz zurückging, lächelte Elias mich erneut an.

Ich kniff die Augen ein wenig zusammen. „Was?“

„Nichts.“ Er unterdrückte sein Lächeln, bis nur noch ein Grübchen in seiner linken Wange übrig blieb. „Gracie Fisher. Ein guter Name.“

„Also, Gracie Fisher, ist das Rätselhafte damit verflogen?“, fragte Elias, während er mit mir auf den Flur hinaustrat.

Ich verkniff mir ein Lächeln. Normalerweise war ich nicht so leicht um den Finger zu wickeln, aber irgendetwas an Elias Banks sorgte dafür, dass ich mich entspannte. Er war anders als alle anderen Jungs in meinem Alter, die ich kannte. Ein Beispiel gefällig? Gerade im Unterricht hatte Reyas eine Debatte um das Für und Wider des Mindestlohns begonnen. Elias argumentierte dafür, also brachte ich natürlich Argumente dagegen vor. Er hatte keine Chance gegen mich. Aber anstatt pampig zu werden oder verlegen oder sich bedroht zu fühlen, hatte er mich die ganze Zeit angelächelt, so als beeindruckte ihn meine Fähigkeit, Argumente überzeugend zu formulieren. „Was denn Rätselhaftes?“

„Na, du und ich, dass wir die Namen des anderen nicht kannten.“

Ich zuckte mit den Schultern. „War ja klar, dass das nicht so bleibt. Nichts bleibt auf Dauer.“

„Also, dem muss ich aber mit allem Nachdruck widersprechen. Es gibt Dinge, die dauerhaft Bestand haben.“

„Zum Beispiel?“

Bevor er antworten konnte, unterbrach ein Mädchen – gebräunt, blondiert, zierlich – unsere Unterhaltung, als gäbe es mich gar nicht. Die falsche Blondine trat zwischen uns und schlang einen Arm um Elias’ Taille, um ihn zu umarmen. Sie passte genau unter seinen Arm. „Schweres Spiel am Freitag, aber wenigstens hast du auf dem Feld gut ausgesehen.“

„Danke.“

Und meine Stirn zog sich wie in Zeitlupe kraus. *Schweres Spiel am Freitag? Du hast gut ausgesehen?* „Warte mal – du bist in der Footballmannschaft?“

Zum ersten Mal nahm das Mädchen mich zur Kenntnis, wobei ihr Blick von meinen Stiefeln zu meinen Haaren hinaufwanderte. Die Begutachtung war nicht sehr subtil. „Er ist nicht einfach *in* der Footballmannschaft. Er ist der Star der Mannschaft.“

Eli wehrte ihre Bemerkung mit einer Handbewegung ab.

Plötzlich hatte ich einen merkwürdigen schlechten Geschmack im Mund.

„Ach, komm schon“, sagte Blondie zu ihm. „Du bist der Grund, warum wir im letzten Jahr die Meisterschaft geholt haben, und das weißt du auch. Jedenfalls wollte ich dir als dein offizielles Teammädchen sagen, dass du ein gutes Spiel gemacht hast.“ Sie stellte sich auf die Zehenspitzen, um Eli einen Kuss auf die Wange zu drücken, dann tätschelte sie seinen flachen Bauch und schlenderte davon.

Ich sah ihr nach und der schlechte Geschmack in meinem Mund wurde mit jeder Millisekunde schlimmer. Elias Banks hatte ein Teammädchen. Und meine Mitschüler in *Diskussion und Ethik?* Sie hatten tatsächlich nicht mich angestarrt. Sie hatten Eli angestarrt – den Muskelmann aus dem Meisterschaftsteam, der so tat, als würde er sich für das seltsame neue Mädchen interessieren.

„Du rümpfst die Nase“, sagte er.

„Du bist ein Lügner.“

Er zog die Augenbrauen hoch. „Wieso bin ich ein Lügner?“

„Du hast mir nicht gesagt, dass du Football spielst.“

„Du hast auch nicht gefragt.“

„Noch eine Lüge. Auf dem Bootssteg habe ich dich gefragt, ob du bei dem Footballspiel warst.“

„Und wenn ich mich recht entsinne, habe ich das nie verneint.“

„Weil du der Frage ausgewichen bist. Und dann hast du mich darüber schwadronieren lassen, dass dieser Sport ein groß angelegtes Balzritual ist.“ Er hatte sogar gelacht, was ich als erfrischend empfunden hatte. Aber jetzt fühlte ich mich an der Nase herumgeführt. So als hätte er über mich gelacht und nicht mit mir.

„Die Wahrheit nicht zu sagen, ist nicht dasselbe wie Lügen.“

„Sagt der Typ, der sich das Wort *Wahrheit* aufs Handgelenk hat tätowieren lassen.“

Da musste er grinsen. „Soll ich dich zu deinem nächsten Kurs bringen? Das Gebäude ist ein bisschen unübersichtlich.“

„Danke, aber ich denke, ich bin durchaus in der Lage, allein ein Klassenzimmer zu finden.“

Zur zweiten Stunde kam ich fünfzehn Minuten zu spät.

# Kapitel 16

*Gracie*

In der Cafeteria herrschte ohrenbetäubendes Geschnatter, gelegentlich durchbrochen von einem Aufschrei oder Gelächter. Ich stand mit einem Snickers-Eis und einer Dose Mountain Dew-Limonade in der Hand am Rand und sagte mir, dass ich es hinter mich bringen musste. Nachdem ich tief Luft geholt hatte – Nahrung für meine feige Seele –, ging ich geradewegs auf einen freien Tisch ganz hinten zu. Ich sah weder nach rechts noch nach links. Ich ging nicht zu schnell und auch nicht zu langsam. Und ich atmete erst aus, als ich auf einem Stuhl saß, dem Getümmel den Rücken zugewandt.

Das Schlimmste war vorüber.

Ich zog einen Fuß auf die Sitzfläche hoch und schob mir Ohrhörer in die Ohren – der allgemeinverständliche Code für *Lass mich in Ruhe*. Mit Fiamma Fumana auf den Ohren riss ich mein Snickers mit den Zähnen auf und fing an, mein nicht mehr ganz neues Exemplar von *Schlachthof 5* zu lesen (eine Lektüre, die uns mein ganz neuer Englischlehrer aufgegeben hatte). Die keltisch-italienische Technomusik verlieh dem Leseerlebnis ein gewisses Gefühl der Dringlichkeit. Ich aß mein Eis auf und wollte gerade in die Geschichte eintauchen, als der Stuhl neben mir unter dem Tisch hervorgezogen wurde. Ich sah auf ein Paar Sneakers hinunter, die so ausgetreten waren, dass sie mich an das Buch in meiner Hand erinnerten.

Ich brauchte nicht aufzublicken. Es war Eli – der lügende Footballspieler.

Er drehte den Stuhl um und setzte sich genauso hin, wie er in der ersten Stunde gesessen hatte. Ich sah mich in der Cafeteria um. Ich schwöre, dass die gesamte Schülerschaft herübersah, am wenigsten subtil wahrscheinlich ein Tisch voller großer, stämmiger Jungs. Sie sahen jedoch nicht mich an, die Neue. Sondern ihn, der sich zu der

Neuen gesetzt hatte. Zuerst hatte ich vor, mich in meiner Musik und Lektüre nicht stören zu lassen, aber er sah aus, als wollte er bleiben. Je eher ich mit ihm sprach, desto eher konnte ich ihn wegschicken. Ich legte den Finger zwischen die Buchseiten und zog die Ohrhörer heraus. „Kann ich dir helfen?"

„Gracie Allen."

„So heiße ich nicht."

„Nein, aber eine berühmte Komikerin heißt so. Sie war mit George Burns verheiratet. Ich vermute, die beiden waren ein ziemlich komisches Pärchen." Er wackelte mit seinem Smartphone vor meiner Nase herum. „Ich gebe zu, dass das nicht besonders beeindruckend ist, weil ich Google bemühen musste, aber es ist ein unwichtiges Detail zu deinem Namen."

„Nett."

„Komm schon. Willst du mich wirklich abschreiben, weil ich Football spiele?"

„Nein. Ich werde dich abschreiben, weil du gelogen hast." Und vielleicht auch, weil er Football spielte.

„Ich dachte, das hätten wir schon geklärt. Ich habe die Information ausgelassen. Auslassung ist nicht dasselbe wie Lüge. Obwohl ich mir sicher bin, dass du mich vom Gegenteil überzeugen würdest, wenn wir jetzt eine Debatte darüber führen müssten."

„Schmeicheleien ziehen bei mir nicht."

„Hör zu, ich habe dir nicht erzählt, dass ich Football spiele, weil du gleich am Anfang ziemlich klar gemacht hast, dass du deine Probleme mit diesem Sport hast. Ich wollte nicht, dass etwas so Unwichtiges deine Meinung über mich verzerrt."

„Warum ist meine Meinung wichtig?" Er hatte schließlich keinen Mangel an Fans. Der Typ hatte sogar ein eigenes Teammädchen, das bei den Spielen für ihn zuständig war. Was also wollte er beweisen? „Siehst du in mir ein Sozialprojekt oder so was?"

„Bist du immer so zynisch?"

„Es ist besser, als naiv zu sein."

„Du bist kein Sozialprojekt." Sein Blick wanderte zu der Verpackung und der Getränkedose auf dem Tisch. „Auch wenn ein Snickers und eine Limo als Mittagessen jeden Sozialarbeiter alarmieren würden."

„Es war ein Snickers-*Eis*. Und es war der sozial am wenigsten kritisch zu sehende Teil meines Tages."

Das brachte mir ein Grinsen ein. Ich wollte ihm sagen, er solle seine Grübchen wegpacken; sie nutzten ihm hier nichts. Er kippte den Stuhl nach vorn, um näher an den Tisch zu gelangen. Näher an mich. „Ich finde, wir sollten Freunde sein."

„Warum?"

„Weil ich dich interessant finde."

„Das ist ja sehr nett, aber ich bin nicht mit Footballspielern befreundet."

„Warum nicht?"

„Ich finde, sie sind ein wandelndes Klischee."

In seinen bernstein-grün-braunen Augen flackerte etwas auf und für einen kurzen, unkontrollierten Moment erlosch sein Grinsen.

Eine faszinierende Reaktion, aber ich konnte mich davon nicht einlullen lassen. Eli mochte mir seine Freundschaft anbieten, doch ich musste ablehnen. Es war das Beste, wenn ich mein Leben in Bay Breeze nicht komplizierter machte als nötig. Vor allem, weil ich keine Ahnung hatte, was die Zukunft bringen würde. Im Moment befand sich mein Leben ziemlich im Fluss. Freundschaften waren da das Letzte, was ich brauchte. Ich schlug *Schlachthof 5* wieder auf und las weiter, in der Hoffnung, dass Eli den Wink mit dem Zaunpfahl verstehen und gehen würde.

„Weißt du, was *ich* nicht mag?", fragte er stattdessen.

„Zurückweisung?"

„Leute mit Vorurteilen."

Ich ließ mein Buch sinken. „Ich habe keine Vorurteile."

„Vorurteile sind stabile negative Einstellungen gegenüber Gruppen beziehungsweise Personen, die dieser Gruppe angehören."

„Komisch, wenn man so eine Definition auswendig kennt."

„Nicht, wenn man zu einer Minderheit gehört."

Ich starrte ihn ein paar Sekunden lang an und bemühte mich, gelangweilt auszusehen, aber in Wirklichkeit hatte seine Anschuldigung einen Nerv getroffen. Ich war mir einer ganzen Menge Fehler bewusst, aber dass ich andere aufgrund von Vorurteilen in Schubladen steckte, hätte ich jetzt nicht gedacht.

„Du ziehst aufgrund einer winzigen Facette voreilige Schlüsse über mich als Menschen. Was echt schade ist, denn wenn du mich wirklich kennenlernen würdest, könntest du feststellen, dass ich alles andere als ein Klischee bin.“ Und damit stand er auf, legte eine Hand auf die Rückenlehne meines Stuhls und beugte sich über mein Ohr. „Viel Spaß mit deinem Buch, Gracie Fisher.“

Ich blickte ihm nach, wobei sich eine Pfütze aus Bedauern in meinem Bauch sammelte. Aber dann setzte er sich an den Tisch mit den stämmigen Jungs und die Pfütze verdampfte. Während ich mir die Stöpsel wieder in die Ohren schob, verdrängte ich Elis Anschuldigung und widmete mich wieder Vonneguts Meisterwerk, froh über den Perspektivwechsel, den mir die Geschichte bot. Ich aß allein zu Mittag. Was der arme Billy Pilgrim durchmachen musste, war etwas ganz anderes. Das Leben konnte immer noch schlimmer sein.

# Kapitel 17

*Carmen*

Rayanna schlug vor, dass Tante Ingrid und ich in den Speisesaal gehen und dort Karten spielen könnten. Eine halbe Stunde lang musste sie Überzeugungsarbeit leisten, bis Ingrid, die sich selbst immer als extrovertiert bezeichnet hatte, ihr Zimmer verließ. Jetzt saßen wir im Speisesaal, Ingrid schreckhaft, ich ernüchtert, und legten Karten auf das Tischtuch, um *War* zu spielen. Je länger wir spielten, desto mehr schien sie sich zu beruhigen. Ich hingegen blieb niedergeschlagen. Vielleicht würde ich nachher Natalie anrufen und ihre Einladung, mit ihr ins Fitnessstudio zu gehen, annehmen. Es könnte ja sein, dass Sport meine Lethargie verscheuchte.

Alice, einer Freundin von Ingrid, die uns gelegentlich beim Kartenspielen Gesellschaft leistete, hatten wir die Klaviermusik zu verdanken, die leise im Hintergrund erklang. Ich legte eine Karo-Neun ab. Ingrid antwortete mit einer Kreuz-Zehn.

„Wusstest du, dass ich deinen Mann bei diesem Spiel immer geschlagen habe?", fragte sie, während sie die Karten auf ihren Stapel legte. „Gerald fand, ich sollte die Jungs gewinnen lassen, wenn wir spielten, aber ich sah das anders. Zu verlieren, stärkt den Charakter eines Menschen."

Sie sprach nicht von Ben. Sie meinte Henry, meinen Vater. In diesem Augenblick glaubte Tante Ingrid, ich wäre Evelyn, meine alkoholabhängige, verantwortungslose Mutter. Anstatt sie zu berichtigen, spielte ich mit. Das war die Empfehlung der Ärzte. Tante Ingrid deckte eine Pik-Sechs von ihrem Stapel auf. Ich legte eine Dame ab. Sie runzelte die Stirn.

„Charakterstärkung", erinnerte ich sie und nahm die beiden Karten.

Das entlockte ihr ein Lächeln.

Unter dem Tisch vibrierte mein Handy, woraufhin mein Herz einen Schlag aussetzte, aber es war eine 800er-Nummer. Also nicht unsere Sozialarbeiterin. Ich ließ die Mailbox anspringen, während Alice ein neues Lied auf dem Klavier anstimmte und Earl aus dem Flur in den Saal kam. Earl war ein fröhlicher alter Mann mit weißem Bart, der mich an einen unterernährten Weihnachtsmann erinnerte. Er hatte ein schwaches Herz, aber einen wachen Geist, und er liebte Gesellschaft. Jetzt hatte er sein dünnes weißes Haar freigelegt und knetete seinen Hut in den Händen, als er an unserem Tisch stehen blieb.

„Morgen, Carmen." Er nickte meiner Tante freundlich zu. „Ingrid."

Ein höfliches, aber unbehagliches Lächeln zitterte auf Ingrids Lippen. Earl war einer ihrer ersten Freunde in ihrem neuen Zuhause gewesen, aber jetzt war er ein Fremder. Sie wandte ihre Aufmerksamkeit wieder mir zu. Ich konnte den um Hilfe heischenden Blick in ihren Augen sehen. Die Tatsache, dass sie sich nicht an ihn erinnern konnte, er sie jedoch kannte, machte sie nervös. Ingrid hatte sich Namen und Gesichter immer gut merken können. Manchmal hatte ich mich gefragt, ob sie ein fotografisches Gedächtnis hatte. Ein Gast konnte nur eine Nacht im Motel abgestiegen sein und ein Jahr später wiederkommen und irgendwie erinnerte Tante Ingrid sich an ihn.

„Ingrid, das ist Earl."

„Oh, wie nett, Sie kennenzulernen, Earl." Sie hielt ihm ihre schmale Hand entgegen und er ergriff sie. „Genießen Sie Ihren Aufenthalt hier?"

Earl ließ sich nicht aus der Ruhe bringen. „Ja, sehr, vielen Dank."

„Das freut mich."

Während er weiter seinen Hut knetete, nickte er noch einmal und überließ uns dann unserem Kartenspiel.

Tante Ingrid blickte ihm nach und schien erleichtert zu sein, dass er ging. Dann deckte sie die nächste Karte auf. „Erzähl mir noch etwas über diese Gracie."

Ich hatte Gracie vor einigen Runden erwähnt, weil ich insgeheim gehofft hatte, dass der vertraute Name die richtige Synapse in ihrem Gehirn treffen und meine Tante Ingrid zurückholen würde. Ich wollte wissen, was sie über meine Schwester zu sagen hatte. Die beiden mussten eine Art Beziehung gehabt haben, die mir entgangen war. Die Postkarte war der Beweis dafür. Aber es hatte nicht funktioniert, und da meine Mutter keine Halbschwestern oder irgendwelche anderen Schwestern hatte, tat ich so, als wäre Gracie die schwierige Tochter einer Freundin, die eine Weile bei uns wohnte, während ihre Mutter Urlaub machte. „Sie hat sich völlig eingemauert. Immer wieder versuche ich, hinter die Mauern zu blicken, aber sie lässt mich nicht."

„Warum willst du denn hinter die Mauern blicken?"

„Ich weiß nicht." Ich deckte die nächste Karte auf. „Ich habe wohl gehofft, dass sie die Zeit bei uns nicht nur irgendwie überstehen, sondern vielleicht sogar genießen würde."

„Manchmal kann man Dinge nur überstehen."

„Aber wie kann ich ihr zeigen, dass ich für sie da bin?" Sie zur Schule zu fahren, war ein totaler Flop gewesen, und Ben hatte schon angerufen, um mir zu sagen, dass Gracie nicht abgeholt werden wollte. „Wie kann ich das machen, wenn sie mich immer ausschließt?"

„Mit viel Geduld."

*Geduld.* Allmählich bekam ich einen richtigen Hass auf dieses Wort.

Ingrid deckte eine Herz-Sieben auf.

Ich konterte mit einer Pik-Sieben.

Das Gesicht meiner Tante leuchtete auf.

Ich legte drei Karten mit dem Gesicht nach unten ab und deckte dann die vierte auf – eine Neun.

Tante Ingrid tat, was ich getan hatte, nur dass sie die vierte Karte nicht aufdeckte, sondern die Ecke anhob, um darunterzulugen. Ich erwartete ihr bewährtes Pokerface. Stattdessen strahlte sie übers ganze Gesicht, als sie eine Neun aufdeckte. Doppelkrieg. Das geschah nur ganz selten. Wir legten weitere drei Karten ab und deckten die nächste gleichzeitig auf. Ich hatte eine Zwei. Sie hatte einen Buben. Mit einem triumphierenden Krächzen zog sie den Haufen Karten zu ihrem Stapel, der jetzt deutlich größer war als meiner.

„Wusstest du, dass Henry als Teenager eine mürrische Phase hatte?"

„Wirklich?" Ich konnte mir meinen Vater kaum schlecht gelaunt vorstellen, selbst als Teenager.

„Unterschwelliger Kummer, glaube ich, wegen des Todes seiner Eltern."

Ich nickte. Als mein Vater sieben gewesen war, waren seine Eltern bei einem Autounfall ums Leben gekommen. Von einem Moment auf den anderen waren er und sein Bruder Waisen gewesen. Meine Tante hatte nicht gezögert, die Jungen bei sich aufzunehmen und wie eigene Kinder großzuziehen. Vielleicht war das noch ein Grund, warum ich für Gracie da sein wollte. Denn genau das hätte Tante Ingrid getan, wenn sie in meiner Situation gewesen wäre.

„Und eine gesunde Portion Abneigung gegen das Motel. Es ist nicht einfach, hier zu leben, weißt du. Es ist so ähnlich wie bei einem Bauernhof. Man ist nie mit der Arbeit fertig. Mein Vater sagte immer, manche Menschen würden mit dem Geschäft im Blut geboren und andere nicht. Ich habe das Geschäft im Blut. Meine Brüder und Schwestern nicht. Und Henry und Patrick auch nicht."

Es war nicht das erste Mal, dass ich Ingrid diese Dinge sagen hörte. Als ich jung war, hatte sie sogar gesagt, ich hätte das Motel auch im Blut. Das war einer der Gründe, warum unsere Beziehung etwas ganz Besonderes war. Uns verband eine tiefe und anhaltende Liebe zum *Treasure Chest.* Es war eine Liebe, die ich viel zu lange vernachlässigt hatte. Ich ordnete meinen mageren Kartenstapel und kämpfte gegen den Drang an, Tante Ingrid von meinen Plänen zu erzählen – dass wir zum ersten Mal seit vier Jahren Weihnachten im *Treasure Chest* feiern würden, wie in der guten alten Zeit. Ich war wild entschlossen, das Motel bis dahin renoviert zu haben. Aber wenn ich ihr das jetzt erzählte, würde ich nichts als Verwirrung ernten. Nein, meine Neuigkeiten mussten warten. „Was habt ihr, Gerald und du, dann gemacht?"

„Das Einzige, was wir tun konnten: Wir haben ihm geholfen, sich da durchzukämpfen, anstatt einfach darüber hinwegzugehen." Sie deckte ein Ass auf. „Denn es gibt Dinge im Leben, über die sollten wir nicht einfach hinweggehen."

Mein Telefon vibrierte.

Und aus der unsichtbaren Gewitterwolke, die schon die ganze Zeit drohend über meinem Kopf hing, krachte der Donner. Denn diesmal leuchtete die Nummer unserer Sozialarbeiterin auf dem Display auf.

Ich ließ meinen Frust an den Fensterrahmen im Empfangsbüro des Motels aus, obwohl mir bewusst war, dass es unvernünftig war, Fenster herauszureißen, die eigentlich noch ganz in Ordnung waren. Neue einzubauen, war in finanzieller Hinsicht keine kluge Entscheidung. Im Moment war mir das jedoch egal. Inmitten eines Unwetters aus so vielen schlimmen Dingen musste ich etwas Gutes sehen. Und in diesem Augenblick war dieses Gute mein Plan, das Motel wieder zum Leben zu erwecken. Ich klemmte die Brechstange zwischen Fensterrahmen und Mauer und stemmte mich mit meiner allerletzten Kraft dagegen.

„Ich. Bin. Nicht. Verrückt!"

Der Rahmen gab nach.

In meiner Kehle stieg ein Kloß auf, den ich hinunterschluckte, während ich das Brennen in meinen Augen wegblinzelte. Wie viele Tränen hatte ich wegen meiner Verluste schon vergossen? Und was hatten diese Tränen gebracht? Ich war immer noch hier, an diesem Ort der Sehnsucht. Jetzt machte ich mich an der anderen Seite desselben Fensterrahmens zu schaffen, während sich in meinem Kopf zum tausendsten Mal die Unterhaltung mit unserer Sozialarbeiterin wiederholte.

Von der Warteliste genommen.

Ein psychologisches Gutachten und ein Pflichttermin beim Therapeuten für mich.

Ein Pflichttermin beim Therapeuten für Ben.

Ein Pflichttermin beim Therapeuten für uns beide.

*„Um die Situation neu einzuschätzen"*, hatte sie gesagt, *„um auf Nummer sicher zu gehen …"*

Die Ungerechtigkeit der ganzen Sache schmerzte und fachte das Feuer der Verzweiflung in meiner Seele nur noch weiter an. Es war nicht fair, dass wir durch all diese Reifen springen mussten. Es war nicht fair, dass ein winziger Fehler so viel kostete. Es war nicht fair, dass Frauen überall auf der Welt Drogen und Alkohol konsumieren und ihre Kinder schlagen und trotzdem Mütter sein konnten. Es war nicht fair, dass ich bei irgendeinem Therapeuten sitzen musste, während er in meinem Leben herumstocherte. Es war nicht fair, dass ich nach Hause fahren und es Ben sagen musste. Oder dass so vieles zwischen uns sich verändert hatte. Oder dass die eine Sache, von der ich überzeugt war, dass sie unsere Probleme lösen würde, so unerreichbar war.

„Das Leben ist ungerecht!"

Die Worte laut zu schreien, half auch nicht. Also zerrte ich ächzend an den Fenstern und trat sogar dagegen, bis ich zu dem letzten Fenster im Hinterzimmer kam, in dem sich die Industriewaschmaschine und der Trockner befanden. Die Vandalen hatten bereits das Sperrholz abgerissen, sodass ich hinaussehen konnte.

Ein Schweißtropfen lief über meine Schläfe. Ich wischte ihn fort und blickte zum Pool hinaus, während aus den Schmerzen in meinen Muskeln ein Schmerz in meinem Herzen wurde. Wenn ich die Augen schloss, konnte ich die Vergangenheit sehen, mit allem, was dazugehörte. Nicht ein leeres, nierenförmiges Becken mit Rostflecken an den Wänden, sondern ein blitzeblankes Schwimmbad mit eingeölten Gästen, die auf weißen Liegen lagen, und ein pummeliges Kind mit zitronengelbem Haar, das ins Wasser sprang.

Ich konnte mich nicht mehr an den Namen des Jungen erinnern – Tommy oder Tony oder Timmy, irgendwas mit T –, aber ich sah noch vor mir, wie er Anlauf nahm, die Knie an die Brust zog und schrie: „Kanonenkugel!", während er durch die Luft segelte und mit einem riesigen Platschen im Wasser landete, sodass Bens Segelschuhe durchnässt wurden, da dieser gerade den Chlorgehalt des Wassers ablas.

Er hatte schnell einen Schritt zurückgemacht und war mit der Frau hinter ihm zusammengestoßen, die ich insgeheim Barbie nannte. Mit ihren langen Beinen und der unnatürlich schmalen Taille und der überproportional großen Brust passte der Name wie angegossen. Sie und zwei ihrer Freundinnen waren auf dem Weg nach Destin im *Treasure Chest* abgestiegen. Nach einem Blick auf Ben hatte Barbie beschlossen, noch ein paar Tage länger zu bleiben, und seitdem folgte sie ihm wie ein Schatten über das Gelände.

Jedenfalls war er mit ihr zusammengestoßen und sie war gestolpert – ein bisschen übertrieben, meiner Meinung nach –, sodass er sie auffangen musste, damit sie nicht fiel. Der Anblick ihres lediglich in einen Bikini gehüllten Körpers in seinen Armen versetzte mir einen Stich der Eifersucht. Schnell wandte ich den Blick ab und schalt mich selbst für das dumme Gefühl. Zu diesem Zeitpunkt war das zwischen Ben und mir nicht mehr als ein harmloser kleiner Flirt. Einen Anspruch hatte ich jedenfalls nicht auf ihn, vor allem, da ich am Ende des Sommers wieder an die *University of Virginia* zurückkehren und er im Herbst sein erstes Jahr als Lehrer und Coach an der *Bay Breeze* beginnen würde.

Ich hatte das Fenster im Hinterzimmer gerade fertig geputzt und angefangen, die Fenster im Gemeinschaftsraum einzusprühen, als die Glocke am Empfang ertönte. Ich stopfte den Lappen in die Tasche meiner Caprihose und ging ins Empfangsbüro hinüber.

Dort stand Ben. Ein neckisches Lächeln ließ seine Mundwinkel nach oben wandern. Sein Teint war sogar noch brauner als bei unserer ersten Begegnung vor zwei Wochen.

„Diese Glocke ist für die Gäste", sagte ich.

„Ich wollte nur prüfen, ob sie funktioniert."

Ich runzelte die Stirn. Flirty McFlirterson würde mich heute nicht um den Finger wickeln. Nicht, nachdem ich erst wenige Sekunden zuvor seine Hände auf Barbies Haut gesehen hatte. Ich ging in den Aufenthaltsraum zurück, um die Fenster fertig zu putzen.

Ben folgte mir. „Bist du sauer, weil ich geklingelt habe?"

„Die Klingel ist mir egal. Ich versuche, meine Arbeit zu machen." Ich sprühte eins der Fenster mit Glasreiniger ein. Blaue Tropfen trafen auf die Scheibe und liefen über das Glas.

„Also, ich brauche eine Pause. Da draußen ist es glühend heiß."

„Vielleicht solltest du dich im Pool abkühlen. Barbie hätte bestimmt nichts dagegen."

„Wer?"

„Sorry. Rachel oder wie auch immer sie heißt." Ich wagte nicht, mich umzudrehen und Ben ins Gesicht zu sehen, während ich ihn darauf hinwies, dass mir die Annäherungsversuche des Mädchens durchaus aufgefallen waren. Ob meine Eifersucht ihn amüsierte oder ärgerte oder verwirrte, konnte ich daher nicht sagen. Ich war zu sehr damit beschäftigt, das Glas sauber zu bekommen und mich dem letzten Fenster zu widmen. Aber als Ben nahe der Vitrine neben mich trat, konnte ich sehen, dass er belustigt wirkte.

„Ich würde dir gerne eine hypothetische Frage stellen."

Ich zog die Augenbrauen hoch – eine Einladung an ihn fortzufahren.

„Was würdest du sagen, was ein tolles erstes Date ausmacht?"

Nein, ich hätte nicht eifersüchtig sein sollen, aber ich würde ihm auf keinen Fall helfen, Barbie zu umgarnen. Ich sprühte die Scheibe der Vitrine ein und wischte weiter. „Keine Ahnung. Wie wär's mit Abendessen und einem Film?"

Ben schnaubte verächtlich.

Ich hielt in meiner Arbeit inne. „Was ist denn an Abendessen und einem Film verkehrt?"

„Nichts. Ich dachte nur, du hättest originellere Ideen."

„Tut mir leid, aber meine Vorstellung von einer tollen ersten Verabredung entspricht wahrscheinlich nicht den normalen Vorstellungen einer Frau von einem tollen ersten Date."

Ben verschränkte die Arme und lehnte sich an die Wand. „Siehst du, jetzt hast du mich neugierig gemacht."

„Ein Picknick im Boot und die Wolken beobachten."

„Du meinst die Sterne?"

„Nein, ich meine die Wolken." Die Sterne gehörten meinem Dad. Die Wolken gehörten mir. „Sie sind faszinierend."

Seine superblauen Augen funkelten und seine Lippen zuckten förmlich bei dem Versuch, ein Lächeln zu unterdrücken. „Faszinierend?"

„Willst du dich über mich lustig machen?"

„Nein, ganz bestimmt nicht. Versprochen! Ich will nur wissen, warum du Wolken faszinierend findest."

Ich dachte an das kleine Mädchen Carmen zurück, das draußen am Pool sitzen und stundenlang in den Himmel hinaufstarren konnte. „Als ich klein war, dachte ich, die Wolken wären eine Kristallkugel."

Ben beugte sich ein wenig vor und mein Herz machte einen kleinen Satz. Er schaffte es, mir das Gefühl zu geben, dass ich der interessanteste Mensch auf dem ganzen Planeten war. Ich wusste nur nicht, ob er jedem anderen Mädchen auch dieses Gefühl gab.

„Wenn ich lernen könnte, wie man sie richtig deutet, würde ich immer wissen, ob es gutes oder schlechtes Wetter gibt."

„Carmen, die Wahrsagerin."

„Genau. Also, die Wolken zu deuten, ist nicht so einfach, wie ich dachte. Sie verändern sich gerne. Aber das macht sie nur noch fesselnder." Auf einmal wurde mir bewusst, wie wenig Luft zwischen Bens Körper und meinem war. Hitze stieg mir in den Nacken und ich räusperte mich und trat einen Schritt zurück.

Ben rührte sich nicht von der Stelle. „Wird es morgen Wolken geben?"

„Jede Menge." Ich nahm die Sprühflasche und wandte mich der Abstellkammer zu, um den Glasreiniger wegzuräumen. Irgendetwas verriet mir, dass Barbie es langweilig finden würde, Wolken zu beobachten, also richtete mein Geständnis keinen Schaden an.

„Carmen?"

Ich blieb im Türrahmen stehen.

„Willst du mit mir Wolken beobachten?"

Ich drehte mich um.

Ben lächelte, wie nur er es konnte.

Ich kniff die Augen ein wenig zusammen. „Fragst du mich etwa, ob ich mit dir ausgehen will?"

Er legte eine Hand auf seine Brust. „So elegant, wie es mir möglich ist."

Und das war's dann.

Am nächsten Tag lieh Ben sich von einem seiner Freunde ein Boot aus und fuhr mit mir aufs Wasser hinaus. Wir aßen Sandwiches mit Erdnussbutter und Marmelade und tranken Limonade. Und wir beobachteten die Wolken dabei, wie sie ihre Form veränderten, während sie über den Himmel zogen.

# Kapitel 18

*Carmen*

Während im Westen die Sonne unterging, bog ich in unsere Auffahrt ein und parkte neben dem Wagen von Ben. Die Uhr am Armaturenbrett zeigte 19:45 Uhr. Ich hatte nicht vorgehabt, so lange im *Treasure Chest* zu bleiben, aber ein Fenster hatte zum nächsten geführt, und ehe ich mich versah, hatte ich im Baumarkt gestanden und versucht herauszufinden, wie man am besten Sprühfarbe von Fassadenputz entfernt. Zu diesem Zeitpunkt war mir meine Flucht notwendig erschienen, so als hinge mein Geisteszustand davon ab.

Jetzt wurde mir jedoch klar, dass ich nicht nur Gracie an ihrem ersten Schultag allein gelassen hatte, sondern dass ich Ben auch mit ihr allein gelassen hatte. Ich stellte mir vor, wie er vom Training nach Hause gekommen war, von mir weit und breit keine Spur und Gracie allein. Wie sie sich selbst etwas zu essen hatten organisieren müssen, ohne zu wissen, wo ich steckte. Sie hatten etwas Besseres verdient.

Als ich ausstieg, begrüßte mich das Zirpen von Grillen und Heuschrecken. Meine Schuhe machten kaum ein Geräusch, als ich den Weg hinaufging. Im Haus roch es nach Pizza. Und nicht nach irgendeiner Pizza, sondern nach Brunos Spezialpizza mit fünf Käsesorten und Krabben und dünnem Teig – schon lange meine Lieblingspizza. Mein Magen knurrte laut. Der Anruf unserer Sozialarbeiterin hatte mir den Appetit geraubt, was bedeutete, dass meine letzte Mahlzeit ein gekochtes Ei zum Frühstück gewesen war.

Gracie saß auf dem Sofa, ein Knie angezogen, und schaltete durch die Fernsehsender. Auf dem Schoß hatte sie eine Dose Sour-Cream-and-Onion-Pringles. Sie blickte nicht auf, als ich die Tür hinter mir zuzog, und sie sah mich auch nicht an, als ich meine Schuhe abstreifte und in den Schrank stellte.

Dann ging ich weiter ins Zimmer. „Hi."

Sie begrüßte mich mit einem Grunzen.

„Wie war dein erster Tag in der Schule?"
„Öde."
„Hast du etwas zum Abendessen gehabt?"
„Ben hat Pizza bestellt. In der Küche sind noch Reste."
„Weißt du, wo er ist?"
Sie steckte die Hand in die Pringles-Dose. „Draußen."
In der Garage. Alias seiner Männerhöhle.
Während ich im Türrahmen stand, überlegte ich, welche Möglichkeiten ich hatte. Ich könnte mir etwas Pizza nehmen und nach oben gehen, duschen, meinen Schlafanzug anziehen und einschlafen, ohne Ben von den neuen Auflagen zu erzählen, die wir erfüllen mussten. Wieder ein Tag rum mit dem riesigen Abgrund zwischen uns. Oder ich könnte etwas Neues ausprobieren und versuchen, den Abgrund zu überbrücken. Ich könnte nach draußen gehen und ihm von dem Anruf erzählten und von all den Gefühlen, die er in mir ausgelöst hatte.
Vielleicht waren es die Erinnerungen, die bei meiner Arbeit im Motel wiedererwacht waren – an einen Ben, der mit mir im Boot seines Kumpels rausfuhr, um Wolken zu beobachten, und der unsere falschen Initialen an der *Wand der Weisheit* in ein Herz geschrieben hatte. Oder vielleicht war es die Erkenntnis, dass es Grace irgendwann auffallen würde, wenn mein Mann und ich nie miteinander sprachen. Ich hatte keine Ahnung, warum diese zweite Möglichkeit sich mir so aufdrängte. Wichtig war nur, dass ich zum ersten Mal seit Langem entschlossen war, diese Panzerhaltung zu durchbrechen. Ich machte einen Schritt auf die Küche zu.
„Warst du im *Treasure Chest?*" Gracies Frage hielt mich auf.
Ich drehte mich um.
Ihr starrer Blick war nach wie vor auf den Fernseher gerichtet.
„Ja."
Ihre Augenbrauen zuckten – eine Reaktion, die so schnell wieder vorüber war, dass ich keine Zeit hatte, sie zu deuten. Gracie schien jede Sekunde, die sie am Samstag mit mir damit verbracht hatte, das Empfangsbüro aufzuräumen, gehasst zu haben. Ich hatte keinen Grund gehabt anzunehmen, dass sie mich heute hätte begleiten wollen, zumal sie alles darauf anzulegen schien, mir aus dem Weg zu gehen.

„Ich dachte nicht, dass du mitkommen willst", sagte ich.

„Ich könnte das Geld gebrauchen."

Einen Moment lang hielt ich inne, unsicher, wie ich im Hinblick auf Gracie Fisher weiter vorgehen sollte. Mir schien, dass alles, was ich sagte, falsch war. „Ich fahre morgen wieder hin, falls du mir helfen willst, neue Fenster einzubauen."

Sie zog einen kleinen Stapel Chips aus der Dose. „Klar."

Man konnte es nicht als Fortschritt bezeichnen. Nicht wirklich. Aber als ich in die Küche ging, verspürte ich dennoch so etwas wie den Hauch eines Erfolgsgefühls. Es fachte meine Entschlossenheit an. Bis ich den Blumenstrauß sah und wie angewurzelt stehen blieb.

Ein Dutzend gelbe Rosen war sorgfältig in einer Vase auf der Küchenzeile arrangiert, daneben stand Brunos Pizzaschachtel. Einen panischen Moment lang dachte ich, ich hätte unseren Hochzeitstag vergessen. Aber nein, der war im Juli gewesen. Ich zog die kleine Karte aus dem Strauß und öffnete sie.

*Ich dachte, die würden dir den Tag verschönern. Dein Ben.*

Ich berührte einen der Blumenstängel. Dann vergrub ich die Nase in den Blüten und amtete ihren Duft ein. Früher hatte Ben mir ständig Blumen gekauft. Ohne jeden Grund hatte er sie auf dem Heimweg von der Arbeit besorgt oder in den Sender schicken lassen. Irgendwann hatte er diese Gewohnheit aufgegeben. Die Blumen jetzt hier zu sehen, verlassen und allein in der stillen Küche, tat mir in der Seele weh. Ich war nicht die Einzige, die heute Abend versuchen wollte, den Abgrund zu überbrücken. Ben hatte mir einen Strauß meiner Lieblingsblumen und eine Schachtel meiner Lieblingspizza gekauft. Aber ich war nicht da gewesen, um sie in Empfang zu nehmen.

Ich öffnete die Terrassentür und trat auf die hintere Veranda hinaus. Dann ging ich mit nackten Füßen durch das Gras auf die frei stehende Doppelgarage zu, die Ben beinahe sofort nach unserem Einzug in Beschlag genommen hatte. Vorsichtig klopfte ich an die Seitentür, aber da Van Halen laut durchs geöffnete Fenster drang, bezweifelte ich, dass Ben mich gehört hätte, selbst wenn ich dagegengehämmert hätte. Also stieß ich die Tür auf.

Mein Mann lag mit nacktem Oberkörper auf der Hantelbank. Als er mich im Türrahmen erblickte, ließ er die Gewichte sinken und setzte sich auf, während der Schweiß über seine Muskeln rann. Mit seinen zweiunddreißig Jahren war sein Körper nicht mehr so gemeißelt, wie er es mit Anfang zwanzig gewesen war, aber jede Frau mit Augen im Kopf hätte seine Figur zu würdigen gewusst. Er griff nach der Fernbedienung und Van Halen verstummte.

Die plötzliche Stille hallte in dem großen Raum wider.

Ich konnte die Hände nicht ruhig halten. Erst fingerte ich an dem Saum meines T-Shirts herum, dann an den Haarsträhnen, die sich aus meinem Pferdeschwanz gelöst hatten. „Danke für die Blumen."

„Mhm."

Seine knappe Reaktion und die grimmige Miene verpassten meiner Entschlossenheit einen Dämpfer. Ich wollte nicht, dass er wütend auf mich war. „Bist du sauer?"

„Es wäre nett gewesen, wenn ich gewusst hätte, dass du nicht vorhattest, heute Abend zu Hause zu sein."

Er hatte recht. Ich hatte einen Fehler gemacht. Und das wusste ich auch. Warum also fiel es mir dann so schwer, mir eine Entschuldigung abzuringen? „Tut mir leid."

„Warst du im Motel?"

„Ja."

„Ist das also von jetzt an der Plan? Du arbeitest da draußen, während ich hier mit deiner *siebzehnjährigen* Schwester allein bin?"

„Ich habe die Zeit vergessen." Und ich hatte zum Motel fahren müssen. Nach dem Anruf hatte ich kaum atmen können. Dort zu sein, hatte mir meinen Atem zurückgegeben. „Ich verspreche, dass es nicht wieder vorkommt."

Ben fuhr sich mit der Hand übers Gesicht.

Es war eine bekannte Geste. Eine „Ich bin das alles leid"-Geste. Und ich? Ich war es auch leid. Von Herzen leid.

„Unsere Sozialarbeiterin hat angerufen."

Mit einem Mal war sein Körper wieder ganz wach – eine Welt der Vorfreude leuchtete in seinen Augen auf – und in diesem winzigen unverstellten Augenblick zeigte er mir etwas von einem Herzen, das ich nur noch äußerst selten sah. Ben wollte Papa werden. „Und?"

„Und wir müssen zu einem Therapeuten."

„Einem Therapeuten? Aber ich dachte, den ganzen Kram hätten wir hinter uns."

„Sie hat das Video gesehen." Die Worte kamen ohne jede Emotion heraus. Angesichts Bens Enttäuschung hatte ich keine Gefühle mehr zu bieten. „Ich vermute, wenn so etwas passiert, ist es die Regel, dass das Paar von der Warteliste genommen wird, bis die Situation neu bewertet wurde."

„Wir müssen also mit einem Therapeuten sprechen?"

„Einmal einzeln. Und einmal zusammen."

„Und dann?"

„Dann schreibt der Therapeut einen Bericht und wir kommen hoffentlich wieder auf die Liste." Die ganze Angelegenheit bewirkte, dass ich mich wie ein ungezogenes kleines Mädchen fühlte, das verzweifelt versuchte, dem Nikolaus zu zeigen, dass es mehr verdient hatte als die Rute. Als Ben nicht antwortete, wandte ich mich ab, um wieder zu den Grillen hinauszugehen.

„Carmen."

Ich blieb stehen und ein Schwall der Verzweiflung stieg mir in die Kehle. Wenn er doch nur einen Weg fände, um den Damm zu durchbrechen, der mich daran hinderte, mich ihm anzuvertrauen. Ich schloss die Augen. Wünschte mir etwas. Oder sprach ein Gebet. Ich wusste es nicht mehr.

„Am Donnerstag haben wir hier ein Mannschaftsessen."

„*Diesen* Donnerstag?"

„Einige der Mütter haben mich heute beim Training in die Ecke gedrängt. Ich konnte nicht Nein sagen."

Doch, das hätte er gekonnt. Aber an diesem Abend hatte ich wohl kaum das Recht, das zu sagen. Ich hatte auch nicht das Recht, mich zu ärgern, aber ich konnte nicht anders. Mannschaftsessen waren anstrengend. Zum einen würden mehr als fünfzig Jungs im Teenageralter in meinem Haus und Garten herumlaufen, dazu die Trainer und die Mütter vom Förderverein, zum anderen musste ich auch noch die Gastgeberin spielen. Was keine große Sache gewesen wäre, wenn mir das Video nicht so schrecklich peinlich wäre.

Ben legte sich wieder auf die Hantelbank.

Damit war unserer Unterhaltung dann wohl beendet.

Kaum hatte ich zwei Schritte zur Tür hinaus getan, ertönte wieder der Klang von Van Halen.

Ich marschierte an der Pizza vorbei und ging direkt unter die

Dusche. Dann verkroch ich mich ins Bett, wo ich mein Gesicht ins Kopfkissen vergrub, damit es das Geräusch meiner Tränen dämpfte. Sie änderten nichts, aber ich konnte sie trotzdem nicht zurückhalten. Irgendwann gegen elf Uhr schlüpfte Ben zwischen die Laken. Ich konnte den schwachen Duft seines Shampoos riechen. Er lag einen Moment lang da und atmete in die Stille hinein, dann fragte er ganz leise: „Bist du wach?"

Ich rührte mich nicht. Sagte nichts. Stattdessen blieb ich auf der Seite liegen, die Tränen längst getrocknet, und blinzelte in die Dunkelheit, als er eine Hand auf meine Hüfte legte – eine Berührung, die so sanft war, dass sie mich niemals wecken würde. Seine Hand war warm, aber mein Herz war kalt.

# Kapitel 19

*Gracie*

„Und wieder fünfzehn Minuten meines Lebens, die für immer verloren sind“, sagte ich, während ich den Zollstock in meiner Hand auseinander- und zusammenfaltete.

Bis jetzt hatten Carmen und ich uns auf ihrem Handy vier You Tube-Videos über den Einbau von Fenstern angesehen. Und bis jetzt verstand ich nur den ersten Schritt – die Höhe und Breite jedes Fensterrahmens zu messen. Alles danach war reines Fachchinesisch.

Carmen starrte auf den Bildschirm ihres Smartphones und kaute an ihrem Daumennagel. „Vielleicht sollten wir doch jemanden damit beauftragen, sie einzubauen.“

Das hätte ich ihr schon vor drei Videos sagen können.

Ein Windstoß erfasste die Plastikfolie vor den Fensteröffnungen und ließ sie hin und her schlagen. Das erinnerte mich an meine Zeit mit der kettenrauchenden Deborah.

„Willst du stattdessen lieber den Pool in Angriff nehmen?“, fragte Carmen.

„Okay.“

Für den Pool waren keine fünfzehnminütigen YouTube-Tutorials nötig, sondern nur ein unempfindlicher Magen, dicke Gummihandschuhe und, falls vorhanden, eine Nasenklammer. Mehrere Monate ohne Wasser und Abdeckplane hatten das nierenförmige Loch in einen natürlichen Mülleimer verwandelt, in dem sich ein beeindruckend vielfältiges Ökosystem schimmeliger Dinge angesammelt hatte. Wir stiegen hinein – Carmen mit einem großen Besen und ich mit einem Müllbeutel bewaffnet – und fingen an, das Ökosystem auseinanderzunehmen.

Ich stopfte aufgeweichte Abfälle und halb verrottetes Pflanzenmaterial in meine Tüte und versuchte, keine zu nostalgischen Erinnerungen an meine sommerlichen Sozialstunden im Straßengraben aufkommen zu lassen. Währenddessen fegte eine geistesabwesende

Carmen die kleineren Überreste in der Mitte des Beckens zu einem Haufen zusammen. Von der übereifrigen Frau von Samstag war nichts mehr zu sehen. Ebenso wenig von der übermäßig bemühten Frau vom gestrigen ersten Schultag. Jetzt gab es nur noch eine leblose Carmen – eine Frau, die aussah, als wäre sie überall lieber als hier. Offenbar war ihre Begeisterung für das Renovierungsprojekt bereits erloschen. Ihr Durchhaltevermögen schien kürzer zu sein als mein kleiner Zeh.

Der Wind plusterte meinen Müllsack auf und peitschte mir Haarsträhnen ins Gesicht. Er wehte vom Meer herauf und warf riesige, tosende Wellen an den Strand. Ein Mann lief mit einem Surfbrett in das aufgewühlte Wasser. Ein Stück weiter entfernt suchte ein kleines Mädchen den Sand ab. Als ich klein war, hatte Ingrid mir für jede Muschel, die ich fand, 25 Cent gegeben. Ich war oft frühmorgens aufgestanden und hatte eine ganze Tüte voll gesammelt. Dann hatte ich mich an den Rand dieses Pools gesetzt, die Füße im Wasser baumeln lassen und meine Fundstücke sorgsam gezählt. Wenn ich damit fertig gewesen war, hatte Ingrid mich gebeten, den Sand von den Muscheln abzuwaschen und sie in die Vasen in den Zimmern zu füllen. Sie hatte immer gesagt, sie könne sich glücklich schätzen, eine so fleißige Helferin eingestellt zu haben.

Ich stopfte einen aufgeweichten Palmzweig in meine Mülltüte und sah zu Carmen hinüber. „Wie geht es deiner Tante?"

Sie fegte die letzten Reste zusammen und vermied es, mich anzusehen. „Nicht sehr gut."

Ich half ihr, den Dreckberg in meinen Müllsack zu füllen, während ich versuchte, mir die kluge, energiegeladene Frau, an die ich mich erinnerte, ohne ihren Verstand vorzustellen. Wenn es nicht so deprimierend gewesen wäre, hätte ich die Ironie durchaus zu schätzen gewusst. Die einzige Person, die meine Anwesenheit wirklich genoss oder zumindest diesen Eindruck vermittelte, hatte ganz offensichtlich den Verstand verloren. „Dann hat sie Alzheimer oder so was?"

„Es ist eine nicht näher diagnostizierte Form der Demenz."

Ich band den Müllsack zu und sperrte das eklige Ökosystem in seinem neuen Zuhause ein.

„Weißt du, wenn du mal Lust hast, sie zusammen mit mir zu besuchen, kannst du das gerne machen. Ich bin mir sicher, sie würde dich gerne sehen."

„Ich bezweifle, dass sie sich an mich erinnert."

„Wenn sie einen guten Tag hat, tut sie das sicher."

Ich stellte mir vor, wie ich Ingrids Zimmer betrat und peinlich berührt dort herumstand, während sie mich erkannte oder auch nicht. Unangenehm für mich, klar. Aber tausendmal unangenehmer für sie. Das ganze Szenario verursachte mir um ihretwillen eine Gänsehaut.

Carmens Handy ließ ein *Pling* ertönen, so als wäre unsere Zeit rum. Sie zog es aus ihrer Hosentasche und blickte auf das Display. Während sie das Telefon an ihr Ohr presste, bildete sich eine steile Falte zwischen ihren Augenbrauen. „Mom?"

Komisch, wie eine einzige Silbe dafür sorgen konnte, dass sich mein Magen wie eine Faust zusammenballte.

„Ja, Gracie geht es gut. Ich habe dir doch gesagt, dass sie bei mir wohnt. Weißt du nicht mehr?" Carmens Blick suchte meinen, bevor sie schnell wieder wegsah. Ich war vor acht Tagen von zu Hause weggegangen. Soweit ich wusste, war dies das erste Mal, dass Mom sich die Mühe machte anzurufen.

Carmen kletterte aus dem Pool und begab sich außer Hörweite. Ich schwang mich auf den Beckenrand und ließ die Füße baumeln, während meine Schwester in der Nähe im mit Unkraut überwucherten Hof auf und ab lief. Als sie wiederkam, hielt sie mir das Telefon hin. „Mom will mit dir reden."

Ich hob die Hände und lehnte mich abwehrend zurück. „Auf keinen Fall."

Carmen zögerte, dann nahm sie das Handy wieder ans Ohr. „Mom, Gracie will jetzt nicht reden." Sie nickte. Murmelte ein „Aha" und ein „Mhm", dann legte sie auf und setzte sich neben mich.

Eine steife Brise erfasste uns.

„Hatte sie ein schönes Besäufnis?" Meine Frage schmeckte wie der Inhalt meines Müllsacks.

Carmen massierte sich die Nasenwurzel, eine Angewohnheit, die mich so an unsere Mutter erinnerte, dass ich es kaum ertragen konnte. „Sie sagte, sie sei heute Morgen auf einem verlassenen Parkplatz aufgewacht, ohne zu wissen, wo sie war oder wo du warst. Anscheinend hat sie vor ein paar Tagen ihren Job bei der Bank verloren."

Der eklige Geschmack wurde noch ekliger. Ich stemmte mich hoch. „Hast du im Schuppen einen Hochdruckreiniger?"

„Gracie …"

„Was?"

„Sie fühlt sich schrecklich."

„Ich bin mir sicher, ein paar Paracetamol und ein Glas Wein werden das Problem lösen."

„Sie hat angerufen, um zu sagen, dass sie einen Entzug machen will. Sie sagte, du sollest sie anrufen, wenn du so weit seist."

Ich verschränkte die Arme und schüttelte den Kopf.

„Kannst du ihr nicht noch eine Chance geben?"

Jetzt sah ich meiner Schwester direkt in die Augen. „Manche Menschen verdienen keine weitere Chance."

Nicht, wenn sie schon so viele verbraucht hatten.

Vom Treppenabsatz aus beobachtete ich die Leute, meinen iPod leise gestellt. Trainer, Fördervereins-Mütter und Footballspieler tummelten sich in Carmens aufgeräumtem Haus. Einer der Gäste interessierte mich besonders – Eli Banks, der mir zunehmend ein Rätsel war. Nachdem ich ihn in der Cafeteria beleidigt hatte, hatte ich Abneigung erwartet. Niemand, den ich kannte, reagierte positiv auf eine Beleidigung, vor allem nicht eingebildete Footballspieler. Doch auch wenn er es darauf anlegte, mich im Ethikunterricht herauszufordern, schienen meine Argumente ihn eher zu amüsieren, als irgendwelche Feindseligkeit auszulösen. Und dann war da der Mittwoch gewesen, als ich meine Bücher auf dem Weg auf den Flur hatte fallen lassen. Anstatt über meine Sachen zu steigen oder daran vorbeizugehen, hatte Eli sich gebückt und sie aufgehoben.

Ich wurde aus dem Typen einfach nicht schlau.

Als ich langsam ausatmete, wehte mein Pony nach oben und ich erblickte Carmen, die lächelte und lachte und Small Talk betrieb, als hätte sie nicht vor einer Stunde noch im Badezimmer geweint oder fünf Minuten, bevor die Gäste eintrafen, am Telefon einer Frau namens Natalie wegen irgendeines peinlichen YouTube-Videos die Ohren vollgeheult. Sie legte eine Hand auf Bens Unterarm und lachte über etwas, das er gesagt hatte. Ihre Verlogenheit ging mir so gegen den Strich wie das Kratzen von Fingernägeln auf einer Tafel. Als könnte er die Wellen meiner Missbilligung spüren, blickte Ben zum Treppenabsatz hinauf, wo ich im Dunkeln saß. Er entschuldigte sich bei den Leuten, mit denen er sich gerade unterhalten hatte, und trat an die Treppe. „Du weißt schon, dass du runterkommen und mitfeiern kannst, oder?"

„Und du weißt schon, dass ich lieber Nägel fressen würde, oder?"

Ben lachte. „Brunos Lasagne solltest du dir nicht entgehen lassen."

„Alles gut." Wenigstens würde es das sein, sobald er zu den Leuten zurückkehrte, mit denen er bis eben gesprochen hatte. Seine Anwesenheit am Fuß der Treppe würde unerwünschte Aufmerksamkeit auf sich ziehen und ich wollte wirklich nicht, dass Eli mich hier sitzen und spionieren sah. Ich warf einen kurzen Blick in seine Richtung und erkannte, dass es bereits zu spät war. Er war schon auf dem Weg herüber.

Ich senkte den Blick auf meinen Schoß und drehte den Stimmungsring um meinen Finger. Der Stein war schwarz gewesen, seit ich aufgestanden war. Normalerweise wechselte er wenigstens einmal die Farbe. Heute offenbar nicht. Heute blieb er schwarz – die Absorption aller Farben. Wenn er mich doch nur auch absorbieren könnte.

„Gracie?" Eli stand jetzt neben Ben, einen Teller mit Lasagne und Knoblauchbrot in der Hand, und sah genauso schockiert aus, wie ich mich gefühlt hatte, als er mir am ersten Schultag ein Buh ins Ohr geflüstert hatte.

Ich winkte ihm halbherzig zu.

„Was machst du denn hier?"

„Gracie ist meine Schwägerin", sagte Ben. „Ihr zwei kennt euch schon?"

„Wir haben die erste Stunde zusammen."

„Gut, vielleicht kannst du sie ja überreden runterzukommen." Ben gab Eli einen Klaps auf die Schulter und ging zu den Erwachsenen zurück.

Eli stieg die Treppe hinauf und setzte sich neben mich, umgeben von einer Duftwolke aus Knoblauch und Oregano. „Die Frau vom Coach ist deine Schwester?“

„Sag's nicht weiter.“

Sein linkes Grübchen blitzte auf. „Und du wohnst hier?“

„Du brauchst nicht zu glauben, dass mir die Ironie entgangen wäre.“

Eli schüttelte den Kopf und das rechte Grübchen gesellte sich zu dem linken. Ich fand es ätzend, wie süß sie zusammen aussahen. Er zeigte auf den Trubel unter uns. „Das muss dein schlimmster Albtraum sein.“

„Ziemlich nah dran.“

Er schüttelte immer noch den Kopf und aß ein paar Bissen von der Lasagne, dann stellte er den Teller zur Seite, die Plastikgabel noch in der Hand. Ich stellte fest, dass das Wahrheitstattoo mich ablenkte. Jetzt, wo ich darüber nachdachte, wurde mir klar, dass er mir nie gesagt hatte, was ihm das Wort bedeutete, abgesehen von dem vagen *Die Wahrheit ist wichtig*. „Wenn du so gegen Football als Sport bist, wie kommt es dann, dass du hier wohnst?“

„Weil meine Mutter eine Trinkerin ist.“ Ich beobachtete ihn, weil ich eine von zwei Reaktionen erwartete: Schock oder Mitleid.

Er steckte sich die Gabel in den Mund und leckte sie ab. Dabei wurde mir bewusst, wie voll seine Lippen waren – und einladender, als ich zugeben mochte. Mein Blick wanderte zu meinem rabenschwarzen Ring zurück.

„Mein Dad ist auch Alkoholiker“, sagte er.

Mein Kopf fuhr hoch. „Echt?“

„Darüber würde ich keine Witze machen.“

Eine Weile saßen wir schweigend da, während ich sein Geständnis verdaute. „Sie hat sich heute für einen Entzug angemeldet“, sagte ich schließlich.

„Das ist gut.“

„Es ist das dritte Mal.“ Und irgendwie glaubte ich nicht, dass es diesmal funktionieren würde.

„Dreimal ist besser als keinmal.“

Ich zog eine Augenbraue hoch.

„Hey, wenn sie dreimal einen Entzug angefangen hat, heißt das, sie versucht es wenigstens.“

Ich machte den Mund auf, um etwas zu erwidern, aber es kam

nichts heraus. Ich hatte Moms Unfähigkeit, nüchtern zu bleiben, immer als ein Zeichen der Schwäche aufgefasst, als einen weiteren Beweis dafür, dass es ihr nicht wichtig genug war. Und jetzt krempelte dieser Junge ihre Anläufe zur Therapie um und hielt sie so ins Licht, dass mir nichts anderes übrig blieb, als einen anderen Blickwinkel zumindest in Erwägung zu ziehen.

„Mein Dad hat sich nie für eine Therapie interessiert. Jedenfalls nicht, dass ich wüsste."

„Du hast nichts mit ihm zu tun?"

„Nicht, seit ich zwei Jahre alt war."

Beinahe hätte ich mich entschuldigt. Aber ich schluckte das *Tut mir leid* herunter. Ich hatte das Gefühl, dass er mein Mitgefühl ebenso wenig wollte wie ich seins.

„Mein Vater – er ist wirklich ein Klischee, wie es im Buche steht." Er warf mir einen vielsagenden Blick zu, so als wollte er sich vergewissern, dass ich mich an das Wort erinnerte, das ich ihm am Montag so beiläufig an den Kopf geworfen hatte.

„Inwiefern?"

„Er ist nicht nur ein Vater, der nicht da ist, sondern ein schwarzer Vater, der nicht da ist."

„Warte mal." Eli warf mir vor, Vorurteile zu haben, und jetzt sagte er so was? „Das ist ein Vorurteil."

„Ist es nicht. Es ist die Wahrheit. Wenn ein weißer Mann sein Kind im Stich lässt, ist er ein schlechter Vater. Wenn ein schwarzer Mann sein Kind im Stich lässt, geht es nur um seine Hautfarbe."

Ich sah ihn misstrauisch an. „Das stimmt nicht."

„Sagt das naive weiße Mädchen." Er stieß mir spielerisch seinen Ellbogen in die Rippen. „Ich sage ja nicht, dass es fair ist, aber wahr ist es trotzdem."

So gerne ich auch widersprochen und unsere Gesellschaft verteidigt hätte, stand mir das nicht zu. Wie Eli gesagt hatte: Ich war weiß, und wenn es um Dinge wie Privilegien der Weißen ging, waren es nicht die Weißen, die sie bemerkten. „Dann bist du also mit deiner Mom allein?"

„Zum Glück. Mein Dad war ein gewalttätiger Trinker."

Er ließ meine Mutter mit jeder Sekunde mehr wie eine Heilige aussehen.

„Du brauchst nicht so mitleidig zu gucken. Meine Mom ist toll. Sie arbeitet fleißiger als jeder andere Mensch, den ich kenne. Und an männlichen Vorbildern mangelt es mir auch nicht. Ich habe Coach Hart. Und ich habe Pastor Zeke, der ein besserer Dad für mich ist, als die meisten richtigen Väter da draußen es sind."

„Wer ist Pastor Zeke?"

„Ezekiel Raymond Johnson, der Dritte. Er ist der Pastor in der Kirche, zu der meine Mom und ich gehören. Sie heißt *Cross Church*. Vielleicht kannst du ihn irgendwann mal kennenlernen."

Ich verzog das Gesicht. „Ich bin nicht sehr religiös."

„Das ist Pastor Zeke auch nicht."

Bevor ich herausfinden konnte, was das heißen sollte, rief einer der stämmigen Jungs die Treppe hinauf: „Hey, Eli! Coach Jane und ich haben gewettet. Er glaubt, Coach Hart kann mehr Pässe hintereinander fangen als du. Wir gehen raus in den Garten."

„Also dann, Gracie Fisher, es war nett, mit dir zu reden." Eli zog sich am Geländer hoch und zwinkerte mir zu. „Kommst du morgen Abend zum Spiel?"

„Nur über meine Leiche."

Mit einem kleinen Lachen lief er die Treppe hinunter und gesellte sich zu seinen Mannschaftskameraden. Erst als alle draußen waren, bemerkte ich, dass ich grinste.

# Kapitel 20

*Carmen*

Ich saß einer Frau gegenüber, die zu viel Macht in Händen hielt. Ihr Name war Dr. Sue Rafferty. Von den empfohlenen Therapeuten auf der Liste, die uns die Adoptionsagentur zur Verfügung gestellt hatte, war sie diejenige mit der kürzesten Wartezeit gewesen. Also war ich jetzt hier und starrte in das faltige Gesicht einer Frau, die eher wie eine Internatsdirektorin aussah als wie eine Therapeutin, vor allem da ihr meliertes Haar zu einem festen Dutt zurückgesteckt war.

„Wie geht es Ihnen damit, heute im Sprechzimmer einer Therapeutin zu sitzen?", fragte sie.

„Ich bin ein bisschen nervös."

„Haben Sie schon einmal eine Therapie gemacht?"

„Nein."

„Es ist sicherlich ein merkwürdiges Gefühl, mit jemandem, den Sie nicht kennen, über sehr persönliche Dinge zu reden. Aber keine Sorge, dies ist ein geschützter Raum. Alles, was wir heute besprechen, ist vertraulich."

Ich erinnerte mich an die Entbindung von der Schweigepflicht, die man mir bei meinem Eintreffen zur Unterschrift vorgelegt hatte. Damit hatte ich Dr. Sue Rafferty die Erlaubnis gegeben, die Zusammenfassung ihres Berichts an meine Sozialarbeiterin zu schicken. Dieser Raum fühlte sich weder geschützt noch vertraulich an.

„Ausgenommen natürlich den Fall, dass Sie von einem Missbrauch gegenüber einem Minderjährigen oder sonst irgendwie Schutzbedürftigen berichten oder drohen, jemandem Gewalt anzutun." Dr. Rafferty umfasste ihr Klemmbrett mit beiden Händen. Der Fragebogen, den ich im Wartezimmer ausgefüllt hatte, war darauf befestigt. Er enthielt Fragen wie: *Haben Sie schon einmal Gewalt angewendet?* und: *Hat jemand in Ihrer Familie einen Nervenzusammenbruch gehabt?*. „Sollen wir mit dem Video anfangen?"

„Okay."

„Würden Sie mir erzählen, was da vorgefallen ist?"

„Ich habe auf dem Parkplatz von *Toys-R-Us* ein Schild umgefahren."

„Warum waren Sie dort – bei *Toys-R-Us?*"

„Ich habe ein Geschenk für die Babyparty einer Freundin gekauft."

Sie kritzelte etwas auf ihr Papier. „Und wie haben Sie sich dabei gefühlt?"

„Gut."

Sie blickte von ihren Notizen auf.

„Ein bisschen eifersüchtig war ich schon. Vielleicht auch traurig." Ich rutschte auf meinem Sessel nach vorne, sodass das Leder quietschte. „Hören Sie, Dr. Rafferty, ich verstehe, dass dies die Regeln sind und Sie sich vergewissern müssen, dass ich geistig gesund bin, aber bitte glauben Sie mir, dass dies kein typisches Verhalten von mir ist. Ich hatte schon viele schwangere Freundinnen. Ich bekomme nicht jedes Mal einen Nervenzusammenbruch, wenn ich für jemanden ein Babygeschenk kaufen muss."

„Warum war es dann diesmal anders?"

„Ich hatte wohl einen schwachen Moment. Aber ich verspreche, dass es nicht wieder vorkommen wird."

Dr. Rafferty betrachtete mich mit einem Pokerface, das Tante Ingrid beeindruckt hätte. „Schwache Momente sind ganz normal. Ich befürchte, sie sind eine Nebenwirkung des Menschseins."

Verlegen schob ich mir eine Strähne meines sorgfältig geglätteten Haares hinters Ohr und blickte auf meine braunen Pumps hinunter. Ich trug eine frisch gebügelte, helle Stoffhose und ein türkisfarbenes Seidenoberteil mit passenden Ohrringen. Vielleicht war ich etwas overdressed.

„Wichtig ist, wie wir mit unseren schwachen Momenten umgehen."

„Ja, natürlich. Normalerweise fahre ich keine Parkschilder um, wenn ich mich schwach fühle."

„Was tun Sie denn normalerweise?"

Ich suchte krampfhaft nach einer Antwort. Meine Sonntagsschulantwort lag mir auf der Zunge. *Natürlich übergebe ich meine Schwäche Gott. Schließlich mutet Gott uns nicht mehr zu, als wir ver-*

*kraften können*. Aber ich war mir nicht einmal mehr sicher, was das bedeuten sollte. „Ich habe eine sehr gute Freundin namens Natalie. Sie kann gut zuhören."

Dr. Rafferty machte sich wieder eine Notiz.

„Und dann ist da natürlich Ben", fügte ich schnell hinzu, während Hitze meinen Nacken hinaufstieg und meine Wangen rötete. Wahrscheinlich hätte ich Ben zuerst erwähnen sollen.

„Wie fühlen Sie sich in Bezug auf das Video?"

„Gut." *Beschämt. Gedemütigt. Furchtbar ängstlich, wenn ich mich in die Öffentlichkeit begebe*. Ich gab mir seither doppelt so viel Mühe, um Bekannten und Fremden zu beweisen, dass ich mein Leben im Griff hatte. „Bei der Arbeit wollten sie verständlicherweise, dass ich eine Weile Urlaub nehme, deshalb renoviere ich jetzt ein Motel, das seit Jahren im Besitz meiner Familie ist. Sagt Ihnen das *Treasure Chest* etwas?"

Dr. Rafferty schüttelte den Kopf. „Ich bin noch ziemlich neu in der Gegend."

„Jedenfalls richte ich das Motel mit meiner Schwester Gracie wieder her." In den letzten zweieinhalb Wochen hatte Gracie mich nach der Schule immer zum Motel begleitet. Wir hatten zwei bis drei Stunden zusammen gearbeitet und waren dann nach Hause gefahren, um mit Ben zu Abend zu essen. Wir hatten keinen schwesterlichen Durchbruch erlebt. Gracie kommunizierte immer noch mit Grunzen und Achselzucken. Aber sie schien sich einigermaßen in Bay Breeze eingelebt zu haben. Auf alle Fälle war sie jetzt besser dran als vor einigen Wochen, als ich sie gefunden hatte. Das musste doch etwas über meine Fähigkeiten aussagen. Nicht nur, dass ich ein großes Renovierungsprojekt in Angriff nahm, ich zog dabei auch noch einen Teenager groß. „Meine Schwester lebt für eine Weile bei uns. Gracie ist siebzehn. Ben und ich haben sie in Bay Breeze in der Schule angemeldet. Es läuft gut."

Jedenfalls gab es bisher keine Toilettenprügeleien oder Verhaftungen.

„Klingt so, als hätten Sie eine Menge um die Ohren."

„Eigentlich nicht. Ich meine, nichts, was nicht zu schaffen wäre."

Wieder schrieb sie etwas auf. „Sagen Sie mir doch bitte, warum Sie und Ben beschlossen haben, ein Kind zu adoptieren."

Ich biss mir auf die Lippe. Das war eine Frage, auf die es verschiedene Antworten gab. Ich entschied mich für die einfachste. „Wir wollen Eltern sein.“

„Warum?“

Die Frage überrumpelte mich. Warum wollten Paare Eltern sein? „Ist das nicht normalerweise der Plan – aufs College gehen, heiraten, eine Familie gründen?“

„Nicht für jeden.“

Ich zog an meinen Ärmeln.

„Warum ist es für Sie so wichtig, ein Kind zu haben?“

„Weil es für Ben wichtig ist.“ Die Antwort war mir entschlüpft, bevor ich nachdenken konnte. Bevor ich sie aussieben konnte. Bevor ich sie zurücknehmen konnte. Und ich glaube, sie schockierte mich selbst mehr, als sie Dr. Rafferty schockierte.

Ich betrat den kühlen Eingangsbereich des *Pine Ridge*-Seniorenheims und erblickte Rayanna, die sich mit der Frau hinter dem Empfang unterhielt. Als sie mich sah, grinste sie ihr Zahnlückengrinsen, nur dass es diesmal noch ein bisschen breiter war als sonst. „Raten Sie mal, wer heute Morgen in den Speisesaal wollte?“

Meine Stimmung hob sich. Nach meinem Pflichttermin bei der Therapeutin, der mit einer Einschätzung meines seelischen Zustands geendet hatte, die mir das Gefühl gab, völlig wahnsinnig zu sein, konnte ich ein Lächeln gebrauchen. „Wirklich?“

„Sie ist schon dort. Und ich glaube, sie ist bereit für eine Runde *Hearts*.“

Von wegen heben – meine Stimmung überschlug sich förmlich. Seit beinahe drei Wochen trug ich die Neuigkeit über das geplante Weihnachtsfest im *Treasure Chest* jetzt schon mit mir herum und wollte sie meiner Tante überbringen. Aber wir hatten nur eine Handvoll *War*-Tage gehabt. Mit jedem Tag war es mir schwerer gefallen, ihr nichts zu erzählen. Ich trug mich schnell ins Gästeregister ein, dann drückte ich voller Dankbarkeit Rayannas Arm, als wäre sie irgendwie für Ingrids Geisteszustand verantwortlich, und eilte zum Speisesaal, aus dem Stimmen zu hören waren.

Der Raum war mit alten Leuten gefüllt. Da es heute keine Klaviermusik gab, klangen die Gespräche lauter. Es war so ähnlich wie in einer Cafeteria voller Mittelstufenschüler. Bei den Unterhaltungen ging es in der Regel um eines von zwei Themen: Wer mit wem ging und ob das Essen genießbar war. Ingrid saß an einem der runden Tische im hinteren Teil des Raums und unterhielt sich mit Earl und Dorothy, einer ihrer Freundinnen.

Earl und Dorothy hätten unterschiedlicher nicht sein können, auch wenn sie sich Mühe gegeben hätten. Es gab nur wenige Tage, an denen Earl nicht im Speisesaal erschien und mit irgendjemandem, den er überreden konnte, Schach spielte – mit einer Pflegerin, einem Mitbewohner, mit Jugendlichen, die ein Schulpraktikum machten, oder an Ingrids besonders schlimmen Tagen mit mir. Soweit ich wusste, hatte Earl keine Angehörigen – zumindest niemanden, der ihn besuchen kam.

Und dann war da Dorothy, eine mürrische, verschrumpelte alte Frau, die ein Sauerstoffgerät hinter sich herzog, weil sie an etwas litt, was sich „chronisch obstruktive Lungenerkrankung" nannte. An Ingrids erstem Tag im *Pine Ridge* hatte Dorothy jeden Nagel, den Ben in die Wand schlug, um ein Bild aufzuhängen, von der anderen Seite, wo ihr Fernseher dröhnte, mit einem Schlag gegen die Wand erwidert. Irgendwann ging Ingrid zu ihr hinüber und fragte, was los sei. „Der Typ mit dem Hammer, das ist los." Ingrid mochte sie sofort. Im Gegensatz zu Earl hatte Dorothy ständig Besuch.

Earl sah mich als Erster. Er winkte so lange, bis ich mich an mehreren Tischen vorbeigeschlängelt hatte und vor ihrem Tisch stand. Man merkte, dass er ebenso begeistert davon war, Ingrid wiederzuhaben, wie ich es war. Ich umarmte meine Tante und Earl auch, aber ich war klug genug, diese Zuneigungsbekundung nicht auf Dorothy auszuweiten. Sie umarmte keine Leute. Also winkte ich ihr zu, was sie mit einer wegwerfenden Handbewegung abtat.

„Die beiden hier streiten über das Verhältnis von Kohlehydraten und Proteinen in unserem Essen", sagte Ingrid und verdrehte die Augen.

Ich nahm auf dem vierten Stuhl am Tisch Platz und musste all meine Selbstbeherrschung aufbringen, um nicht mit meinen Neuigkeiten über Weihnachten im *Treasure Chest* herauszuplatzen. „Ach ja?"

„Ich glaube, die ganzen Ballaststoffe machen Alice zu schaffen", sagte Earl.

Alice war die dritte Person in Ingrids Freundeskreis und fehlte heute. Sie war eine kleine alte Frau – die archetypische Großmutter –, der ebenfalls zusehends die Erinnerungen entglitten. Ihre Anwesenheit im Speisesaal war so selten wie die von Ingrid.

Dorothy schüttelte den Kopf. „Alices Blähungen kommen vom Reizdarm."

Ich biss mir auf die Innenseite meiner Wange, um nicht zu lächeln, kramte in meiner Handtasche, bis ich den Stapel Karten fand, und hielt sie hoch. „Hat jemand Lust auf eine Runde *Hearts*?"

Ingrid hob die Hand.

Wieder machte Dorothy eine abwehrende Handbewegung in meiner Richtung. Dann stieß sie ein so heftiges Husten aus, als würde sie sich die Lunge aus dem Leib husten. Hätte ich es nicht besser gewusst, hätte ich mir Sorgen gemacht. Aber die chronische Bronchitis war ein Teil ihrer Krankheit. Ingrid hatte erzählt, dass Dorothy früher Kettenraucherin gewesen war. Da sie gegen ihren Willen das Rauchen hatte aufgeben müssen, war sie oft schlecht gelaunt. Gelegentlich roch ich jedoch Zigarettenqualm in ihren Haaren. Sie musste eine Möglichkeit gefunden haben, Tabakwaren ins Heim zu schmuggeln, vorbei an den Schwestern und ihren Unmengen von Angehörigen.

„Komm schon, Dotty, ich schlage dir einen Handel vor", sagte Earl, während Dorothy keuchte. „Wenn du heute mit uns *Hearts* spielst, belästige ich dich morgen nicht mit *Vier gewinnt.*"

Als Dorothy ihren Körper wieder unter Kontrolle hatte, warf sie Earl einen giftigen Blick zu. „Na gut."

Ich nahm die Karten aus der Packung und begann sie zu mischen, während meine Neuigkeit mir ein Loch in die Tasche brannte. Mit einem Auge auf Ingrid verteilte ich die Karten – jeder bekam dreizehn Stück –, dann nahm ich meine Karten auf und fing an, sie zu ordnen. Zwei Kreuz-Karten und die verhasste Pik-Dame schob ich verdeckt zu Earl hinüber. „Ich war in letzter Zeit häufiger im

*Treasure Chest*“, sagte ich so beiläufig wie möglich, während ich die drei Karten aufnahm, die mir zugeschoben wurden.

„Wie geht es dem alten Mädchen?“, fragte Ingrid.

„Sieht gut aus.“ Jedenfalls besser als vorher. Bis jetzt hatten Gracie und ich den Empfang, das Hinterzimmer, die Vorratskammer und den Gemeinschaftsraum sauber gemacht. Wir hatten die unflätigen Schmierereien von der Fassade entfernt und neue Fenster einbauen lassen. Trotz Gracies mangelnder Smalltalkbegabung war unsere Zeit dort inzwischen der Höhepunkt des Tages für mich geworden und ich hatte den Verdacht, dass sie es insgeheim auch genoss. Jedenfalls blickte sie nicht mehr so finster drein.

Earl zog den ersten Stich ein und begann den nächsten Zug mit einer Karo-Fünf.

„Ich weiß nicht mal mehr, wann ich das Motel zuletzt gesehen habe“, sagte Ingrid. „Es ist schrecklich, dass ich mit den Zeiten immer so durcheinanderkomme.“

Dorothy bekam den zweiten Stich und warf dann ein Ass ab. „Dafür gibt es Kalender.“

Earl runzelte die Stirn – nicht wegen Dorothys Bemerkung, sondern weil sie in Führung gegangen war.

„Ich habe Schwester Ray neulich nach dem Datum gefragt und sie hat gesagt, es sei der 14. September. Der 14. September? Ich habe keine Ahnung, wie es Mitte September geworden ist. Ich hatte deswegen einen regelrechten Albtraum. Und es war ein ganz merkwürdiger Albtraum. Ich war an einem Strand und habe Muscheln gesucht. Schwester Ray war da und sagte mir immer, ich solle die Muscheln weglegen und ins Wasser schwimmen gehen. Dann hat mich plötzlich eine Unterströmung fortgezogen und so schnell ich auch schwamm, kam ich doch nicht mehr ans Ufer zurück. Um mich herum waren Haie und alles Mögliche.“ Ingrid schüttelte sich. „Ich war noch nie so froh aufzuwachen.“

Ich legte eine Zehn und wippte mit dem Bein, während ich krampfhaft überlegte, wie ich die Unterhaltung wieder in die richtigen Bahnen lenken könnte.

„Weißt du“, sagte Earl zu Ingrid, „man kann nie entkommen, wenn man gegen die Strömung ankämpft. Das habe ich aus einer Dokumentation im Fernsehen gelernt. Es geht einem gegen den

Strich, nicht wahr? Aber viele Menschen sind schon ertrunken, weil sie sich gegen die Strömung gewehrt haben."

„Man soll parallel zum Ufer schwimmen", erinnerte sich Ingrid mit einem Mal.

Earl lächelte. „Genau."

„Ich werde daran denken", bemerkte Dorothy trocken, „wenn ich das nächste Mal ins Meer springe."

„Also, Weihnachten!" So viel zu meiner subtilen Methode. Die brachte mir gar nichts. Ich strahlte meine Tante an. „Bist du bereit, dieses Jahr im *Treasure Chest* zu feiern?"

„Ob ich bereit bin?" Sie presste eine knochige Hand auf ihre Brust und in ihren Augen glänzten Tränen. „Das wäre das schönste Weihnachtsgeschenk, das man mir machen kann. Ich würde glücklich sterben."

Ich glaube, ich hatte auch ein paar Tränen in den Augen.

„So schnell stirbst du nicht", sagte Dorothy. „Und jetzt leg eine Karte."

Ingrid warf eine Herz-Karte ab.

„Kein Karo?", fragte Earl.

„Kein Karo", erwiderte sie.

Dorothy nahm die Karten und legte das Herz-Ass ab.

Earl schlug mit der flachen Hand auf den Tisch. „Wusste ich's doch! Du bist auf einen Durchmarsch aus!"

Sie grinste spöttisch und bekam gleich darauf wieder einen Hustenanfall.

Als das Husten verebbte, seufzte Ingrid. Es war, als hätte meine Nachricht sie von innen zum Leuchten gebracht. Ich konnte ihre Freude beinahe durch alle Poren strahlen sehen. „Ihr hättet die Weihnachtsfeiern sehen sollen, die Gerald und ich früher veranstaltet haben. Die ganze Familie war da: Patrick und seine Frau und ihre beiden Kinder, Genevieve und der kleine Beau, Henry und Evelyn und Carmen, Geralds zwei Schwestern mit ihren Familien und natürlich die Motelgäste. Wir hatten einen riesigen Weihnachtsbaum und überall Lametta! Damals habe ich sogar selbst Baklava gebacken, eine der wenigen griechischen Köstlichkeiten, die mein wählerischer Schottengatte mochte."

Eine ganze Menge Erinnerungen tauchten jetzt auf, so wie es

auch beim letzten Mal gewesen war. Nur hätte ich diesmal mein Lächeln nicht unterdrücken können, selbst wenn ich es gewollt hätte.

„Das klingt himmlisch, Ingrid“, sagte Earl. „Wie das beste Weihnachtsfest, das man sich wünschen kann.“

„Du musst auch kommen!“

Ingrids Einladung riss mich aus meinen Träumereien. Es würde mühsam genug, sie für den Tag zu holen. Ich konnte mir nicht vorstellen, auch noch Earl mitzunehmen, schon gar nicht mit seinem kranken Herzen.

„Du und Dorothy, ihr müsst beide kommen.“ Ingrid streckte ihren rechten Arm über den Tisch und drückte Earls Hand. „Vielleicht kann sogar Alice mitfeiern.“

Ach du liebe Zeit.

Jetzt leuchteten auch Earls Poren vor Freude. „Was meinst du, Dotty?“

„Ich gehe Weihnachten nicht in irgendein Motel. Wenn es nach mir ginge, würde ich Weihnachten nirgendwohin gehen.“ Dorothy sah ihre Karten durch und legte dann die Herz-Dame. „Aber meine Familie redet jetzt schon über zwei verschiedene Feiern! Als wäre eine nicht Folter genug.“

„Folter?“ Ingrid hob den Zeigefinger, so wie eine Mutter, die ihr ungezogenes Kind tadelt. „Weihnachten ist der beste Feiertag des ganzen Jahres.“

„Weihnachten ist was für Kinder.“ Immerhin ging sie nicht so weit, es Unfug zu nennen.

„Weihnachten ist das Fest Christi, deshalb ist es für alle“, sagte Ingrid.

„Fang nicht an, mir was von Religion zu erzählen.“

Ingrid öffnete den Mund, um noch etwas zu sagen, aber Earl klopfte auf den Tisch. Eine willkommene Ablenkung. „Es wäre mir eine Ehre, mit dir Weihnachten zu feiern, Ingrid. Eine große Ehre.“

Earl war also dabei. Was war schon einer mehr? Niemand sollte an Weihnachten allein sein und schon gar nicht jemand, der so fröhlich war wie der Weihnachtsmann selbst.

Ich blickte in die Runde. Wir waren beim letzten Stich des Spiels angelangt. Jeder von uns hatte noch eine Karte auf der Hand. Dorothy hatte die ganze Zeit geführt. Wenn sie gewann, hätte sie einen Durchmarsch geschafft, dann bekamen wir anderen alle sechsundzwanzig Minuspunkte. Sie starrte Earl an, dann legte sie den Kreuz-Buben ab. Ich wusste genau, was Earl noch auf der Hand hatte. Ich hatte ihm die Karte schließlich zu Beginn des Spiels zugeschoben. Aber seine Miene war undurchdringlich. Ingrid legte eine Sieben. Ich legte Karo. Earl zögerte, um es spannender zu machen, dann legte er mit einem Jauchzer die Pik-Dame.

„Die schwarze Maria durchkreuzt deine Pläne, Dotty!“ Er nahm den Stich an sich und lachte. Es machte ihm nichts aus, dass er dreizehn Minuspunkte bekam, solange wir anderen null Punkte ernteten.

# Kapitel 21

*Gracie*

Seit meine Mutter Carmen erzählt hatte, dass sie eine Therapie machen würde, leuchtete jeden Abend um halb sieben eine Nummer mit der Vorwahl 850 auf meinem Handydisplay auf. Und Carmen hatte sich in einen Papagei verwandelt. *Kraaa! Hast du schon mit Mom gesprochen? Kraaa! Du sollest wirklich mit Mom reden.* Ich musste mich beherrschen, ihr keinen Kräcker in den Mund zu schieben und ihr zu sagen, sie solle den Schnabel halten. Noch zweimal ließ ich es klingeln, während ich am Kopfteil meines Bettes lehnte, dann wischte ich über das Display und sagte: „Hallo."

„Gracie?" Ihre Stimme klang schockiert und erleichtert zugleich.

Ich verdrehte die Augen.

„Ich bin ja so froh, dass du drangegangen bist." Sie atmete zitternd aus, als wartete sie darauf, dass ich die Stille füllen würde. Aber ich hatte nichts zu sagen. „Wie geht es dir?"

„Gut."

„Carmen sagte, du gehst jetzt auf Bens Schule?"

*Jep.*

„Magst du deine neuen Kurse?"

„Klar."

„Hast du neue Freunde gefunden?"

„Nicht wirklich."

„Benimmst du dich denn Carmen und Ben zuliebe?"

„Ich muss Schluss machen."

„Gracie, warte …"

Während sie am anderen Ende schniefte, starrte ich auf die Leinwand mit dem Bibelvers über Jesus, der alles neu machte. Ich konnte es nicht leiden, wenn meine Mutter weinte. Ihre Tränen waren manipulierend und zeigten ihre Schwäche. Am liebsten hätte ich ihr gesagt, sie solle sich nicht so anstellen. Sie war kein Opfer. Und ich hatte kein Mitgefühl mehr mit ihr.

„I-ich liebe dich. Das weißt du, oder?"

„Klar, Mom. Wir reden ein andermal weiter." Ich ließ das Handy auf meinen Schoß fallen und lehnte den Kopf gegen die Wand zum Nachbarzimmer, durch die gedämpft die Stimmen von Ben und Carmen drangen. Das Geräusch erinnerte mich an die Lehrerin von Charlie Brown – „Waa-waa-waa". Ich achtete nicht darauf, was sie sagten, bis das Wort *Treasure Chest* zu hören war.

Ich kniete mich hin und presste ein Ohr an die Wand.

„Du gehst ab Montag wieder arbeiten", sagte Ben.

„Ich weiß."

„Woher willst du die Zeit nehmen, beides zu machen?"

„Ich bin jeden Tag um zehn Uhr fertig. Nach der Arbeit kann ich zum Motel fahren."

Tagsüber. Während ich in der Schule war.

Ich sank auf meine Matratze und nahm die Postkarte vom Nachttisch. Wieder einmal ließ Carmen mich bei ihren Plänen außen vor. Ich wusste nicht, warum mich das überraschte.

Meine Hand pochte. Ich hatte den ganzen Nachmittag und Abend damit zugebracht, Bewerbungsformulare auszufüllen. Am einen Ende der Dock Street hatte ich angefangen, und zwar bei der *Hot Dog Hut*, einem Restaurant, dessen Eingang ein riesiger Haikopf zierte. Dann war ich die Straße hinunter- und um den Platz herumgegangen, wobei ich darauf geachtet hatte, keine Beschäftigungsmöglichkeit auszulassen. Ich bezweifelte, dass Carmen mir erlauben würde, für die Arbeit am *Treasure Chest* die Schule zu schwänzen, also hatte ich keinen Job mehr.

Jetzt stand ich vor dem letzten Laden am Platz, dem Restaurant, das ich mit Absicht den ganzen Abend lang gemieden hatte: der *Barbeque Pit*. Jedes Mal, wenn ein Footballspieler hineinging, drang näselnde Countrymusik heraus. Da dies der inoffizielle Treffpunkt von Bens Mannschaft war, war der Laden nicht gerade meine erste Wahl. Aber es war eines der bestbesuchten Lokale in Bay Breeze, also wäre ich schön blöd, wenn ich es außen vor ließe.

*Geh rein, füll das Formular aus und belohn dich mit einer Tüte Zwiebelringe.*

Wenn ich gleich nach Hause käme, würde Carmen schon schlafen und Ben draußen in der Garage sein, sodass ich den Fernseher ganz für mich hätte. Ich könnte mir alte Folgen von klassischen Sitcoms ansehen. Auf TBS lief die *Cosby Show* ab elf Uhr viermal hintereinander. Ich schüttelte meine verkrampfte Hand und betrat das Lokal, aus dem mir der würzige Geruch von Barbecue und die gequetschte Stimme irgendeines Typen entgegenschlug, der seinen sexy Bauernteint besang. Offenbar hatten wir vollkommen unterschiedliche Vorstellungen von dem, was sexy ist.

In den meisten Nischen saßen Jugendliche in meinem Alter – eine Menge breitschultrige, stämmige Jungs und andere nicht so stämmige Jungs, die ich vom Sehen aus der Schule kannte. Elias saß mit einigen anderen an einem Tisch und drehte Münzen auf dem Tisch. Als spürte er meine Anwesenheit, hob er den Blick von dem Geldstück und sah mich an. Ich blickte weg und schlängelte mich zur Bar durch, wo ich die Frau hinter dem Tresen nach einem Jobformular fragte. Als sie mir eins reichte, setzte ich mich auf einen der Barhocker und fing an, die Kästchen auszufüllen, während ich den meisten meiner Mitschüler den Rücken zukehrte. Meine Haare schirmten mich gegen die anderen ab.

„Suchst du einen Job?"

Mein Stift verharrte über dem Papier und ich fuhr herum. Es war nicht Elias. Es war der blonde schlaksige Junge aus dem Ethikkurs. Sein Name war Parker. Und auch wenn ich manchmal den Eindruck hatte, dass er sich selbst gerne reden hörte, musste ich zugeben, dass er beeindruckend schlau war. Elias konnte ich in einer Debatte schlagen. Parker und ich waren ziemlich ebenbürtig. Ich war mir nie ganz sicher, ob ihn das beeindruckte oder ärgerte. Wahrscheinlich beides.

„Gracie, nicht wahr?"

*Wie auch immer.* Parker kannte meinen Namen.

Er setzte sich auf den Hocker neben mir. „Darf ich dich was fragen?"

„Ist ein freies Land."

Er zog seinen Hocker näher zu meinem. „Warum sehe ich dich nie außerhalb der Schule?"

„Du siehst mich doch jetzt."

„Du weißt, was ich meine."

Ich fragte mich, welche möglichen Arbeitszeiten ich ankreuzen sollte. Was auch immer ich ankreuzte, bedeutete, dass ich Carmen in dieser Zeit nicht im *Treasure Chest* helfen konnte. Und auch wenn ich wünschte, ich könnte sagen: *Vergiss es, mach es doch allein,* konnte ich das nicht. Ich war gerne dort. Es machte mir Spaß, das Motel zu renovieren. Auch wenn ich es zusammen mit meiner Schwester machen musste. Ich beschloss, nichts anzukreuzen und abzuwarten, was der Inhaber anzubieten hatte – falls er oder sie mir überhaupt einen Job anbot. „Wahrscheinlich, weil ich nicht da rumhänge, wo du rumhängst."

„Schade."

Die Frau, die mir das Formular gegeben hatte, rief eine gestresst aussehende Mutter mit vier Kindern auf und reichte ihr ihre Bestellung, dann zog sie die Augenbrauen hoch als Zeichen für den Nächsten in der Schlange zu bestellen.

„Kann ich bitte noch mal das Gleiche haben?"

Ich drehte mich auf dem Hocker in die andere Richtung. Elias nickte mir zu und wandte sich dann an Parker.

„Hey, Eli", sagte Parker. „Ich wollte Gracie gerade zu einer Party einladen, die ich am Samstagabend gebe. Meine Eltern sind verreist. Komm du doch auch."

Er gab mir doch tatsächlich eine Visitenkarte, auf deren Rückseite er seinen Namen, seine Telefonnummer und seine Adresse gekritzelt hatte. „Fängt um sieben an." Dann drehte er sich um und ging zurück an den Tisch, von dem er gekommen war.

Ich drehte die Karte um. Sie gehörte seinem Vater, der augenscheinlich eine eigene Anwaltskanzlei hatte. Ich wusste das, weil auf der Karte *Zkotsky & Schmidt* und darunter *Anwaltskanzlei* stand und Reyas Parker immer mit Mr Zkotsky anredete.

Die Bedienung stellte Elias ein neues Getränk auf die Bar.

„Gehst du hin?", fragte er.

„Ich weiß nicht. Gehst du?"

„Ist nicht unbedingt meine Clique." Er zog an dem Strohhalm, der in seiner Cola steckte, dann kratzte er sich am Ohrläppchen. „Wenn ich dir im Geiste der Wahrheit einen freundschaftlichen Tipp geben darf?"

Ich verschränkte die Arme auf meinem Bewerbungsformular. Das musste ich hören.

„Ich würde mich von Parker fernhalten. Er ist ein ziemlicher Idiot."

„Werde ich mir merken."

Elias warf einen Blick auf den Zettel unter meinem Ellbogen und klopfte auf den Tresen. „Ich hoffe, du kriegst den Job." Mit einem Zwinkern griff er nach seinem Glas und ging zurück zu seinen Freunden.

Ich füllte das Formular fertig aus, gab es der Frau zurück und verzog mich schnell. Auf dem Heimweg machte ich einen Abstecher zu einer Tankstelle und kaufte mir eine Tüte Zwiebelringe. Dann las ich die Adresse auf der Visitenkarte noch einmal. Ich war genug in Bay Breeze herumgelaufen, um zu wissen, dass das Haus in einem der reicheren Viertel stand. Das überraschte nicht, wenn Parkers Dad ein angesagter Anwalt war. Ich schob die Karte in meine Gesäßtasche und lief durch Bens und Carmens Vorgarten, ermutigt von den dunklen Fenstern. Als ich das Haus betrat, richtete sich jedoch Ben auf dem Sofa auf, die Haare am Hinterkopf zerzaust. Der Fernseher warf ein bläuliches Licht in den Raum. Auf dem Bildschirm spielte ein weiß-rotes Team gegen ein lila-goldenes Team. Donnerstagabend war Football-Abend.

„Hi", sagte er.

„Hi."

„Hast du einen Job gefunden?"

Ich zuckte mit den Schultern. Wenn nichts daraus wurde, konnte niemand behaupten, ich hätte mir keine Mühe gegeben.

„Das Spiel taugt nichts." Er nickte in Richtung Footballspieler. „Der Fernseher gehört dir, wenn du willst."

„Schon gut."

Ben fuhr sich mit der Hand über den Hinterkopf. „Ich habe heute im Lehrerzimmer mit Reyas gesprochen."

Meine Schultern verkrampften sich. Eine verinnerlichte Reaktion. Sobald ein Erziehungsberechtigter sagte, er habe mit einem meiner Lehrer gesprochen, schrillten bei mir die Alarmglocken. Diesmal glaubte ich jedoch ziemlich genau zu wissen, worüber Reyas mit Ben gesprochen hatte. Denn Reyas selbst hatte mich nach dem Unterricht in die Ecke gedrängt und mir keine Wahl gelassen, als ihr zuzuhören, während sie sich in ein lebendiges Werbeplakat für den Debattierklub der Schule verwandelt hatte.

„Sie sagte, du seist klasse im Debattieren."

Ich schleuderte meine Stiefel in die Ecke. Normalerweise beteiligte ich mich nicht am Unterricht, aber irgendwie war es bei Reyas nahezu unmöglich, den Mund zu halten. Außerdem hatte ich Parker und Elias, die mich herausforderten.

„Kannst du dir vorstellen, dem Klub beizutreten?"

„Ich steh nicht so auf Vereine."

„Vielleicht solltest du es dir überlegen. Reyas schaltet nicht in den Rekrutiermodus, wenn sie nicht total beeindruckt von einer Person ist."

Ich zog die Schultern hoch, als wäre das nichts Besonderes, aber Bens Worte dehnten sich in meinem Brustkorb aus wie eine merkwürdige, mit Wärme gefüllte Blase. Abgesehen von Ingrid für ihre Muscheln hatte mich noch nie jemand für irgendetwas rekrutiert.

*Stopp. Dreh um! Es ist noch nicht zu spät.* Das waren die Befehle, die mein Gehirn meinen Füßen gab. Und es waren die Befehle, die meine Füße ignorierten. Sie bewegten sich weiter auf den Klassenraum zu, in dem ich immer meine erste Stunde hatte, nur dass jetzt Nachmittag war. Dämliche Füße. Das laute Schnattern, das auf den Flur hinausdrang, ließ meine Schritte stocken. Es war die Art Lärm, wie zwanzig, dreißig Kids ihn verursachten. Aber als ich die Tür erreichte, waren da nur sieben Schüler. Sechs Jungs. Ein Mädchen. Fünf von ihnen hatten sich um einen Tisch versammelt – sie redeten durcheinander, diskutierten, lachten, reichten Zettel herum und tippten auf Laptops.

Einen erkannte ich zuerst – Parker Zkotsky. Ich hätte wissen müssen, dass er in der Debattiermannschaft sein würde. Er drehte einen Stift um seinen Daumen, während seine Füße über Kreuz auf dem Tisch lagen. „Die NSA hat die falschen Leute im Visier", schrie er förmlich.

„Das wissen wir, aber das kann nicht unser einziges Negativargument sein", sagte das Mädchen und stieß Parkers Schuhe vom Tisch. Beinahe wäre er mit seinem Stuhl hintenübergefallen, aber in letzter Sekunde fing er sich noch ab. Alle lachten, während Parker den Stuhl wieder hinstellte.

Auf der anderen Seite des Raumes standen die beiden übrigen Schüler, rechts und links von Reyas. Sie hielt sich das Kinn und nickte vor sich hin, während der eine Schüler mit den Händen redete und der andere auf ein Blatt Papier zeigte.

Das hier war etwas ganz anderes als die Debatten im Ethikunterricht.

Dort waren Parker, Elias und ich die Einzigen, die redeten. Hier redeten alle. Laut. Meine Füße legten den Rückwärtsgang ein und begriffen endlich, was mein Gehirn schon die ganze Zeit gewusst hatte. Ich gehörte nicht hierhin. Aber bevor ich ungesehen verschwinden konnte, blickte Reyas vom Teppich auf und nickte mir zu. „Du bist gekommen!"

Plötzlich war es still im Raum.

Reyas kam zu mir gelaufen und zog mich in den Klassenraum, wo sie mir alle außer Parker vorstellte, den ich ja schon kannte. Als sie bei dem letzten Schüler angekommen war, hatte ich die Namen der ersten drei schon wieder vergessen.

„Im Moment arbeite ich mit den Grundsatzleuten." Reyas deutete mit dem Daumen auf die beiden Jungs, die am Rand standen. „Grundsatzdebatten sind was für Spezialisten. Die Kids, die das machen, debattieren schon seit der Mittelstufe. Keine Sorge." Sie umfasste meine Schulter mit erstaunlich festem Griff. „Du kommst nicht zu den Grundsatzleuten. Für dich sind thematische Debatten das Beste, so wie wir es auch in der Klasse machen. Belege sammeln. Dein Plädoyer aufbauen. Und so weiter."

Am liebsten hätte ich ihr gesagt, dass ich gar nichts tun würde. Ich war nur hier, damit sie Ruhe gab.

„Kimmy", sagte Reyas.

Das Mädchen, dessen Haare im Nacken zu einem Pferdeschwanz

zusammengebunden waren, blickte von seinem Laptop auf. Sein Blick huschte kurz zu meinen schwarzen Haaren und dann hinunter zu meinen ebenso schwarzen Stiefeln.

Reyas winkte sie zu uns herüber und packte dann auch sie bei der Schulter. Wir waren beide gefangen. „Das ist die Schülerin, von der ich erzählt habe – Gracie Fisher. Ich glaube, ihr beide wärt ein starkes Team. Kim debattiert schon seit ihrem ersten Highschooljahr, aber ihr Partner hat letztes Jahr seinen Abschluss gemacht. Glaub mir, Gracie, bei Kimmy bist du in guten Händen." Sie blickte von mir zu Kimmy. „Gracie hat noch keine Erfahrung mit Debatten, aber nimm ihr das nicht übel, okay? Dieses Mädchen kann Argumente fantastisch kontern und widerlegen. Du kannst Parker fragen."

„Es ist äußerst ärgerlich", sagte er, aber er wirkte überhaupt nicht verärgert.

Mein Magen hüpfte ein wenig, wenn auch zögerlich. Parker war süß. Und obwohl er überhaupt nicht mein Typ war, kam er meinem Typ doch deutlicher näher als Elias. Ich sollte mich auf Parker konzentrieren. Nicht auf den Topfootballer.

„Vielleicht weihst du Gracie erst mal in das Thema dieses Monats ein. Du kannst ihr ein paar Dinge erklären. Ich muss zu meinen Grundsatzjungs zurück, morgen ist ein wichtiger Wettbewerb." Reyas ließ unsere Schultern los und überließ uns damit uns selbst.

Kimmy starrte mich an.

Ich starrte Kimmy an. Im Gegensatz zu Elias' Teint, der honigkaramellfarben war, war ihrer kreideweiß mit einem Gelbstich. Ich fragte mich, ob sie jemals draußen gewesen war.

„Du hast also noch nie bei einer Debatte mitgemacht?", fragte sie.

Es war mir gar nicht recht, dass ihre Frage ein Gefühl der Unzulänglichkeit in mir auslöste. Beinahe hätte ich ihr gesagt, dass Reyas sich trotzdem die Mühe gemacht hatte, mich zu rekrutieren, aber dann zuckte ich nur mit den Schultern. „Es sei denn, du zählst die Diskussionen im Ethikunterricht dazu."

Ihrer Miene nach zu urteilen zählten die nicht. „Dann kann man wohl auch davon ausgehen, dass du noch nie in einem Lager warst?"

„Null Lagererfahrung."

Sie stieß einen langen Seufzer aus. „Ich glaube, ich kann dich fit machen, falls du so gut bist, wie Reyas sagt."

Ich zog eine Augenbraue hoch. *Falls?*

„Nur damit du von Anfang an weißt, worauf du dich einlässt: Ich werde dieses Jahr Erste im Bundesstaat. Und das bedeutet, ich brauche eine kompetente, engagierte Partnerin. Das letzte Jahr war die reinste Abzocke. Ein abgekartetes Spiel. Wir haben nicht mal die K.-o.-Runde erreicht."

„Krieg dich wieder ein", rief Parker vom Tisch herüber.

„Die Jury war ein Albtraum und das weißt du auch." Die leichte Rötung ihrer Wangen verriet mir, dass sie entweder sauer auf Parker war oder in ihn verknallt. „Jedenfalls ist unser erstes Turnier in zwei Wochen und im Moment basteln wir an unserem Plädoyer für das Thema dieses Monats – ‚Der Nutzen der Überwachung durch staatliche Behörden wiegt schwerer als der Schaden'. Weißt du etwas über die NSA?"

„Ein bisschen."

„Dann haben wir eine Menge zu tun." Aus einem Rucksack, der an der Rückenlehne ihres Stuhls hing, holte sie einen dicken Packen Papier heraus, der von einem breiten Gummiband zusammengehalten wurde. „Ich esse, trinke und schlafe mit meinen Recherchen. Samstage ohne Wettbewerb sind unsere intensivsten Arbeitstage. Ich hoffe, du bist bereit, etliche Stunden in der Bibliothek zu verbringen."

„Du solltest die positive Wirkung von Vitamin D nicht unterschätzen."

Parker lachte.

Kimmy blinzelte nicht einmal. Sie gab mir ihren Riesenstapel Papier. Er war schwerer als die Hälfte meiner Schulbücher. „Das nennen wir einen Schriftsatz. Damit fängt jeder Fall an."

„Ich weiß, was ein Schriftsatz ist", murmelte ich.

„Kimmy ist ein bisschen zwanghaft, was das Ausdrucken der Informationen angeht", sagte Parker.

„Ich markiere gerne die wichtigsten Punkte."

„Und bringst Bäume um."

„Und trägst rote Hosenanzüge mit dicken Schulterpolstern", fügte ein anderer Junge hinzu.

Sie drehte sich zu ihren Kritikern um. „Sagt nichts gegen den roten Anzug. Er schüchtert meine Gegner ein."

„Er schüchtert uns ein." Parker zwinkerte mir zu, als er das sagte.

Kimmy schüttelte den Kopf. Ich wollte sie fragen, was sie tun würde, wenn ich nicht mitmachte. Immerhin suchte ich einen Job und hoffte, dass ich samstags im *Treasure Chest* würde helfen können. Wie konnte ich Kimmy den Einsatz versprechen, den sie erwartete, wenn ich immer noch vorsichtig Plan A verfolgte, während ich gleichzeitig einen Plan B ausarbeitete?

„Am besten fängst du an, die Unterlagen zu lesen“, sagte sie. „Ich werde weiterrecherchieren, während du dich schlaumachst.“

Kimmy setzte sich wieder auf ihren Stuhl neben Parker. Er schob die Hand über ihre Rückenlehne. „Kommst du morgen Abend zu der Party?“, fragte er mich.

„Vielleicht.“

„Du solltest aus dem Vielleicht ein Ja machen.“

„Können wir bitte weiterarbeiten?“ Kimmy schlug Parkers Hand von ihrem Stuhl. „Du kannst nach der Probe flirten.“

Er lächelte mir zu und salutierte dann in Kimmys Richtung.

Ich suchte mir einen Platz an einem der leeren Tische und begann, in dem Schriftsatz zu lesen. Allerdings verstand ich nicht, was ich da las, weil ich zu sehr damit beschäftigt war, die lebhafte Unterhaltung der anderen zu belauschen. Die Atmosphäre im Raum war anregend, auch wenn es mir widerstrebte, das zuzugeben – eine merkwürdige Mischung aus Kameradschaftsgeist und Streitlustigkeit. Ich musste mich beherrschen, um nicht mitzudiskutieren. Um Viertel nach vier, nachdem Reyas mit ihren Grundsatzjungs fertig war, setzte sie sich auf die Ecke ihres Lehrertisches und bat die anderen, mir mehr über das Debattieren zu erzählen.

Die Unterhaltung wandte sich den Turnieren am Wochenende zu – wie es schien, waren sie der eigentliche Sinn und Zweck des Debattierklubs.

„Zwischen den Runden ist in der Cafeteria die Hölle los“, sagte Parker.

„Vierhundert Schüler, die alle gleichzeitig reden. Essensreste und Pizzaschachteln auf dem Boden.“

„Alle rufen auf ihren Laptops oder Handys letzte Informationen auf.“

„Manche Teams bringen sogar einen Drucker mit.“

„Andere ziehen sich mit der Schnelllesemethode noch was rein.“

„Es ist wie bei einer von diesen Fernsehshows“, sagte Kimmy, „nur intelligenter.“

Ich beugte mich auf meinem Stuhl vor und sog die Worte auf, während das Szenario vor meinem geistigen Auge lebendig wurde.

# Kapitel 22

*Gracie*

*„Müßige Hände sind der Spielplatz des Teufels."* Der Pastor in New Hope hatte diesen Spruch geliebt. Er hatte ihn mir und den anderen Gemeindekindern nach jedem Gottesdienst mit auf den Weg gegeben und damit gemeint, dass wir zu Hause helfen sollten. Damals verstand ich jedoch noch nicht, was er bedeutete. Ich wusste nur, dass ein Spielplatz mir viel interessanter erschien als die harten Holzbänke in der Kirche. Jetzt verstand ich es. Denn wenn ich etwas zu tun gehabt hätte, wäre ich nicht an einem Freitagabend hier am Bootsanleger gelandet, um nach Elias Ausschau zu halten.

Ich hatte keine Ahnung, ob meine Begegnung mit ihm vor drei Wochen Zufall gewesen war oder ob er nach jedem Spiel hierherkam. Einerseits wollte ich, dass es ein Zufall war. Diese zunehmende Fixierung auf einen Jungen, der nicht nur der Footballstar meiner neuen Highschool war, sondern auch noch überzeugter Christ, musste aufhören. Die Ähnlichkeiten mit Chris Nanning hätten eigentlich Grund genug sein sollen, in die andere Richtung zu laufen. Aber andererseits wollte ich auch, dass Elias kam. Denn wenn er es täte, würde er vielleicht etwas tun oder sagen, das bewies, dass er wie jeder andere Highschooljunge war, und dann würde meine Vernarrtheit nachlassen und schließlich ganz verschwinden. Oder vielleicht wollte ich doch nur einfach jemandem vom Debattierklub erzählen.

Am Abend zuvor hatte ich die Wahrheit gesagt, als ich Ben erklärt hatte, ich sei kein Fan von Vereinen – das war ich vor allem dann nicht, wenn damit hohe Erwartungen von Reyas und eine anstrengende Partnerin wie Kimmy verbunden waren. Trotzdem konnte ich nicht leugnen, dass ich die letzten drei Stunden in meinem Zimmer damit verbracht hatte, den Schriftsatz durchzugehen, die wichtigsten Informationen zu markieren und so viele Argumente für und gegen staatliche Überwachung zu finden, dass ich es nun wahrscheinlich mit Parker aufnehmen könnte.

Die Planken hinter mir knarrten.

Ich drehte mich um.

Und da stand Elias im Lampenschein. „Diesmal kein Messer?"

Meine Wangen wurden warm. Ich wandte mich wieder dem Wasser zu und fühlte mich wie die erbärmlichste Versagerin der Welt. Noch offensichtlicher hätte es gar nicht sein können, dass ich hergekommen war, um ihn zu sehen. „Ha, ha."

Er setzte sich zu mir ans Ende des Bootsstegs. „Was ist los, Fisher, stalkst du mich?"

„Das hättest du wohl gerne."

„Hey, ich hab dir doch erzählt, dass das hier mein Steg ist. Du wusstest, dass ich hier sein würde." Er stieß mich mit der Schulter an. „Heißt das, wir sind Freunde?"

Ich rümpfte die Nase.

Er lachte.

Es war alarmierend, was für ein gutes Gefühl dieses Lachen in mir auslöste.

„Hast du einen Job gefunden?", fragte er.

„Ja, habe ich. Im Kino am Marktplatz." Vor ein paar Stunden hatte ich einen Anruf von dem Inhaber erhalten. Jetzt war ich offiziell eine Angestellte in Bay Breezes einzigem Kino – einem alten Lichtspieltheater, das so groß war, dass dort drei Filme gleichzeitig laufen konnten. Mit seinen Chromverzierungen und der 60er-Jahre-Atmosphäre erinnerte es mich sehr an das Motel, nur dass es dort keinen Schimmel gab. „Morgen Abend ist meine erste Schicht."

„Cool."

Eine Welle rollte von der Bucht herein und leckte an dem Bootssteg unter uns. Ich schob die Hände unter meine Knie und blickte auf unsere Füße hinunter, die wie Pendel über dem Wasser vor- und zurückschwangen.

„Ich habe gehört, du hast dich für den Debattierklub beworben?"

Mein Kopf fuhr hoch. „Von wem?"

„Parker. Ich habe ihn vor dem Spiel auf dem Schulparkplatz getroffen. Er sagte, du seist heute beim Training gewesen."

„Ich habe mich nicht *beworben*. Ich habe es mir angesehen."

„Und wie fandest du es?“

Ich zuckte mit den Schultern, während ich mich fragte, was Elias sagen würde, wenn ich ihm die Wahrheit sagte – dass mir die Mannschaft Spaß machen würde, dass ich aber Angst davor hatte, mich vor anderen aus meinem Schneckenhaus herauszutrauen. Würde der Kapitän der Footballmannschaft so was überhaupt verstehen?

„Hör zu, Gracie. Ich bin zwar kein großer Fan von Parker, aber unabhängig von Zkotsky wärst du wirklich klasse in dem Team.“

Ich sah ihn skeptisch an.

„Ich bin mit dir im Ethikunterricht, schon vergessen? Die Hälfte der Zeit bin ich nicht mal sicher, ob Reyas weiß, wie sie mit dir diskutieren soll.“

„Ja, aber in der Klasse ist es einfach. Da gibt es keinen Druck.“ Sobald ich neben meiner Partnerin in ihrem roten Hosenanzug vor einer Jury stehen würde, würde ich wahrscheinlich keinen Ton mehr rausbringen. Und ich wollte weder Reyas noch Kimmy oder irgendjemand anderem zeigen, was ich bereits wusste: dass ich eine Versagerin war. Das war meine Spezialität. Elias hatte sein Football. Carmen hatte – abgesehen von diesem durchgeknallten YouTube-Video – ihre Perfektion. Und ich hatte mein Versagen.

„Druck ist etwas, woran man sich gewöhnt.“

Das konnte er leicht behaupten.

„Meine Mutter hat in der Highschool debattiert“, sagte er.

„Echt?“

„Deshalb habe ich mich auch für dieses Unterrichtsfach entschieden. Als sie in unserem Alter war, wollte sie Bürgerrechtsanwältin werden.“

Irgendwie hatte ich das Gefühl, dass aus diesem Traum nie etwas geworden war. Nicht viele Bürgerrechtsanwälte arbeiteten nebenher bei *Jake's*. „Und …?“

„Sie ist Krankenschwester.“

„Was hat ihr im Weg gestanden?“

„Ich.“

Eine Mücke landete auf meinem Knöchel. Ich schlug sie tot. Im Weg zu sein, war etwas, das ich gut kannte. „Wie alt war sie, als sie schwanger wurde?“

„Zwanzig. Sie hatte ihr halbes Grundstudium gemacht. Ihre Eltern hatten für ihr Studium bezahlt. Waren superstolz. Aber dann lernte sie meinen Dad kennen, der ziemlich charmant sein kann, wenn er will."

Das konnte Elias auch, aber ich vermutete, dass er diesen Vergleich nicht schätzen würde.

„Jedenfalls führte eins zum anderen. Sie ließ sich von ihm überreden, ihre Überzeugungen über Bord zu werfen, und wurde schwanger. Daraufhin haben ihre Eltern ihr den Geldhahn abgedreht. Danach war das College keine Option mehr."

„Sie haben ihr den Geldhahn abgedreht, weil sie schwanger geworden war?" Das klang ein bisschen sehr antiquiert.

„Nicht weil sie schwanger geworden war. Sondern weil sie von einem Schwarzen schwanger geworden war."

Noch antiquierter. „Das ist doch total rassistisch."

„Leider war mein Dad nicht gerade hilfreich dabei, sie davon zu überzeugen, dass ihr Rassismus falsch war."

„Und was machen deine Großeltern jetzt?"

„Wir haben kaum etwas mit ihnen zu tun. Die Gelegenheiten, bei denen ich sie gesehen habe, kann ich an den Fingern einer Hand abzählen. Sie sind höflich. Irgendwie steif. Und ein bisschen langweilig. Als Kind wollte ich sie nie besuchen."

So war es bei mir auch. Ich hatte die Eltern meines Vaters ein paarmal getroffen, doch obwohl sie immer nett gewesen waren, hatte ich mich in ihrem Haus unwohl gefühlt. Bei den Eltern meiner Mom war es anders. Sie hatte mir nie erlaubt, sie zu sehen. Nie. Sie hatten versucht, ein Teil meines Lebens zu sein, als ich kleiner war und wir in Texas lebten, aber Mom hatte es verboten. „Also ist deine Mutter Krankenschwester geworden?"

„Sie hat Doppelschichten als Kellnerin gemacht, damit sie das Geld für die Schwesternschule aufbringen und mich durchfüttern konnte, was nicht einfach war, weil ich echt viel essen kann. Sie ist eine richtige Heldin." Sein Blick wanderte von der Bucht zu mir. „Du erinnerst mich manchmal an sie."

Ich lachte. „Inwiefern?"

„Erstens seid ihr beide schlauer, als euch guttut." Wieder stieß er mich mit der Schulter an. „Und ihr seid beide tough. Sie musste es als alleinerziehende Mutter sein. Um die Ausbildung zu schaffen.

Und uns ein Leben aufzubauen. Sie bittet nicht gerne jemanden um Hilfe, aber zum Glück braucht man Pastor Zeke nicht zu fragen. Und ein Nein akzeptiert er ganz einfach nicht."

„Klingt so, als wäre dieser Pastor Zeke ein anständiger Kerl."

„Er ist alles, was mein Dad nicht ist." Im dunklen Wasser spiegelte sich das Mondlicht und warf verführerische Schatten auf Elias' Gesicht. Dadurch wirkte er übernatürlich schön, wie ein halb afroamerikanischer, halb weißer Gott der Vollkommenheit. „Wo wir gerade von Eltern sprechen – was macht deine Mom?"

Ich zuckte mit den Schultern. „Sieht so aus, als wäre sie immer noch in der Therapie."

„Das ist gut."

„Wenn du meinst."

„Und *dein* Dad – wie passt er ins Bild?"

Ich schob meine Zunge in den schmalen Zwischenraum zwischen meinem ersten und zweiten vorderen Backenzahn. Es war eine Stelle, die ich ständig mit Zahnseide bearbeiten musste. „Er ist beim Militär. War ein paarmal im Irak nach meiner Geburt. Als er dann irgendwann nach Hause kam, haben er und meine Mom es miteinander versucht, aber es funktionierte nicht. Sie haben sich scheiden lassen und er hat noch mal geheiratet. Jetzt hat er ein schönes Haus, zwei Kinder und einen Hund. Ich kann jederzeit dorthin, aber ich passe irgendwie nicht rein."

„Tut mir leid."

Eine Trauertaube gurrte in der Nacht – ein trauriger, quälender Klang.

Es war nicht so, dass mein Dad mich oder meine Mom jemals geschlagen hatte oder so, aber sie hatten sich gestritten. Viel. Meistens wegen mir. Ich zuckte mit den Schultern, so als ob das alles keine Rolle spielte, und versuchte, mir meinen Pony hinters Ohr zu schieben. Er fiel mir wieder ins Gesicht, aber erst, nachdem unsere Blicke sich begegnet waren.

„Du hast schöne Augen."

Seine Worte fühlten sich an, als hätte jemand ein warmes Ei über meinem Kopf aufgeschlagen. Die Empfindungen, die mich überkamen, waren sowohl beunruhigend als auch verwirrend.

„Du solltest sie nicht verstecken."

# Kapitel 23

*Carmen*

Wenn eine Frau so viele Fehlgeburten hatte wie ich und keine Kinder, die ihr helfen zu vergessen, gibt es zu viele deprimierende Jahrestage. Nicht nur den Tag des tatsächlichen Verlusts, sondern auch noch die errechneten Geburtstermine. Manche von ihnen konnte ich verdrängen, aber diesen hier nicht. Dieser stach besonders heraus, weil er einen zwangsläufigen Wendepunkt auf unserem Weg markierte.

Ich nahm meinen Teller, den ich kaum angerührt hatte, und Bens, der so gut wie leer war, beide mit Überresten eines Fisch-Tacos, und brachte sie in die Küche. Weil Gracie einen neuen Job im Kino hatte, war ich mit Ben allein. Normalerweise verstärkte Gracies Anwesenheit die Anspannung beim Abendessen, aber heute war die Tatsache, dass sie nicht da war, wie ein stummer Schrei. Warum musste sie ausgerechnet an diesem Abend fehlen, warum heute – am Jahrestag meiner dritten Fehlgeburt? Es überrascht vielleicht, dass ich die dritte am lebhaftesten in Erinnerung habe. Man sollte meinen, die erste wäre die schlimmste gewesen. Aber so war es nicht. Beim ersten und zweiten Mal hatte ich immer noch Hoffnung. Mein Vertrauen auf Gott war erschüttert, aber noch nicht zerbrochen. Denn die Zahl der Frauen, die drei aufeinanderfolgende Fehlgeburten hatten, war sehr klein, hatte mein Arzt gesagt. Deshalb starb noch etwas außer meinem Baby, als ich mich zu diesem sehr kleinen Prozentsatz gesellte. Bei der vierten und dann der fünften und sechsten Fehlgeburt waren der Schock und Schmerz taub geworden.

Mit einer Gabel kratzte ich die Essenreste von den Tellern in den Müll. Ich wollte nichts lieber, als schnell alles aufzuräumen, damit ich unter meine Bettdecke kriechen und diesen Tag hinter mir lassen konnte. Ich war mir nicht einmal sicher, ob Ben sich daran erinnerte. Er hatte es nicht zur Sprache gebracht. Ich schaltete den

Müllschlucker aus, drückte den Stopfen in den Abfluss und füllte das Spülbecken mit heißem Wasser. Die Hüfte an die Küchenzeile gelehnt, tauchte ich die Hände ein, bis meine Handflächen flach auf dem Edelstahl lagen.

*Ich ertrinke.*

So wie in meinem Traum. Ich war dabei zu ertrinken und niemand bemerkte es. Immer noch wartete ich darauf, dass Gott mir einen Rettungsring zuwarf. Er schien aber damit zufrieden zu sein, mir beim Untergehen zuzusehen.

Ben folgte mir in die Küche. Ich erwartete, dass er sich etwas zu trinken aus dem Kühlschrank nehmen und im Wohnzimmer eine Sportsendung ansehen oder in die Garage gehen würde, um dort Musik zu hören und Darts zu spielen. Stattdessen blieb er und trommelte geistesabwesend mit dem Daumen auf die Küchenzeile, während er mit gerunzelter Stirn einen Fleck auf dem Boden betrachtete.

„Wie läuft es mit dem Motel?“, fragte er.

„Gut.“ Genau genommen lief es besser als gut. Trotz Gracies bitterer Kommentare war das Motel der einzige Ort, an dem ich mich noch wie ich selbst fühlte. Ich liebte das Gefühl, etwas erreicht zu haben, und die Unkompliziertheit, die mit der körperlichen Arbeit einherging. Wenn ich dort eine Wand energisch genug schrubbte, sah sie irgendwann wie neu aus. Daran war nichts kompliziert oder ungewiss. Es tat mir leid, dass ich ab Montag nicht mehr so viel Zeit für das Motel haben würde, aber was blieb mir anderes übrig? Den Job aufzugeben? Es war eine gute Stelle. Und die Renovierung des Motels beglich keine Rechnungen. Ich gab Spülmittel ins Wasser, spülte den ersten Teller ab und stellte ihn auf das Trockengestell.

„Brandon hat erzählt, dass du mit Natalie beim CrossFit warst.“

„Ein paarmal.“ Während meiner unfreiwilligen Auszeit war ich nur selten im Fitnessstudio gewesen. Bisher war ich noch nicht vom CrossFit-Fieber erfasst worden. Meine armen Muskeln weigerten sich, etwas zu tun, das so wehtat. Aber Natalie war der Meinung, dass ich Endorphine brauchte, also nervte sie mich quasi täglich deswegen. Vielleicht bemerkte sie, dass ich dabei war zu ertrinken. Vielleicht war CrossFit ihr Rettungsring.

„Und gefällt es dir?“, fragte Ben.

„Immerhin will ich sie nicht mehr umbringen, während ich trainiere.“

„Du siehst auf jeden Fall gut aus.“ Er lächelte schwach und in den hochgezogenen Mundwinkeln sah ich einen Funken des Mannes, in den ich mich verliebt hatte. Des Mannes, der so merkwürdige Sachen mit meinem Herzen angestellt hatte. Des Mannes, dessen Berührung meine Haut früher zum Glühen gebracht hatte. „Du siehst immer gut aus.“

Sein Kompliment hing zwischen uns in der Luft wie etwas Elektrisches, das ich nicht berühren wollte. Ich stellte den zweiten Teller neben den ersten und fing an, das Besteck zu bearbeiten. Ben blieb noch ein paar Sekunden, so als wartete er darauf, dass als Nächstes ich ihn etwas fragte. Wie sein Tag gewesen war, zum Beispiel. Aber ich hatte keine Energie für Töpfern oder Football oder Teenager. Und mir wurde bewusst, dass ich leider auch keine Energie für ihn hatte. Ben stieß einen langen Seufzer aus und verließ die Küche, wo er mich mit meinem chronischen dumpfen Schmerz und einem traurigen Splitter Erleichterung allein ließ.

Dann kehrte er mit unseren Gläsern in der Hand zurück. Er brachte sie zur Spüle und griff nach einem Küchenhandtuch, um das Geschirr abzutrocknen. „Hat Gracie dir erzählt, dass sie vielleicht in die Debattiermannschaft geht?“

Ich hörte auf, die Gabel zu schrubben. „Die Debattiermannschaft?“

Er stellte die Teller in den Schrank. „Das ist dann wohl ein Nein, oder?“

„Sie macht bei der Debattiermannschaft mit?“ Und sie hatte es Ben erzählt und nicht mir?

„Die Leiterin der Gruppe – Reyas – findet, dass Gracie ein Naturtalent ist. Offenbar hat Gracie sich die Sache gestern nach der Schule angesehen.“

„Diese Reyas hat also mit dir über Gracie gesprochen?“

„Ja.“

„Und du warst der Meinung, das interessiert mich nicht?“

„Bist du sauer, weil ich dir nichts von einer beiläufigen Bemerkung erzählt habe, die eine Kollegin im Lehrerzimmer gemacht hat?“

Ich legte das Besteck auf das Trockengestell. „Ich bin sauer, weil ich keine Ahnung habe, wie es Gracie geht."

Ben lachte, also hatte er die Kränkung in meiner Stimme nicht gehört. Dreieinhalb Wochen waren vergangen, seit Gracie zu uns gekommen war, und meine Schwester war immer noch genauso ätzend zu mir wie an dem Tag, an dem ich sie quasi obdachlos gefunden hatte. Als wir heute zusammen am Motel gearbeitet hatten, war ihr Verhalten sogar noch schlimmer gewesen als sonst und ich konnte mir keinen Reim darauf machen, womit ich das verdient hatte.

„Ihr verbringt doch so viel Zeit zusammen im *Treasure Chest.*"

„Gracie ist nicht gerade eine Plaudertasche." Je mehr Mühe ich mir gab, eine Unterhaltung mit ihr zu führen, desto knapper wurden ihre Antworten. Das war wirklich so. Wenn ich sie bei der Arbeit hingegen absichtlich ignorierte, redete sie am Ende mehr. Es war ein überaus albernes Spiel, dass ich da mitzuspielen gezwungen war.

„Sie ist ein typischer Teenager. Das darfst du nicht persönlich nehmen." Ben trocknete das Besteck zu Ende ab und verstaute es in der Schublade. Dann trat er hinter mich und schlang die Arme um meine Taille. „Glaub mir. Ich arbeite den ganzen Tag mit ihnen."

Meine Muskeln versteiften sich.

Das musste er gemerkt haben, denn er presste die Lippen auf die empfindliche Stelle hinter meinem Ohr.

Und auf einmal ergab alles einen Sinn. Bens Small Talk. Seine Komplimente. Dass er mir beim Abwasch half. Hier ging es nicht um mich oder um das Datum im Kalender; es ging um ihn und seine Bedürfnisse. Seine Lippen wanderten zu meinem anderen Ohr.

Ich wand mich aus seiner Umarmung. „Ben."

„Was?", flüsterte er.

„Gracie kommt bald heim."

„Gracie arbeitet im Kino." Er drehte mich um und schob mir eine Haarsträhne hinters Ohr. „Ich bezweifle, dass sie sich so bald blicken lässt."

Ich lehnte mich zurück. „Wirklich, Ben."

„Es ist schon ziemlich lange her, Carmen."

Am liebsten hätte ich geschrien. Aus voller Kehle geschrien. Ich wollte eine Schüssel nehmen und an die Wand schleudern. Damit er aufwachte und mich sah. Konnte er nicht verstehen, dass mir nach nichts so wenig der Sinn stand? Dachte er wirklich, ausgerechnet heute wäre Sex irgendwo auf meinem Radar? „Ich habe Kopfschmerzen."

Meine Worte waren wie eine schwere Decke auf einem Feuer. Jede Spur von Verlangen war mit einem Mal aus seinen Augen gelöscht und einer Härte gewichen, die ich hasste. Er drehte sich um. Öffnete die Schranktür über dem Herd. Nahm eine Flasche mit Ibuprofen heraus und stellte sie wütend auf die Arbeitsplatte. Dann ging er zur Garage hinaus und überließ mich meinen Schuldgefühlen und meinem Groll.

# Kapitel 24

*Gracie*

Ein pickeliges Mädchen mit Zahnspange lächelte mich an, als ich ihm sein Wechselgeld und eine große Tüte Popcorn gab. Dann lief es zu Kino 2, in dem eine kitschige romantische Komödie lief, und der Eingangsbereich war leer. Gus, ein Junge mit wirren Haaren, der zwei Jahre älter war als ich und dessen Aufgabe es an diesem Abend war, mich einzuweisen, nickte so energisch, dass der alberne weiße Matrosenhut, den wir als Teil unserer Uniform tragen mussten, auf seinem Kopf verrutschte. „Super gemacht. Super gemacht. Hast du bis jetzt irgendwelche Fragen?"

„Popcorn in Tüte füllen. Dem Kunden geben. Ich glaube, ich hab's verstanden."

„Verstanden. Gut. Gut." Ich hatte mal ein Buch gelesen, in dem die Hauptfigur an etwas litt, das sich Echolalie nannte. Es war eine echte Krankheit, bei der man zwanghaft die letzten ein, zwei Wörter wiederholte, die jemand anders gesagt hatte. Allmählich hatte ich den Verdacht, dass Gus Echolalie hatte.

„Immer wenn nichts los ist, fege ich den Boden, wische die Theken ab und fülle die Süßigkeiten auf."

Ich nahm mir einen Besen und fegte das heruntergefallene Popcorn zu einem Häuflein zusammen, alles unter den aufmerksamen Blicken des nickenden Gus. Popcornreste und Dreck kehrte ich dann in eine Kehrschaufel und leerte sie in den Müll, bevor ich mich daranmachte, den Tresen abzuwischen. Als ich die Süßigkeiten im Display auffüllte, kam das pickelige Mädchen von zuvor ohne die Popcorntüte zurück an den Tresen. „Entschuldigung, aber ein paar Mädchen ganz vorne werfen Smarties auf die Leinwand."

Gus nickte energisch und wandte sich dann an mich. „Ich muss mich darum kümmern. Meinst du, du kommst hier eine Weile alleine klar?"

„Ich glaube, das schaffe ich."

Er streckte beide Daumen in die Höhe und marschierte dann vor dem Mädchen her an der ersten Doppeltür vorbei durch die zweite Tür, um die Smarties-Werferinnen zur Rede zu stellen. In Kino 1 und 2 wurden die Filme gezeigt, die besonders beliebt waren. Im Moment waren das die kitschige romantische Komödie und irgendein Actionfilm, von dem Schüsse und Schreie nach draußen drangen, wann immer jemand die Tür öffnete. Gus zufolge waren dies die Kinos, die uns die meisten Kunden brachten.

Im dritten und kleinsten Kino – und das war der Grund, warum ich den albernen Hut dulden konnte – liefen alte Klassiker. Hitchcock-Filme, schwarz-weiße französische Filme, alle Streifen mit Cary Grant und gelegentlich meine Lieblingsfilme – zeitlose Klassiker aus den 80er-Jahren. Im Tausch gegen einen Fünfdollarschein bekam man eine kleine Tüte Popcorn, ein kleines Getränk und einen Platz in Kino 3. Ich fand, das war ein ziemlich guter Deal.

Ich stopfte gerade mit Zuckerperlen garnierte Schokolinsen in das Süßigkeitendisplay, als eine der vier Eingangstüren aufging und mein Puls einen kleinen Hüpfer machte. Denn es war Elias, der da hereinkam. Zwei Personen folgten ihm – ein klein gewachsener, dünner Junge mit einer ziemlichen Afrokrause und einem pinguinähnlichen Gang, der durch die rutschende Hose verursacht wurde. Und ein Mädchen. Ich kannte beide nicht.

Elias kam an die Theke und lächelte. „Süßer Hut."

Ich riss ihn mir vom Kopf. „Was machst du denn hier?"

„Ich will einen Film sehen. Was denn sonst?"

Mein Blick war skeptisch. Er wusste, dass ich heute Abend hier arbeitete. Das hatte ich ihm gestern am Anleger erzählt, als er gesagt hatte, ich hätte schöne Augen. Von Kinoplänen hatte er nichts gesagt.

„Gracie, das ist Chanelle. Chanelle, das ist Gracie, eine Freundin von mir."

Chanelle, die er bei der Vorstellung nicht mit irgendeinem Zusatz versehen hatte, hatte einen makellosen Teint, der an geschmolzene Schokolade denken ließ, große hellbraune Augen und kurze Locken, die sie sich mit einem leuchtend pinkfarbenen Haarband aus der Stirn hielt. Sie sah aus, als gehörte sie auf das Cover einer Teenie-Zeitschrift. Und sie war mit Elias zusammen. Sie schob die

Hände in die Taschen einer Kapuzenjacke, die farblich auf ihr Haarband abgestimmt war und auf der in Glitzerbuchstaben das Wort *Cutie* stand. *Süße.* „Schön, dich endlich kennenzulernen, Gracie."

Endlich?

Elias legte seinen muskulösen Arm um den dünnen Hals des Jungen. „Und das hier ist Chanelles kleiner Bruder Sam."

Sam, der aussah, als wäre er in der Mittelstufe, wand sich aus Elias' Schwitzkasten und berührte seine Krause. „Ich heiße Samson. Und ich bin nicht klein."

„Neben Elias schon", sagte Chanelle.

Mein Magen verkrampfte sich, als ich seinen Namen aus ihrem Mund hörte. Sie nannte ihn Elias. Ich hatte keine Ahnung, warum mir das etwas ausmachte. Ich sah zwischen ihnen hin und her und versuchte herauszufinden, was die beiden waren. Wenn sie ein Paar waren, warum hatten sie dann den kleinen Bruder dabei? Aber wenn sie nur Freunde waren, warum hatte Elias sie dann nicht so vorgestellt, wie er es bei mir getan hatte?

„Chanelle und Samson wohnen auf der anderen Seite der Bucht in Pensacola. Ihre Familie geht schon länger zur *Cross Church* als ich."

Sie waren also in derselben Kirchengemeinde.

Chanelle nickte mir zu. „Komm doch mal am Mittwochabend mit zur Jugendgruppe."

„Jugendgruppe ist nicht so mein Ding."

„Warum nicht?"

Meine Gedanken wanderten zu Chris Nanning und seinen Kumpeln zurück, die unter der Woche zu einer christlichen Sportgruppe gingen und am Wochenende die Sau rausließen. Für meinen Geschmack war das alles ein bisschen zu heuchlerisch. „Ich mag die Leute da nicht so."

Chanelles Augen weiteten sich ein wenig.

Elias stützte die Ellbogen auf den Tresen und lächelte. Seine Grübchen waren heute besonders ausgeprägt. „Ich habe dir doch gesagt, dass sie ehrlich ist."

Wieder zog sich mein Magen zusammen. Das hatte er ihr erzählt? Die beiden sprachen also über mich?

„Ich muss mal strullern." Samson hielt seine Hose fest und watschelte in Richtung Toilette.

„Ich auch“, sagte Chanelle. „Aber ich nenne es lieber ‚auf die Toilette gehen‘. Ich nehme Popcorn und eine Limo.“ Mir entging nicht, dass Chanelles Hand einen Moment lang auf Elias’ Arm zum Liegen kam, bevor sie ging.

Elias zog drei Eintrittskarten aus dem Portemonnaie und schob sie über die Theke. Sie waren für das dritte Kino, was bedeutete, dass er Geschmack hatte. „Dreimal Popcorn, eine Limo und zwei Dr Pepper.“

Ich nahm drei kleine Tüten und drei kleine Becher von den jeweiligen Stapeln neben der Popcornmaschine und heuchelte Desinteresse. Dass Elias mit einem hübschen Mädchen ins Kino ging, sollte mir nichts ausmachen. „Ist es das erste Mal, dass du *Der kleine Horrorladen* siehst?“

„Ja.“

„Dann mach dich auf einen Klassiker gefasst.“

„Ist er gut?“

„Eine riesige singende Pflanze, die Leute frisst?“ Ich füllte die Tüten mit Popcorn. „Was kann man daran nicht mögen?“

Er lachte. „Und wie ist dein erster Tag im Job bisher?“

„Abgesehen von Gus gar nicht schlecht.“ Ich stellte die drei Portionen Popcorn auf den Tresen und machte mich als Nächstes daran, die Becher mit Eis zu füllen.

„Wer ist Gus?“

„Mein heutiger Ausbilder. Momentan ist er mit einem Smarties-Notfall in Kino 2 beschäftigt.“

„Klingt ernst.“

„Wir nehmen Smarties-Notfälle hier nicht auf die leichte Schulter.“ Ich schob den ersten Becher unter den Hahn mit der Limonade.

„Wann hast du Feierabend?“

„Wenn euer Film zu Ende ist. Das ist die letzte Vorführung für heute.“

„Gehst du anschließend zu Parkers Party?“

„Ich weiß noch nicht. Vielleicht.“ Gespannt wartete ich, ob er wieder etwas sagen, mich noch mal warnen würde. Währenddessen verpasste ich dem Limonadenbecher einen Deckel und stellte den zweiten Becher unter den Dr-Pepper-Hahn.

„Ich möchte dir eine Frage stellen, obwohl ich mir ziemlich sicher bin, wie deine Antwort lauten wird."

Jetzt war ich neugierig. „Okay."

„Was hältst du von Highschool-Tanzveranstaltungen?"

Ich warf ihm über die Schulter einen Blick zu. „Du meinst, wie dem *Homecoming*?"

„Genau, wie dem *Homecoming*."

Während ich meine Aufmerksamkeit wieder auf den Getränkeautomaten richtete, machte sich in meinem Magen ein flaues Gefühl breit. Fragte Elias mich wirklich gerade, ob ich seine Tanzpartnerin werden wollte, während seine heutige Verabredung auf der Toilette war? Vielleicht war er Chris Nanning ähnlicher, als ich gedacht hatte. Ich tat Deckel auf die beiden Dr-Pepper-Becher und trug sie zum Tresen. „Fragst du mich, ob ich hingehen will?"

„Ja."

„Mit dir?"

„Ja, mit mir." Noch mehr Grübchen. „Und mit Chanelle und ein paar anderen. Ein paar Leute aus unserer Jugendgruppe gehen zusammen hin."

„Ach so." Aus dem Augenwinkel konnte ich sehen, dass Samson an einem alten Pac-Man-Spielautomaten vor Kino 1 sein Glück versuchte. Seine große Schwester trat aus der Toilette und kam auf uns zu. Von Gus war noch immer nichts zu sehen. „Chanelle ist doch gar nicht auf der *Bay Breeze High*."

„Nein, und ein paar andere aus der Jugendgruppe auch nicht. Wir gehen seit dem ersten Highschool-Jahr zu den jeweiligen Partys der anderen. Das ist lustig."

Vor meinem geistigen Auge sah ich mich in einem dieser aufgemotzten Ballkleider in der Ecke stehen, während Elias und Chanelle zu der Musik einer ebenso aufgemotzten Boy-Band tanzten – seine großen Hände um ihre dünne Taille gelegt, während sie einander tief in die Augen schauten. Bei dem Gedanken wurde mir ganz schlecht. Das war nicht gerade das, was ich als lustig bezeichnen würde.

„Und, kommt sie mit?", fragte Chanelle.

Ich blinzelte das Bild fort. Elis Vielleicht-Verabredung war wieder da und hatte offenbar schon gewusst, dass er mich einladen würde.

„Ich bin keine große Tänzerin", sagte ich.

Eli lächelte. „Was bist du eigentlich, Gracie Fisher?"

Gus kam aus Kino 2. Er sah etwas mitgenommen aus.

Ich setzte den Hut wieder auf.

Eli klopfte auf den Tresen, so als wäre ihm die Antwort im Grunde egal, nahm zwei der Popcorntüten in die eine, zwei der Getränke in die andere Hand und ging mit Chanelle zu Kino 3, wobei er an dem Spielautomaten stehen blieb, um Samson seine Verpflegung in die Hand zu drücken. Nachdem er nun eine Hand frei hatte, legte er sie auf Chanelles Rücken und schob sie vor sich in den Kinosaal, um *Der kleine Horrorladen* zu gucken, während ich mit dem nickenden Gus und einem Herzen voller Enttäuschung zurückblieb.

*Carmen*

Ich schlug die Augen auf. Desorientiert blinzelte ich in die Dunkelheit und versuchte herauszufinden, warum ich wach war. Die roten Zahlen der Uhr auf meinem Nachttisch zeigten 22:10. Ich hatte erst eine halbe Stunde geschlafen, auch wenn es sich wie eine ganze Nacht anfühlte. Ich setzte mich auf. Draußen vor unserem Schlafzimmerfenster drang Licht aus der Garage. Unten hörte ich ein Rascheln und dann knarrende Schritte. Gracie hatte gesagt, ihre Schicht sei um zehn zu Ende. Offenbar war sie zu Hause.

Der dünne Streifen zwischen dem Teppich und der Unterkante meiner Schlafzimmertür wurde gelb. Ich lehnte mich an das Kopfteil des Bettes und lauschte, wie eine Tür geschlossen wurde, die Toilettenspülung ging und Wasser durch die Rohre lief, während in mir ein Entschluss reifte. Natalie meinte, die Teenagerjahre seien viel schwieriger als die Babyphase mit den nächtlichen Fütterungen oder dem ständigen Spucken überall. Und genau damit hatte ich es jetzt zu tun, mit einem Teenager. Ich hatte keine Ahnung, warum Gracie heute besonders kratzbürstig gewesen war. Ich wusste nur, dass unsere Beziehung sich weiter- und nicht rückwärtsentwickeln sollte. Aber so hatte es sich heute angefühlt. Wie ein riesiger Rückschritt. Ich hatte genug. Fest entschlossen, mir und wer weiß wem noch zu beweisen, dass ich es schaffen würde, schlug ich die Bettdecke zurück.

Ich blinzelte, als ich die Tür öffnete, in den hell erleuchteten Flur trat und an Gracies offene Tür klopfte.

Sie drehte sich um, ihren Rucksack in der Hand, und sah mich mit einem Tanktop und passender Schlafanzughose bekleidet in der Tür stehen. Die Lüftung im Flur blies kühle Luft über meine Schultern, sodass ich eine Gänsehaut bekam. Ich stellte mir vor, dass meine Schwester hinter Mauern aus Stahlbeton stand, und überlegte, wie ich diese Mauern am besten durchbrechen konnte.

„Wie war dein erster Tag bei der Arbeit?"

„Gut."

Ich sah mich in ihrem Zimmer um. Ein Himmelbett mit einer zerknüllten weißen Bettdecke. Passende Gardinen. Ein Nachttisch, eine Kommode, eine Wäschetruhe. Überwiegend nackte Wände, abgesehen von einer Leinwand mit einem Vers aus der Offenbarung. Nichts in dem Zimmer sah nach Gracie aus. Ich schob mir eine Haarsträhne hinters Ohr. „Wir können das Zimmer auch anders dekorieren, wenn du willst. Wir könnten sogar die Wände streichen. Das könnte doch Spaß machen."

Sie zuckte mit den Schultern. Aus all ihren Poren drang Verärgerung und schwängerte die Luft.

Der schlaue Teil meines Gehirns wusste, dass es das Einfachste wäre, wieder ins Bett zu gehen. Der masochistische Teil meines Gehirns befahl mir, standhaft zu bleiben – halb auf dem Flur, halb in Gracies Zimmer. Ich würde ihre Feindseligkeit durchbrechen. „Ich habe gehört, dass du bei einer Debatte mitgemacht hast."

Sie öffnete den Reißverschluss ihres Rucksacks und kramte darin. „Ich habe nicht bei einer Debatte mitgemacht. Reyas wollte, dass ich mir den Debattierklub angucke, und das habe ich getan."

„Und, hat es dir gefallen?" Ehrlich gesagt konnte ich mir ebenso wenig vorstellen, dass Gracie gerne debattierte, wie ich mir vorstellen konnte, dass Ben einen Debattierklub leitete, aber das würde ich natürlich nicht sagen.

Ich machte einen Schritt auf sie zu, so als könnte ich mit meiner Nähe eine Antwort erzwingen. Die subtile Bewegung, mit der sie sich von mir abwandte, entging mir nicht. *„Du darfst das nicht per-*

*sönlich nehmen.*" Bens Worte verhöhnten mich, denn wie sollte ich es nicht persönlich nehmen, wenn sie sich ihm gegenüber anders verhielt? „Hast du vor, bei den Wettkämpfen mitzumachen?"

„Kann ich nicht." Sie zog ein Notizbuch heraus. „Ich habe einen Job."

„Aber der Debattierklub ist wichtiger als ein Highschool-Job." Es war, als hätte ich die Worte geradewegs von meinem Vater ausgeliehen. Hatte ich wirklich vergessen, wie es war, ein Teenager zu sein? Ich schüttelte den Kopf und versuchte es noch einmal. „Du hast doch schon einen Job. Ich bezahle dich, damit du mir bei der Renovierung des *Treasure Chest* hilfst. Du lässt mich doch nicht im Stich, oder?"

Gracie schnaubte. „Du bist doch diejenige, die mich im Stich lässt."

„Ich?"

„Ich habe gehört, wie du mit Ben geredet hast. Ab Montag willst du am *Treasure Chest* arbeiten, während ich in der Schule bin. Mir ist nicht klar, wie ich so Geld verdienen soll – es sei denn, du hast kein Problem damit, dass ich nicht mehr in die Schule gehe."

„Wir können doch immer noch zusammen am Motel arbeiten, Gracie." Zugegeben, es würde künftig etwas schwieriger. Gracie und ich waren abends immer erst nach sieben heimgekommen. Jetzt, wo ich wieder um ein Uhr nachts geweckt wurde, konnte ich mir das nicht mehr leisten. Schließlich konnte ich nicht mit Ringen unter den Augen vor der Kamera stehen. Ich musste um sieben Uhr im Bett sein, also mussten wir um sechs Uhr essen, was hieß, dass ich um halb sechs zu Hause sein musste, was wiederum bedeutete, dass ich spätestens um fünf Uhr mit der Arbeit aufhören musste. Gracie kam erst um halb vier von der Schule und die Fahrt zum *Treasure Chest* dauerte eine halbe Stunde. Die Wochentage waren also eindeutig keine Option mehr.

„Wann?", wollte sie wissen.

„Wir haben die Wochenenden."

„Die Debatten sind jedes Wochenende."

„Ich bin mir sicher, wir finden eine Lösung." Ich lächelte schwach. „Der Debattierklub würde dir bei deiner Collegebewerbung auf jeden Fall Pluspunkte bringen."

Sie sah mich an, als hätte ich nichts begriffen, als wäre ich der wahnhafteste Mensch auf dem ganzen Planeten. Und das war ich wahrscheinlich auch. Gracie hatte nie auch nur eine Andeutung gemacht, dass sie aufs College gehen wollte. Sie warf den Rucksack aufs Bett und ging an mir vorbei in den Flur.

„Gehst du so spät noch irgendwohin?“, rief ich ihr nach.

„Viertel nach zehn ist nicht spät.“ Sie eilte die Treppe hinunter und verschwand zur Haustür hinaus.

# Kapitel 25

*Gracie*

Parker wohnte in einem riesigen Herrenhaus am Ende einer Sackgasse. Scheinwerfer illuminierten das Haus und in der Einfahrt reihte sich ein Auto ans andere, wie auch auf der restlichen Straße. Das hier war etwas ganz anderes als die Partys, die ich in Apalachicola besucht hatte. Die hatten immer in den Kellern heruntergekommener Häuser oder den Wohnzimmern schäbiger Wohnungen stattgefunden.

Ich bin mir nicht sicher, warum ich mir überhaupt die Mühe machte, an die Haustür zu klopfen. Der Bass dröhnte so laut, dass die Fenster wackelten. Als niemand öffnete, stieß ich die Tür auf, trat ein und befand mich auf der ultimativen Hausparty. Es sah aus, als hätte sich die gesamte Schülerschaft von *Bay Breeze* in Parkers Zuhause gezwängt – überall standen Jugendliche mit roten Plastikbechern in der Hand herum oder tanzten, flirteten. Erstaunlicherweise war die Musik gar nicht mal schlecht – irgendeine Grunge-Band mit einem ordentlichen Sänger. Niemand bemerkte mich im Türrahmen und eine Sekunde lang erwog ich, wieder zu gehen. Hier gehörte ich eindeutig nicht hin. Aber dann erinnerte ich mich an Elis Hand auf Chanelles Rücken und schob mich durch die Menge, um Parker zu finden.

Nachdem ich mich zwischen den Tänzern hindurchgeschlängelt hatte, stand ich plötzlich in einer schicken Küche – mit Steinfußboden, Marmorplatten auf der Küchenzeile und Edelstahlfronten an den Geräten.

„Hallo, Gracie!"

Als ich meinen Namen hörte, drehte ich mich um.

Parker lehnte mit roten Wangen an der Kücheninsel, zwei Mädchen an seiner Seite, seinen roten Becher in die Höhe gereckt. „Suchst du das Bier?"

„Bin kein großer Fan von Bier." Obwohl ich wegen der Musik

brüllte, war ich mir nicht sicher, ob Parker mehr als „Bier" verstanden hatte.

„Komm mit." Er machte eine entsprechende Handbewegung. „Mir nach."

Also folgte ich ihm. Wir schoben uns durch die Küche in ein kleines Wohnzimmer und durch eine Terrassentür, die auf eine riesige zweistöckige Veranda hinausführte. Hier war die Musik beinahe ebenso laut und auf einem Picknicktisch standen zwei Fässer. Eine beeindruckend lange Schlange Teenager ergoss sich die Treppe hinunter auf die untere Ebene, wo sich ein großer Whirlpool befand und daran anschließend ein gepflegter Garten. Beide waren voll mit Jugendlichen in meinem Alter. Nicht weit von den Fässern entfernt teilten sich zwei Jungs einen Joint. Parker legte den Arm um den kleineren der beiden Jungen und schnappte sich den Joint.

„Hey!", sagte der Junge. Seinen roten, halb geschlossenen Augen nach zu urteilen hatte er schon einige Züge getan.

„Heimvorteil des Gastgebers." Parker grinste, woraufhin seine weißen Zähnen sichtbar wurden, aber nicht einmal die Spur von Grübchen, und zog an dem Joint, bis das Ende orange glühte. Dann hielt er ihn mir hin.

Ich zögerte.

„Du bist doch hergekommen, um dich zu amüsieren, oder?" Parker hielt den Joint höher.

Ich starrte ihn an. Es war nicht so, als wenn ich noch nie etwas geraucht hätte. Und wenn ich Grübchengesicht und seine schöne Freundin (oder was auch immer sie war) vergessen wollte, dann war dies die perfekte Gelegenheit. Also nahm ich Parkers Angebot an, erst einmal, dann wieder und wieder. Bis aus einem Joint zwei wurden und meine Lider schwer waren und mein Mund trocken. Irgendwie hatte ich jegliches Zeitgefühl verloren und dann hatte ich plötzlich einen roten Becher in der Hand und die beiden anderen Jungs waren nicht mehr da.

Ich trank einen langen Schluck. Der Schaum kitzelte mich an der Oberlippe.

„Hast du deinen Badeanzug mitgebracht?"

„Nie im Leben."

Aus irgendeinem Grund fand Parker das zum Schießen und je

mehr er lachte, desto mehr musste ich auch lachen. Wie sich herausstellte, mochte ich ihn. Wenigstens war er besser als der Football spielende, in die Kirche gehende, Chanelle liebende Eli Banks.

*„Du hast schöne Augen."*

Puh. Wie hatte ich nur auf so einen Spruch reinfallen können? Ich leerte meinen Becher. Parker füllte ihn erneut und suchte uns eine freie Stelle am Verandageländer. „Und, machst du bei unserer Debattiermannschaft mit?"

Ich spürte, wie der Alkohol durch meine Adern strömte und meine Zähne gefühllos machte. „Ehrlich gesagt kann ich diese Frage langsam nicht mehr hören."

„Also gut, dann eine neue Frage."

Ich trank noch einen Schluck.

„Wie fühlt es sich an, Banks' neues Projekt zu sein?"

„Wie meinst du das?"

„Er hat ein Faible für Außenseiter. Nimmt sie gerne unter seine Fittiche. Macht aufrechte Christenbürger aus ihnen."

Die Wärme in meinem Magen gefror.

„Ich dagegen? Ich glaube zufälligerweise daran, Menschen so zu akzeptieren, wie sie sind. Und ich glaube zufälligerweise auch, dass gerade du überhaupt kein Interesse daran hast, eine aufrechte Bürgerin zu sein."

„Da hast du allerdings recht." Ich leerte den zweiten Becher.

Wieder schenkte Parker mir nach. Und wieder. Und wieder. Während ich trank, redete er. Worüber, konnte ich gar nicht genau sagen, nur dass alles, was er sagte, witzig war. Parker Zkotsky amüsierte mich. Irgendwann – ich war mir nicht sicher, wann oder wieso – lehnten wir nicht mehr an dem Geländer. Stattdessen befanden wir uns auf einem Sofa und Parker redete nicht mehr. Seine Lippen wanderten über meinen Hals und sein Körper lag auf meinem und ich konnte nicht klar genug denken, um ihm zu sagen, dass er runtergehen solle. Die ganze Welt drehte sich. Aber letztlich spielte das keine Rolle, weil ihn jemand von mir herunterzog. Zack, war er fort. So als wöge er nicht mehr als eine Mücke.

Ich blinzelte zu meinem Retter auf. Von allen Gesichtern auf der Welt schwamm ausgerechnet das von Elias über mir und ich konnte nur die Arme um meinen Bauch schlingen und lachen.

„Komm." Er nahm meinen Arm und zog mich hoch, bis ich aufrecht auf dem Sofa saß. „Ich bringe dich nach Hause."

„Hey, du bist nicht ihr Vater", sagte Parker.

Elias stieß ihn fort. Parker stolperte und fiel hin. Eine Reihe glotzender Teenager wurde abwechselnd unscharf und scharf, während Elias meinen Arm um seinen Hals legte und mich auf die Füße zog. „Ich kann nicht nach Hause. Mein Zuhause ist in Apalachicola."

Halb zog, halb trug Elias mich durchs Haus, in dem es verrückt und laut war, in den Vorgarten hinaus, die Einfahrt hinunter und zu seinem Wagen.

„Apalachicola." Immer wieder sagte ich den Namen. Er fühlte sich komisch an.

Elias schnallte mich an, setzte sich hinters Steuer und knallte die Tür zu.

„Du sagst besser Bescheid, wenn dir schlecht wird."

Ich hielt mir die Hand vor den Mund. „Wenn du nicht drüber redest, passiert auch nichts."

Kopfschüttelnd fuhr Elias los. „Und du hast mir vorgeworfen, ein wandelndes Klischee zu sein."

*Carmen*

„Es ist ein Uhr morgens."

Ben saß auf dem Sofa, die Ellbogen auf die Knie gestützt, das Haar zerzaust, die Augenlider schwer vor Schläfrigkeit. Mein hektisches Auf- und Abschreiten war höchstwahrscheinlich das Einzige, was sie davon abhielt zuzufallen.

Und ich? Ich war über den Punkt der Müdigkeit längst hinaus. Genau genommen gingen meine Gefühle drunter und drüber und bewegten sich momentan zwischen wutentbrannt und krank vor Sorge – eine Sekunde war ich davon überzeugt, dass Gracie das nur tat, um mich zu ärgern, gleich darauf war ich mir sicher, dass sie von einem Psychopathen entführt oder von einem rücksichtslosen Autofahrer getötet worden war. Wieder wählte ich ihre Handynummer, aber wieder sprang die Mailbox an. „Warum geht sie nicht dran? Und was sollen wir tun, wenn sie beschließt, nicht nach Hause zu kommen? Wann schalten wir die Polizei ein?"

„Ich bin mir sicher, dass sie zurückkommt, Carmen."

„Aber was, wenn nicht?"

„Vielleicht sollten wir einfach ins Bett gehen. Ein bisschen schlafen. Bis morgen früh ist sie bestimmt wieder da."

Gerade wollte ich ihm sagen, dass ich jetzt unmöglich schlafen konnte, weil ich bei jedem Geräusch, jedem Lichtreflex vor dem Fenster aufschrecken würde. Aber da klingelte es an der Tür und ich blieb wie angewurzelt stehen. Gracie würde nicht klingeln. Wir hatten ihr einen Schlüssel gegeben. Bei diesem Gedanken warf ich Ben einen panischen Blick zu, der daraufhin langsam und ruhig vom Sofa aufstand und die Tür öffnete. Ich wappnete mich für die Polizei – ob mit schlimmen Nachrichten oder mit einer jugendlichen Straftäterin im Schlepptau, konnte ich nicht sagen. Stattdessen war es Eli Banks, der Receiver aus Bens Footballmannschaft. Er hatte den Arm um Gracies Taille gelegt und so wie ihr Kopf herunterhing, bezweifelte ich, dass sie von alleine stehen bleiben würde, wenn er sie losließ.

Jeder Hauch von Sorge löste sich in Luft auf. Was blieb, war Wut – kochende, ungläubige Wut.

„Tut mir leid, Coach."

Etwas an Elis Begrüßung brachte Gracie zum Lachen. „Coach", sagte sie und riss sich von Eli los, um ins Foyer zu torkeln. Sie stank nach Alkohol.

„Weiß deine Mom, wo du bist?", fragte Ben.

„Ja, Sir. Ich war nicht bei der Party, aber ich wusste, dass Gracie vorhatte hinzugehen. Ich wollte nur nach ihr sehen. Und das hier …" – er zeigte auf Gracie, die inzwischen auf der Couch zusammengesunken war und eine Strähne ihres dunklen Haares immer wieder um ihren Zeigefinger wickelte – „habe ich gefunden."

„Warum spielst du nicht für Chanelle den Helden, *Eli?*" Der Name kam halb spöttisch, halb gelallt heraus. „Für mich brauchst du's nicht zu tun."

Eli und Ben sahen sie an und wechselten dann einen Blick.

„Danke, dass du sie nach Hause gebracht hast", sagte Ben.

„Kein Problem. Tut mir leid, dass es so spät ist." Er zuckte entschuldigend mit den Schultern, dann wandte er sich um und ging.

„Ach, Eli?", rief Ben ihm nach.

Er drehte sich in der Einfahrt um.

„Du bist ein guter Junge, weißt du das?"

„Das haben Sie schon mal gesagt, Sir." Mit einem letzten Nicken stieg er in sein Auto und setzte rückwärts aus der Einfahrt.

Derweil stürzte ich mich auf Gracie, aber sie hatte aufgehört, mit ihren Haaren zu spielen, und schnarchte bereits. Ich war bereit, sie wachzurütteln und ihr gehörig die Leviten zu lesen, aber Ben fasste mich am Ellbogen und legte den Finger auf seine Lippen.

„Du wirst ihr das doch wohl nicht durchgehen lassen", zischte ich.

Ben schloss die Haustür ab und legte eine Decke über Gracie. Am liebsten hätte ich ihm gesagt, er solle sich die Mühe sparen. Nach den Sorgen, die mir dieses Mädchen heute Abend bereitet hatte, konnte es von mir aus frieren. Ben schaltete das Licht aus und schob mich sanft nach oben und in unser Schlafzimmer. „Wir reden morgen früh mit ihr", sagte er. „Im Moment muss sie ihren Rausch ausschlafen."

„Ich fasse es nicht. Sie ist losgezogen und hat sich betrunken? Ben … Alkohol?" Gracie war vieles, aber ich hatte sie nie für dumm gehalten. Sie wusste doch sicher, dass Alkoholismus in der Familie lag.

Ben setzte sich auf unser Bett und zog sich das Hemd aus. „Dem Geruch nach zu urteilen, würde ich sagen, dass es nicht nur Alkohol war."

„Das kann sie doch nicht machen. Sie kann nicht hier leben und tun, was sie will." Ich schüttelte den Kopf, während meine Frustration und das Gefühl der Hilflosigkeit zur Größe eines Heißluftballons anschwollen. „Aber sobald ich versuche, irgendwelche Regeln aufzustellen, läuft sie mit Sicherheit weg. Und es gibt nichts, was ich dagegen tun könnte. Sie ist fast achtzehn. Sie wird einfach abhauen und dann habe ich die ganze Sache in den Sand gesetzt."

„Was für eine *Sache*?"

„Dass Gracie hier ist. In meiner Obhut."

„Wenn deine Schwester wegläuft, ist das doch nicht deine Schuld."

„Doch, das ist es."

„Was versuchst du hier eigentlich zu beweisen, Carmen?"

Bens Frage ließ all meinen Kampfgeist platzen. Ich sank auf meine Betthälfte. Was versuchte ich zu beweisen? Warum hatte ich das Gefühl, dass diese Sache so wichtig, so ungemein persönlich war? Ich schüttelte den Kopf. „Ich weiß nicht. Dass ich eine Mutter sein kann?"

Seine Miene wurde weicher.

Aber ich wandte mich von seinem Mitgefühl ab. Ich wollte kein Mitleid.

„Ich glaube, das Vernünftigste, was wir jetzt tun können, ist zu schlafen." Er schlug die Bettdecke zurück. „Lass mich morgen früh versuchen, mit ihr zu reden."

Ich stieß einen langen Seufzer aus und sank auf mein Kopfkissen. Ich hatte für ein eigenes Kind gebetet – ein süßes, unschuldiges Baby, das kicherte, wenn ich lächelte, und von mir geküsst werden wollte. Stattdessen hatte ich Gracie bekommen – einen feindseligen, rebellischen Teenager, der mich von ganzem Herzen hasste.

# Kapitel 26

*Gracie*

Mein Kopf fühlte sich an, als hätte sich jemand in meinem Gehirn eingegraben und versuchte jetzt mit einem Brecheisen, sich aus meinem Schädel zu befreien. Ich presste eine Hand auf meine Stirn und öffnete vorsichtig ein Auge. Stechendes Licht drang durch die Fenster, sodass ich das Auge schnell wieder schloss.

Wie eine alte Frau rollte ich mich auf die Seite und hob den Kopf von der Armlehne des Sofas. Wenn meine Nackenmuskeln hätten reden können, hätten sie keine freundlichen Worte zu sagen gehabt. Ich blinzelte in das helle Licht, während die Erinnerung an den vergangenen Abend häppchenweise zurückkehrte. Meine Schicht im Kino. Eli und Chanelle. Die Party. Die Unterhaltung mit Parker und dann …

Ich hielt mir die Hand vor den Mund.

Elias hatte gesehen, wie Parker und ich geknutscht hatten. Er hatte mich zu seinem Auto geschleift und mich ein wandelndes Klischee genannt und jetzt war ich hier. Auf diesem Sofa in Carmens und Bens Wohnzimmer, nur dass ich keine Ahnung hatte, wie ich hierhergekommen war. Hatte Eli mich ins Haus getragen? Hatte ich mich in seinem Wagen übergeben? Wenn der eklige Geschmack in meinem Mund ein Hinweis war, dann sah es ganz danach aus. Stöhnend richtete ich mich auf. Durch die Bewegung wurde die Person in meinem Schädel, die einen Ausbruch aus dem Gefängnis versuchte, nur noch aggressiver. Ich wartete, bis der Raum aufhörte, sich zu drehen, und das flaue Gefühl in meinem Magen nachließ, dann zwang ich mich aufzustehen.

Im Schneckentempo schlurfte ich zur Treppe, die Stiefel an meinen Füßen zwei schwere Anker. Ich wollte sie ausziehen, aber das ging nicht. Ich musste in Bewegung bleiben. Das war entscheidend. Während ich mich am Geländer festhielt, machte ich einen Schritt nach dem anderen, um in mein Zimmer zu gelangen, bevor ich

Carmen oder Ben über den Weg lief. Wenn mein Zimmer nur nicht gefühlte fünfhundert Kilometer weit weg gewesen wäre.

*Gott, hilf mir.*

Der intelligente Teil meines Gehirns erkannte, wie absurd dieses Gebet war. Mit einem ausgewachsenen Kater zu Gott zu beten und ihn zu bitten, mir in mein Zimmer zu helfen, damit ich nicht ausbaden musste, dass ich mitten in der Nacht besoffen und bekifft nach Hause gekommen war? Irgendwie glaubte ich nicht, dass Gott das lustig finden würde.

Als ich gerade den Treppenabsatz erklommen hatte, trat eine frisch geduschte Carmen aus dem Bad in den Flur. Sie blieb stehen. Ich blieb stehen. Und ein Blickduell folgte. Ich wappnete mich für die ultimative Gardinenpredigt. Stattdessen presste sie die Lippen zusammen und verschwand ohne ein Wort in ihrem Schlafzimmer, ein Handtuch in der Hand.

Tja. Vielleicht half Beten ja doch.

Ich überredete meine Füße, sich wieder in Bewegung zu setzen, schloss mich in meinem Zimmer ein und ließ mich aufs Bett fallen. Kurz darauf hörte ich Ben und Carmen murmelnd im Flur umhergehen. Wahrscheinlich machten sie sich für den Gottesdienst fertig. Sie gingen jeden Sonntagmorgen in die Kirche.

Die Haustür ging auf und fiel ins Schloss, bevor ich die Besinnung verlor.

In meinem Traum klopfte ein Specht an meine Schläfe. *Poch-poch-poch, poch-poch-poch.* Ich scheuchte ihn weg, aber er rührte sich nicht vom Fleck. *Poch-poch-poch.* Ich versuchte es noch einmal, aber meine Hand traf nur Luft. Als ich die Augen öffnete, war der Specht weg, aber das Klopfen nicht und auch nicht der Schmerz, den das Klopfen hinterließ. Ich zog mir das Kissen über den Kopf. Ben und Carmen mussten aus der Kirche zurück sein und waren jetzt offenbar bereit für ihren Vortrag.

*Poch-poch-poch.*

„Geh weg!", stöhnte ich in mein Kissen.

Es folgte eine Pause. Und dann: „Ich bringe Geschenke."

Die Stimme gehörte Ben. Ich stellte meine Füße, die immer noch in ihren Stiefeln steckten, auf den Boden und machte mich auf den Weg zur Tür.

Er hatte nicht gelogen. Er hatte tatsächlich Geschenke mitgebracht – eine Flasche Wasser und zwei Ibuprofen, um genau zu sein.

„Mein Held." Die Worte klangen wie ein Krächzen. Während Ben zusah, schraubte ich die Flasche auf, warf die beiden Tabletten ein und spülte sie mit so gierigen Schlucken hinunter, dass sich die Plastikflasche zusammenzog.

„Wenn du hier bist, um mir zu sagen, dass ich mich gestern Abend völlig zum Affen gemacht habe, kannst du dir die Mühe sparen." Das wusste ich auch alleine nur zu gut. Im Ernst. Seit wann trank ich Alkohol? Oder machte mit verwöhnten reichen Jungs rum? Bei dem Gedanken daran, wie ich mit Parker auf dem Sofa gelegen hatte, wurde mir noch hundertmal schlechter, als mir ohnehin schon war. Und der Gedanke, dass Eli Parker und mich so gesehen hatte, ließ die Übelkeit in meiner Kehle aufsteigen.

„Ich weiß, dass du die letzten siebzehn Jahre mehr oder weniger auf dich allein gestellt warst." Ben verschränkte die Arme. „Und ich weiß, dass du glaubst, du bräuchtest keine Eltern."

„Genau. Die habe ich nämlich schon." Ich leerte die Wasserflasche. Selbst wenn ich vier davon trank, würde ich noch Durst haben. „Hat nicht so gut funktioniert."

„Ich weiß, dass du glaubst, du könntest auf dich selbst aufpassen."

„Das kann ich auch."

Er senkte das Kinn und sah mich vielsagend an. Mit einem „Ja klar, du hast gestern Abend richtig gut auf dich selbst aufgepasst"-Blick. Plötzlich interessierte ich mich sehr für den Teppich. Natürlich hatte er recht, aber das würde ich niemals zugeben. „Hör zu. Carmen und ich sind nicht deine Eltern. Aber du wohnst in unserem Haus und ich finde, es ist nicht zu viel verlangt, ein bisschen Respekt und Höflichkeit zu erwarten."

Ich fuhr mir mit den Fingerknöcheln unter den Augen entlang. Anschließend waren sie schwarz. Ich musste umwerfend aussehen. „Ich kann höflich sein."

„Vor allem Carmen gegenüber."

„Warum vor allem?"

„Erstens, weil sie meine Frau ist."

„Sie benimmt sich nicht gerade so."

„Du solltest sie nicht vorschnell verurteilen." Seine Worte hatten eine Schärfe, wie ich sie vorher noch nie gehört hatte, sodass ich vom Teppich aufblickte und seine zusammengepressten Lippen und den leidenschaftlichen Beschützerinstinkt in seinen Augen sah. „Du weißt nicht, was sie durchgemacht hat."

*Was sie durchgemacht hat?*

Ich sah mich in dem Zimmer um, das so makellos sauber war wie alles in Carmens Haus und im Rest von Carmens Leben. Von meinem Standpunkt aus hatte sie nicht viel durchgemacht. Aber wir hatten wohl alle unsere Geheimnisse.

„Sie gibt sich Mühe, Gracie. Und auch wenn du es nicht glaubst: Du bist ihr wichtig."

„Ich war ihr nicht wichtig, als ich klein war."

Ben lehnte sich an die Kommode, die Arme immer noch verschränkt. „Willst du meinen Senf dazu hören?"

„Ich mag Senf nicht besonders."

„Du solltest dich von etwas, das in der Vergangenheit geschehen ist, nicht daran hindern lassen, etwas Schönes in der Gegenwart zu erleben."

Ich verzog meine Lippen und wartete darauf, dass er fortfuhr.

Aber er sagte nichts weiter. Stattdessen stieß er sich von der Kommode ab und ließ mich mit seinem Gedanken allein. Ich legte mich wieder ins Bett und zog mir das Kissen übers Gesicht. Morgen würde ich in die Schule gehen und Parker und allen anderen begegnen müssen, die uns bei der Party gesehen hatten. Und, was am Schlimmsten war, Elias. Bei dem Gedanken drehte sich mir endgültig der Magen um.

# Kapitel 27

*Gracie*

Die Zeit verging und genauso das Gerede über Parkers Hausparty. Etwa eine Woche lang war sie das Topthema der Schule. Zum Glück reicht das Gedächtnis der meisten Highschoolschüler nicht mal von zwölf bis Mittag. Die Schülerschaft der *Bay Breeze* bildete da keine Ausnahme. Nicht ganz so viel Glück hatte ich, was mein eigenes Gedächtnis betraf. Egal wie sehr ich versuchte, diese Nacht aus meiner Erinnerung zu löschen, die Einzelheiten blieben mir ins Gedächtnis gebrannt.

Natürlich trat ich nicht der Debattiermannschaft bei. Ich mied Elias wie die Pest. Der *Homecoming*-Ball kam und ging vorüber und mein neues Leben in Bay Breeze folgte einem vorhersehbaren Muster. Schule, Kino, Schlafen – das Ganze fünfmal. Samstags *Treasure Chest*. Sonntags wieder Kino. Abends um halb sieben Anrufe von Mom. Ein endloser Kreislauf, bis der Oktober in den November überging und ich genug Geld gespart hatte, um mein erstes eigenes Auto zu kaufen, einen von Rost zerfressenen Mitsubishi Mirage. Irgendein Typ in Pensacola wollte ihn online für tausend Dollar verkaufen. Heute Morgen hatte ich ihn angerufen und auf fünfhundert runtergehandelt, vorausgesetzt, ich bezahlte bar. Um vier Uhr würde ich den Bus über die Brücke nach Pensacola nehmen, um den Wagen abzuholen.

Es konnte gar nicht schnell genug vier Uhr werden.

Mein eigener fahrbarer Untersatz bedeutete, dass ich künftig von A nach B kam, ohne per Anhalter fahren zu müssen. Mein eigener fahrbarer Untersatz bedeutete, dass ich ohne Carmen zum *Treasure Chest* hinausfahren konnte. Er eröffnete mir eine ganze Welt neuer Möglichkeiten. In meiner Aufregung vergaß ich zu frühstücken, wogegen mein Magen nach einiger Zeit lautstark protestierte. Er knurrte während der gesamten dritten und vierten Stunde. Als die vierte Stunde endlich vorbei war und ich zu meinem Schließfach ging, entdeckte ich, dass das Frühstück nicht alles war, was ich vergessen hatte. Mein Portemonnaie lag noch in meinem Zimmer auf dem Nachttisch.

Ich knallte meine Spindtür zu und wandte mich einem der Treppenhäuser zu. Ich war nicht zu stolz, Ben um ein paar Dollar Essensgeld anzuhauen. Hoffentlich war er in seinem Klassenraum und nicht im Lehrerzimmer.

Nachdem ich die Treppe hinuntergelaufen war, betrat ich den Flur im Keller. Zu meiner Linken, hinter den bodentiefen Fenstern, spielten Schüler im Schwimmbecken Wasserpolo. Am Montag hatte die Schwimmphase des Sportunterrichts begonnen, den ich immer in der sechsten Stunde hatte. Zum Glück dauerte sie nur eine Woche und heute war der letzte Tag. Als ich näher kam, drang Gelächter aus Bens Klassenzimmer. Und es war nicht irgendein Gelächter, sondern ein vertrautes nasales Lachen, das ich nicht ausstehen konnte.

Und das ich in der fünften Stunde im Matheunterricht oft genug hörte.

Vor Bens Tür angekommen, sah ich ihn an einem hohen Tisch an der Seite stehen, wo er einen Klumpen Ton zerbrach, bevor er erst die eine Hälfte auf die Tischplatte knallte, dann die andere und schließlich beide Hälften wieder zusammenknete. Er war nicht allein. Die Lehrerin, die ich am wenigsten leiden konnte, saß auf einem Metallhocker neben ihm und textete ihn zu.

Sie hieß Miss Henson. Nicht verwandt mit dem Schöpfer der Muppets, dessen Film *Die Muppets erobern Manhattan* die ganze letzte Woche in Kino 3 gelaufen war. Ich hatte schon mehrfach gesehen, wie sie mit Ben geflirtet hatte, meistens auf dem Flur und in letzter Zeit häufiger, jetzt wo die normale Footballsaison den Playoffs gewichen war und alle nur noch von Coach Hart und seiner Mannschaft sprachen. *Würde er mit den Sting Rays einen neuerlichen Sieg erringen oder nicht?* Die ganze Aufregung um Trainer und Spieler bot Henson mehr Gelegenheiten, ihm zu schmeicheln und zu kichern und ihn anzufassen. Er war immer höflich. Und sie war immer mitleiderregend.

Miss Henson legte den Kopf in den Nacken und lachte. Und

beim Lachen beugte sie sich vor und zeigte nicht nur ihr Dekolleté, sondern legte dazu noch eine Hand auf Bens Unterarm und ließ sie ein paar Sekunden länger dort liegen als angemessen.

Ich räusperte mich. Laut.

Miss Henson sprang von ihrem Hocker auf, als hätte das Metall sich in eine Herdplatte verwandelt. Ihr Lächeln erlosch und hinterließ die Miene einer schuldbewussten Person, so als hätte ich sie beim Striptease erwischt und nicht dabei, dass sie vollständig angezogen auf einem Hocker saß. „Hi, Gracie“, sagte sie.

Ben blickte von seinem Tonklumpen auf und entdeckte mich im Türrahmen. „Hi. Komm rein.“

„Ich will ja nicht stören.“

Das Gesicht meiner Mathelehrerin nahm die gleiche Farbe an wie ihr hübscher pinkfarbener Lippenstift.

Ben schien meine Andeutung nicht zu verstehen. „Danke für die Infos, Jill.“

Sie antwortete mit einer verlegenen Mischung aus Nicken und Lächeln und fuhr sich mit den Fingern durchs Haar. Dann verließ sie den Raum. Ben machte sich wieder daran, seinen Ton zu zerlegen und die beiden Hälften auf den Tisch zu knallen, um sie dann mit einem geistesabwesenden Blick wieder zusammenzukneten.

„Was machst du da?“, fragte ich, während ich mir einen der Hocker schnappte.

„Ich schlage die Luft aus dem Ton.“ Er wiederholte den Prozess aus Zerbrechen, Auf-den-Tisch-Schlagen und Kneten. „Bevor man ein Projekt anfängt, muss man den Ton immer richtig vorbereiten. Im Moment sind noch zu viele Luftblasen drin.“ Zerbrechen, schlagen, kneten. Zerbrechen, schlagen, kneten. „Wenn ich sie nicht entferne, wird das, was ich auf der Töpferscheibe drehe, im Brennofen explodieren.“

„Der arme Ton.“ Es sah wie ein gewalttätiger, schmerzhafter Prozess aus.

„Es ist zu seinem Besten.“ Sobald er das gesagt hatte, wanderte sein Blick wieder in die Ferne. Der Mann war erstaunlich ruhig, wenn man bedachte, was für ein Theater alle um das Spiel heute Abend machten. Wenn die Mannschaft gewann, war ihre nächste Station die Florida-Meisterschaft in Orlando Anfang Dezember, doch die Sting Rays mussten das drittplatzierte Team des Staates – die Franklin Seahawks – besiegen, um dorthin zu gelangen.

„Und was hat Miss Henson hier gemacht?", fragte ich.

Ben trug seinen Tonklumpen zur Töpferscheibe. „Sie hat mir ihren wöchentlichen Bericht erstattet."

„Worüber?"

„Darüber, wie meine Spieler in Mathe sind."

„So naiv bist du nicht wirklich, oder?" Ich war jetzt schon eine Weile hier. Ben war sehr beliebt an der *Bay Breeze*, und zwar nicht nur bei seinen Spielern, sondern auch bei den Mädchen – Schülerinnen wie Lehrerinnen.

Er ignorierte die Frage und betätigte mit dem Fuß einen Hebel an der Drehscheibe, der sie in Bewegung setzte, während er die Hände in einen Eimer mit Wasser tauchte und anfing, den Klumpen Ton zu formen. Der Mann wollte eindeutig nicht über den Zustand seines Flirtradars sprechen.

Um mich herum war der Raum überwiegend staubig grau, aber es gab einige Regale in der Nähe des Brennofens, auf denen eine Sammlung von Schülerarbeiten stand – alle mit glänzenden erdigen Blau- und Grüntönen und dunklen Rottönen glasiert. Es dauerte nicht lange und Bens Kreation auf der Töpferscheibe war eine perfekt symmetrische Vase mit tropfenförmigem Bauch, langem Hals und einer breiten Lippe.

„Das ist beeindruckend."

„Ich unterrichte so was, weißt du", sagte er mit einem ironischen Grinsen.

„Warum benutzt du nie die Scheibe, die unten im Keller steht?" Ich hatte sie entdeckt, als ich das erste Mal Wäsche gewaschen hatte. Eine verlassene Töpferscheibe, die in einer Ecke stand und einstaubte.

Er ließ die Scheibe auslaufen. „Ich habe nicht mehr viel Zeit. Jetzt, wo es den Meisterschaftstitel zu verteidigen gilt."

Mein Magen stieß ein unangenehm lautes Knurren aus.

Ben zog eine Augenbraue hoch. „Du gibst ihm wohl besser was zu essen."

„Ich habe mein Portemonnaie zu Hause vergessen."

„Ah. Deshalb bist du also hier."

„Kannst du mir vielleicht fünf Dollar borgen? Ich verspreche, dass ich sie zurückzahle, sobald ich mein Portemonnaie wiederhabe. Der Fünfdollarschein darin ist schon für dich reserviert."

Ben wusch sich am Waschbecken den nassen Ton von den Händen, trocknete sie an seiner Schürze ab und zog seine Brieftasche aus der Gesäßtasche seiner Jeans. Dann holte er eine neu aussehende Fünfdollarnote heraus und hielt sie mir hin.

Als ich danach griff, hielt er sie fester, sodass ich sie nicht nehmen konnte.

„Gracie?"

„Was?"

„Es sind nur fünf Dollar."

„Hey, für fünf Dollar bekommst du einen Film in Kino 3 und Popcorn und ein Getränk dazu."

Ben ließ den Geldschein los. „Ich glaube, ich werde so bald keine Zeit fürs Kino haben."

Ich faltete den Fünfer in der Mitte. „Vielleicht solltest du dir die Zeit nehmen. Lade deine Frau zu einer Verabredung ein oder so." Ich meine, ich war keine Eheexpertin, aber ein Date schien mir für eine eheliche Beziehung eine logische, gesunde Angelegenheit zu sein.

Er schob die Hände in die Taschen und stieß einen langen Seufzer aus. „Ich bin mir nicht sicher, ob sie die Einladung annehmen würde."

Miss Henson ließ gerade den Stapel Klausuren auf ihren Lehrertisch fallen, als die Klingel zum Ende der fünften Stunde ertönte. „Ich befürchte, viele von euch werden diesen Test wiederholen müssen."

Die übrigen Schüler stürzten sich auf ihre Klausuren. Da ich absolut keine Eile hatte, zum Sportunterricht zu gehen, also in diesem Fall zum Schwimmen, wartete ich, bis die Menge sich verlaufen hatte. Dann ging ich nach vorne und nahm den einsamen Test, auf dem am oberen Rand mein Name stand. Eins minus.

„Ich wünschte, du würdest dich im Unterricht genauso anstrengen wie bei den Tests."

„Ich strenge mich bei den Tests nicht an."

Miss Henson schürzte die Lippen. Ihr nasales Lachen und ihr falsches Lächeln waren verschwunden. Sie brauchte beides nicht, wenn Ben nicht in der Nähe war. Sie hatte sogar einen weiteren Knopf ihrer Bluse geschlossen, was bestätigte, dass sie den Knopf tatsächlich für meinen Schwager *geöffnet* hatte. Ekelhaft.

„Kannst du bitte auf dem Weg hinaus die Tür zumachen? Mr O'Ryan bringt jedes Jahr diese stinkenden Ziegen für irgendein Landwirtschaftsprojekt in seinen Bio-Leistungskurs." Sie nahm einen roten Gelstift und rutschte näher an ihren Schreibtisch. „Das kann doch nicht hygienisch sein."

Dann murmelte sie halblaut etwas von einem traumatischen Ereignis aus ihrer Kindheit mit einer Ziege, einem Streichelzoo und ihrem brandneuen „My Little Pony"-Rucksack.

Ich warf meinen Test in den Müll, trat auf den Gang hinaus und knallte die Tür hinter mir zu. Ein paar Nachzügler gingen an mir vorbei und ihre Sneakers quietschten auf dem Linoleum, während sie in ihren Klassenzimmern verschwanden, bis der Flur leer war und es zur sechsten Stunde läutete.

Eine Ziege meckerte in die Stille hinein.

Ich lugte in O'Ryans Klassenraum, der direkt gegenüber von Hensons war.

Zwei Ziegen standen dort, an einen Stuhl gebunden, in der Nähe einer Tür, die auf den Lehrerparkplatz hinausführte. Eine von ihnen meckerte wieder und starrte mich mit traurigen Augen an. Ich sprach kein Ziegisch, aber ich war mir sicher, dass die Kleine dringend ein Abenteuer brauchte.

# Kapitel 28

*Carmen*

„Was würden Sie sagen, wie Sie mit Konflikten umgehen?" Dr. Rafferty saß in dem Ledersessel gegenüber dem Sofa, auf dem Ben und ich Platz genommen hatten.

„Wir streiten uns nicht sehr oft", sagte ich.

„Aber wenn Sie es tun?"

„Dann reden wir darüber." Ich sah Ben an und wartete darauf, dass er meine Antwort mit einem Nicken bestätigte, damit Dr. Rafferty notieren konnte, auf welch reife Art wir mit Konflikten umgingen. Aber was ich stattdessen sah, war ein äußerst merkwürdiger Gesichtsausdruck, so als wäre er in eine Welt abgetaucht, die ich noch nie gesehen hatte. Ich konnte nicht einschätzen, ob er über das Spiel heute Abend nachdachte oder über die verlogene Antwort, die ich Dr. Rafferty gerade gegeben hatte. Es hatte mal eine Zeit gegeben, in der ein Blick in seine Richtung genügt hatte, um jeden seiner Gedanken zu lesen. Wann hatte sich das geändert?

Dr. Rafferty stellte Ben die gleiche Frage wie mir.

Ich beobachtete meinen Mann, während er antwortete, und versuchte, ihn so zu sehen, wie sie ihn sah. Er war frisch rasiert zu dem Termin erschienen, in einer schicken Stoffhose und seinem königsblauen *Bay Breeze*-Polohemd, durch das seine unglaublich blauen Augen noch blauer wirkten. Er war fit und hatte breite Schultern und saß so entspannt und selbstbewusst neben mir, wie nur Ben es tun konnte.

Heute hatte die Mannschaft ihr entscheidendes Spiel. Wenn sie gewann, würde sie nach Orlando reisen. Wenn sie verlor, war die Saison vorbei. Ben war gleich nach der Schule hergekommen. Für diese letzten Sitzungen einen Termin zu finden, hatte sich beinah als Ding der Unmöglichkeit erwiesen. Den ersten Termin für seine Einzelsitzung hatte Ben wegen eines Magen-Darm-Virus absagen müssen, und der war ohnehin schon später gewesen, als mir lieb gewesen war. Mitte Oktober hatte er dann endlich mit Dr. Rafferty gesprochen, die anschließend ausgerechnet eine Blinddarmentzündung bekommen hatte. Als sie endlich wieder gesund gewesen war, hatte bereits die K.-o.-Runde der Meisterschaft begonnen, eine chaotische Phase, in der Bens Terminkalender und der von Dr. Rafferty einfach nicht miteinander in Einklang zu bringen gewesen waren.

Ich hatte unsere Sozialarbeiterin angerufen, um zu fragen, ob wir unsere letzte Sitzung bei einer anderen Therapeutin machen könnten, aber sie hatte Nein gesagt, sonst müssten wir auch die Einzelsitzungen wiederholen. Und auf keinen Fall würde ich irgendetwas wiederholen. Also war Ben jetzt hier, vor dem wichtigsten Spiel seiner bisherigen Karriere, und beantwortete unglaublich persönliche Fragen über unsere Ehe. Er war ein wenig zu spät erschienen. Irgendein verrückter Unsinn mit einer fehlenden Ziege und dem Wagen einer Lehrerin.

Ich schob meine verschwitzten Hände unter meine Knie, um sie still zu halten. Ich wollte nur, dass dieser Albtraum endlich vorüber war. Ich wollte, dass Dr. Rafferty ihren Bericht schrieb und uns für würdig befand, dass unsere Sozialarbeiterin uns wieder auf die Liste der „Guten" setzen konnte. Sie musste doch bald fertig sein. Schließlich hatten wir bereits vierzig Minuten lang Fragen beantwortet.

„Und Sie, Carmen?"

Ich blinzelte mehrmals. „Tut mir leid, was haben Sie gesagt?"

„Haben Sie das Gefühl, dass Ben und Sie Ihre Trauer teilen können?"

Ich spürte, wie Ben mich ansah. Auf meine Antwort wartete. Und auf einmal war ich wieder in unserem alten Auto nach der dritten Fehlgeburt und Ben saß neben mir und fragte mich, ob er etwas tun könne, um mir zu helfen. Damals hatte er meine Trauer teilen wollen, aber ich konnte das nicht. Denn wenn ich meine Trauer mit ihm teilte, dann würde er seine mit mir teilen und ich war nicht stark genug, um sie zu ertragen – nicht, wenn ich kaum meine eigene Trauer aushalten konnte. „Ja, natürlich."

Die Therapeutin schrieb etwas auf ihr Klemmbrett.

Nachdem wir fertig waren und Dr. Rafferty versprochen hatte, ihren Bericht so bald wie möglich an unsere Sozialarbeiterin zu schicken, traten Ben und ich gemeinsam aus der Praxis in die Sonne hinaus, unsere Hände dicht beieinander, aber ohne sich zu berühren. Ich wollte mich bei ihm entschuldigen. Dafür, dass ich in der Praxis gelogen hatte. Dass ich so getan hatte, als wäre alles in Ordnung, obwohl wir beide wussten, dass es nicht so war. Ich wollte ihm versprechen, dass alles in Ordnung kommen würde. Dass wir all das taten, damit es wieder besser wurde. Wenn wir erst einmal ein Baby im Arm hatten, konnten wir diese Durststrecke hinter uns lassen. Ich würde wieder ich selbst sein und wir konnten unser Leben weiterführen, wie es gewesen war, bevor dieser chronische, lähmende Schmerz die Macht über mein Herz gewonnen hatte. Aber als wir an seinem Wagen stehen blieben und ich seinen gequälten Blick sah, konnte ich nur sagen: „Viel Glück heute Abend."

*Gracie*

Mein Chef gab mir den Abend frei. „Geh und genieß das Spiel", sagte er lächelnd. Als hätte er mir einen Gefallen getan. Ich hatte jedenfalls nicht die Absicht, ein Footballmatch zu genießen. Ich überlegte, mit meinem neuen Auto eine Erkundungstour nach Pensacola zu unternehmen, aber dann dachte ich daran, was es kostete, den ebenfalls neuen Tank zu füllen, und beschloss, stattdessen in Bay Breeze herumzufahren und dabei einen möglichst großen Bogen um die Flutlichter des Stadions zu machen. An diesem Abend spielten die Sting Rays gegen die Franklin Seahawks, die Mannschaft meiner alten Schule. Der Sieger würde Anfang Dezember in der nächsten Runde der Florida-Meisterschaft stehen.

Meine Stimmung war melancholisch grau, mein Ring zartrosa, was angeblich für nachdenklich stand. Beides passte. Meine Gedanken kreisten immer wieder um Chris Nanning und seinen klischeehaften Cheerleader-Fanclub – Sadie Hall und Jenna Smith. Sie alle waren hier in Bay Breeze. Jetzt, in diesem Augenblick, waren sie im Stadion und standen Elias und Ben gegenüber.

Ich parkte meinen Mitsubishi in der Dock Street, schlenderte an der mit dem Haikopf verzierten *Hot Dog Hut* vorbei und fand mich schließlich auf dem Bootssteg wieder, die Hände in den Taschen meiner Jacke vergraben, während ich mich fragte, wie mein Leben wohl aussähe, wenn ich damals am ersten Schultag in Apalachicola nicht aufs Klo gegangen wäre. Wäre ich nicht in der Mädchentoilette gewesen, hätte ich nicht den Drang verspürt, Chelsea Paxton in Schutz zu nehmen, und dann hätte ich mich nicht mit Sadie geprügelt und keinen Schulverweis bekommen. Ich hätte mich nicht mit meiner Mutter gestritten und sie hätte nicht damit gedroht, mich zu Dad zu schicken, und dann wäre ich jetzt nicht hier.

Wie komisch, was für eine Kette von Ereignissen damals in Gang gesetzt worden war, nur wegen einer vollen Blase.

Ich legte mich auf das verzogene Holz, ließ die Beine vom Steg baumeln, blickte in den Nachthimmel hinauf, der dunkler als sonst wirkte, weil Wolken die Sterne und den Mond verdeckten, und dachte darüber nach, wie alles zusammenhing. Ich war mir beinahe sicher, dass ich an Gott glaubte. Allerdings war ich mir nicht sicher, an was für einen Gott. War er wie ein Puppenspieler, der meine Blase manipuliert hatte, sodass ich genau in dem Moment auf die Toilette musste, weil er wusste, was dann folgen würde? Hatte er das alles so eingefädelt, damit ich jetzt hier endete, aus irgendeinem unerfindlichen Grund?

Oder war er eher wie jemand, der zusah, wie Direktor Best es in seinem Vortrag über Schikanen unter Schülern gesagt hatte, also ein passiver Zuschauer, der nicht mitmachte, aber auch nichts verhinderte? Ich ließ meine Füße wie ein Pendel über dem Wasser kreisen, hin und her, während ich mir weitere Möglichkeiten überlegte und dunkle Wolken über einen noch dunkleren Himmel zogen und Schritte hinter mir erklangen.

Ich setzte mich auf und mein Herz klopfte schneller. Aber ich drehte mich nicht um. Inzwischen musste das Spiel zu Ende sein. Elias war zum Anleger gekommen.

Seine Schritte verstummten neben mir. „Gar nicht bei der Arbeit heute?“

„Mein Boss dachte, ich wollte vielleicht das Spiel sehen.“

Elias setzte sich. Er trug eine jagdgrüne Mütze und sah süßer aus, als es einem Jungen erlaubt sein sollte. „Dein Boss kennt dich offenbar nicht sehr gut."

Eine kalte Brise zog vom Wasser herüber und wehte mir einzelne Haarsträhnen ins Gesicht. Ich zog eine von meinem Mund weg und wartete darauf, dass mein Herz sich wieder beruhigte. Es fühlte sich an, als wäre eine riesige Herde weißer Elefanten hinter uns aufgereiht, und jeder von ihnen hieß Parkers Party. Seit meinem Besäufnis hatten wir beide keine richtige Unterhaltung mehr geführt. Parkers Bemerkung, ich sei nicht mehr als eins von Elias' Projekten, kam mir in den Sinn, und es bedurfte einiger Anstrengung, den Gedanken beiseitezuschieben. „Und …?"

„Und was?"

Ich verdrehte die Augen. „Habt ihr es ins Finale geschafft?"

„Haben wir."

Die Nachricht war irgendwie befriedigend. Es machte Spaß, sich Chris und seine dämlichen Freunde auf der Busfahrt zurück nach Apalachicola in Grabesstimmung vorzustellen. „Freut mich."

„Seit wann freut es dich, wenn wir ein Footballspiel gewinnen?"

„Seit ihr gegen die Franklin Seahawks gespielt habt."

„Ah." Er nickte langsam in Richtung Meer. „Du bist nicht scharf auf deine Alma Mater, oder?"

„Überhaupt nicht." Bevor er fragen konnte, warum, sah ich ihn an. „Warum kommst du nach den Spielen hierher?"

„Hab ich dir doch gesagt. Meine Mutter hat früher bei *Jake's* gearbeitet."

„Ich meine nicht, wie du diesen Platz gefunden hast. Ich meine, was du eigentlich genau hier machst."

„Ich überlege mir Wege, wie ich dich im Ethikunterricht schlagen kann."

„Sehr witzig."

Elias lächelte. „Ich weiß nicht. Vermutlich komme ich her, weil es ein guter Ort ist, um mit Gott zu reden."

Ich zog eine Augenbraue hoch. „Und antwortet er?"

„Manchmal."

„Hörbar?"

„Nein, nicht hörbar." Er berührte seine Brust. „Hier redet er."

Ich musste skeptisch dreingeblickt haben, denn Elias neigte den Kopf ein wenig. „Ist das schwer zu glauben?"

„Ich versuche mir nur vorzustellen, wie das klingt. Ich meine, woher weißt du, dass es Gott ist, der da redet, und nicht nur dein Gewissen?"

„Wer sagt denn, dass unser Gewissen nicht auch ein Weg ist, wie Gott mit uns redet?"

Ich blinzelte, während ich den Jungen neben mir betrachtete. Unsere Unterhaltung wurde für einen Freitagabend ein bisschen zu theologisch. Das schien mit ihm oft zu passieren. „Ich habe gehört, dass du dich an der *Mississippi State* eingeschrieben hast."

„Da hast du richtig gehört."

„Ben meinte, in zwei Jahren seist du Profi."

„Nee."

„Elias Banks hat Selbstzweifel? Das ist ja mal ganz was Neues."

„Oh, das hat nichts mit Selbstzweifeln zu tun. Ich könnte in zwei Jahren Profi sein." Das sagte er mit einem schiefen Grinsen. „Aber ich will nicht."

„Ja, klar."

„Glaubst du etwa, ich lüge?"

„Willst du mir allen Ernstes erzählen, dass du Nein sagen würdest, wenn du die Gelegenheit hättest, in der NFL zu spielen?"

Elias legte sich eine Hand aufs Herz. „Großes Pfadfinder-Ehrenwort."

Er stieß mich freundschaftlich mit der Schulter an. Es war ein gutes Gefühl, wieder ganz locker mit ihm herumzualbern. „Es ist mein Ernst. Weißt du noch, was du an dem ersten Abend hier am Bootssteg gesagt hast – dass Football überschätzt wird? Da bin ich zufällig ganz deiner Meinung."

Ich warf ihm einen misstrauischen Blick zu. Er war der Spitzensportler der besten Mannschaft in Florida. Das konnte nicht sein Ernst sein.

„Klar, der Sport macht Spaß. Ich bin gerne auf dem Spielfeld, aber letzten Endes ist er ein Mittel zum Zweck."

„Was für ein Zweck? Berühmt und ekelhaft reich zu werden?"

„Eher ein Vollstipendium zu bekommen. Football ist mein Ticket zur höheren Bildung. Ich würde mit meinem Leben gerne noch etwas anderes anfangen, als Gehirnerschütterungen zu bekommen."

Ich schüttelte den Kopf. „Wenn du die Chance bekommst, Profi zu werden, sagst du nicht Nein."

„Also gut, Miss Besserwisserin, sollen wir wetten?" Er streckte die Hand aus. „Hundert Dollar, dass ich nie Profi werde. Wenn ich in vier Jahren bei einem Verein bin, zahle ich. Wenn nicht, zahlst du."

„In vier Jahren kennen wir uns doch nicht mal mehr."

„Doch, natürlich."

Die Zuversicht und Ernsthaftigkeit seiner Antwort ließ meine graue Stimmung ein wenig heller werden. Ich legte meine Hand in seine und als wir einander die Hände schüttelten, fiel mir unweigerlich auf, dass Elias' Augen im Schein der Hafenlaternen noch grüner aussahen. Nach meinem Buch *Die Bedeutung der Farben* stand Grün für Frieden und Stabilität. Das konnte ich gerade gut nachvollziehen.

Elias ließ meine Hand los.

Ich fuhr mit den Handflächen über die Hosenbeine meiner Jeans.

„Hast du irgendwelche Pläne für Thanksgiving?", fragte er.

Ich stöhnte und ließ mich auf die Planken des Bootsstegs fallen. Eine Wolkengruppe brach auf und enthüllte eine blasse Mondsichel. „Meine Mutter hat Carmen und mich in ihre Therapieeinrichtung eingeladen."

„Und fahrt ihr hin?"

„Carmen glaubt das jedenfalls."

„Du willst nicht nach deiner Mom schauen? Sehen, wie es ihr geht?"

„Oh, ich weiß, wie es ihr geht. Im Moment jedenfalls." Als ich ihren abendlichen Anruf das letzte Mal angenommen hatte, war sie eitel Sonnenschein gewesen, so als hätte das Leben wieder Farbe bekommen. Als spielten die letzten siebzehn Jahre keine Rolle, weil es ihr jetzt wieder gut ging. Ich gab ihr zwei Wochen bis zum ersten Rückfall nach der Entziehungskur. „Findest du es komisch, dass Carmen und Ben Thanksgiving nicht zusammen verbringen?"

„Coach Hart fährt nicht mit?"

„Ich glaube nicht." Ich hatte die beiden am vergangenen Abend durch die Wand streiten hören. Etwas von seiner Familie in New

Orleans und dass sie seine Mutter nicht sehen wollte. Es hatte nicht gut geklungen. „Was ist mit dir – hast du an Thanksgiving irgendwas vor?"

„Meine Mom und ich feiern immer mit Pastor Zeke. Das ist cool." Elias legte sich neben mich. „Also, wie sieht es aus? Kommst du wirklich nicht zum Finale?"

„Nee."

„Hast du überhaupt schon mal ein Footballspiel gesehen? Denn einen Sport zu hassen, den du nie gesehen hast, wäre nicht fair."

„Glaub mir, ich habe Footballspiele gesehen." Die verächtlichen Worte waren heraus, bevor ich sie zurückhalten konnte, und ich hatte das Gefühl, dass sie zu viel verrieten.

„In Apalachicola?"

Ich starrte in den Himmel hinauf und verweigerte die Aussage.

„Komm schon, Gracie, da steckt doch eine Geschichte hinter."

Ich drehte den Ring an meinem Finger. Immer wieder herum und herum und herum. Mit jeder Drehung änderte ich meine Meinung. Erzähl Elias von Chris Nanning; erzähl Elias nichts von Chris Nanning. Als die Wolken sich vor den Mond schoben, war ich gerade bei der „Erzähl Elias von Chris"-Drehung und beschloss, es tatsächlich zu tun. „Die Mannschaft, gegen die ihr heute Abend gespielt habt? Ich war mal in den Quarterback verknallt."

Er sah mich an. „Chris Nanning?"

„Du kennst ihn?"

„Ich weiß, wer er ist."

„Letztes Jahr hatten wir ein paar Kurse zusammen. Keine Ahnung, warum, aber ich fand ihn toll." Ich verdrehte die Augen angesichts meiner eigenen Dummheit. „Er lud mich zu seinen Spielen ein und trotz meiner Meinung über den Sport bin ich zu ein paar Veranstaltungen mitgegangen. Dann haben wir öfter was zusammen unternommen."

„Und?"

„Und ich fand es toll, dass er Interesse an mir hatte. Es war das erste Mal, dass sich jemand für mich interessierte." Mein Vater und Carmen hatten das eindeutig nicht getan. Und meine Mom interessierte sich nur für mich, wenn ich in Schwierigkeiten steckte. Dann war Chris gekommen. „Ich dachte, je mehr ich ihm gebe, desto mehr wird er mich mögen. Aber das Gegenteil war der Fall: Je mehr ich ihm gab, desto weniger Interesse hatte er."

Elias verlagerte neben mir sein Gewicht.

„Blöd, ich weiß." Ich holte tief Luft und redete weiter. „Er war in dieser christlichen Sportlervereinigung. Aber die Partys hat er trotzdem nicht ausgelassen. Jedenfalls war da diese Party im letzten Frühjahr. Ich war ein bisschen ... high. Eins führte zum anderen und ... du weißt schon ..." Meine Wangen wurden heiß, aber jetzt hatte ich schon so viel gesagt, da konnte ich den Rest ruhig auch noch erzählen. Dann kannte Elias wenigstens alle Fakten, bevor er mich verurteilte.

„An dem Montag danach wusste die ganze Schule davon und Chris hat mich ausgelacht, als wäre ich ein einziger Witz." Ich zog mir die Ärmel meiner Jacke über die Hände, während ich mir wieder wie ein Idiot vorkam. „Ich muss gerade über Klischees reden – schließlich bin ich selbst ein wandelndes Klischee: ein dummes Mädchen, das seine Jungfräulichkeit an den Starspieler der Footballmannschaft verliert, weil es glaubt, der Typ hätte Gefühle für es. Ich bin ein Idiot, oder?"

Ich wartete darauf, dass Elias etwas zu meiner Beichte sagte. Bestimmt gingen ihm jede Menge Gedanken durch den Kopf. Das Ganze ähnelte viel zu sehr der Situation, aus der er mich vor zwei Monaten gerettet hatte. Je länger ich wartete, desto schneller raste mein Herz.

„Gracie", sagte er schließlich. „Chris Nanning ist der Idiot, nicht du."

Und damit ließ Elias Banks meine graue Stimmung einfach so dahinschmelzen. Ich faltete die Hände auf meinem Bauch. „Schade, dass der Richter das anders sah."

„Der Richter?"

„Ich bin ein bisschen wütend geworden. Und Chris hat sich mit seinem Auto immer so angestellt."

Elias stützte sich auf die Ellbogen. „Was hast du gemacht?"

„Mit einem Baseballschläger und einer Dose Sprühfarbe Dampf abgelassen." Trotz all des Ärgers, den ich mir mit meinem blöden Verhalten eingehandelt hatte, musste ich lächeln. „Es hat mich nur zweitausend Dollar Strafe und hundertzwanzig Sozialstunden gekostet.“

Man hätte meinen sollen, dass ich meine Lektion gelernt hatte. Zumindest, was Autos betraf.

# Kapitel 29

*Carmen*

Die Temperaturen im Nordwesten Floridas waren im November beinahe perfekt, mit Hochdruckgebieten bis zu fünfundzwanzig Grad und einer Nachtabsenkung auf etwa fünfzehn Grad. Im Moment wärmten dreiundzwanzig Grad meinen Rücken und stärkten mein Gefühl, etwas erreicht zu haben, während Natalie und ich die außen liegende Treppe hinaufstiegen – inzwischen waren wir mit den Renovierungsarbeiten im *Treasure Chest* offiziell im zweiten Stock angelangt.

Alle zehn Zimmer im Erdgeschoss waren sauber. Mit Gracies Hilfe hatte ich die Wände abgewaschen, die Möbel poliert, den Teppichboden herausgerissen und die Badezimmer geschrubbt. Die zehn verschimmelten Duschvorhänge hatten wir entsorgt und ebenso die Hälfte der Bettdecken. Dank Unmengen von Persil und Fleckensalz war es mir gelungen, elf Decken wiederzubeleben. Die anderen waren nicht mehr zu retten gewesen. Aber dank der vielen zusätzlichen Laken, die wir alle mit Bleiche gewaschen hatten, war keines der Betten gänzlich ungemacht.

Natalie und ich kamen auf dem Treppenabsatz im Obergeschoss an und gingen zu der größten der drei Wohnungen, der, in der Ingrid den Großteil ihres Lebens gewohnt hatte und nach ihrem Wegzug der Hotelmanager. Natalie stellte den Eimer mit Putzmitteln auf den Boden. „Ich kann nicht fassen, dass Gracie und du dieses Motel ganz alleine auf Vordermann gebracht habt."

„Nicht ganz alleine." Ich suchte am Schlüsselbund nach dem passenden Schlüssel. „Die Fenster hat ein Profi eingebaut und den neuen Teppich haben wir auch verlegen lassen."

„Habt ihr schon entschieden, was ihr anschließend damit machen wollt?"

„Hoffentlich einen Geschäftsführer einstellen. Das Motel wiedereröffnen und an alte Zeiten anknüpfen." Ich drehte den Zentralschlüssel im Schloss. Die Tür ging knarrend auf und uns schlug eine Wand aus Gestank entgegen, die uns beinahe umgehauen hätte.

Entsetzt hielten wir uns die Hand vor Mund und Nase und wichen zurück.

„Entweder hat jemand die Teppiche mit saurer Milch gereinigt", sagte Natalie, „oder da drin ist eine tote, verwesende Maus."

„Das riecht aber nach mehr als einer verwesenden Maus." Ich hielt mir den Ellbogen vor die Nase und stieß die Tür mit dem Fuß weiter auf. Da die Jalousien heruntergelassen waren, war alles dunkel. „Ich verstehe nicht, wie es so schlimm werden konnte."

„Das ist das Gesetz der Entropie. Wenn man sich nicht regelmäßig um sie kümmert, enden die Dinge im Chaos. So wie in meinem Haus."

„Dein Haus ist doch kein Chaos!"

„Das glaubst du nur, weil ich putze, bevor du mich besuchen kommst. Den ganzen Monat hat Mason mir versichert, dass er die Toilette in seinem und Reeses Badezimmer geputzt hat. Als ich gestern nachsah, stiegen aus dem Ding toxische Gase auf. Der kleine Gauner hat mir frech ins Gesicht gelogen."

Ich starrte auf die halb geöffnete Tür. Sosehr ich mir auch wünschte, es gäbe eine Taste, mit der man die Entropie rückgängig machen konnte, es gab keine. Und da dieses Chaos streng genommen meines war, würde ich Natalie nicht zumuten, die Drecksarbeit zu machen. Ich holte tief Luft, eilte in die Wohnung und riss die Vorhänge zur Seite, sodass der Staub wie eine Rauchwolke aufstieg. Dann versuchte ich die Fenster zu öffnen. Sie rührten sich nicht von der Stelle. Als ich zwei von ihnen endlich mit Gewalt aufbekommen hatte, brannte meine Lunge vor Sauerstoffmangel.

Sobald ich wieder hinausgelaufen war, atmete ich tief ein und genoss die klare, salzige Luft, während Natalie mir anerkennend auf die Schulter klopfte. „Du hast wirklich Mut."

Nachdem ich ausreichend Sauerstoff getankt hatte, setzte ich eine Maske auf und ging wieder hinein, diesmal mit zwei Flaschen Febreze bewaffnet, und versprühte überall im Raum einen feinen Nebel des Mittels, indem ich die Arme langsam in wellenförmigen Bewegungen kreisen ließ wie bei einer Art Karategruß. Als der Nebel sich auf den ekligen Geruch gelegt hatte, schaltete ich das Licht ein und Natalie trat an meine Seite.

„Puh!"

*Puh* war gar kein Ausdruck. Was ich vor mir sah, ließ mich an der geistigen Zurechnungsfähigkeit des Mannes zweifeln, den Ingrid als Motelmanager eingestellt hatte. Da hatten die Gäste ihre Zimmer ja besser behandelt als dieser Mann seine eigenen vier Wände. Die Wohnung sah aus, als hätte er ein ganzes Rudel Füchse als Mitbewohner aufgenommen. Auch wenn er seine Sachen zusammengepackt hatte und ausgezogen war, blieben die Nachwirkungen. Der Teppich war mit zahlreichen Flecken übersät. In einer Wand war ein Loch, so als hätte er sie mit der Faust oder einem Gegenstand eingeschlagen, sich aber nie die Mühe gemacht, das Ganze zu reparieren. Zerbrochene Fensterscheiben. Kaputte Wandleisten. Frei liegende Steckdosen und Lampenkabel. Alles noch verstärkt durch die üblichen Anzeichen der Vernachlässigung: Staubschichten, Spinnweben in den Ecken, Dreck auf den Fenstern.

Als Erstes durchsuchten wir alle Zimmer oberflächlich, wobei wir das Schlimmste befürchteten. Alles war in einem miserablen Zustand, aber zum Glück fanden wir nur eine tote Maus in einem Lüftungsschacht. Im Wohnzimmer taten wir dann das Einzige, was wir tun konnten: Wir stürzten uns in die Arbeit. Dabei fingen wir oben an. Natalie entfernte die Spinnweben aus den Ecken der Zimmerdecke, während ich eine dicke Staubschicht von den Rotorblättern des Deckenventilators wischte. Dann schrubbten wir die Wände, die Fenster und die Fensterbänke ab.

Natalie nahm die Vorhänge ab. „Die bearbeite ich draußen mit dem Teppichklopfer." Sie raffte die Gardinenschals zusammen und warf mir ein Lächeln zu.

Als sie den Raum verließ, lief mir gerade ein Schweißtropfen über die Schläfe. Ich wischte ihn mit dem kurzen Ärmel meines T-Shirts fort, zog die Gummihandschuhe aus und starrte auf das Sofa mit dem Kunststoffüberzug. Ich war mir sicher, dass ich weitere unidentifizierbare Flecken finden würde, wenn ich die Schutzhülle abnahm. Stattdessen fand ich Erinnerungen. Ein ganzer Schwall brach über mich herein, als ich den Schonbezug abnahm. Ich fuhr mit der Hand über die blau-weiß gestreifte Rückenlehne und dachte an all die Gelegenheiten zurück, bei denen Ben und ich hier auf dieser Couch gesessen und ferngesehen hatten. Eine Antenne hatte wie Hasenohren von dem Apparat nach oben gezeigt.

„Nennen Sie etwas", hatte der Moderator der Fernsehshow auf dem Bildschirm gesagt, „das mehr Geld kostet, wenn Sie eine Tochter haben anstatt einen Sohn."

„Hochzeiten!", rief ich.

Ben und ich sahen *Familienduell.* Richard Karn war der Moderator. Ich mochte ihn viel lieber als seinen Vorgänger Louie Anderson. Richard wandte sich nach links, an einen bärtigen Mann im Rautenpullover.

„Kleidung!", erklärte der Mann.

Richard zeigte mit dem Kartenstapel in seiner Hand auf das Spielbrett. „Und die Antwort lautet …"

Das zweite schwarze Rechteck wurde mit einem Ton umgedreht, was bedeutete, dass die Frau zu Richards Rechten eine Chance bekam.

„Hochzeiten?", quietschte sie.

Das erste Feld wurde umgedreht. Die Mannschaft der Frau begann auf und ab zu hüpfen, als hätte sie im Lotto gewonnen. Ich wandte mich Ben zu, ein selbstgefälliges Grinsen im Gesicht. Ich war gut bei *Familienduell.* Er richtete die Fernbedienung auf den Apparat und schaltete ihn aus.

„Hey, ich wollte das gucken."

Ben kratzte sich am Hinterkopf – eine jungenhafte Geste, die so süß war, dass ich mich am liebsten vorgebeugt und ihn auf die Lippen geküsst hätte – und streckte dann den Arm über die Rückenlehne der Couch. „Was sollen wir machen?"

Mein Lächeln erstarb. Er sprach nicht davon, was wir in diesem Augenblick machen sollten oder später am Abend. Er stellte *die* Frage – die keiner von uns angesprochen hatte, seit er unsere Quasi-Initialen vor anderthalb Monaten an der *Wand der Weisheit* verewigt hatte. Die Zeit zwischen damals und jetzt war voller Lachen und heimlicher Küsse, wunderschöner Verabredungen und endloser Flirterei gewesen. Wenn wir irgendwohin gingen, hielten wir uns an den Händen. Wenn wir saßen, berührten sich unsere Beine. Wenn wir standen, legte Ben den Arm um meine Taille. Und wenn wir uns wieder in Bewegung setzten, legte er seine Hand auf meinen unteren Rücken. Es reichte uns nicht, zusammen zu sein, wir mussten einander berühren, während wir zusammen waren. Ich konnte nie genug von dem Mann an meiner Seite bekommen, und jetzt stellte er *die* Frage.

Ich zog die Füße aufs Sofa, nahm den Schneidersitz ein und sah ihn an. Wir hatten zwar nicht darüber geredet, aber das bedeutete nicht, dass ich nicht darüber nachgedacht hatte. Oh doch, das hatte ich. Immer und immer wieder. Jeden Abend, nachdem Ben und ich uns bis zum nächsten Tag voneinander verabschiedet hatten, lag ich im Bett und dachte darüber nach. Betete deswegen. Flehte Gott an, uns die Entscheidung zu erleichtern.

Seine Finger fanden meine Haut und kreisten ganz sacht über meine Schulter. „Wir müssen darüber reden, was als Nächstes passiert."

Ich blickte auf meinen Schoß hinunter, weil ich nicht darüber reden wollte, was als Nächstes geschehen sollte. Ich wollte nicht, dass auch nur ein einziger Augenblick durch dieses *Nächste* beeinträchtigt wurde.

„Ich habe mich in dich verliebt, Carmen."

Mein Herz hob mit einer Million Schläge pro Sekunde ab. Ich sah in Augen, die so blau wie das Meer waren und so ernst wie ein Unwetter. Mehr als alles in der Welt wollte ich ihm sagen, dass ich ihn auch liebte. Manchmal war dieser Drang so stark, dass er körperlich schmerzte. Aber was ich stattdessen sagte, war die eine Sache, die ich nicht vergessen konnte, egal, wie oft ich die verschiedenen Szenarien jeden Abend in meinen Gedanken durchgespielt hatte. Gott hatte uns die Entscheidung nicht leicht gemacht, aber klar. „In einer Woche fahre ich nach Hause."

„Und ich fange in drei Tagen mit dem Training an."

„Das heißt, du wirst mit deiner Arbeit beschäftigt sein. Und ich absolviere mein letztes Studienjahr an der Uni." Ich konnte mir einfach nicht vorstellen, wie das funktionieren sollte – ich in Virginia und er hier in Florida. „Ich weiß, wie wichtig der Sport für dich ist, Ben. Das höre ich, wenn du über Football redest. Dann kannst du an den Wochenenden nicht weg. Und ich muss Bewerbungen für ein Aufbaustudium schreiben und Lebensläufe verschicken."

Irgendwann während meiner Rede hatte Ben angefangen, den Kopf zu schütteln.

Ich zupfte an dem Saum seiner Cargoshorts. „Können wir diese letzte Woche nicht einfach zusammen genießen?"

„Und dann was – Lebwohl sagen? Willst du das?"

Ich biss mir auf die Lippe. Natürlich nicht. Der Gedanke, mich von ihm zu verabschieden, hinterließ ein klaffendes Loch in meiner Brust, aber was blieb uns anderes übrig? Eine Träne entwischte meinem Auge.

Ben strich sie mit dem Daumen fort.

Ich legte meine Hand auf seine und schmiegte meine Wange in seine Handfläche. Genoss die Wärme. Die Schwielen. Den Duft seines Rasierwassers, so subtil, dass man ganz nah sein musste, um ihn wahrzunehmen. Er legte die Finger um meinen Nacken und zog mich näher, um mich zu küssen – ganz sanft zunächst, sodass das Loch in meiner Brust noch größer wurde, dann wurde der Kuss leidenschaftlicher und drängender, als läge alles, was wir nicht sagen konnten oder wollten, darin. Als seine Lippen sich schließlich von meinen lösten, rangen wir beide um Atem.

Dann legte Ben seine Stirn an meine. „Man kann auch eine Fernbeziehung führen."

„Ich weiß. Aber ich weiß noch nicht, wohin es mich nach dem Studium verschlagen wird." Mich auf die Gegend um Pensacola zu beschränken, würde bedeuten, dass ich alles auf eine Karte setzte. Die Chance, dass ich hier eine Stelle bekam, war minimal. Auf keinen Fall wollte ich mein Studium abschließen, es aber anschließend nicht nutzen. Deshalb entzog ich mich Bens Berührung. Nur wenn ich auf Abstand ging, konnte ich praktisch denken. „Ich werde mich überall bewerben. Womöglich lande ich in Kalifornien. Und was dann?"

Darauf hatte er keine Antwort.

„Ben, meine Mitbewohnerin hatte in den ersten beiden Studienjahren eine Fernbeziehung. Sie hat immer an ihn gedacht, versucht, ihn zu sehen, ihren ganzen Terminkalender um seine Anrufe und Besuche herum gestaltet. Sie hat gelitten. Und ihre Noten auch." In genau einer Woche würde die sorglose Sommer-Carmen wieder im Schrank verschwinden und die perfektionistische Ehrgeiz-Carmen herausgeholt, um ihren Platz einzunehmen. Die sorglose Sommer-Carmen könnte vielleicht jedes Wochenende nach Bay Breeze fahren, aber die perfektionistische Ehrgeiz-Carmen konnte es nicht. „Ich muss mich in diesem Jahr auf das Wesentliche konzentrieren. Und du auch."

„Was wir haben, gibt es nicht sehr oft."

„Ich weiß, aber wenn es sein soll ..."

Ben fuhr sich mit den Händen übers Gesicht und stöhnte. Laut.

„Was?"

„Sag das nicht. Ich hasse diesen Spruch. Er ist wie eine Mädchenversion von ‚Es liegt nicht an dir; es liegt an mir'."

Ich streckte die Hand aus und ergriff seine, die auf seinem Schoß lag. Es tat weh, die Verletzung in seiner Miene zu sehen. Den Schmerz, den ich verursachte. Er fühlte sich zurückgewiesen, das merkte ich. Mehr als alles in der Welt wollte ich ihn küssen, ihm meine Liebe gestehen und ihm sagen, dass wir es versuchen konnten. Aber so wie ich das sah, würde uns das auf lange Sicht nur noch mehr Schmerz bringen. „Ich kann keine Fernbeziehung führen."

„Kannst du nicht oder willst du nicht?"

Ich antwortete nicht.

Mit düsterer Miene zog Ben seine Hand aus meiner und richtete die Fernbedienung wieder auf den Fernseher. Richard Karn hatte den Arm um die Schultern des bärtigen Mannes gelegt und spielte die Runde auf Zeit, bei der ich für gewöhnlich jede Menge Antworten in Richtung Bildschirm rief. Diesmal jedoch war ich nicht bei der Sache. In keiner von Richards Kategorien fiel mir auch nur eine einzige Antwort ein.

„Die Vorhänge sind offiziell ausgeklopft!", verkündete Natalie, die in diesem Moment wieder ins Zimmer rauschte.

Ich ließ meine Hand von der Rückenlehne des Sofas gleiten und damit auch von den Erinnerungen. Neun Jahre später war ich klüger und verstand etwas, das mir damals nicht klar gewesen war. Distanz musste nichts Körperliches sein. Zwei Menschen konnten unter demselben Dach leben, im selben Bett schlafen und trotzdem in unterschiedlichen Welten leben.

„Alles in Ordnung?", fragte Natalie.

Ich biss mir auf die Wange. Natalie wusste viel über mich. Ich hatte ihr von den Fehlgeburten erzählt und von meinem Frust wegen Gracie. Sie wusste von meinen Sorgen wegen Tante Ingrid und meinen Problemen mit meiner Schwiegermutter und ihren ewigen, wenig subtilen Winken, dass sie sich mehr Enkel wünschte. Aber in meine Beziehung zu Ben ließ ich niemanden schauen. Diese Karten waren zu wichtig, um sie vor jemand anderem offenzulegen.

In diesem Augenblick vibrierte mein Handy auf der Küchenzeile.

Gerade rechtzeitig.

Ich ging hinüber und nahm das Telefon in die Hand. „Es ist die Schule." Ich wischte über den Bildschirm und sagte: „Hallo?"

„Hallo Carmen, hier ist Mrs Hershey."

Mrs Hershey war die Schulsekretärin – eine liebe grauhaarige Dame, die immer ein Lächeln und eine Schüssel mit Hershey-Pralinen zu bieten hatte. Ben hatte mir erzählt, dass sie am Ende des Jahres in Rente gehen würde. „Hi, Mrs Hershey, ist alles in Ordnung?"

„Also, ich habe Gracie hier im Büro. Ich fürchte, sie bekommt ein bisschen Ärger."

Ich begann an dem Nagel meines kleinen Fingers zu knabbern.

„Ich hätte ja Ben angerufen, aber er ist im Unterricht, und ich wusste, dass Sie für heute mit der Arbeit fertig sind. Außerdem sind Sie als Gracies erste Kontaktperson gelistet. Meinen Sie, Sie könnten vorbeischauen und mit Gracies Tutor sprechen? Aber wenn ich lieber mit Ben sprechen soll, kann ich das auch machen."

„Nein, nein, ich kann kommen. Könnten Sie mir vielleicht sagen, weshalb sie in Schwierigkeiten ist?"

Natalie zog fragend die Stirn kraus, während Mrs Hershey mir die Situation erklärte.

Als sie geendet hatte, sagte ich „Danke", versicherte ihr, dass ich in einer halben Stunde da sein würde, und legte auf.

„Was ist passiert?"

„Offenbar hat meine Schwester eine Ziege gestohlen."

# Kapitel 30

*Carmen*

Der Bildschirm wurde schwarz, als Gracies Tutor, Mr Vogel – ein großer, storchenartiger Mann, mit dem ich im Laufe der Jahre ein paarmal Small Talk gemacht hatte, vor allem bei Weihnachtsfeiern oder am Hotdogstand bei Footballspielen – das Band der Überwachungskamera anhielt. Er hatte einen Fuß lässig auf das andere Knie gelegt und die Hände überm Schienbein gefaltet.

Ich blickte von ihm zu meiner Schwester, ganz und gar sprachlos.

Als Gracie keine Anstalten machte, mir die Szene in dem Video zu erklären, das ich gerade gesehen hatte, stellte Mr Vogel den zweiten Fuß auch auf den Boden. „Der Ziegenbesitzer war außer sich vor Sorge."

Gracie verdrehte die Augen. „Ich habe doch darauf geachtet, dass der Ziege nichts passiert."

„Gracie!"

„Was denn? Die Fenster waren geöffnet und ich habe ihr etwas zu trinken gegeben."

Ich schüttelte den Kopf. Irgendwie ergab das Ganze für mich keinen Sinn. Es war lächerlich. So lächerlich sogar, dass ich mir nicht sicher war, ob ich es geglaubt hätte, wenn ich den Beweis nicht mit eigenen Augen gesehen hätte. „Was in aller Welt hat dich geritten, dass du eine Ziege in das Auto einer Lehrerin gesteckt hast?"

„Ich weiß nicht – Langeweile?"

„Das ist ein ernster Regelverstoß, Gracie." Mr Vogel sah meiner Schwester fest in die Augen. „Es ist kein großer Schaden an Miss Hensons Wagen entstanden, aber darum geht es nicht. Du hast Schuleigentum entwendet und das Auto einer Lehrkraft aufgebrochen. Das sollte zwei Wochen Schulverweis zur Folge haben."

Ich riss die Augen auf.

„Außerdem müsste der Vorfall in deine Akte eingetragen werden, zusammen mit zahlreichen anderen Verfehlungen von deiner ehemaligen Schule."

Meine Augen wurden immer größer.

Gracie schien das alles gar nicht zu beeindrucken.

„Aber" – Mr Vogel hob einen Finger – „da dies dein erstes Fehlverhalten an dieser Schule ist, habe ich einen gewissen Spielraum. Und zufällig glaube ich daran, jemandem eine zweite Chance zu geben. Ich glaube, dass unter deinem toughen Äußeren eine junge Dame steckt, die sich gerne anders verhalten würde."

Gracie verschränkte die Arme.

Mr Vogel tippte etwas auf seiner Tastatur. Der Drucker auf der Anrichte erwachte zum Leben und spuckte ein Blatt Papier aus. Er nahm es und gab es meiner Schwester.

„Was ist das?", fragte sie.

„Eine Liste mit Arbeitsgemeinschaften."

„Und warum geben Sie mir die?"

„Ich habe mit deinen Lehrern gesprochen. Jeder Einzelne von ihnen glaubt, dass du eine Menge Potenzial hast. Und sie sind sich alle einig, dass eine sinnvolle Beschäftigung sehr gut wäre, vor allem, wenn die Langeweile der Grund für dein Verhalten ist." Mr Vogel schlug wieder die Beine übereinander und faltete die Hände diesmal überm Knie. „Statt zwei Wochen Schulverweis schlage ich vor, dass du dir eine AG von der Liste aussuchst und dich verpflichtest, daran teilzunehmen. Solange so etwas nicht wieder passiert, könnten wir dann auf den Schulverweis verzichten."

Ich wäre vor Erleichterung beinahe geschmolzen. „Und es käme auch nicht in ihre Akte?"

„Nein."

„Danke, Mr Vogel." Ich wandte mich an meine Schwester und sah sie mit großen Augen an, damit sie sich ebenfalls bedankte. Das Angebot war mehr als großzügig.

„Das heißt, entweder fliege ich für zwei Wochen von der Schule oder mache bei einer von diesen Sachen mit?"

„Genau."

„Ich nehme den Schulverweis."

Ich rutschte auf meinem Stuhl nach vorn. „Was?"

Mr Vogel seufzte. „Also gut, wenn du es so willst, sehen wir uns im Dezember wieder."

„Bis dann." Und bevor ich protestieren oder ihre Entscheidung auch nur verdauen konnte, stand Gracie auf und verließ das Büro.

Ich blieb sitzen, hin- und hergerissen zwischen zwei Möglichkeiten. Mich bei Mr Vogel für Gracies Benehmen zu entschuldigen oder aus dem Büro zu laufen und sie zur Rede zu stellen. Mit einem um Entschuldigung bittenden Blick zeigte ich auf die Tür.

Er streckte seinen langen Arm aus. „Natürlich, gehen Sie ihr nach."

„Könnte ich vielleicht diese Liste haben?"

Mr Vogel reichte sie mir. „Falls sie es sich anders überlegt, sagen Sie mir bitte Bescheid."

„Das mache ich. Danke."

Als ich auf dem Flur ankam, lief Gracie bereits die Treppe zum Parkplatz hinunter. Ich beschleunigte meine Schritte, um sie einzuholen, und eilte durch den Haupteingang nach draußen. „Gracie, warte mal kurz."

Sie blieb am Fuß der Betontreppe stehen und drehte sich um.

„Hast du den Verstand verloren?"

Sie wackelte ein bisschen mit dem Kopf, so als wollte sie sich Wasser aus den Ohren schütteln. „Ich bin mir ziemlich sicher, dass er noch da drin ist."

„Mr Vogel hat dir ein überaus großzügiges Angebot gemacht."

„Richtig, und da er es mir gemacht hat und nicht dir, habe ich die Freiheit, es anzunehmen oder nicht. Ich habe mich für Letzteres entschieden."

„Einen Schulverweis mit einem Aktenvermerk."

„Meine Akte ist mir egal."

„Im Moment vielleicht. Aber das bedeutet nicht, dass sie dir irgendwann nicht doch wichtig sein wird."

„Fang bitte nicht schon wieder mit dem College an."

Ich fuhr mir mit den Händen durch die Haare und schüttelte den Kopf, während all der Frust und die Verärgerung, die ich heruntergeschluckt hatte, in mir hochstiegen und sich mit anderen Gefühlen mischten, die nichts mit meiner Schwester zu tun hatten. „Das kann so nicht weitergehen."

„Was meinst du?“

„Betrunken von Partys nach Hause kommen? Ziegen stehlen und in Lehrerautos stecken? Es reicht!“

„Es ist eine Ewigkeit her, dass ich mich betrunken habe. Und du hast die Aufnahme gesehen – es war eine Ziege und es war ein Auto. Kein Plural. Und bitte tu nicht so, als wäre ich die Einzige, die von einer Überwachungskamera bei einem Vergehen erwischt wurde.“ Sie zog eine Augenbraue hoch.

Meine Wangen wurden heiß, als ich daran dachte. Bislang hatten wir beide noch nie über meine peinliche YouTube-Berühmtheit gesprochen. Ich schüttelte den Kopf, nicht bereit, mich ablenken zu lassen. „Was in aller Welt hat dich dazu bewogen, eine Ziege in Miss Hensons Auto zu stecken?“

„Ich kann sie nicht leiden.“

„Okay. Gut. Du magst sie nicht. Aber das ändert nichts an der Tatsache, dass sie deine Lehrerin ist und etwas Respekt verdient hat.“

Gracie lachte.

„Ich wüsste nicht, was daran lustig ist.“

„Miss Henson hat meinen Respekt nicht verdient. Und wenn du wüsstest, was sie am letzten Freitag in der Mittagspause gemacht hat, würdest du sie auch nicht respektieren.“

Ihre ominösen Worte und der kryptische Blick, den sie mir zuwarf, während sie sie aussprach, ließen mich aufhorchen. „Was hat sie denn in der Mittagspause gemacht?“

Gracie wandte sich zum Gehen, aber ich packte ihren Ellbogen. „Sag mir, was sie am Freitag in der Mittagspause gemacht hat, Gracie.“

„Sie hat deinen Mann angebaggert.“

Ich ließ ihren Arm los. „Was?“

„Ich bin in der Pause zu seinem Klassenzimmer gegangen, um mir Geld zu leihen. Er war nicht allein. Miss Henson hat ihm Gesellschaft geleistet und sie war ziemlich … anschmiegsam. Und es war nicht das erste Mal, dass ich gesehen habe, wie sie sich ihm gegenüber verhält.“

Die Wärme wich aus meinem Gesicht.

Gracie machte auf dem Absatz kehrt und ging zu ihrem nicht-soneuen Auto, während ich am Fuß der Treppe stand, eine Saat des Verdachts in meinem Herzen.

# Kapitel 31

*Carmen*

„Ich muss pinkeln", sagte Gracie.

Ich biss die Zähne zusammen. Es war das dritte Mal, dass sie mich darüber informierte, und das erste Mal war vor ungefähr fünfzig Kilometern auf der Interstate 10 gewesen. Ich saß über das Lenkrad gebeugt und blickte zu der Reihe sich auftürmender Cumulonimbuswolken und ihren beeindruckenden ambossförmigen Kronen hinauf. Wir fuhren parallel zum Böenkragen und er kam schnell näher. Ich wollte vor der Sturmfront in Tallahassee sein, aber wenn wir eine Toilettenpause machten, würden wir das mit an Sicherheit grenzender Wahrscheinlichkeit nicht schaffen. „Kannst du es einhalten?"

„Nicht, ohne eine Blasenentzündung zu bekommen."

Ich umklammerte das Lenkrad noch fester, setzte den Blinker und nahm die nächste Ausfahrt – zu einer Stadt namens Potomac Springs, die sich mit dem Besitz eines Supermarktes und einer Tankstelle brüstete. Leider waren diese Einrichtungen weiter von der Autostraße entfernt, als ich gedacht hatte, und ich sah nichts, was einer Stadt ähnelte.

Gracie murmelte etwas in Richtung Fenster.

Meine Muskeln spannten sich an. „Hör zu, ich weiß, dass du nicht mitkommen wolltest, aber sie ist unsere Mutter. Meinst du nicht, wir sollten sie unterstützen?"

„Eigentlich nicht."

Ich knirschte mit den Zähnen. Seit Gracies sturer Weigerung am Montag, Mr Vogels Angebot anzunehmen, und unserem darauffolgenden Streit vor der Schule, bei dem sie eine Lehrerin beschuldigt hatte, es auf meinen Mann abgesehen zu haben, war sie mir auf jeden meiner noch verbliebenen Nerven gegangen. Drei Monate lang hatte ich versucht, ihrer persönlichen Mauer wenigstens einen Riss zuzufügen, und drei Monate lang war ich damit kläglich gescheitert. Offenbar konnte ich Gracie ebenso wenig aus ihrer mürrischen Laune reißen, wie ich mit dem Finger schnipsen und mir ein Baby beschaffen konnte. „Es ist nur ein Tag. Können wir nicht Mom zuliebe so tun, als würden wir uns vertragen?"

„Ist es wirklich Mom zuliebe?"

Gerade wollte ich fragen, was sie damit meinte, da zeigte Gracie auf ein baufälliges Gebäude am Straßenrand. Davor standen zwei Tanksäulen und an der Seite gab es eine Toilette. Es war das perfekte Setting für einen Horrorfilm. Ich fuhr auf den Parkplatz und blieb mit abgeschlossenen Türen im Auto, während Gracie hineinlief, mit einem Schlüssel wieder herauskam und die Toilette betrat. Während ich im Radio etwas anderes als Rauschen suchte, hielt ich ein Auge auf die Wolken gerichtet.

*Komm schon, Gracie, beeil dich.*

Mehrere dicke Tropfen landeten auf der Windschutzscheibe. Und dann öffnete der Himmel sich ganz offiziell. Der Regen fiel wie eine Wand und trommelte auf das Dach meines Wagens. Durch den Guss konnte ich etwas erkennen, das wie eine rennende Gracie aussah. Sobald sie eingestiegen war, schüttelte sie sich. „Das war eklig."

Ein Blitz erhellte den dunklen Himmel über uns, gefolgt von einem Donnerknall, der uns beide zusammenzucken ließ. Ich fuhr auf die Straße zurück und in Richtung Interstate, während ich das Lenkrad krampfhaft umklammert hielt.

Gracie hielt sich an der Mittelkonsole fest. „Sollten wir nicht lieber irgendwo ranfahren?"

Ich trat aufs Gaspedal. Wenn wir das Unwetter irgendwo aussitzen mussten, würden wir es nicht am Rand einer unheimlichen, menschenleeren Straße tun. Wir würden auf die Interstate fahren und dort auf dem Standstreifen in Gesellschaft anderer Autofahrer warten. Wieder zerriss ein Blitz die Wolken. Ich beugte mich vor und konzentrierte mich auf meinen einzigen Bezugspunkt – die gelbe gepunktete Linie in der Mitte der Straße –, als etwas Graues im Licht meiner Scheinwerfer auftauchte.

Gracie kreischte.

Ich riss das Steuer herum. Trat auf die Bremse.

Das Auto brach aus, drehte sich um die eigene Achse und kam

schließlich im Schlamm zum Stehen, aber zum Glück nicht im Graben.

Gracie und ich starrten einander an, während der Regen aufs Dach trommelte, und atmeten gleichzeitig tief ein und aus. „Was war das denn?", fragte sie.

„Ich weiß nicht. Irgendein Tier."

Ich holte einmal tief Luft. Dann noch einmal. Nachdem mein Herz sich wieder etwas beruhigt hatte, legte ich die Hände erneut ums Lenkrad und trat aufs Gaspedal. Das Auto machte einen merkwürdigen kleinen Satz und die Räder drehten durch. Ich trat das Pedal weiter durch. Der Wagen rührte sich nicht von der Stelle. Mit zunehmender Panik trat ich das Gas vollständig durch. Die Räder spien Schlamm in den Regen. Aber das Auto bewegte sich nicht.

„Stecken wir fest?"

„Sieht so aus." Ich griff nach meinem Handy und wählte die Nummer des Automobilklubs, aber ich hatte keinen Empfang – ob wegen des Unwetters oder unseres abgelegenen Standorts, konnte ich nicht mit Sicherheit sagen. Ich zeigte Gracie das Handy. Sie zog ihres heraus. Dasselbe.

Meine Panik verwandelte sich in Wut. Wir steckten irgendwo in der Pampa während eines Gewitterregens fest, nur weil meine Schwester auf die Toilette gemusst hatte. „Ich habe dir doch gesagt, du sollst die Limo nicht trinken."

Gracies schwarz umrandete, seegrüne Augen wurden größer. „Machst du Witze? Du gibst mir die Schuld hierfür?"

„Wenn wir nicht von der Interstate abgefahren wären, säßen wir jetzt nicht hier fest."

„Du bist es doch, die mich überhaupt erst mitgeschleift hat!"

„Gracie, sie ist unsere Mutter und sie gibt sich Mühe."

„Warte ein paar Tage. Es wird nicht lange dauern, bis sie wieder ganz sie selbst ist."

„Das ist wirklich keine tolle Einstellung."

„Ich bin nur realistisch."

„Nein, du bist zynisch. Die typisch pessimistische Gracie."

„Immer noch besser, als eine totale Heuchlerin zu sein."

„Ach, und das bin dann wohl ich, ja? Ich bin also eine totale

Heuchlerin. Kannst du mich mal aufklären, warum ich eine Heuchlerin sein soll?“

„Alles an dir ist aufgesetzt. Du lächelst nur, wenn jemand guckt. Du berührst deinen Mann nur, wenn jemand guckt. Du gehst jeden Sonntagmorgen in die Kirche und dann kommst du nach Hause und heulst im Badezimmer.“

Ihre Beobachtungen waren wie ein Schlag in den Solarplexus. Sie raubten mir den Atem. Gracie hörte mich, wenn ich im Bad war?

„Du hast gesagt, das *Treasure Chest* sei dir wichtig, aber dir sind die Dinge immer nur so lange wichtig, wie sie in dein Leben passen. Nachdem Ingrid ins Heim gekommen ist, hast du das Motel genauso im Stich gelassen, wie du mich im Stich gelassen hast.“

„Gracie …“

„Du hast ja keine Ahnung, wie es ist, mit ihr zusammenzuleben!“ Die Worte explodierten aus ihrem Mund wie ein Donnerschlag, der die Atmosphäre im Wagen zerriss.

Wir atmeten die betäubende Stille ein, während der Nebel an den Fenstern hochkroch.

Meine Schwester wandte als Erste den Blick ab und drehte sich weg, aber ich sah, wie sie sich verstohlen über die Augen wischte.

„Ich habe zwölf Jahre lang mit ihr zusammengelebt, Gracie.“

„Das war nicht dasselbe. Du warst nie mit ihr allein. Du hattest deinen Dad, der auf dich aufgepasst hat. Ich hatte niemanden. Ich war eine Last für Mom. Meinem Vater war ich lästig. Und für dich war ich überhaupt nichts.“

„Das ist nicht wahr.“

„Du bist eine solche Lügnerin.“ Gracie schüttelte den Kopf. „Und was noch schlimmer ist, du *wusstest* es. Du wusstest, dass ich bei einer alkoholabhängigen Mutter aufwachse, und hast nichts getan.“

Ihre Anschuldigungen waren wie ein Papierschredder, der mich in dünne Streifen der Schuld zerriss. Ich hätte widersprechen können. Ich hätte ihr meine Sicht der Dinge darlegen können – dass ich dachte, Mom wäre nüchtern oder jedenfalls meistens. Aber Gracie hatte recht. Im Grunde hatte ich es gewusst. Es war einfach bequemer gewesen, sich dumm zu stellen. Als ich in der siebten Klasse gewesen war, hatte Dad beschlossen, dass er genug hatte. Ein gutes

Jahr später war Gracie zur Welt gekommen – und ich war immer noch so erleichtert gewesen, weit weg von Mom zu sein, von der Störung, die unser Leben beeinträchtigt hatte, und von der anstrengenden Aufgabe, sie zu verstecken, dass ich kaum einen Gedanken an meine Schwester verschwendet hatte. Es war für mich kein Problem gewesen, meiner neu gewonnenen Freiheit die Beziehung zu meiner neugeborenen Schwester zu opfern. Ich hatte ein kleines Mädchen zu einem Leben verdammt, dem ich unbedingt hatte entfliehen wollen, nur damit ich mich nicht mehr damit auseinandersetzen musste.

Gracie streckte die Hand nach dem Türgriff aus, so als könnte sie es nicht ertragen, auch nur eine Sekunde länger mit mir im selben Auto zu sitzen. Dann stieg sie aus.

Ich folgte ihr und der Regen fiel noch immer so heftig, dass ich schon durchnässt war, bevor ich ganz ausgestiegen war. „Komm schon, Gracie, steig wieder ein."

Sie lehnte mit verschränkten Armen an der Motorhaube. „Nein."

„Es tut mir leid, okay?"

„Meinst du, ich will eine halbherzige Entschuldigung von dir? Die bedeutet doch gar nichts."

Ich blinzelte in dem kalten Regen. Wieder erhellte ein Blitz den Himmel von einem Ende bis zum anderen. „Du hast recht. Meine Entschuldigung kann nicht ungeschehen machen, was gewesen ist. Ich kann diese Verletzung nicht rückgängig machen oder meine Feigheit wiedergutmachen. Aber ich versuch es ja jetzt. Ich will jetzt für dich da sein." Die Regentropfen fielen von meinen Wimpern und in meinen Mund. Ich blinzelte wieder und machte einen Schritt auf Gracie zu. „Aber ich kann nicht für dich da sein, wenn du mich bei jeder Gelegenheit auflaufen lässt."

Sie blickte von ihren verschränkten Armen auf, während die schwarzen Haare an ihrem Gesicht klebten und ihr der Eyeliner über die Wangen lief.

„Ich will die Schwester sein, die ich von Anfang an hätte sein sollen, aber das kann ich nicht, wenn du mir nicht ein bisschen entgegenkommst." Jetzt ließ der Regen ein wenig nach. Das schlimmste Unwetter war vorbei. Ich starrte Gracie an und wartete auf ihre Entscheidung. Die konnte ich ihr nicht abnehmen. Wenn ich in den vergangenen drei Monaten etwas gelernt hatte, dann das, dass ich niemandem helfen konnte, der keine Hilfe wollte. Ich konnte sie nicht dazu zwingen, mir zu vertrauen. Das musste sie von sich aus tun.

Sie kaute auf ihrer Unterlippe.

Inzwischen war aus dem Regen ein Nieseln geworden.

„Hast du ein Stück Pappe?", fragte sie schließlich.

„Was?"

„Für die Räder. Wenn wir etwas drunterschieben können, kommen wir vielleicht aus dem Matsch raus."

Es war keine eindeutige Antwort, aber es war ein Anfang.

Ich machte den Kofferraum auf und zog den Karton heraus, mit dem wir verschiedene Gegenstände ins Motel hinein- und wieder hinausgetragen hatten. Zusammen rissen wir ihn auseinander und klemmten ein großes Stück Pappe unter die beiden Vorderräder. Gracie setzte sich ans Steuer, während ich hinter der Stoßstange Position bezog und mich darauf vorbereitete, mit aller Macht zu schieben. Sie betätigte vorsichtig das Gaspedal und ich schob mit jedem bisschen Kraft, das in mir steckte. Dann gab sie etwas mehr Gas. Das Auto bewegte sich nach vorne. Die Vorderräder griffen auf der Pappe. Die Hinterräder ließen eine Schlammfontäne aufspritzen. Und irgendwie machte das Auto einen Satz auf die Straße.

Einen Moment lang stand ich da und glotzte nur.

*Du liebe Güte, wir haben es geschafft! Wir haben den Wagen wieder flottgemacht!*

Gracie stieg aus und sah ebenso schockiert aus wie ich. Einen Augenblick lang starrten wir einander an, beide wie ertrunkene Ratten, und Gracie stieß einen Laut aus, den ich noch nie gehört hatte. Lachen. Nicht sarkastisch oder gemein, sondern ein reines, vergnügtes Lachen. Als ich an mir heruntersah, musste ich unwillkürlich einstimmen. Ich war von Kopf bis Fuß mit Schlamm vollgespritzt. Wir lachten und lachten, bis wir uns vor Lachen bogen und uns die Tränen aus den Augen wischen mussten.

Als wir schließlich Handtücher über die Autositze gelegt hatten und wieder losfuhren, war das Lachen längst verklungen. Aber das Gefühl, das es hinterlassen hatte? Das blieb. Ich fuhr auf die Autobahn und warf meiner Schwester einen verstohlenen Blick zu. „Ich hatte sechs Fehlgeburten."

Ihr Kopf fuhr herum. So schnell, dass es eher ein Reflex zu sein schien als eine bewusste Entscheidung.

„Deshalb weine ich manchmal. Im Bad."

Gracie nickte fast unmerklich. Und dann waren wir unterwegs.

# Kapitel 32

*Gracie*

Als Mom mich umarmte, bemerkte ich zwei Dinge – sie war nicht so dürr, wie sie es im August gewesen war, und sie roch nach Zigaretten. Weniger offensichtlich als meine Mitfahrgelegenheit Deborah, aber der Geruch ihrer Haare war eindeutig. Ich vermute, einen langsamen Tod durch einen anderen zu ersetzen, geschah bei der Therapie fast automatisch. Als sie mich losließ, hatte sie Tränen in den Augen. „Ich bin ja so froh, dass ihr gekommen seid."

Am Abend zuvor waren Carmen und ich verdreckt und pitschnass, aber ansonsten relativ intakt in Tallahassee angekommen. Wir waren in einem süßen Familienmotel in der Nähe der Interstate 10 abgestiegen, wo wir geduscht, Pizza gegessen und geschlafen hatten, und jetzt waren wir hier im *Fresh Start*-Rehabilitationszentrum. Wir beide waren immer noch so gut wie Fremde füreinander, aber zum ersten Mal empfand ich für Carmen etwas anderes, etwas Weicheres. Mit diesem Gefühl war ich schlafen gegangen und als ich aufwachte, war es immer noch da gewesen. Ich hatte keine Ahnung, warum – ob es daran lag, dass wir gemeinsam das Auto aus dem Matsch gezogen hatten oder ob ihr Geständnis mein Mitgefühl geweckt hatte oder ob ihre Entschuldigung doch etwas bewirkt hatte. Ich wusste nur, dass der über viele Jahre angestaute Ärger etwas von seiner Schärfe verloren hatte.

Es war ein komisches Gefühl.

Mom schob uns in den Speisesaal und stellte uns allen ihren neuen Freunden vor, von denen einer ein Verschwörungstheoretiker namens Jimmy war. Er sah wie Jesus aus – oder wenigstens wie die amerikanisierte Version auf Gemälden in Kirchen –, nur dass Jimmy seinen Bart zu einem Zopf gebunden hatte und seine Hände zitterten, wenn er sprach.

Während Carmen und Mom sich unterhielten, erzählte Jimmy mir vom Ende der Welt. Er wusste nicht, wie es geschehen würde, aber er war sich sicher, wann. Offenbar hatte er Gott gestern bei einem Spaziergang gesagt, wenn dieser ihm verraten würde, wann die Welt untergeht, würde er wissen, dass es Gott wirklich gibt. Und als Jimmy dann zum Himmel hinaufgeblickt hatte, hatte er wohl eine Wolke gesehen, die genau wie eine Drei aussah, und das bedeutete seiner Meinung nach, dass wir alle ab heute noch zwei Jahre und dreihundertvierundsechzig Tage bis zum Weltuntergang hatten. Ich überlegte, ob ich ihn fragen sollte, warum die Zahl für Jahre stand und nicht für Monate oder Wochen oder Tage, aber er schien so froh über die ganze Zeit, die ihm noch blieb, dass ich es nicht über mich brachte, ihm seine Illusion zu verhageln.

Und außerdem wollte Mom uns ihr Zimmer zeigen. Den ganzen Weg dorthin und wieder zurück redete sie ohne Punkt und Komma und hörte erst auf, als das Thanksgiving-Essen aufgetragen wurde. Ich tat mir Truthahn, Füllung, Stampfkartoffeln und Cranberrysoße auf den Teller und ertränkte alles mit Bratensoße. Wir drei setzten uns zu Jimmy an den Tisch und er sprach ein Tischgebet, das mit Abstand das unterhaltsamste Gebet war, das ich je gehört hatte. Sobald er fertig war, schaufelte ich das Essen in mich hinein, während ich mich für Schritt Nummer neun wappnete. Mom konnte nicht unbegrenzt lange und schnell reden, denn irgendwann gingen ihr die Dinge aus, die sie sagen konnte, sodass sie endlich auf ihre Situation zu sprechen kam.

„Es geht mir besser, als ich mich jemals zuvor gefühlt habe. Und das meine ich ernst.“ Sie schnitt einen Bissen von ihrem Truthahn ab.

Carmen warf mir einen Blick zu, während sie ein Brötchen mit Butter bestrich. „Das ist toll, Mom.“

Ich wartete darauf, dass Mom weitersprach, aber wie es schien, hatten wir nun die Flaute erreicht.

Sie schob sich einen Bissen Fleisch in den Mund, kaute, schluckte und tupfte sich die Lippen mit einer orange-goldenen Serviette ab, auf der *Happy Truthahn* stand. „Es tut mir leid, Carmen.“

Da war er. Schritt Nummer neun: Kommen Sie mit den Menschen ins Reine, denen Sie unrecht getan haben. Mom hatte vielleicht erst dreimal in ihrem Leben eine offizielle Entwöhnungstherapie gemacht, aber das bedeutete nicht, dass sie nicht zahlreiche

Versuche unternommen hatte, die Flasche auf eigene Faust aufzugeben. Daher auch ihre ganzen Taufen. Ich hatte nicht nur gesehen, wie sie jeden zweiten Sonntag im Fluss untergetaucht war, ich hatte auch das Vergnügen gehabt, Schritt Nummer neun zu erleben. Wieder und wieder und wieder.

Carmen musste Moms Worte auch erwartet haben, denn sie legte die Gabel hin und war so höflich, unsere Mutter direkt anzusehen. Aber ich? Ich blickte auf meine Füße hinunter. Schritt Nummer neun hatte schon vor Jahren seine Glaubwürdigkeit verloren.

„Es tut mir leid, dass ich für dich nicht die Mutter war, die ich hätte sein sollen."

„Ist schon gut. Wirklich."

„Gracie?" Ihre Stimme zitterte, als sie meinen Namen sagte.

Ich verrührte die Cranberrysoße mit dem Kartoffelpüree und freute mich an dem Farbenspiel aus cremefarbener und roter Masse. Wer hätte gedacht, dass ein Thanksgiving-Essen sich für kreative Kunst eignete?

„Dich habe ich am schlimmsten von allen verletzt. Ich hätte in unserer Beziehung die Mutter sein sollen, aber stattdessen hast du dich immer um mich gekümmert. Ich weiß, dass das nicht richtig war. Und ich verspreche, dass die Dinge von jetzt an anders sein werden." Sie streckte die Hand aus, um meine Faust zu drücken. „In einer Woche kann ich nach Hause und dann fangen wir noch einmal von vorne an."

„Ich will nicht noch mal von vorne anfangen."

„Gracie", murmelte Carmen.

Ich blickte von meinem Teller auf und sah erst Carmen an, dann Mom. Es war offensichtlich, dass ich Mom mit meinen Worten den Wind aus den Segeln genommen hatte. Aber ich konnte nicht anders. Der Gedanke, zu Chris Nanning und Sadie Hall und Direktor Best und den Versagern, mit denen ich meine Mittagspause verbracht hatte, zurückzukehren, ließ mich erschauern. Ganz abgesehen von den Nächten zu Hause, während ich darauf wartete, dass Moms Tanz mit dem Teufel wieder begann. Die vergangenen drei Monate hatten mich ein wenig vergessen lassen, wie es gewesen war – die Unbeständigkeit jedes Augenblicks, das Wie-auf-Eiern-Gehen. Klar, Ben und Carmen hatten auch Probleme, aber wenigstens brauchte ich mich nie zu fragen, ob es sicher war, mit ihnen ins Auto zu steigen. Immerhin kam ich nie nach Hause und fand einen von ihnen betrunken auf dem Sofa vor. „Ich möchte bei Carmen bleiben."

Ich bin mir nicht sicher, wen diese Aussage mehr schockierte – Carmen oder mich.

„Darüber können wir bestimmt reden." Mom faltete ihre Serviette in der Hälfte, dann noch einmal und strich die Knicke auf ihren Knien glatt, wobei ihre Hände zitterten wie die von Jimmy. „Wenn ihr mich bitte entschuldigen wollt, ich hole mir noch einen Nachschlag."

Dabei hatte sie noch nicht mal die erste Portion aufgegessen.

Ich sah zu, wie sie zu dem großen Tisch ging, auf dem das Essen stand.

„Sie gibt sich wirklich Mühe, Gracie", sagte Carmen.

„Ich wollte nicht unfreundlich sein."

„Was wolltest du denn dann sein?"

„Ehrlich."

Carmen sah mich skeptisch an. „Du willst *wirklich* bei mir bleiben?"

„Ich verstehe schon, wenn du das nicht willst." Ich ließ meine Stimme neutral, emotionslos klingen. Aber innerlich klopfte mein Herz ein schnelles SOS gegen meinen Brustkorb. Ich wollte aus verschiedenen Gründen bleiben; das *Treasure Chest* und Elias waren zwei der wichtigsten.

„Wenn das stimmt, wenn du es wirklich ernst meinst …" Carmen fuhr mit der Gabel durch einen Rest grüner Bohnen auf ihrem Teller. „Unter einer Bedingung."

„Und die wäre?"

„Du nimmst Mr Vogels Angebot an."

„Du meinst, ich soll irgendeinem Verein beitreten?"

„Ja."

Mein Blick wanderte zu meiner Mutter. Jimmy war auch aufgestanden, um sich nachzunehmen, und danach zu urteilen, wie begeistert er mit den Händen zur Decke hinaufzeigte, erzählte er ihr gerade die Geschichte von Gottes apokalyptischer Wolkenbotschaft. Als meine Mutter lächelte und nickte, fiel mir etwas ein, das

Elias vor einer Weile gesagt hatte, als wir im Haus von Ben und Carmen auf der Treppe gesessen hatten.

„Wenn sie dreimal einen Entzug angefangen hat, heißt das, sie versucht es wenigstens."

Ihre Vergangenheit mochte von Versagen geprägt sein und sie würde nie den Preis für die beste Mutter der Welt bekommen, aber ich musste ihr zugutehalten, dass sie immer wieder aufstand. Dass sie es versuchte, auch wenn sie wahrscheinlich wieder scheitern würde.

„Also?", wollte Carmen wissen.

Ich atmete aus. „Dann muss ich mir die Liste von Mr Vogel wohl noch mal ansehen."

Carmen lächelte.

Leicht verwirrt widmete ich mich wieder meinem Kartoffel-Cranberry-Kunstwerk. Carmen behielt mich nicht nur, sie schien sich sogar darüber zu freuen. Und da ich wusste, wie ich sie in den vergangenen Monaten behandelt hatte, ergab das irgendwie keinen Sinn.

# Kapitel 33

*Gracie*

Ich saß an meinem einsamen Tisch hinten in der Cafeteria, die Stiefel auf einen leeren Stuhl gelegt, hatte mir die Kapuze meines Pullis über den Kopf gezogen und Ohrhörer in den Ohren. Meine Laune war ziemlich im Keller. Mr Vogel hatte gesagt, ich habe bis Montag Zeit, mir eine Arbeitsgemeinschaft auszusuchen, und die einzige Aktivität, die mich interessiert hätte, war keine Option mehr. Das Debattierteam bereitete sich auf den Wettkampf vor und Kimmy hatte schon vor Monaten einen neuen Partner gefunden. Die Liste vor mir enthielt alle meine Alternativen.

Alles, was sich um Sport, Theater oder Musik drehte, hatte ich bereits ausgeschlossen. Auf keinen Fall würde ich irgendeine Uniform tragen oder auf irgendwelchen Bühnen auftreten. Oder singen. Ich hörte zwar gerne Musik, aber hören und machen waren zwei ganz verschiedene Paar Schuhe. Und wenn man von der Graffiti-Aktion an Chris Nannings Auto absah, hatte ich auch keine künstlerische Ader. Also blieben mir die Schülerzeitung, das Schreiben von Reden und ein paar kleinere Klubs, angesichts derer ich unwillkürlich die Nase rümpfte. Irgendwann mitten in dem Song *Are You Done with Me* von Delain machte sich mein sechster Sinn bemerkbar. Ich blickte von dem Blatt Papier auf und sah, dass einer der leeren Stühle an meinem Tisch nicht mehr leer war. Elias Banks hatte sich zum Mittagessen zu mir gesellt, und das hatte er seit meinem ersten Tag an der Schule nicht mehr getan.

Ich versteckte die Liste unter dem Tisch und zog die Stöpsel aus meinen Ohren, während ich mit hochgezogenen Augenbrauen die Mischung aus Truthahn, Stampfkartoffeln und Soße betrachtete, die er auf einer Scheibe Brot aufgetürmt hatte. „Wissen die Essensdamen nicht, dass wir alle keinen Truthahn mehr sehen können?"

„Ich glaube, es sind die letzten Reste." Er schenkte mir sein Grübchen-Lächeln. „Was ist los, Fisher? Du siehst heute besonders belämmert aus." Er schob sich eine Gabel voll Truthahn mit Soße in den Mund und spülte das Ganze mit zweiprozentiger Milch hinunter. Dann deutete er mit dem Kinn auf den Tisch, unter dem ich meine Liste versteckt hatte. „Was hast du dir denn da gerade angeguckt?"

„Nichts." Ich hatte die Antwort zu schnell gegeben.

„Du weißt schon, dass auffälliges Verhalten die Leute nur noch neugieriger macht, oder?"

Ich seufzte laut. Wenn ich eine von diesen Sachen machen musste, würden es die anderen eh irgendwann erfahren. Ich konnte es genauso gut hinter mich bringen und es ihm erzählen. Also reichte ich ihm die Liste. „Meine Optionen."

„Wofür?"

„Eine Arbeitsgemeinschaft, die von der Schule angeboten wird."

Beinahe hätte er seine Milch ausgespuckt. „Du willst einer dieser Gruppen beitreten?"

„Nein, ich *will* überhaupt nicht. Ich werde gegen meinen Willen dazu gezwungen."

„Von wem?"

„Von Mr Vogel und Carmen. Die beiden haben sich gegen mich verschworen."

„Wie können sie dich denn zwingen?"

„Erinnerst du dich an die Ziege in Miss Hensons Wagen?"

Elias schmunzelte. Er legte seine Gabel auf das Tablett und stützte die Ellbogen auf den Tisch, um mir seine ungeteilte Aufmerksamkeit zu widmen. „Ich glaube nicht, dass irgendjemand das so schnell vergessen wird."

„Vielleicht hatte ich was damit zu tun."

Sein Lächeln wurde breiter, aber er hielt sich die Hand vor den Mund, damit ich es nicht sah, und schüttelte den Kopf. Allerdings konnte er das Funkeln in seinen Augen nicht verbergen. Ich merkte, dass seine Empörung gespielt war.

„*Bay Breeze* hat wohl Überwachungskameras und das hätte ich berücksichtigen sollen, bevor ich die Ziege entführt habe. Jedenfalls hatte ich dann die Wahl: zwei Wochen Schulverweis oder eine AG."

„Ich hätte gedacht, du nimmst den Schulverweis."

„Hab ich auch, deshalb war ich letzte Woche Dienstag und Mittwoch nicht da. Aber dann war da diese Sache über Thanksgiving", ich machte eine vage Handbewegung, weil ich Elias die Sache nicht unbedingt erklären wollte, „und ich wurde genötigt, meine Meinung zu ändern. Das Ergebnis ist die Liste."

Er überflog sie. „Hey, die Wissensquiz-Mannschaft ist drauf."

„Kennst du die?"

„Klar. Sie sind richtig gut. Im letzten Jahr waren sie sogar bei den Landesmeisterschaften dabei. Ein guter Freund von mir aus der Jugendgruppe macht da mit."

„Jugendgruppe."

„Du solltest am Mittwochabend mitkommen und ihn kennenlernen."

Die Einladung erinnerte mich an die provozierende Frage, die Parker mir auf der Party gestellt hatte und an der ich nach wie vor zu knabbern hatte – „*Wie fühlt es sich an, Banks' neues Projekt zu sein?*" Ich schob den Gedanken beiseite. Was auch immer zwischen Elias und mir war, ich würde es mir nicht von jemandem wie Parker Zkotsky kaputt machen lassen. Eine Einladung zur Jugendgruppe machte mich noch nicht zu Elias' Projekt. „Ich habe dir doch schon gesagt, dass ich keine Heuchler mag."

„Das heißt, alle Jugendlichen, die zur Jugendgruppe gehen, sind Heuchler?"

„Viele von ihnen."

„Du solltest deine Meinung über Christen nicht von einem Idioten wie Chris Nanning abhängig machen."

„Tue ich ja gar nicht."

Er zog seine Augenbraue hoch, denn, na gut, genau das tat ich. „Du solltest anfangen, den Menschen hinter dem Klischee zu sehen."

„Und das bedeutet?"

„Das bedeutet, dass du mich wegen des Footballs abgeschrieben hast, und jetzt machst du dasselbe wieder, nur mit der Jugendgruppe." Elias reichte mir die Liste zurück. „Ich bin mir sicher, dir gefällt es auch nicht, wenn Leute dich ansehen und falsche Schlüsse daraus ziehen."

„Welche Schlüsse könnten sie denn ziehen?"

Sein Blick wanderte von meinen Stiefeln, die nach wie vor auf dem Stuhl lagen, hinauf bis zu der Kapuze auf meinem Kopf. „Dass du ein wütender Emo bist."

Ich schnaubte verächtlich. „Ich bin *kein* Emo."

„Du trägst schwarze Springerstiefel. Ich habe auch schon gesehen, dass du die Fingernägel schwarz lackiert hattest. Du hast schwarze Haare, hörst dir seltsame Musik an und guckst meistens grimmig."

Ich boxte ihn in den Arm.

Er hob die Hände und lachte. „Hey, ich bin nur ehrlich."

„Du solltest wissen, dass die Musik, die ich höre, Techno Fusion heißt. Sie ist nicht seltsam und schon gar nicht Emo."

„Sorry, Techno Fusion. Ich will damit nur sagen: Ich sehe den Menschen hinter den schwarzen Haaren und den Springerstiefeln." Er legte eine Hand auf seine Brust. „So wie du allmählich den Menschen hinter dem Football siehst. Kannst du das nicht auch mit der Jugendgruppe am Mittwoch machen? Wer weiß, vielleicht findest du ja sogar Freunde?"

„Freunde?" Bisher hatte ich mich noch nie wirklich auf diese ganze Freundschaftssache eingelassen. So war das Leben weniger kompliziert. Aber auch einsamer. Ich blickte zur Decke hinauf und seufzte übertrieben. „Also gut, ich komme mit." Ich hob einen Finger. „Aber wenn es mir nicht gefällt, darfst du mich nicht noch mal fragen."

# Kapitel 34

*Carmen*

„Willkommen bei deinem ersten Elternabend!" Natalie machte eine schwungvolle Handbewegung in Richtung Eingang der *Bay Breeze Highschool*, als würde sie eine Schlossführung für mich machen. Sie trug ein Sweatshirt mit Kapuze, auf dem vorne *Samantha's Dance Studio* stand. „Du bist bestimmt schon ganz gespannt, oder?"

„Letzte Nacht habe ich geträumt, dass alle Lehrer von Gracie mich angeschrien haben."

Natalie lachte.

„Es ist mein Ernst. Jeder einzelne Lehrer hat mir gesagt, sie hätte eine Ziege in die Klasse mitgebracht, und dann haben mich alle angeschrien, wie ich so etwas erlauben könne." Und als ich im Traum auf die Toilette gegangen war, um zu weinen, hatten Ben und Gracies Mathelehrerin dort miteinander herumgemacht.

„Ich kann immer noch nicht fassen, dass sie eine echte Ziege in Miss Hensons Auto gesteckt hat."

„Ich auch nicht."

„Wenn man drüber nachdenkt, ist es eigentlich ganz lustig."

„Natalie."

„Ach, komm. Eine Ziege in ihrem Auto?" Sie prustete los und hielt sich die Hand vor den Mund, um das Lachen zurückzuhalten.

Meine Lippen zuckten.

„Brandon hat gesagt, Miss Henson habe auf dem Parkplatz wie eine Wilde gekreischt und die Ziege habe ganz ruhig auf ihrem Rücksitz gestanden und am Sicherheitsgurt geknabbert."

Natalie und ich blickten einander an und brachen dann beide in Gelächter aus. Ich gewann als Erste die Fassung wieder – und zwar schnell. Ich konnte es mir nicht leisten, dass jemand sah, wie ich angesichts eines so ernsten Vergehens hysterisch kicherte. Ich musste eine verantwortungsbewusste Erwachsene sein. Vor allem jetzt. „Ben und ich sind wieder auf der Warteliste."

„Echt?“

„Die Sozialarbeiterin von unserer Agentur hat heute angerufen. Dr. Rafferty hat uns bescheinigt, dass wir geistig zurechnungsfähig sind. Jedenfalls genug, um Eltern zu sein.“

„Natürlich seid ihr das.“ Natalie umarmte mich begeistert. „Für so etwas wie Elternschaft brauchst du nur zehn Prozent geistige Zurechnungsfähigkeit. Ihr beide habt mindestens zwanzig Prozent.“

„Na, vielen Dank“, sagte ich und erwiderte ihre Umarmung. „Also, was erwartet mich?“

„Beim Elternsein?“

„Nein, beim Elternabend.“

„Ach so. Der ist ziemlich locker.“ Sie hakte sich bei mir unter und gemeinsam gingen wir hinein. „Du gehst in irgendein Klassenzimmer. Wenn es eine Schlange gibt, stellst du dich an. Dann setzt du dich hin, hörst dir an, was der jeweilige Lehrer zu sagen hat, stellst deine Fragen und gehst wieder. Wenigstens war es in der Mittelstufe so. Ich vermute, hier ist es genauso.“

„Klingt ja ganz einfach.“

„Wenn mir langweilig wird, habe ich vor, meinen Mann in eine Besenkammer zu zerren und mich mit ihm zu vergnügen.“

„Natalie!“

„Was denn? Es wird höchste Zeit, dass die Footballsaison endet. Er ist ja kaum noch zu Hause. Wir Frauen haben schließlich auch Bedürfnisse.“ Sie stieß mich an und zwinkerte, als wären wir Verschworene in Sachen Bedürfnisse.

Sie hatte ja keine Ahnung.

„Wie war Thanksgiving?“, fragte sie jetzt.

„Interessant.“

„Ach ja?“

In der Schließfachecke standen Eltern in kleinen Gruppen herum. Mehrere von ihnen bemerkten Natalie und mich, grüßten und machten Bemerkungen über das große Spiel am kommenden Freitag. Wir lächelten und nickten und legten eine angemessene Begeisterung an den Tag, um anschließend schnell in den Gang zu fliehen. „Kommst du morgen mit zum CrossFit und erzählst mir von Thanksgiving?“

Ich schwankte. Bei dem Training schnaufte und keuchte ich mehr, als dass ich redete.

„Komm schon. Es ist schon ein paar Wochen her. Tu deiner besten Freundin den Gefallen."

„Also gut."

Sie strahlte. „Prima! Dann gehe ich jetzt zur Spanischlehrerin. Samantha hat in ihrem letzten Test eine Drei bekommen. Die erste Drei, die das Mädchen jemals hatte. So wie sie drauf war, hätte man meinen können, sie hätte sich beide Beine gebrochen." Aufmunternd drückte sie meinen Arm. „Viel Glück."

Sobald sie gegangen war, wanderte mein Blick mit einer ungesunden Neugier zu Gracies Matheklassenraum hinüber. Aber was glaubte ich dort vorzufinden? Bens Klassenzimmer war unten. Miss Hensons Raum war oben. Es gab keinen Grund, warum ich sie an diesem Abend zusammen erwischen sollte. Trotzdem … Ich hätte nur zu gern nachgesehen, ob sie in Wirklichkeit genauso hübsch war wie auf dem Bild ihres Facebook-Profils. Einen Schritt hatte ich schon in Richtung Matheraum gemacht, aber dann hielt mich eine praktische Überlegung zurück.

Nein, ich war nicht hier, um Miss Henson hinterherzuspionieren.

Ich war hier, um mit allen Lehrern über Gracie zu sprechen.

Normal und vernünftig wäre es, der Reihenfolge nach vorzugehen. Also machte ich mich als gute Erziehungsberechtigte, die ich sein wollte, auf die Suche nach dem Klassenraum von Mrs Reyas, bei der Gracie die erste Stunde hatte. Wenn Elternsprechtage nur nicht so entmutigend gewesen wären! Es war jedes Mal eine leicht abgewandelte Version derselben Botschaft. *Gracie schreibt gute Klassenarbeiten, aber sie beteiligt sich nicht am Unterricht.* Ihr Englischlehrer schien das Ganze ziemlich persönlich zu nehmen. Beim vierten Fach angekommen, nickte ich viel und sagte immer wieder „Mhm", aber eigentlich hörte ich kaum noch zu. Außerdem ging mir die Vision einer tollen Blondine nicht aus dem Kopf, die meinen Mann anbaggerte. Als ich schließlich auf dem Weg zu der Mathelehrerin war, hatte ich schon einen Knoten im Magen. Einmal ganz abgesehen von Gracies Anschuldigungen, gab es da immerhin die Angelegenheit mit der Ziege, für die ich mich entschuldigen musste.

Aber dann sah ich etwas, das dazu führte, dass meine wohlüberlegte Entschuldigung sich in Luft auflöste. Ben stand vor Gracies Matheraum und trank etwas aus dem Wasserspender. Er war nicht allein. In aller Öffentlichkeit fuhr die Frau, die ich von Facebook kannte, mit der Hand über seinen Arm und flüsterte ihm etwas ins Ohr. Ich blieb mitten auf dem Gang stehen.

*Meiner.*

Das Possessivpronomen durchfuhr mich wie der Stoß einer Trompete, die lange geschwiegen hatte. Bilder von dieser Frau und Ben beim Stelldichein auf dunklen Fluren, ihre Hände auf seinen Hüften, seine Lippen auf ihrer Haut, verwandelten den Trompetenstoß in das Heulen einer Sirene.

Als Miss Henson in ihr Klassenzimmer entschwand, trat ich zu meinem Mann. „Ich muss mit dir reden."

Ben blieb stehen.

Eltern liefen an uns vorbei, den Gang hinauf und hinunter. Einige wenige suchten den Blickkontakt mit Ben und mir und sagten Hallo. Ben erwiderte die Grüße. Ich war mir ziemlich sicher, dass mein Gruß eher einer Grimasse glich als einem Lächeln. „Irgendwo, wo wir ungestört sind", fügte ich hinzu.

„Wir können in meinen Klassenraum gehen."

Während wir hinuntergingen, presste ich die Lippen zusammen. Gracies Anschuldigung hatte eine Saat gesät. Miss Hensons Berührung hatte sie keimen lassen und jetzt wässerte meine hyperaktive Vorstellungskraft das Ganze und verwandelte es in eine sprießende Pflanze. Als wir schließlich in Bens Klassenzimmer angekommen waren, waren meine Lippen ganz taub, so fest hatte ich sie aufeinandergepresst.

Ben schloss die Tür hinter uns. „Was ist los?"

„Sag du es mir."

Er runzelte die Stirn.

„Was ist zwischen dir und Gracies Mathelehrerin?"

„Mir und Gracies Mathelehrerin?" Seine Miene war erst verwirrt, dann noch verwirrter.

„Gracie hat mir erzählt, dass Miss Henson in der Mittagspause hier war."

„Uuuund?" Er zog das Wort hübsch in die Länge. Offensichtlich wartete er darauf, dass ich fortfuhr.

„Gracie sagte, sie hätte dich angemacht."

Er fuhr sich mit den Händen übers Gesicht. Es war weniger eine „Ich wurde auf frischer Tat ertappt"-Geste als vielmehr eine „Das ist nicht dein Ernst"-Geste. „Jill Henson hält mich gerne auf dem Laufenden, wie meine Schüler in ihrer Klasse abschneiden. Gracie kam dazu, als sie mir ihren wöchentlichen Bericht erstattet hat."

Ich starrte ihn an. „Wöchentlicher Bericht?"

„Ja."

„Würdest du es mir denn erzählen, wenn es mehr wäre als das?"

Seine Miene verfinsterte sich. „Mir gefällt gar nicht, was du da andeutest."

„Ich habe gerade gesehen, wie sie an dir herumgefingert hat." Die Intensität meines besitzergreifenden Denkens warf mich völlig aus der Bahn. Und irgendwie war ich erleichtert. So als wäre meine Eifersucht der Beweis dafür, dass ich Ben immer noch liebte. „Eine Frau berührt einen Mann nur, wenn sie etwas für ihn empfindet. Und warum warst du überhaupt dort oben und hast vor ihrem Raum etwas getrunken?"

„Ich war im Lehrerzimmer und habe etwas zu Abend gegessen. Auf dem Weg zurück hierher bin ich an ihrem Klassenraum vorbeigekommen. Und ich hatte Durst." Er schüttelte den Kopf. „Ich kann nicht fassen, dass wir diese Unterhaltung führen."

„Warum nicht?"

„*Warum nicht?* Komm schon, Carmen, glaubst du wirklich, dass ich so ein Mann bin?"

Im tiefsten Innern nicht. Nein, das glaubte ich nicht. Ben war kein Lügner und Ehebrecher. Das wusste ich. Aber es war etwas, das ich nicht zugeben konnte. Nicht, nachdem die Trompete das Ungeheuer in mir geweckt hatte. „Ich weiß es nicht."

„Du weißt es nicht?"

„Manchmal habe ich das Gefühl, als wären wir Fremde."

„Also, ich habe mich nicht verändert."

Was bedeutete, dass ich mich verändert hatte. Dass die Distanz zwischen uns *meine* Schuld war.

„Wenn du es wirklich nicht mehr weißt, dann werde ich es dir ganz deutlich sagen." Ben trat näher und seine blauen Augen funkelten. Er nahm mein Handgelenk und legte meine Hand auf seinen Brustkorb. Ich spürte die Wärme unter seinen harten Muskeln und den Bruchteil einer Sekunde lang wusste ich, was Natalie meinte, wenn sie von ihren Bedürfnissen sprach. „Ich interessiere mich nicht für Jill Henson. Die einzige Frau, für die ich mich interessiere, ist die, die ich vor sieben Jahren geheiratet habe."

Seine Leidenschaft brannte zu heiß, als dass ich sie hätte ertragen können. Anstatt mich hineinfallen zu lassen, wich ich zurück und sah zu, wie das Feuer in Bens Augen einer Verletzung wich, die ich nicht heilen konnte. Denn ich war auch verletzt. Verletzt, weil er die Last unseres Problems auf meine Schultern legte. Verletzt, weil Gracies Mathelehrerin so leicht mit meinem Mann flirten konnte, während ich nicht mehr wusste, wie das ging. Also standen wir da, er und ich, jeder von uns verloren in seiner eigenen Welt aus Schmerz und vermeintlich ungerechter Behandlung, und warteten beide darauf, dass der andere sich zuerst entschuldigte. Dann klopfte es an der Tür.

„Störe ich?", fragte eine Frau und streckte den Kopf herein.

Ben wandte sich zu der Frau um, nachdem er seine Verletzung blitzartig kaschiert hatte, und bat sie mit einer Handbewegung einzutreten. „Nein, überhaupt nicht. Kommen Sie herein."

Sie sah zwischen uns hin und her. „Das hier ist der absolute Lieblingskurs meiner Tochter. Ich musste ihr versprechen, dass ich Mr Hart besuche."

„Das höre ich natürlich gerne. Wie heißt Ihre Tochter denn?"

„Hannah Pierce."

Ben lächelte ein Lächeln, das Frauen wie Miss Henson schmelzen ließ. Offenbar hatte er unseren Streit in einer Schublade mit der Beschriftung *Später* abgelegt. Oder vielleicht *Nie*. Wenn ich die Dinge doch nur auch so leicht in Schubladen stecken könnte.

# Kapitel 35

*Gracie*

In dem Augenblick, als ich durch die Tür der *Cross Church* trat, zog ich die Ärmel meines Shirts über meine Hände und warf Elias einen ängstlichen Blick zu, aber er schien nicht zu bemerken, was ich gesehen hatte – dass ich ein einsamer Marshmallow in einem Meer aus heißem Kakao war. Teenager tummelten sich im Eingangsbereich – redeten, lachten, flirteten. Ein Mädchen sah vietnamesisch aus und es gab einen Jungen, der vielleicht Mexikaner war, aber keine einzige Scheibe Weißbrot.

Ich stieß Elias an. „Alle starren mich an."

„Nee, sie starren mich an."

Obwohl es der gleiche Spruch war wie an meinem ersten Schultag, war ich mir diesmal sicher, dass es nicht stimmte. Meine bleiche Haut hätte genauso gut ein greller Scheinwerfer sein können. Mein Bauch zuckte vor Nervosität wie ein hyperaktives Flipperspiel. Aber bevor ich Elias sagen konnte, dass ich ganz plötzlich unerträgliche Kopfschmerzen bekommen hatte, schlang jemand die Arme um mich. „Du bist gekommen!"

Ich konnte weder nicken noch die Umarmung erwidern, weil ich über die überschwängliche Begrüßung zu verblüfft war.

Als meine Angreiferin mich losließ, hätte ich Chanelle beinahe nicht erkannt. Sie hatte nicht mehr die kurzen Locken, die sie im Kino gehabt hatte. Ihre Haare hingen in hübschen Wellen über ihre Schultern. Als Nächstes umarmte sie Elias. Der Anblick ihrer Arme um seine schmale Taille löste einen richtig albernen Funken der Eifersucht aus. „Ich kann nicht fassen, dass du es geschafft hast, sie zu überreden."

„Es war ein kleines Wunder." Während er das sagte, zwinkerte Elias mir zu.

„Ich wusste nicht, dass es Wunder in verschiedenen Größenordnungen gibt", sagte ich.

Chanelle trug schwarz-lilafarbene Sneakers, enge Jeans und ein giftgrünes Stricktop. Hätte ich versucht, diese Farbe zu tragen, hätte ich ausgesehen wie ein Gespenst mit Grippe. Aber bei Chanelle sah es toll aus. Und ihre Haare waren nicht das Einzige an ihr, was anders war.

„Hast du ein …?"

Sie bedeckte den kleinen Strassstein in ihrem linken Nasenflügel mit den Fingern, eine Verlegenheitsgeste. Ich hatte keine Ahnung, warum sie verlegen sein sollte. „Mein Dad hat mich fast umgebracht."

„Ich finde, es sieht gut aus", sagte Elias.

Noch ein Eifersuchtsfunke sprühte, aber ich erstickte ihn gleich. Es war eine blöde Reaktion. Außerdem hatte Elias recht. Es sah gut aus. „Finde ich auch."

„Echt?"

„Passt zu dir."

„Ich wusste doch gleich, dass ich dich mag." Sie stieß Elias einen Ellbogen in die Rippen. „Hatte ich erwähnt, wie sehr ich sie mag?"

„Ein- oder zweimal vielleicht. Du, ist Malik schon da?"

Chanelle stellte sich auf die Zehenspitzen, um die Menge zu überblicken, dann hielt sie sich die Hände wie ein Megafon an den Mund und rief: „Hey, Malik!"

Keine Ahnung, wie aus einer so zierlichen Person ein so lauter Ruf kommen konnte. Ich zuckte förmlich zusammen. Vor allem erwartete ich, dass alle im Raum innehalten und herübersehen würden. Die meisten zuckten jedoch nicht mal mit der Wimper. Der Ruf war dennoch erfolgreich, denn eine Sekunde später kam ein Junge mit einer riesigen, mit dickem schwarzem Kunststoff umrandeten Brille, einem Bleistift hinterm Ohr und roten Hosenträgern auf uns zu. Er hatte sich die Hand aufs Herz gelegt und ein leichtes Lächeln auf den Lippen, während er betont lässig näher schlenderte. „Was verschafft mir das Vergnügen, so ungestüm herbeizitiert zu werden?"

Chanelle verdrehte die Augen. „Malik redet gerne geschwollen."

„Ich bevorzuge eine Mundart poetischer Natur."

Elias lachte und die beiden Jungs klatschten einander ab und schlugen sich dann in einer typischen Männergeste auf den Rücken. „Ich möchte dir meine Freundin Gracie Fisher vorstellen.

„Gracie Fisher." Malik gab mir nicht einfach nur die Hand, sondern legte beide Hände um meine und verneigte sich. „Es ist mir eine große Ehre."

Ich brachte ein einsilbiges „Hi" heraus. War dieser Typ normal?

„Elias hat mir von deinem Interesse an unserem Quizteam berichtet."

Ich warf Elias einen „Na, vielen Dank auch"-Blick zu. *„Eventuellem* Interesse."

„Dann solltest du daraus ein kinetisches Interesse machen. Wir sind ein freundlich wetteiferndes Völkchen." Das Lächeln in seinen Mundwinkeln wurde breiter, so als wäre ihm durchaus bewusst, dass er es übertrieb. „Aber im Ernst, es macht wirklich Spaß. Du solltest mitmachen oder es dir wenigstens mal ansehen. Wir brauchen dringend eine intelligente weibliche Ergänzung."

„Woher willst du wissen, dass ich intelligent bin?"

„Eine Freundin von Elias kann nur intelligent sein."

Ich entdeckte schnell, dass Malik ganz normal war. Alles, was er sagte, wurde von einem belustigten Lächeln begleitet. Offenbar war er sich völlig im Klaren darüber, was für einen Quatsch er machte, aber konnte einfach nicht anders. Chanelle zufolge trat er jeden Donnerstagabend in einem Café in der Innenstadt von Pensacola bei einer Art Poetry Slam auf.

„Wir sollten mal hingehen", sagte Elias. „Er ist super."

„Mein Freund neigt zur Übertreibung, aber ich bin dankbar für die Ermutigung." Wieder presste Malik die Hände auf seine Brust. „Und wenn ihr mich jetzt entschuldigen wollt, der Abtritt ruft." Er zeigte auf mich, während er sich rückwärts zur Tür schob. „Komm am Montag mit. Ich habe das Gefühl, dass es dir Spaß machen wird, Gracie Fisher."

Als sich die Tür hinter ihm schloss und ich mich wieder zu Elias und Chanelle umdrehte, grinsten beide. „Willkommen zu dem Erlebnis namens Malik", sagte Chanelle.

„Mit ihm wird es nie langweilig." Elias drehte sich ein wenig und blickte an mir vorbei. „Ah, da drüben ist Pastor Zeke."

Und dann nahm er ohne Vorwarnung meine Hand und zog mich in Richtung eines Mannes mit kahlem Schädel und einer so mächtigen Statur, dass er bei den Miami Dolphins als Linebacker hätte spielen können. Der Mann bahnte sich langsam einen Weg durch die Menge und blieb gelegentlich stehen, um sich mit jemandem zu unterhalten. Wir erreichten ihn, als er gerade eine Unterhaltung mit dem vietnamesischen Mädchen und zweien ihrer Freundinnen beendet hatte.

Als er mich erblickte, klatschte er in die Hände. „Das muss Gracie Fisher sein."

Ich warf Elias einen verstohlenen Blick zu. „Sie kennen mich?"

„Könnte sein, dass Eli dich ein paarmal erwähnt hat." Pastor Zekes tiefe Stimme erinnerte mich an Mufasa aus *Der König der Löwen*. „Ich hoffe, die beiden hier kümmern sich gut um dich, damit du dich wohlfühlst." Er legte seine große Hand auf Elias' Schulter. „Bist du bereit für Freitag?"

„Die Taschen sind gepackt. Die Mannschaft fährt morgen früh."

„Meine Frau und ich kommen auf jeden Fall, das lassen wir uns nicht entgehen. Wir sind stolz auf dich, mein Junge." Er ließ Elias los und wandte seine Aufmerksamkeit mir zu. „Wir fangen in zwei Minuten an. Ich seh dich von der Kanzel aus."

„Ich dürfte leicht zu finden sein."

Er lachte mit seiner sonoren Stimme und ging weiter in den Kirchenraum.

Chanelle hakte sich bei mir unter. „Bist du bereit?"

„Wofür?"

„Das hier ist keine Nullachtfünfzehn-Jugendgruppe."

Ich hatte keine Ahnung, was sie meinte, bis die Musik begann.

Unser Atem entwich in eisigen Wolken, die in der Nacht verschwanden, während der Parkplatz der *Cross Church* sich langsam leerte und Elias mich zu meinem Wagen begleitete. Nach dem Singen und Pastor Zekes Predigt hatten alle Anwesenden sich mit jeweils einem Leiter in kleine Gruppen verteilt und anschließend hatten Elias und ich noch im Eingangsbereich herumgestanden, um uns mit Malik und Chanelle und ein paar anderen zu unterhalten. Na ja, Elias hatte sich unterhalten. Ich? Ich hatte nicht viel gesagt, seit ich den Kirchenraum betreten hatte.

„Und …?“, fragte Elias, während unsere Arme nebeneinander herunterhingen.

„Und?“

Er ging etwas schneller, drehte sich um und fing an, rückwärts vor mir herzugehen. „Du warst ziemlich still.“

Ich biss mir auf die Wange. In der Kirche, in die Mom und ich in New Hope gegangen waren, hatten wir Lieder aus riesigen verstaubten Gesangbüchern gesungen. Während des Gottesdienstes hatte ich meist gegähnt, während die Leute um mich herum auf ihre Uhren gesehen oder darum gekämpft hatten, ihre kleinen Kinder in den steifen Bänken ruhig zu halten. Ich wusste nicht, wie Sonntage in der *Cross Church* waren, aber der Mittwochabend war eindeutig anders als alles, was ich aus New Hope kannte.

Die Jugendlichen hatten geklatscht und getanzt und, was mir total komisch vorkam, die Hände in die Höhe gestreckt. Beide Hände, einfach hoch, während ihre Gesichter vor Freude leuchteten. Und trotzdem hatte ich später erfahren, dass auch sie Probleme und düstere Vorgeschichten hatten, die meinen gar nicht so unähnlich waren. Väter, die nicht da waren. Kaputte Beziehungen. Zwangsvollstreckte Häuser. Tod und Missbrauch und Verlust und Kämpfe, die niemand sah. Aber wenn sie sangen, war es, als würde das alles keine Rolle spielen. Diese Jugendlichen verloren sich in der Musik.

Während der Predigt riefen einige „Amen“ oder „Halleluja“ und ich sah keine einzige Person, die mit dem Handy spielte oder Nachrichten schrieb. Nachdem Pastor Zeke seine Ansprache beendet hatte, war ich mit Elias in eine Kleingruppe gegangen, in der es unangenehm offene Geständnisse und ehrliche Ermutigung gegeben hatte, alles von Gebeten umrahmt, bei denen ich eine Gänsehaut bekommen hatte.

Es gab also eine Menge zu verarbeiten.

„Hast du vor, irgendwas zu sagen?“

„Ähm …“

Elias war als Erster an meinem Auto. Er setzte sich auf die Motorhaube und stellte die Füße auf die Stoßstange, während die Sterne am Himmel funkelten. „Ähm gut oder ähm schlecht?“

Ich blieb vor ihm stehen. „Ähm, ich mag Chanelle.“

Er lächelte. „Es fällt nicht schwer, sie zu mögen.“

Das stimmte. Trotz der Eifersuchtsfunken und der Tatsache, dass wir nicht viel gemeinsam hatten, fühlte ich mich bei Chanelle beinahe so entspannt wie bei Elias. Sie hatte mich in die Gruppe eingebunden, ohne mich vorzuführen, und als sie mich zum Schluss nach meiner Handynummer gefragt hatte, war ich mir hundertprozentig sicher gewesen, dass sie mich wirklich anrufen wollte. Ich hätte Elias gerne gefragt, was zwischen ihnen beiden lief, aber ich wusste nicht, wie ich das tun sollte, ohne mich lächerlich zu machen.

„Würdest du wiederkommen?"

Ich verschränkte die Arme gegen die Kälte. *Würde ich wiederkommen?* Ehrlich gesagt hatte ich mich trotz der herzlichen Begrüßung den größten Teil des Abends irgendwie unwohl gefühlt, denn ich stach nicht nur auf offensichtliche Weise aus der Menge heraus. Meine Hautfarbe war das, was am wenigsten auffiel, wie sich herausgestellt hatte. „Die Predigt von Pastor Zeke war interessant."

„Stimmt, die war gut."

„Jesus und dieser Petrus, die übers Wasser gehen? Ziemlich cool, das Ganze."

Elias sah mich durch die Dunkelheit an und ein schwaches Lächeln huschte über seine Lippen. „Mich würde deine Meinung zum Held des Tages interessieren."

„Ich habe die ganze Zeit seine Stimme aus den Wolken gehört. ‚*Simba, denk daran, wer du bist.*'"

„Was?"

„*Der König der Löwen*? Die Szene, in der Simba seinen Vater in den Wolken sieht, nachdem Rafiki ihm gesagt hat, er soll sein Spiegelbild im Wasser betrachten?"

Elias stützte die Ellbogen auf seine Knie. Er wirkte völlig verwirrt, aber zugleich interessiert.

„Du müsstest mal deine Disney-Kenntnisse aufpolieren." Ich schüttelte den Kopf. „Pastor Zeke könnte ein Stimmendouble für James Earl Jones sein."

„Ich meinte nicht Pastor Zeke. Ich habe von Jesus gesprochen."

„Du willst wissen, was ich von Jesus halte?"

„Ist das so komisch?"

„Ich erzähl dir was Komisches. An Thanksgiving habe ich diesen Typen namens Jimmy kennengelernt, der davon überzeugt war, dass Jesus durch die Wolken zu ihm gesprochen hat."

Elias lachte. „Du hast eine Wolkenfixierung."

„Das war nicht ich. Das war Jimmy."

„Aber jetzt mal im Ernst", sagte er.

Ich verzog die Lippen und durchforstete meine Gedanken. Nicht nach etwas Komischem, sondern etwas Ehrlichem. Was hielt ich tatsächlich vom Held des Tages? „Carmen und Ben gehen in die Kirche, aber es ist nur eine Angewohnheit. Für meine Mom war Jesus, glaube ich, immer eine Krücke, sodass sie nie gelernt hat, auf eigenen Füßen zu stehen. Und erinnere mich lieber nicht an Chris Nanning." Ich hakte die Daumen in die Gürtelschlaufen meiner Jeans. „Aber dann gibt es noch dich. Du scheinst die ganze Sache mit Jesus ziemlich ernst zu nehmen. Und im Gegensatz zu dem, was ich am Anfang dachte, bist du gar kein übler Typ."

„Das ist nett, aber du weichst der Frage aus."

„Ja?"

„Ich sagte, ich wollte *deine* Meinung über Jesus hören." Er rutschte nach vorne und stellte seine ausgelatschten Schuhe auf den Boden. „Für wen hältst du diesen Jesus, Gracie Fisher?"

„Ehrlich?"

„Immer."

„Ich habe keine Ahnung."

Elias' Lächeln flammte wieder auf. „Und da wir ehrlich sind … was hältst du davon, wenn ich dir sage, dass ich mich riesig freuen würde, wenn du am Freitag zu dem Spiel kämest?"

„Sieben Stunden sind eine lange Fahrt für ein überschätztes Balzritual."

„Komm schon, du wohnst bei unserem Coach. Und du bist mit dem Starspieler befreundet. Du musst einfach kommen. Du darfst sogar mein Trikot tragen."

„Dein Trikot? Wie 60er-Jahre-mäßig ist das denn?" Ich machte mich über ihn lustig, aber das Angebot ließ ein beunruhigendes Wärmegefühl durch meinen Körper strömen.

# Kapitel 36

*Gracie*

Am frühen Donnerstagmorgen versammelte sich die gesamte Schülerschaft auf dem Parkplatz, während die Footballmannschaft in einen gemieteten Bus stieg. Elias sah mich in der Menge und nickte in meine Richtung, während in seinem Blick eine Frage lag. Würde ich kommen? Ich rümpfte die Nase und schüttelte den Kopf. Er lachte und stieg in den Bus und kurz darauf fuhren die *Bay Breeze Sting Rays* unter dem Jubel ihrer Klassenkameraden los.

Wie sich herausstellte, war meine eiserne Entschlossenheit nicht mehr als Alufolie. Meine Neugier gewann den Kampf.

Und deshalb saß ich am nächsten Morgen auf dem Rücksitz eines Autos, neben einer Schülerin aus dem ersten Highschooljahr namens Samantha Jane. Ihre Mom saß am Steuer und Carmen auf dem Beifahrersitz und gemeinsam waren wir auf dem Weg zum *Citrus Bowl Stadium* in Orlando, Florida.

Ich fuhr zu einem Footballspiel.

Als wir zwanzig Minuten vor dem Ziel waren, schickte Chanelle mir eine Textnachricht: *Kommst du?*

Ich biss mir auf die Lippen und starrte auf ihre Frage, bis wir im Hotel ankamen. Nachdem wir eingecheckt hatten, antwortete ich mit einem einfachen *Ja*.

Zehn Sekunden später … *Jippie!!! Du musst bei uns sitzen!*

Sofort sprang meine Adrenalinproduktion wieder an. Zu einem Footballspiel zu fahren, war eine Sache. Mit Elias zur Jugendgruppe zu gehen, war eine Sache. Zusammen mit seiner Jugendgruppe Elias beim Footballspielen zuzusehen und ihn anzufeuern, war eine ganz andere Sache. Aber was blieb mir anderes übrig – bei Carmen und Natalie und all den anderen Müttern aus dem Förderverein zu sitzen? Oder, schlimmer noch, mit Samantha und ihren Tanzfreundinnen bei den anderen *Bay Breeze*-Schülern?

*Wo seid ihr?*

Chanelle gab mir den Block und die Reihe durch und kurz darauf lief ich, nachdem ich mir mit meinen Reisegefährten etwas zu essen geholt hatte, durchs Stadion, das von einem Meer aus Blau und Gold umrahmt war. Vielleicht hatte ich mehr als ein Jahr ohne Football verbracht, aber ich hatte nicht vergessen, wie die Spiele waren. Wenn es sich noch dazu um ein Meisterschaftsspiel in einem Collegestadium handelte, war das Energieaufkommen der reine Wahnsinn. Während ich mich zu Abschnitt 132 durchzwängte, bemerkte Chanelle mich, bevor ich sie entdeckte. Dann sah ich sie auch. Begeistert winkte sie mir aus Reihe zwölf zu. Als ich bei ihr ankam, umarmte sie mich und ihre hellbraunen Augen leuchteten.

„Elias hat gesagt, du würdest auf gar keinen Fall kommen!" Sie hielt meine Arme fest, während sie sprach, und drückte mich gleich noch mal. „Ich bin ja so froh, dass du es dir anders überlegt hast." Sie trug ein blau-goldenes Trikot mit der Nummer 18 darauf – Elias' Nummer. Er musste Chanelle gefragt haben, nachdem ich sein Angebot abgelehnt hatte – falls er es überhaupt ernst gemeint hatte.

Über Chanelles Schulter erblickte ich einen Jungen, dessen gesamtes Gesicht blau angemalt war. Auf seine Wangen hatte er mit gelber Farbe dieselbe Zahl gemalt, die Chanelle auf dem Trikot trug. Erst beim zweiten Hinsehen erkannte ich Malik ohne seine Brille. „Hi, Malik."

„Sei gegrüßt, Gracie Fisher. Bist du bereit, unseren furchtlosen Freund anzufeuern?"

„Ich glaube schon."

Chanelle hielt mir eine Tüte M&Ms hin und schüttete dann einige der dragierten Erdnüsse in meine Handfläche. „Wo übernachtest du?"

„*Comfort Suites.*"

„Wir auch! Die Mädchen in einem Zimmer, die Jungs im anderen. Du solltest morgen mit uns zurückfahren. Das wird lustig."

Ich nickte vage und schob mir eine mit rotem Zucker umhüllte Erdnuss in den Mund, während ich versuchte, die ganze Sache zu verarbeiten. Es war alles ziemlich seltsam – dieser ganze Augenblick. In einem Footballstadion zu stehen und begeistert aufgenommen zu werden ... Irgendwie hatte ich allmählich das Gefühl, dass mir die Kontrolle entglitt, so als hätte meine Entscheidung, zur Jugendgruppe zu gehen, eine Dose Konfetti geöffnet, die sich jetzt nicht wieder schließen ließ.

Die Menge brach in Jubel aus und die Band spielte eine Hymne. Die *Sting Rays* liefen aufs Feld, begleitet von den Cheerleadern. Ich ertappte mich dabei, wie ich mich auf Zehenspitzen stellte und die Nummer 18 suchte. Er lief ganz vorne, war der Anführer der Meute.

Ein Gefühl der Aufregung pulsierte in meinen Adern, und während das Spiel seinen Lauf nahm, wurde aus diesem Pulsieren eine verheerende Welle. Elias in seinem Element zu beobachten, war faszinierender, als es hätte sein sollen. Seine Bewegungen waren wie Kunst. Ich konnte den Blick einfach nicht abwenden. Als er im ersten Viertel einen Touchdown erzielte, jubelte ich wie alle anderen auch. Als er im dritten Viertel noch einen machte, sprang ich buchstäblich auf und ab. Und als nur noch zehn Sekunden des letzten Viertels zu spielen waren, die *Sting Rays* zwei Punkte zurücklagen und Elias einen Pass fing, der dem Team einen Freistoß vor dem gegnerischen Tor einbrachte, klopfte mein Herz so schnell und heftig, dass ich mich fragte, ob man zu viel Sauerstoff einatmen kann.

Der Kicker ging aufs Feld, aber anstatt ihn zu beobachten, richtete ich meinen Blick auf Elias. Er hatte den Helm abgenommen und stand neben Ben am Spielfeldrand. Ihre Mienen sagten alles. Auch wenn Elias es leugnete, er liebte diesen Sport. Und trotz all seiner Lässigkeit war es ihm in diesem Augenblick wichtig zu gewinnen. Und da es ihm wichtig war, war es auch mir wichtig. So sehr, dass ich einen ganz trockenen Mund hatte und meine Handflächen schweißnass waren und es mir sogar egal war, dass Chanelles Fingernägel sich durch meine Fleecejacke gruben.

Der Center begann den Spielzug und der Kicker lief an. Er ließ den Fuß fliegen und der Ball flog durch die Luft zwischen den beiden Stangen hindurch. Mit weit aufgerissenen Augen sah ich zum Schiedsrichter hinüber, der den Arm in die Höhe streckte, und jede blau-gelb gekleidete Person im Stadium flippte aus.

„Sie haben gewonnen!", kreischte Chanelle, die Finger immer noch in meinen Ärmel gekrallt. „Zwei Jahre hintereinander haben sie die Florida-Meisterschaft gewonnen!"

Wir hüpften wie die Idioten auf und ab und dann lief ich mit

Malik und Chanelle und wahrscheinlich der gesamten Schülerschaft von *Bay Breeze* aufs Spielfeld. Chanelle entdeckte Elias zuerst. Sie sprang ihm förmlich in die Arme und er hob sie hoch. Als er sie wieder auf den Boden stellte, begegneten sich unsere Blicke über ihrer Schulter. Ich ging einen schnellen Schritt auf ihn zu. Er machte einen Schritt auf mich zu. Wir umarmten uns nicht, aber er starrte mich mit Grübchen an, die so tief waren wie noch nie. „Du bist gekommen!"

Ich schob die Hände in die Gesäßtaschen meiner Jeans, meine Wangen gerötet. Von so Nahem sah Elias in seiner Footballausrüstung unglaublich groß und sportlich und unwiderstehlich aus.

„Ich kann nicht fassen, dass du hier bist."

„Na ja, ich dachte, da ich schon mit dem Coach verwandt bin und so …"

Er fuhr sich mit den Händen durchs Haar und seine Augen funkelten. Mein Herz stockte. Es sah aus, als wollte er etwas sagen, aber dann schlang ein Mannschaftskamerad einen Arm um Elias' Hals und zerrte ihn fort, um zu feiern. Ich sah ihnen nach. Dabei bemerkte ich, wie Carmen auf Ben zuging. Ich konnte ihr Gesicht nicht sehen, da sie mir den Rücken zugewandt hatte, aber Bens Miene konnte ich sehen. Seine Kappe saß schief und er lächelte siegesbewusst und dann sah er seine Frau mit einem glühenden Blick an, bei dem wahrscheinlich alle Frauen in Bay Breeze in Ohnmacht fallen würden. Als Carmen bei ihm ankam, schlang er die Arme um sie und presste seine Lippen auf ihre. Wieder war ich völlig fasziniert. In all den Monaten bei den Harts war dies das erste Mal, dass ich sah, wie sie sich küssten.

# Kapitel 37

*Carmen*

„Vor wem läufst du eigentlich weg, Mädchen?"

Ich war mir nicht sicher. Ich wusste nur, dass meine Muskeln angesichts der Sportsendung auf Channel 3 und dem Bild, das heute Morgen auf der Facebook-Seite des Senders gepostet worden war, auf einen Sprint eingestellt waren. Ich wollte weg, ganz weit weg. Aber die Vernunft zwang mich, langsamer zu laufen. Natalie wollte acht Kilometer joggen und über diese Entfernung konnte ich eine solche Geschwindigkeit unmöglich halten, selbst mit einem Tsunami aus chaotischen Gefühlen als Antrieb.

„Hast du das Bild auf Facebook gesehen?", fragte ich.

„Das von dir und Ben beim Knutschen?"

Ich schüttelte den Kopf – nicht weil ich ein anderes Bild gemeint hatte, sondern weil es mir gegen den Strich ging, dass jemand das Foto ohne meine Erlaubnis veröffentlicht hatte. Die Bewegung ließ meinen Pferdeschwanz tanzen. Wir liefen ein kurzes Gefälle hinunter bis zu einem Fahrradweg. In etwa anderthalb Kilometern würden wir an der Bucht entlanglaufen. Vielleicht konnte der herrliche Blick mich von den Mätzchen meiner Produzentin ablenken.

*„Das ist wunderbare Publicity"*, hatte sie heute Morgen gesagt. *„Die Zuschauer lieben so was. Das ist viel besser für den Sender als das Video im August."*

Nicht genug, dass der Sender Ben und mich in dem Nachrichtenbeitrag zum Meisterschaftssieg gezeigt hatte. Nein, Nancy hatte auch noch ein Foto posten müssen – wie Ben und ich mitten auf dem grünen Spielfeld stehen, zwischen seinen feiernden Spielern, und Bens Arme um meine Taille geschlungen und seine Lippen auf meine gepresst waren. Als ich zuletzt nachgesehen hatte, waren es über dreitausend Likes gewesen und ungefähr fünfhundert Kommentare. Die Leute überschlugen sich förmlich vor Freude über den Sieg, lobten Coach Hart für seine Arbeit und sein Engagement und machten mir Komplimente, wie süß wir seien – Ben und ich, das Liebespaar von Bay Breeze. Ein Mädchen hatte geschrieben: *Sie haben so ein Glück! Coach Hart ist heiß <3.* Und es war mit dieser Meinung nicht allein.

„Ich bin es leid, dass mein Privatleben in der Öffentlichkeit ausgebreitet wird."

Natalie lachte. „Dann wird es mit einer Schauspielerkarriere wohl nichts, oder? Hast du dir mal diese Promi-Zeitschriften angeschaut? Erst gestern habe ich im Supermarkt eine gesehen. Leonardo DiCaprio war auf dem Cover abgebildet, neben einem *Urinal.* Was ist nur mit den Paparazzi los?"

„Jedes Mal, wenn ich einkaufen gehe, treffe ich jemanden, der meint, mich zu kennen."

„Du bist jeden Morgen im Fernsehen. Und wahrscheinlich folgen sie dir auf Twitter oder so."

„Fang nicht damit an." Noch einer von Nancys „Vorschlägen", die eigentlich keine Vorschläge waren. Was ich auf Twitter postete, das war nicht ich. Das war mein Alter Ego. Das mit seinem glücklichen Ehemann im Land des Glücks lebte. „Das waren noch Zeiten, als es beim Wetterbericht ums *Wetter* ging!"

„Ich verstehe ja, dass du etwas Privatsphäre willst, vor allem nach der ganzen Sache mit dem umgenieteten Schild für werdende Mütter, aber willst du wissen, was ich glaube?"

„Was denn?"

„Dass du überreagierst."

„Du findest, ich reagiere zu heftig?"

„Es ist ein gutes Bild, Carmen. Du und Ben, ihr seht süß aus."

Ja, und wahnsinnig glücklich. Nur waren Ben und ich nicht wahnsinnig glücklich. Und das war auch der Grund für meinen Zorn. Ich war es leid, eine Illusion aufrechtzuerhalten. Ich war es leid, für die Kamera zu lächeln. Mein Lächeln war unecht.

„Rate mal, wofür ich mich im Januar angemeldet habe!", sagte Natalie.

„Wofür denn?"

„Herz-Lungen-Wiederbelebung."

„Gibt es dafür irgendeinen besonderen Grund?"

„Du weißt doch, dass ich mich ohne Reese ganz schrecklich fühle. Und Brandon und ich kriegen uns ständig darüber in die Haare, ob ich wieder arbeiten gehen soll oder nicht. Er ist schrecklich altmodisch. Jedenfalls hat er letztens diese Idee aus dem Hut gezaubert. Ich liebe Kinder. Er wünscht sich, dass ich zu Hause bleibe. Warum also nicht als Tagesmutter arbeiten?"

„Das wäre wirklich genau das Richtige für dich."

„Ich weiß! Willst du mitmachen?"

„Bei dem Tagesmutterjob?"

„Nein, bei dem Erste-Hilfe-Kurs. Es ist nicht schlecht, wenn man eine Ahnung von Herz-Lungen-Reanimation hat."

Vielleich hatte Natalie recht. Unsere Sozialarbeiterin hatte gesagt, bei manchen Paaren dauerte es zwei Jahre, bis sie ausgewählt wurden. Schon allein der Gedanke, so lange in diesem quälenden Fegefeuer warten zu müssen, machte mich ganz kribbelig. Vielleicht würde eine Bescheinigung über die erfolgreiche Teilnahme an einem Erste-Hilfe-Lehrgang einer werdenden Mutter positiv ins Auge stechen. „Okay, ich mache mit."

„Super! Ich melde dich an. Und jetzt bring mich mal auf den aktuellen Stand. Wie läuft es mit Gracie?"

„Wir bewegen uns immer noch in dieser äußerst merkwürdigen höflichen Grauzone. Und sie ist jetzt Mitglied der Quizmannschaft. Bisher scheint es ihr zu gefallen, auch wenn sie das niemals sagen würde."

Ich hatte Natalie davon erzählt, wie wir auf dem Weg nach Tallahassee im Schlamm stecken geblieben waren, wie wir uns anschließend gestritten hatten und welche Abmachung wir in der Rehaklinik getroffen hatten. Aber ich hatte ihr nichts von Gracies Vorwurf erzählt – dass sie mich eine Heuchlerin genannt hatte. Von allem, was wir einander an den Kopf geworfen hatten, hatten mich diese Worte am härtesten getroffen. Ich wollte das ändern, aber es war nicht einfach, all die Schichten meiner Fassade abzulegen, die sich im Laufe der Jahre angesammelt hatten. Und ein bisschen hatte ich Angst, wenn ich mich all dieser Schichten entledigte, würde nichts mehr übrig sein außer einem Haufen vertrockneter Knochen. Ich zwang mich, ruhiger zu atmen. „Du, Natalie?"

„Mhm?"

„Habt ihr, also Brandon und du, schon mal Eheprobleme gehabt?"

„Sag mal, hörst du mir eigentlich zu? Das mit dem In-die-Haare-Kriegen war kein Witz."

„Klar, ich weiß. Ihr zwei streitet." Oft sogar. Aber sie berührten einander auch viel. Die arme Samantha hatte sich mehr als einmal vor Peinlichkeit gewunden. „Ich spreche nicht von Diskussionen. Ich meine …" Was meinte ich eigentlich? Wie konnte ich auch nur ansatzweise beschreiben, was aus Ben und mir geworden war?

„Ist bei dir und Ben alles in Ordnung?"

„Ich weiß es nicht."

Natalie verlangsamte ihre Schritte und packte mich am Arm, sodass auch ich langsamer laufen musste. „Carmen?"

Es lag mir auf der Zunge, es ihr zu erzählen. Alles. Von dem allerersten Augenblick an, als ich begonnen hatte, Ben wegzustoßen, bis zu der riesigen Mauer, die jetzt zwischen uns stand – und von der ich inständig hoffte, dass er sie einreißen möge, auch wenn ich keine Ahnung hatte, was ich tun würde, falls es ihm gelang. Ich wollte die Schichten abpellen, bis der Weg hinter uns mit Überresten der sprichwörtlichen Zwiebelhäute gesäumt war, aber nachdem ich jahrelang alles für mich behalten hatte, brachte ich es nicht über mich, die Einzelheiten preiszugeben. „Wir machen wohl gerade eine schwierige Phase durch."

Natalie legte einen Arm um meine Schulter und drückte mich freundschaftlich an sich. „Du und Ben, ihr habt in den letzten paar Monaten viel durchgemacht. Ihr werdet das überstehen, vor allem jetzt, wo die Footballsaison vorbei ist. Du weißt ja, wie das ist."

„Stimmt."

„Die ganze letzte Woche dachte ich, Brandon und ich würden uns gegenseitig umbringen. Aber jetzt geht es wieder. Jede Ehe hat ihre Durststrecken."

Ich nickte, aber ich war mir nicht so sicher, ob unsere Ehe nicht längst verdurstet war.

Natalie und ich nahmen unser Joggingtempo wieder auf und bogen um eine Kurve. Die Bucht lag in all ihrer funkelnden Vormittagspracht vor uns. Der Anblick hätte mir den Atem rauben sollen. Stattdessen nahm ich ihn mit einer Leidenschaftslosigkeit auf, die nicht richtig war. Ich versuchte zu beten, in Gedanken mit Gott zu reden. Aber ich konnte nur zwei Worte formulieren, die sich in meinem Laufrhythmus wiederholten.

*Herr, hilf … Herr, hilf … Herr, hilf …*

Und ich hatte keine Ahnung, ob ich nicht einfach ins Leere sprach.

# Kapitel 38

*Gracie*

In der Hoffnung, mich abzulenken, machte ich Weihnachtseinkäufe. Vielleicht würde sich die Nervosität, die sich seit dem Sieg der *Sting Rays* in meinem Magen breitgemacht hatte, dann endlich verziehen. Leider verließ ich *Kirby's Antiques* in der gleichen niedergedrückten Stimmung, mit der ich das Antiquitätengeschäft betreten hatte. Wie sich herausstellte, war ich ziemlich schlecht darin, Geschenke auszusuchen.

Bis jetzt hatte ich das Antiquariat, den Süßigkeitenladen, ein paar Klamottengeschäfte, die Souvenirläden in der Dock Street, ein Kerzengeschäft und sogar das urige Lädchen neben der *Hot Dog Hut* abgegrast, in dem ich ein paar coole Stimmungsringe und Muschelketten gefunden hatte, aber nichts, was Ben oder Carmen oder meiner Mutter gefallen würde. Ich schlurfte zu einer der gusseisernen Bänke und setzte mich.

Da es nur noch zwei Wochen bis Weihnachten waren, hatte der Marktplatz der Stadt sich mit um die Straßenlaternen gewickelten Stechpalmen und Kränzen an der Rücklehne jeder Bank in eine schneelose Version des Nordpols verwandelt und sogar einen Weihnachtsbaum hatte man im Pavillon aufgestellt. Gerade ging eine Frau mit ihrem kläffenden Hund daran vorbei. Als jemand, der sein ganzes Leben in den Südstaaten verbracht hatte, kannte ich weiße Weihnachten nur von Postkarten. Aber dieses Jahr war es kälter als sonst, also vielleicht …

„Hi, Fisher!"

Beim Klang meines Namens drehte ich mich um. Elias schlenderte mit seiner jagdgrünen Mütze auf dem Kopf durch den Park auf mich zu, die Hände in die Taschen seiner Cordjacke gesteckt. Mein Magen vollführte einen kleinen Looping. Allmählich wurde dieser Junge mir viel zu wichtig. Genau genommen wurde mir alles Mögliche zu wichtig – unsere Freundschaft, das *Treasure Chest*, sogar die kurze Zeit, die ich bis jetzt mit den Leuten vom Quizteam verbracht hatte. Vielleicht war das der Grund für meine Nervosität. Die Welt war deutlich weniger beängstigend, wenn einem alles egal war.

„Tankst du ein bisschen Sonne?"

Ich zeigte auf mein Gesicht. „Sieht das aus wie die Haut eines Mädchens, das Sonne tanken kann?"

Er lächelte. „Was machst du dann?"

„Ich habe versucht, Weihnachtsgeschenke zu kaufen, bin aber kläglich gescheitert."

„Wie kann man beim Weihnachtsgeschenkekaufen scheitern?"

„Alles, was ich gesehen habe, erschien mir so …"

„Lass mich raten." Er legte den Kopf schief. „Klischeehaft?"

„Wie kommst du nur darauf?"

„Komm mit." Er bedeutete mir mit einer Kopfbewegung, ihm zu folgen.

„Mit *wohin?*"

„Zu einem Ort, der alle deine Weihnachtsnöte vertreiben wird."

„Ich war in jedem einzelnen Geschäft an diesem Platz und bin zweimal die Dock Street rauf- und runtergelaufen. Deshalb bezweifle ich sehr, dass du meine Nöte vertreiben wirst."

„Warst du denn im Gemischtwarenladen?"

„Bay Breeze hat einen Gemischtwarenladen?"

Elias trat leicht gegen die Sohle meines Stiefels und gab mir noch einmal zu verstehen, dass ich ihm folgen sollte.

Das tat ich, vorbei an dem Weihnachtsbaum im Pavillon zu der anderen Seite des Marktplatzes. „Wenn das stimmt, warum hab ich ihn dann noch nie gesehen?"

„Weil er ein bisschen versteckt liegt."

Warum ein Gemischtwarenladen versteckt liegen sollte, war mir ein Rätsel. Aber Elias schien genau zu wissen, wohin er ging, und da mir die Alternativen ausgegangen waren, folgte ich ihm, vorbei am *Barbeque Pit*. „Was machst du eigentlich hier draußen?", fragte ich ihn.

„Ich genieße meinen ersten freien Samstag."

„Kein Footballtraining."

Sein Grinsen wurde breiter. „Kein Footballtraining."

Mein Blick fiel auf seine Hand, die nicht mehr in der Jackentasche steckte, sondern jetzt locker an seiner Seite hin- und herschwang. Seit dem Meisterschaftssieg trugen nicht nur alle Footballspieler ihre Meisterschaftsringe, sondern sie hatten sich auch angewöhnt, einander mit ausgestreckter Faust zu begrüßen, wenn sie einander auf dem Flur oder in der Cafeteria begegneten, und ich imitierte dann in ihre Richtung einen akuten Würgereflex. Manche trugen sogar zwei Ringe – den vom letzten Jahr an der linken Hand, den von diesem an der rechten. Elias trug jedoch gar keinen. „Also, Mr Bester-Spieler-der-Mannschaft, hast du schon eine Rede für das große Footballbankett heute Abend vorbereitet?"

„Bisher bin ich nicht zum besten Spieler der Mannschaft gekürt worden."

„Aber wir wissen beide, dass du es wirst."

„Dann improvisiere ich." Er ging an dem Joghurtladen vorbei und bog in eine Seitenstraße namens Franklin Way ab. Einen Häuserblock weiter standen wir schließlich vor der Fassade eines Gebäudes, das aussah, als käme es direkt aus dem neunzehnten Jahrhundert. Elias blieb vor der Tür stehen und zeigte mit ausgestrecktem Arm darauf, wie eine männliche Version der Glücksradfee. „Willkommen beim Gemischtwarenladen, dem verborgenen Schatz von Bay Breeze. Aber ich warne dich: Sobald du eintrittst, wird jedes andere Kaufhaus für den Rest deines Lebens seinen Reiz verlieren."

Ich sah ihn mit skeptischem Blick an. „Bist du fertig?"

Er öffnete die Tür, was vom Läuten einer Glocke begleitet wurde, und ließ mich zuerst hineingehen. Den Laden zu betreten, war so, als würde man aus Dr. Emmett Browns DeLorean direkt ins neunzehnte Jahrhundert treten – Backsteinwände, Holzdielen auf dem Boden und eine ganze Theke voller altmodischer Süßigkeiten. Schwarzes Lakritz, Wunderkugeln, Kaugummizigaretten, Brausebonbons.

Elias stieß mich an. „Was habe ich gesagt?"

Er hatte recht.

Dieses Geschäft war sogar noch besser als der schäbige Musikladen in Apalachicola, und dort hatte ich mehr Stunden damit verbracht, billige Techno-Fusion-CDs durchzusehen, als ich jemals zugeben würde. Sofort fing ich an, mich mit großen Augen umzusehen.

Es gab von allem etwas – Lebensmittel (eine Menge regionaler Soßen und Gewürze), Seifen, Kochutensilien, Gartengeräte, Kerosinlampen und eine bunte Mischung witziger Spielzeuge. Ich hielt eine magische 8er-Kugel hoch. In der vierten Klasse hatte ich eine Freundin, die auf einem Flohmarkt eine gekauft hatte. Nach der Schule hatten wir auf ihrem Bett gesessen und der Spielzeugkugel alberne Fragen gestellt, bis ihre Mutter das Ding entdeckt und in den Müll geworfen hatte. Ihre Tochter solle nicht mit Spielzeug spielen, das zur Wahrsagerei verführe, hatte sie gesagt. „Ich fasse es nicht, dass sie die hier haben!"

Elias trat hinter mich. „Was ist das?"

„Du kennst die magische 8er-Kugel nicht?"

„Ich weiß, was eine Kugel mit einer 8 drauf ist, aber ich habe noch nie eine so große gesehen, und mir war nicht klar, dass manche davon magische Kräfte haben."

Ich verdrehte die Augen. „Ist Elias Banks total uncool, weil er dich nicht kennt?" Ich schüttelte die Kugel und drehte sie dann um. Ein leuchtend blaues Dreieck erschien mit den Worten *Sieht so aus* im Display. Lachend zeigte ich ihm die Antwort.

Er kniff die Augen ein wenig zusammen und beugte sich dann über meine Schulter. „Bin ich total cool, weil ich Gracie Fischer diesen Laden gezeigt habe?"

Ich schüttelte die Kugel und drehte sie dann um. Ein neues blaues Dreieck erschien: *Frag später noch mal.*

„Was für eine blöde Antwort ist das denn?" Elias nahm mir die Kugel aus der Hand und schüttelte sie ebenfalls.

Ich hielt einen Meccano-Baukasten hoch. „Meinst du, das wäre ein gutes Geschenk für Ben?"

„Das habe ich als Kind geliebt. Ich glaube, meine Mom hat mein Meccano inzwischen auf dem Flohmarkt verkauft."

„Nerd."

Grinsend legte er die magische 8er-Kugel wieder ins Regal.

Ich wanderte den Gang hinunter, dicht gefolgt von Elias, vorbei an Blockhäusern aus Plastik, Bollerwagen, Zaubertafeln und Hula-Hoop-Reifen. Das Ganze war wie ein exzentrisches Labyrinth. Und ich hatte jetzt offiziell meinen Wohlfühlort gefunden. Ich bog in den nächsten Gang ein und stöberte weiter.

„Wie wäre es hiermit?“, sagte Elias und hielt eine Dose hoch. „Marshmallowkekse mag jeder.“

„Dazu eine Afri-Cola und man hat epikureische Perfektion.“

„Epikureisch?“

„Auf Genuss gerichtet.“

Elias schüttelte den Kopf. „Malik färbt offenbar auf dich ab.“

Das tat er wirklich. Ich hatte drei AG-Treffen mit ihm und dem restlichen Quizteam verbracht und mein Wortschatz war jetzt schon deutlich größer geworden. Ich hatte sogar eine Wörterbuch-App auf mein Handy geladen, damit ich die Definition von Wörtern, die Malik benutzte, sofort nachsehen konnte. Dabei schätzte ich gerne im Voraus, wie viele Wörter ich würde nachschlagen müssen. Es hatte sich zu einem lustigen Spiel entwickelt.

Jetzt blieb ich vor einer Auswahl Tees stehen. „Was hast du über Weihnachten vor?“

„Meine Mom und ich gehen an Heiligabend in die Kirche.“

Ich nahm den Deckel von einer Dose und atmete den Duft von Minze und Rosmarin ein. „Und?“

„Das war's. Sie muss am ersten Weihnachtstag arbeiten, also haben wir nicht die Möglichkeit, irgendwas Großes zu veranstalten. Und Pastor Zeke und seine Frau fahren nach Alabama, um die Feiertage bei einer ihrer Töchter zu verbringen.“

„Du und deine Mom solltet nach der Kirche zum *Treasure Chest* kommen.“ Die Einladung war mir entschlüpft, bevor ich sie zurückhalten konnte. Meine Wangen wurden warm. Ich konnte nicht glauben, dass ich Elias und seine Mutter zu unserer Familienweihnachtsfeier eingeladen hatte. Er musste mich für seltsam halten. Oder verzweifelt. Oder wer weiß was. „Ich meine, wenn ihr vorbeikommen wollt, könnt ihr das tun. Aber fühlt euch nicht genötigt.“

„Weihnachten im *Treasure Chest* mit dir?“ Er trat neben mich und schnupperte auch an dem Tee. „Das klingt gar nicht schlecht.“

# Kapitel 39

*Carmen*

An einem Samstagabend fuhr ich um halb zehn zum *Treasure Chest*, ohne einen konkreten Grund dafür zu haben. Nach dem Footballbankett war ich in eine bequeme Hose geschlüpft, hatte mir eine Tüte Popcorn gemacht und mich aufs Sofa fallen lassen, um irgendetwas auf Netflix zu gucken, als mir die Leuchtreklame des *Treasure Chest* in den Sinn gekommen war und sich geweigert hatte, meinen Kopf wieder zu verlassen. Mein Verstand hatte beschlossen, dass ich mich noch an diesem Abend vergewissern musste, dass die Neonröhren funktionierten. Nicht morgen Nachmittag nach der Kirche, sondern jetzt. Mein eigensinniger, unlogischer Wunsch, einen total entspannten Abend auf dem Sofa zu ruinieren, ergab überhaupt keinen Sinn.

Bis ich auf den rabenschwarzen Parkplatz einbog und ein bekanntes Fahrzeug im Lichtkegel meiner Scheinwerfer auftauchte – ein rostiger brauner Mitsubishi. Gracie war hier, und obwohl wir an Thanksgiving einen merkwürdigen Waffenstillstand geschlossen hatten, wurde ich sofort misstrauisch. War sie vielleicht hergekommen, um zu trinken oder Hasch zu rauchen und ihre nächste Ziegenklau-Aktion zu planen?

Der Kies knirschte unter meinen Reifen, als ich neben ihrem Wagen parkte. Sobald ich ausstieg, vernahm ich das rhythmische Rauschen der Wellen. Ich beschirmte meine Augen, als könnte mir diese Geste helfen, im Dunkeln zu sehen. Gracie hatte von mir keinen Schlüssel bekommen. Das bedeutete, wenn sie nicht wieder eingebrochen war, konnte sie nicht im Motel sein. Und da wir inzwischen neue Fenster hatten einbauen lassen, war es jetzt deutlich schwieriger, ins Gebäude einzusteigen, als noch im August.

Dann sah ich sie im Mondschein, der von den Wolken gedämpft, aber nicht gänzlich ausgelöscht wurde. Sie lag am Pool, und zwar auf einem Holzliegestuhl, dessen Farbe abblätterte und dessen Zwilling leer neben ihr stand. Im Schuppen befanden sich weitere sechs von diesen Stühlen. Ich wollte noch zwei kaufen, sie in leuchtenden Farben lackieren und vor jedem der Zimmer im Erdgeschoss einen davon platzieren. Aber angesichts der Tatsache, dass Weihnachten näher rückte und noch tausend Dinge zu tun waren, hatte ich das bisher nicht geschafft. Jetzt ging ich über den Hof. Falls Gracie mich kommen hörte, ließ sie es sich nicht anmerken, denn sie sah nicht zu mir herüber. Ihr Blick blieb auf den Himmel über ihr gerichtet, ihre Finger um eine Dose Afri-Cola gelegt.

Die neue Abdeckplane, die wir gekauft hatten, um den leeren Pool abzudecken, raschelte im Wind, als ich neben Gracie stehen blieb. „Was machst du hier?"

„Ich höre den Wellen zu."

„Kommst du oft nachts her, um den Wellen zu lauschen?"

Sie zuckte mit den Schultern und trank dann schlürfend von ihrer Cola. „Es gefällt mir hier. Ist ein guter Platz, um allein zu sein. Um nachzudenken."

Genau so empfand ich es auch. In den vergangenen drei Monaten hatte ich hier sogar mehr nachgedacht als in den letzten drei Jahren zusammen. Etwas an der Mischung aus Einsamkeit und Schweiß und Dreck und schmerzlich süßen Erinnerungen ließ mehr Gedanken aufsteigen, als ich verarbeiten konnte – Gedanken an Ben und mich und an die Wendungen, die das Leben genommen hatte. „Denkst du über irgendwas Bestimmtes nach?"

Der Wind wehte einige Haarsträhnen in Gracies Gesicht. Sie schob sie mit der Hand beiseite. „Ich habe Elias und seine Mutter heute zu Heiligabend eingeladen."

„Elias wie in Eli Banks, der Junge aus Bens Mannschaft?"

„Genau den."

Ich ließ mich seitwärts auf dem Stuhl neben ihr nieder, sodass ich Gracie ansehen konnte, während sie auf dem Rücken lag. „Seid ihr beide Freunde?"

„Ich bin mir nicht sicher, was wir sind."

Die Neugier drängte mich dazu nachzuhaken, aber die Angst, etwas zu tun oder zu sagen, was die mürrische, zurückgezogene Gracie wieder zum Vorschein brachte, hielt mich davon ab. Die

Befreiung aus dem Schlamm an Thanksgiving mochte uns über eine große Hürde katapultiert haben, aber ich war mir nicht sicher, was ich jetzt, auf der anderen Seite der Barrikade, tun sollte. Jeder Schritt, den ich machte, war von extremer Vorsicht bestimmt, weil ich keinen Fehler machen wollte. „Tante Ingrid würde sagen: Je mehr, desto besser. Besonders an Weihnachten."

Gracie trank noch einen Schluck von ihrer Cola. „Glaubst du, sie erinnert sich an mich?"

„Ingrid?"

Sie nickte.

„Das hängt davon ab, was für einen Tag sie hat." Ich hoffte inständig, dass Ingrid an Weihnachten einen *Gin Rummy*-Tag haben würde. Um auf einen *Hearts*-Tag zu hoffen, hatte ich nicht genügend Mut. „Wenn sie einen guten Tag hat, dann erinnert sie sich natürlich an dich."

Gracies Lippen verzogen sich zu einem Mona-Lisa-Lächeln. Nur gerade eben zu sehen, aber genug, um sie jünger und hübscher aussehen zu lassen als den mürrischen Teenager, an den ich mich gewöhnt hatte.

„Ist das alles, worüber du nachgedacht hast?", fragte ich. „Zwei zusätzliche Gäste an Heiligabend?"

„So ungefähr." Sie fingerte an dem Ring ihrer Coladose herum und bog ihn auf und ab, auf und ab, bis er schließlich abbrach.

Ich schob die Hände unter meine Beine, unsicher, ob ich nachfragen sollte. „Wie läuft es mit der Quizmannschaft?"

„Okay."

„Glaubst du, du bleibst dabei?"

„Wahrscheinlich nehmen sie mich nicht in die endgültige Mannschaft auf. Sie sind ziemlich ehrgeizig und wollen es bis in die Landesmeisterschaften schaffen."

„Du solltest dich nicht unterschätzen."

Gracie schnipste den Ring weg. Er flog durch die Luft und landete auf der Abdeckplane. „Und warum bist du hergekommen?"

„Ich wollte nach der Leuchtreklame sehen. Mich vergewissern, dass sie funktioniert." Ich blickte zu dem im Dunkeln kaum sichtbaren Werbeschild hinauf, das über den Parkplatz hinausragte. „Als ich klein war, habe ich die Leuchtreklame besonders geliebt. Wenn ich auf der Fahrt mit Dad die Neonlichter sah, bedeutete das, dass wir endlich angekommen waren."

Gracie richtete sich in eine sitzende Position auf. Sie zog ein Knie an und schlang die Arme darum.

„Tante Ingrid hat mir und meinen Cousinen mal erzählt, dass Neil Armstrong den Schriftzug vom Mond aus habe sehen können." Bei der Erinnerung daran musste ich unwillkürlich lächeln.

„Das hat sie mir auch erzählt."

„Wirklich?"

„Und dass irgendwo im Garten eine echte Piraten-Schatztruhe vergraben lag und das Hotel deshalb *Treasure Chest* heißt." Gracie stützte das Kinn auf ihr Knie und blickte aufs Meer hinaus.

Wieder schlug eine Welle ans Ufer.

Unweit von uns glitzerten die Hotellichter von Navarre Beach.

„Warum bist du zum *Treasure Chest* gekommen, Gracie?"

„Das hab ich doch gesagt."

„Ich meine nicht heute. Ich meine, als du aus Apalachicola weggegangen bist." Warum war sie ausgerechnet hierhergekommen? Ich hatte ihr diese Frage schon öfter gestellt, aber Gracie hatte mir nie eine Antwort gegeben. Jedenfalls keine ernsthafte. Vielleicht würde sie heute Abend, wo alle Feindseligkeiten verflogen und wir von Erinnerungen umgeben waren, ehrlich antworten.

„Ich weiß nicht." Gracie nahm das Kinn vom Knie. „Hier war das Leben leichter. Nicht so schwer. Mom hat sich immer gut benommen. Und es war schön, dass sich jemand um mich gekümmert hat."

„Du meinst Tante Ingrid?"

„Mhm."

Die Antwort brach mir das Herz. Gracie hatte recht – mit dem, was sie an Thanksgiving gesagt hatte. Ich wusste nicht, wie es war. Sicher, ich war mit Moms Krankheit aufgewachsen, aber ich hatte sie nie mit voller Wucht zu spüren bekommen. Das meiste davon war auf Dads Schultern gelandet, auch wenn er ihre Probleme unter den Teppich gekehrt hatte. Gracie hatte niemand die Last abgenommen. Und ich schon gar nicht.

„Und du schienst hier immer glücklich zu sein", sagte sie. „Jedenfalls habe ich es so in Erinnerung."

„Das war ich auch."

„Und warum hast du es dann so verwahrlosen lassen?"

Feine Schleierwolken zogen über den Himmel und änderten die Helligkeit des Mondes wie ein Dimmer.

„Ich weiß es nicht. Es ist einfach passiert." Natalie nannte es Entropie, dass die Dinge im Chaos endeten. Anscheinend hatte die Natur einen Hang zum Chaos. Wenn wir nicht aktiv dagegen ankämpften, gerieten die Dinge in Unordnung. Das galt für Motels und für Ehen gleichermaßen.

Gracie zog mit dem Finger eine unsichtbare Linie zwischen zwei Sommersprossen auf ihrem Knie. „Ich bin hergekommen, weil ich dachte, Ingrid könnte mir einen Job geben. Und ich könnte vielleicht auch glücklich sein."

Sosehr es mir widerstrebte, sah ich doch das Szenario vor mir. Wie Gracie zum *Treasure Chest* gekommen war, um etwas Stabilität zu finden, und stattdessen ein verlassenes, heruntergekommenes Gebäude vorgefunden hatte. Kein Wunder, dass sie so wütend gewesen war. „Vielleicht kannst du den Job, den du wolltest, haben, wenn wir das Motel wieder zum Laufen bringen."

Ihre Miene war zugleich hoffnungsvoll und skeptisch. Ich kannte diese Mischung gut. „Das würde mir gefallen", sagte sie.

„Mir auch." Ich legte die Hände auf meine Oberschenkel und stand auf. „Sollen wir nachsehen, ob das Leuchtschild noch funktioniert?"

„Okay."

Gemeinsam gingen wir über den Hof zum Eingang und ins Foyer. Ich fand den Schalter unter dem Empfangstresen ohne Probleme und betätigte ihn. Elektrizität summte in der Leitung. Draußen vor dem Fenster flackerte die Leuchttafel zuerst wie eine Warnblinkleuchte, doch dann blieb das Licht an und erhellte die Nacht wie ein Leuchtturm für müde Reisende.

Ich trat an die offene Tür und legte eine Hand auf den Türrahmen. Die Reklame war noch genauso herrlich, wie ich sie in Erinnerung hatte – das helle Bild einer geöffneten Schatztruhe mit gelben, blauen und pinkfarbenen Edelsteinen darin, die ihr Licht in den dunklen Himmel darüber und das grüne Gras darunter warfen. Wie eine Motte vom Licht angezogen wird, trat ich aus der Tür, unter der Markise hervor in den kalten, kaum sichtbaren Nieselregen, der jetzt fiel, während ich in der Zeit zurückreiste. Zu dem Sommer, in dem Gracie und Mom nicht gekommen waren und Ben und ich uns ineinander verliebt hatten.

In der Woche, bevor ich an die Universität zurückging, in meiner letzten Woche mit Ben, war ich nicht in der Lage gewesen, die Worte zu erwidern, die er auf Tante Ingrids Sofa zu mir gesagt hatte. Nicht weil ich nicht genauso empfand. Im Gegenteil, ich verging vor Liebe zu ihm. Ich wusste nur nicht, was es bringen sollte, ihm meine Gefühle zu gestehen, wenn das Geständnis doch nichts an unseren Umständen ändern würde. In den ersten Tagen nach seiner Liebeserklärung wartete Ben ab. Er stellte keine Fragen und drängte mich auch nicht, aber ich konnte die Frage in seinem Blick sehen. Und als die Worte von mir nicht kamen, fing er an, mir zu entgleiten.

Er entfernte sich bereits von mir, obwohl wir noch nicht einmal voneinander getrennt waren.

An dem Abend unseres Abschieds umarmte Ben mich. Ich wollte ihn nicht loslassen. Nie wieder. Ich atmete seinen Duft ein und versuchte mir das Gefühl seiner warmen Haut unter meiner einzuprägen. Mein Flug nach Virginia ging früh am nächsten Morgen, aber ich wagte es nicht, ihn zu bitten, mich zum Flughafen zu fahren. Schließlich war der „saubere Schnitt“ meine Idee gewesen. Außerdem musste er arbeiten. Nicht im Motel, sondern richtig. An der *Bay Breeze Highschool.* Ich stand auf Zehenspitzen und vergrub das Gesicht an seinem Hals und als seine Arme sich von mir lösten, schluckte ich den wachsenden Kloß in meinem Hals hinunter und zwang meine Arme, ihn ebenfalls freizugeben.

Er schob eine Haarsträhne hinter mein Ohr und sah mir in die Augen – eine letzte Nachfrage, ob ich noch etwas zu sagen hatte. Als ich ihm nicht gab, wonach er suchte, gab er mir einen Kuss, der so flüchtig war wie ein Fallstreifen – ein Regen, der so warm und leicht ist, dass er verdunstet, bevor er den Boden erreicht.

„Auf Wiedersehen, Carmen.“

Und dann ging er.

Ich stand in der Tür zum Empfangsbüro, sah zu, wie er im Regen verschwand und Dampf von dem heißen Beton aufstieg, und konnte nicht mehr atmen. Und ich war mir nicht sicher, ob ich es jemals wieder können würde. Mit wilder Entschlossenheit umklammerte ich den Türrahmen. Wir brauchten einen sauberen Schnitt. Es war einfacher so.

*Geh ihm nicht nach.*

Aber ihn im Schein der *Treasure Chest*-Leuchtreklame gehen zu sehen, war zu viel. Ich konnte nicht mehr. Ich musste Luft holen und nach zwei Monaten, die ich im gleichen Rhythmus wie er geatmet hatte, wusste ich nicht mehr, wie ich es alleine tun sollte. Meine Hand ließ den Türrahmen los und ich trat in den Regen hinaus. „Ben!"

Er blieb stehen. Dann drehte er sich langsam um.

Einen Augenblick lang – eine Sekunde, eine Ewigkeit? – rührte sich keiner von uns beiden vom Fleck. In dem Blick, mit dem wir einander anstarrten, pulsierte mehr Elektrizität als in der Leuchtschrift über unseren Köpfen. Und dann, als könnten sie sich nicht länger zurückhalten, brachen die unterdrückten Worte mit einer Vehemenz aus mir heraus, wie sie entsteht, wenn sich etwas zu lange angestaut hat. „Ich liebe dich!"

Seine langen, entschlossenen Schritte ließen die Entfernung zwischen uns schrumpfen. Er umfasste meine Taille und küsste mich, wie ich noch nie geküsst worden war. Dabei hob er mich vom Boden hoch, seinen Körper an meinen gepresst, und ich vergrub meine Finger in seinen nassen Haaren. Als der Kuss vorüber war und meine Füße wieder den Beton berührten, blickte ich durch einen Tränenschleier zu Ben auf. Diesmal war ich diejenige, deren Blick fragend war. Ich wollte eine Antwort. Ich wollte Hoffnung. Ich wollte etwas, woran ich mich festhalten konnte. „Was ändert das?"

Er wischte nasse Locken von meinem Hals. „Alles."

„Ben …"

„Ich werde auf dich warten, Carmen."

Ich biss mir auf die Lippe. Schüttelte den Kopf. Ich konnte nicht von ihm verlangen, dass er wartete. Wo ich doch gar nicht wusste, ob ich zurückkommen würde. „Das solltest du nicht."

„Das werde ich aber." Sanft nahm er meine beiden Hände und legte sie auf sein Herz. „Ich werde immer auf dich warten."

# Kapitel 40

*Gracie*

Das heruntergekommene Motel, in das ich im August gestolpert war, hatte sich in ein nostalgisches Weihnachtsmärchen verwandelt. Aus den Lautsprechern im Gemeinschaftsraum drang das Lied *Little Drummer Boy*. Der Duft von Eierpunsch und Lebkuchen lag in der Luft. Zwei lange Tische mit weihnachtssternroten Tischdecken bildeten einen rechten Winkel um den Weihnachtsbaum herum – eine mit Lametta versehene grüne Insel in einem Meer eingepackter Geschenke. Eins davon zog immer wieder meine Aufmerksamkeit auf sich, während ich Gabeln auf sorgfältig gefaltete cremefarbene Servietten legte, und jedes Mal, wenn ich daran dachte, zog sich mein Magen noch mehr zusammen.

Als Carmen mit der Dekoration ihres Tisches fertig war, blickte sie lächelnd zu mir auf. „Mir gefällt, wie du die Haare hast."

Sie sprach nicht von den Spitzen, die ich gestern Nachmittag in einem seltenen Anfall von Weihnachtsgefühl tannengrün gefärbt hatte. Meine Finger berührten die Haarklammer, mit der ich meinen Pony zurückgesteckt hatte.

„Du solltest sie öfter so tragen."

Carmens Kompliment trug nicht dazu bei, mein Magenknotenproblem zu lösen. Das Einzige, was noch schlimmer war, als sich besonders zu bemühen, war, dabei ertappt zu werden, wie man sich besondere Mühe gab. Aber im Ernst, was um alles in der Welt hatte mich geritten, Elias zu unserer Weihnachtsfeier einzuladen? Ich meine, ich würde seine Mutter kennenlernen. Er würde meine Mutter kennenlernen. Unsere Mütter würden einander kennenlernen. Ich warf einen Blick auf das Geschenk, das ich während des Haarefärbens eingepackt hatte. Was, wenn er es dämlich fand?

Bens Mutter kam mit einem Krug Eistee hereingeeilt und stellte ihn auf den Tisch, während sie uns sagte, es gebe noch jede Menge zu tun. Sie klatschte zwar nicht direkt in die Hände und sagte

„Dalli dalli“, aber es fehlte nicht viel. Am Abend zuvor war ich ihr zum ersten Mal begegnet und schon jetzt hatte ich sie durchschaut. Sie war die Art Frau, die Befehle mit so lieblicher Stimme und einem solchen Südstaatenakzent erteilte, dass man sich nicht dagegen wehren konnte. Die Art Frau, deren „Ach, das ist ja eine!“ übersetzt „Was für eine blöde Kuh“ bedeutete.

Sie lief ins Empfangsbüro zurück, wo ein weiterer langer Tisch für das Essen aufgebaut war. Sobald sie verschwunden war, verdrehte Carmen die Augen, da war ich mir ganz sicher. Ich platzierte die letzte Gabel und wischte mir die Hände an meinem knöchellangen schwarzen Baumwollrock ab.

„Bist du nervös?“, fragte sie.

„Nein.“ Meine Antwort kam zu schnell, um wahr zu sein. „Und du?“

„Ich habe schreckliche Angst.“

„Wegen Ingrid?“

Carmen zupfte am Saum ihrer Bluse. „Ich hoffe nur, dass sie in einer Verfassung ist, in der sie das alles genießen kann. Ich habe Rayanna – ihre Pflegerin – angerufen und Ingrid scheint es gut zu gehen, aber man weiß nie, wann der Schalter in ihrem Gehirn sich umlegt.“

Ich suchte krampfhaft nach ein paar tröstenden Worten, wurde aber wieder von dem Geschenk abgelenkt, und dann kam Mrs Hart mit einem Wasserkrug zurück, den sie neben den Eistee stellte. „Gleich kommen die Gäste. Kannst du mir bei den letzten Vorbereitungen mit dem Essen helfen, Carmen?“

Schwiegertochter folgte Schwiegermutter wie ein gehorsames Hündchen und ich bahnte mir einen Weg zum Weihnachtsbaum. Man konnte sich nicht unbegrenzt oft vorstellen, wie es sein würde, wenn man einem Jungen etwas schenkte und er kein Geschenk für einen hatte – irgendwann drehte man dabei durch. Ich schnappte mir das Geschenk, ging schnell zu meinem Auto und schloss das Päckchen im Kofferraum ein. Ein lang gezogener, langsamer Atemzug entwich in die Luft und mit ihm meine steigende Nervosität.

Das hätte ich längst tun sollen.

Vor Zimmer Nummer 4 saß Mom auf einem Liegestuhl und rauchte eine Zigarette, während sie dabei zusah, wie Carmens Dad mit Ben und dessen Vater und Schwager ein Wurfspiel spielte. Sie waren alle am Abend zuvor angereist – Bens Eltern, Bens Schwester (Liz) und ihr Mann und ihre hyperaktive Brut, Carmens Dad (Henry) und Mom. Sie alle wohnten im Motel. Ich hatte Carmen gefragt, ob es komisch für sie sei, dass ihre geschiedenen Eltern so dicht beisammen waren. Sie hatte Nein gesagt. Allmählich glaubte ich, dass es für mich unangenehmer war als für sie. Es war nicht schön zu sehen, wie Mom versuchte, den Mann zu beeindrucken, bei dem sie in der Sekunde alle Chancen verloren hatte, in der sie die blaue Linie auf einem Stäbchen gesehen hatte. Mein bohnenförmiges Baby-Ich hatte alle ihre Pläne, ihren Exmann zurückzugewinnen, zunichtegemacht. Siebzehn Jahre später sah es so aus, als wollte sie es erneut versuchen.

Ich verschränkte die Arme zum Schutz vor der Kälte und gesellte mich zu ihr. „Seit wann bist du denn Kettenraucherin?“

„Es ist besser als Alkohol.“ Sie atmete eine Rauchfahne aus.

„Auch ein langsamer Tod. Nur bei Bewusstsein.“

„Sei nicht so überheblich, Gracie. Das steht dir nicht.“ Mom zog wieder an ihrer Zigarette, den Blick unverwandt auf Henry gerichtet. Für einen Mann seines Alters sah er gut aus. Wie eine Bücherwurmversion von George Clooney. Ich konnte verstehen, warum Mom ihn attraktiv fand. Das änderte jedoch nichts daran, dass es mir peinlich war, wie sie ihn anstarrte.

Henry und Ben lachten über etwas, während Mr Hart auf einer Zigarre herumkaute und eine seiner Kugeln warf. Alle Männer außer ihm hatten angeboten, den Frauen bei der Essensvorbereitung zu helfen. Doch Mrs Hart hatte sie alle davongescheucht und darauf bestanden, dass das Frauensache sei. Am liebsten hätte ich sie gefragt, ob wir 60er-Jahre-Kleider und weiße Schürzen anziehen und vielleicht noch eine Perlenkette anlegen sollten, aber dann hätte sie wahrscheinlich gelacht und gesagt: „Ach, du bist ja eine!“ Also hatte ich es gelassen.

Das Geräusch von knirschendem Kies riss mich aus der Betrachtung der lachenden Männer. Ein Honda Accord war auf den Parkplatz gefahren. Er war ungefähr im gleichen Zustand wie mein Mitsubishi und sein Anblick löste in mir die gleiche kurzlebige Erleichterung aus, die ich empfunden hatte, als ich Elias' Geschenk in meinem Kofferraum versteckt hatte. „Mom, kannst du die Zigarette ausmachen?"

„Warum, ist das dein Freund?" Sie erhob sich von ihrem Liegestuhl, die Zigarette unverändert in der Hand.

„Er ist nicht *mein* Freund."

Sie lächelte, so als belustigte meine Antwort sie, dann schnipste sie etwas Asche auf den Boden.

Der Honda hielt neben Liz' SUV. Elias stieg als Erster aus. Er trug eine dunkelblaue Krawatte, ein weißes Anzughemd, das ihm über die sandfarbene Hose hing, und seine altbewährten Sneakers. Trotz der Kälte hatte er keinen Mantel an. Als Nächstes stieg seine Mutter aus, die einen grauen Mantel über ihr einfaches rotes Kleid gezogen hatte. Sie hatte dünne braune, kinnlange Haare und einen Teint, der aussah, als wäre er mal sonnengebräunt gewesen, nur dass sie jetzt keine Zeit mehr zum Sonnen hatte.

Die beiden kamen auf uns zu, Elias mit einem albernen Grinsen.

Der Knoten in meinem Magen zog sich noch fester zusammen.

„Du musst Gracie sein", sagte seine Mom, als sie schließlich vor uns standen.

„Guten Tag, Mrs Banks." Sie und Elias hatten die gleichen Augen – die gleiche Form, die gleiche Farbe –, nur dass ihre fertig aussahen. Nicht im Sinne von „Ich trinke zu viel"-fertig, wie es bei meiner Mom oft war, sondern im Sinne von „Ich arbeite zu viel und schlafe zu wenig"-fertig.

„Bitte nenn mich Leah. Elias erzählt so viel von dir, dass ich das Gefühl habe, wir würden uns schon kennen."

Elias machte eine Kopfbewegung. „Schicke Haare, Fisher."

Ich wurde rot. Und dank meiner blöden Haarspange hatte ich null Pony, um diese Tatsache zu verbergen. Ich zog an den Ärmeln meines Pullovers, erneut dankbar dafür, dass ich wenigstens so schlau gewesen war, sein Geschenk im Kofferraum meines Mitsubishis zu vergraben. Seine Hände waren leer.

Seine Mutter hielt mir jedoch einen mit Alufolie bedeckten Teller hin. „Ich habe Früchtebrot gebacken."

„Danke." Ich nahm den Teller und zeigte dann auf meine rauchende Mutter. „Das ist meine Mom, Evelyn. Mom, das sind Elias und ... Leah Banks."

Elias und meine Mom gaben einander die Hand. Seine Mom und meine Mom gaben einander die Hand. Dann herrschte einen schrecklichen Augenblick lang Schweigen, bis Ben Eli und Leah von der anderen Seite des Parkplatzes aus begrüßte. Als er bei uns angekommen war, umarmte er Elias, drückte Leahs Schulter und wünschte ihnen beiden frohe Weihnachten. Liz' Mann und Henry folgten ihm. Bens Vater blieb, wo er war, um ganz alleine das Spiel zu beenden und seine Zigarre zu Ende zu rauchen. Der verärgerte Blick, den Ben seinem Vater zuwarf, bevor er die anderen einander vorstellte, entging mir nicht. Als er mit der Vorstellungsrunde fertig war, legte er eine Hand in Elias' Nacken. „Den Jungen hier haben Sie wirklich prima hingekriegt, Leah."

„Er ist ein Schatz, das ist wahr." Sie schob den Arm um Elias' Taille und drückte ihn. Sie war einen guten Kopf kleiner als er, also musste er seine Statur von seinem Vater haben. Während die Erwachsenen sich unterhielten, stand Elias mit seinem unerschütterlichen Grinsen neben mir.

„Wieso bist du so gut drauf?", fragte ich.

„Es ist die schönste Zeit des Jahres." Er beugte sich näher. „Und ich finde deine Frisur wirklich klasse."

Vielleicht hätte ich ihn geboxt, wenn ich nicht erneut von knirschendem Kies abgelenkt worden wäre. Diesmal war es ein Lincoln, der auf den Parkplatz fuhr. Hinter dem Steuer saß eine große schwarze Frau und auf dem Beifahrersitz ein dünner alter Mann mit weißem Bart und einer Weihnachtsmannmütze. Sobald der Wagen hielt, sprang der Weihnachtsmann heraus und öffnete die hintere Tür, woraufhin eine ältere Version der Frau ausstieg, die mich für meine Muscheln bezahlt und Schatzkarten für mich gezeichnet hatte. Sie hatte immer noch genauso schwarze Haar wie damals (was sicher gefärbt war), olivfarbene Haut und trug den hässlichsten Weihnachtspullover, den ich jemals gesehen hatte.

Ingrid presste eine Hand auf ihre Brust, als sie ihre Umgebung betrachtete. Ihr Blick blieb an der großen Leuchttafel hängen – die selbst am helllichten Tag leuchtete –, und nachdem sie jeden Zentimeter des Motels begutachtet hatte, wandte sie ihre Aufmerksamkeit mir und meiner Mutter zu. „Evelyn Fisher und, ach du liebe Güte, die kleine Gracie? Wenn das kein Augenschmaus ist!"

Ich wusste nicht, warum es mir so viel bedeutete, meinen Namen aus ihrem Mund zu hören.

Sie umklammerte den Ellbogen des Weihnachtsmanns und kam auf uns zu. „Mach sofort die Zigarette aus, bevor wir deinetwegen noch alle Krebs kriegen.“

Mom ließ die Zigarette fallen und trat sie aus.

Henry umarmte sie als Erster. Ingrids Finger gruben sich in den Rücken seiner Tweedjacke, als wollte sie ihn nie wieder loslassen. Dann ging die Tür zum Empfang hinter mir auf und Carmen stand im Türrahmen.

„Carmen!“ Tante Ingrid ließ Henry los. „Seht euch doch nur mein Baby an!“

Dabei zeigte sie nicht auf den Mann, den sie gerade umarmt hatte, oder auf Carmen, die in der Tür stand. Sie zeigte auf das *Treasure Chest*. Und meiner Schwester kamen die Tränen.

# Kapitel 41

*Carmen*

Während überall Geschenkpapier raschelte und Bing Crosby im Hintergrund schmachtete, teilte Tante Ingrid mit geröteten Wangen die Geschenke aus. Ich hatte dafür gesorgt, dass für jeden mindestens ein Päckchen unterm Weihnachtsbaum lag. Dazu kamen all die eingepackten Spielsachen, die Liz und ihr Mann aus New Orleans mitgebracht hatten, sodass es Unmengen an Geschenken gab. Liz' Beutelteufel befanden sich in einem hyperaktiven, fließbandartigen Auspackwahn.

Eli und Gracie saßen nebeneinander auf dem Fußboden. Als er ihr etwas ins Ohr flüsterte, nickte sie einmal und die beiden schlüpften aus dem Zimmer. Ich hatte ein ungutes Gefühl dabei. Immerhin waren sie hormongesteuerte Teenager, und so ungern ich es auch zugab, vertraute ich Gracie noch immer nicht hundertprozentig. Ich beschloss, mich nach Leah zu richten. Sie blickte von ihrer Unterhaltung mit Rayanna auf und bemerkte, dass ihr Sohn ging, schien aber keine Einwände zu haben. Wenn Leah Eli vertraute, konnte ich es wohl auch tun, dachte ich mir.

Tante Ingrid nahm eines der wenigen verbliebenen Geschenke in die Hand. „Dies ist für …“ Sie wendete das Päckchen, um das Namensschild zu lesen. „Schwester Ray.“

Rayanna warf mir einen verdutzten Blick zu. „Mädchen, was kaufen Sie denn Geschenke für mich?“

Ich hob mein Glas mit Eierpunsch. „Frohe Weihnachten.“

Sie ging zu Tante Ingrid und nahm das Geschenk entgegen, während sie die ganze Zeit mit der Zunge schnalzte und den Kopf schüttelte. Ich hatte ihr einen lilafarbenen Schal gekauft und, zum Spaß, einen lustigen Haarreif mit Rentiergeweih. Ein Lachen entwich ihr durch die Zahnlücke, als sie den Haarreif aus der Schachtel nahm und aufsetzte.

Auf der anderen Seite des Raumes flirtete Mom mit Dad und

Bens Eltern tauschten ihre Geschenke mit derselben unnatürlichen Steifheit aus, die ihre Ehe prägte, seit ich die beiden kannte. Einmal hatte ich zu Ben gesagt, ich verstände nicht, wie sie so hatten werden können – zwei höfliche Fremde. Jetzt wanderte mein Blick zu meinem Mann hinüber, der seiner Mutter mit derselben gerunzelten Stirn, die er fast den ganzen Abend zur Schau getragen hatte, dabei zusah, wie sie ein Paar Ohrringe auspackte.

Das letzte Geschenk war von mir für Earl. Er riss das Päckchen mit kindlicher Begeisterung auf und zog einen Plüschpinguin heraus, der die gleiche Weihnachtsmannmütze trug wie er selbst.

„Drücken Sie auf den Schnabel", sagte ich zu ihm.

Das tat er und der Pinguin fing an zu leuchten und zur Melodie von *Up on the Rooftop* zu tanzen. Liz' Kinder ließen ihr Spielzeug liegen und versammelten sich um den tanzenden Pinguin. Earl schlug sich aufs Knie und stieß einen Jauchzer aus. Ich war mir nicht sicher, wer mehr Spaß an dem Geschenk hatte – er oder die Kinder. Als der Pinguin aufhörte zu tanzen, drückte Earl gleich wieder auf den Schnabel, während Liz zusammengeknülltes Geschenkpapier in einen Müllbeutel stopfte. Nachdem der Fußboden einigermaßen papierfrei war, klatschte Tante Ingrid in die Hände. „Ich habe noch ein letztes Geschenk."

Meine Nichten und Neffen blickten von dem Pinguin auf.

„Habt ihr von der Weihnachtsgurke gehört?", fragte sie die Kinder.

Augenblicklich sah ich zu Ben hinüber und er zu mir.

„Ich hasse Gurken", hörte ich Liz' älteste Tochter sagen.

„Es ist keine richtige Gurke", erwiderte Ingrid. „Es ist ein Glasschmuck, und wer ihn findet, bekommt das letzte Geschenk."

Das Geplapper der Kinder verebbte und während Ben und ich einander unverwandt in die Augen blickten, erinnerten wir uns an einen Heiligabend vor acht Jahren. Auf einmal waren Earl und Rayanna und Leah, Liz und ihr Mann und ihre kleinen Beutelteufel nicht mehr da.

Im CD-Spieler hatte *Jingle Bell Rock* von Bobby Helms gelegen. Die Motelgäste hatten sich bereits in ihre Zimmer zurückgezogen und übrig geblieben waren nur noch mein Vater, der seinen Eierpunsch austrank, Onkel Gerald und Tante Ingrid, die im 30er-Jahre-Stil tanzten, und Ben und ich. Wir saßen auf dem Fußboden. Ich hatte mich an seine starke Brust gelehnt und genoss das Gefühl, seine Arme um mich zu haben und mit jedem seiner Atemzüge zu spüren, wie sein Brustkorb sich hob und senkte. Er fuhr mit dem Finger über die Linien in meiner Handfläche, sodass meine Nervenenden kribbelten. Im Jahr zuvor war das Weihnachtsfest ohne ihn ganz schrecklich gewesen und jetzt war ich hier, lebte bei Ingrid und Gerald im *Treasure Chest* und arbeitete als neue Wochenend-Meteorologin bei Channel 3. Es war zu gut, um wahr zu sein, ein handverlesenes Wunder von Gott. Ich konnte es immer noch nicht fassen.

„Ihr habt die Gurke noch nicht gefunden", sagte Tante Ingrid zu mir, während Gerald sie im Kreis drehte.

Ich lachte leise. „Vielleicht können die Kinder der Lamberts morgen danach suchen, bevor sie abreisen." Die Lamberts waren die Gäste aus Zimmer 3. Sie stiegen jedes Jahr an Weihnachten auf ihrem Weg nach St. Augustine bei uns ab und gehörten inzwischen fast zur Familie.

Gerald zog Ingrid näher und drückte seine Wange an ihre, während sie sich im Takt der Musik wiegten.

„Aber die Gurke ist eine Tradition für Heiligabend, und das ist heute."

„Du hörst besser auf sie. Du weißt ja, wie diese Frau sich wegen der Gurke anstellt."

Onkel Gerald hatte natürlich recht. Meine Cousine, mein Cousin und ich waren seit Jahren aus der Gurkentradition herausgewachsen, aber Ingrid weigerte sich zu akzeptieren, dass wir älter wurden.

Ben stieß mich an. „Geh du suchen. Ich habe ihr dieses Jahr beim Verstecken geholfen."

Ich zog die Augenbrauen hoch und drehte mich zu ihm um. „Sie lässt nie jemand anders die Gurke verstecken."

Er zwinkerte mir zu. „Ich hab dir doch gesagt, dass sie mich mag."

Ich verließ meinen kuscheligen Platz in Bens Armen und während ich suchte, bemerkte ich nicht, dass Ingrid und Gerald nicht mehr tanzten und Dad seinen Eierpunsch abgestellt hatte. Ich fing unten an und arbeitete mich durch die mit Lametta behängten Äste des Baumes nach oben, bis ich den grünen Glasschmuck etwa dreißig Zentimeter unter der Tannenbaumspitze entdeckte. Ich zog die Gurke vom Ast und drehte mich triumphierend um. Während ich die Glasgurke hochhielt, machte sie ein merkwürdiges Geräusch, so als wäre etwas darin. Neugierig nahm ich den Deckel ab und drehte den Glasschmuck um, woraufhin ein Ring in meine Hand fiel. Ich blickte auf.

Ben war auf ein Knie gesunken und lächelte sein schiefes Lächeln.

Meine Hand fuhr automatisch zu meinem Herzen.

„Ich liebe dich wie verrückt, Carmen. Letztes Jahr, als wir nicht zusammen waren, habe ich nicht damit aufgehört und ich werde den Rest meines Lebens nicht damit aufhören.“ Durch seine dunklen Wimpern sah er zu mir auf, die blauen Augen noch genauso betörend wie bei unserer ersten Begegnung. „Ich möchte, dass du meine Frau wirst. Ich möchte, dass du die Mutter meiner Kinder wirst. Ich möchte, dass wir zusammen graue Haare bekommen und Enkel. Und wer weiß? Vielleicht können wir ja irgendwann sogar in die Fußstapfen dieser beiden Turteltauben treten und dieses Motel gemeinsam führen.“

Tränen trübten meinen Blick. Ich blickte zu Tante Ingrid hinüber, die selbst die Tränen zurückblinzelte und zugleich so lächelte, als würde nichts in der Welt sie glücklicher machen. Ein Lachen stieg in meiner Kehle auf und es war so leicht, dass ich glaubte, es könnte mich in die Luft steigen lassen. Ich hatte nicht gewusst, dass man in einem einzigen Augenblick so viel Freude empfinden konnte.

„Carmen, willst du mich heiraten?“

Mit dem Ring fest in meiner Faust nickte ich. Ganz schnell.

Ben sprang auf, schlang die Arme um mich und drehte mich im Kreis. Dann küsste er mich. Und als er mir den Ring an den Finger steckte, fühlte ich mich wie eine Prinzessin am Ende eines Märchens, die mit ihrem Prinzen in eine rosige Zukunft ritt.

„Ich hab sie gefunden!“ Die Stimme von Liz’ ältester Tochter riss mich aus meinen Erinnerungen. Sie hüpfte begeistert auf und ab, während ihre drei jüngeren Geschwister schmollten und jammerten.

Mit einem Mal hatte ich einen beunruhigenden Kloß im Hals.

Ganz ohne Vorwarnung. Ohne Gnade. Angesichts einer so frohen Erinnerung wurde mir all die Gebrochenheit in meiner Umgebung besonders deutlich bewusst. Tante Ingrid und ihr kranker Verstand. Earl und sein krankes Herz. Bens distanzierte Eltern. Meine geschiedenen. Geralds Abwesenheit. Und vor allem die Geister meiner ungeborenen Kinder. Sie hätten hier sein sollen – wenigstens eines von ihnen – und hinter ihren großen Cousins und Cousinen herwackeln und jammern, dass sie auch die Weihnachtsgurke haben wollen.

All das ließ mich hastig aufstehen und ins Hinterzimmer entschwinden. Ich stützte die Hände auf die Gastronomiespüle und starrte in den Ausguss. Ich hätte glücklich sein sollen. Tante Ingrid ging es gut. Besser als gut sogar. Es war ein *Hearts*-Tag.

Aber was war morgen und übermorgen?

Wenn diese Erinnerungen irgendetwas bewiesen, dann, dass diese Augenblicke nicht von Dauer waren. Augenblicke waren nicht genug.

„Carmen? Bist du hier?"

Ich wischte mir über die Augen und eilte nach vorne ins Empfangsbüro.

Dad stand am Tresen und blickte an mir vorbei, als könnte er den Grund für meine plötzliche Flucht auf dem Gang hinter mir finden. „Alles in Ordnung? Du bist so schnell verschwunden."

„Ja, alles gut." Ich schob mir eine Haarsträhne hinters Ohr. Natürlich hätte ich ihm sagen können, dass ich nur auf die Toilette musste oder etwas trinken wollte, aber warum war ich dann im Hauswirtschaftsraum? Ich ging zum Büfetttisch und nahm mir noch etwas von dem Eierpunsch. „Mom ist ausnahmsweise richtig gut drauf."

„Ich bin froh, dass es ihr gut geht. Es freut mich, wenn sie glücklich ist." Sein Lächeln erreichte seine Augen nicht. Es war dasselbe Lächeln, das ich den ganzen Abend bei ihm gesehen hatte. Ich vermutete, dass der Grund dafür Moms Annäherungsversuche waren, aber was, wenn etwas anderes dahintersteckte?

„Ist bei dir alles in Ordnung, Dad?"

Er rieb sich den Nacken. „Das Motel sieht toll aus."

„Danke."

Er zögerte. Räusperte sich. „Jemand hat ein Angebot gemacht."

„Was?" Die Nachricht war wie ein Schlag vor den Solarplexus. Ein harter Schlag. Ich hatte keine Ahnung, was mich mehr schockierte – seine Worte oder die Unverblümtheit, mit der er sie aussprach. „Was meinst du mit *Angebot?*"

Er hob die Hände, als wollte er mich beruhigen. Dabei regte ich mich noch gar nicht auf. Wie könnte ich das, wo er mir doch gerade die Faust in den Bauch gerammt hatte? Soweit ich wusste, stand das *Treasure Chest* nicht zum Verkauf. Deshalb hatten Gracie und ich es ja renoviert.

„Es kam aus heiterem Himmel. Es handelt sich um ein älteres Ehepaar, das schon seit zwei Jahren nach einem Familienmotel Ausschau hält. Bis jetzt hatten die beiden nichts Passendes gefunden. Als sie das *Treasure Chest* im Internet entdeckten und sahen, dass es seit letzten April geschlossen ist, haben sie Nachforschungen angestellt. Die Frau sagte, sie hätten sich sofort in das Motel verliebt. Ihr Mann hat mich vor zwei Tagen angerufen und mir ein Angebot gemacht."

„Hast du angenommen?"

„Ich wollte erst mit dir reden."

„Ich dachte, wir wären uns einig, dass wir nicht verkaufen."

„Wir waren uns einig, dass wir nicht wollen, dass es abgerissen wird. Und das haben die beiden auf keinen Fall vor."

„Aber was ist, wenn sie sich zur Ruhe setzen? Was geschieht, wenn sie beschließen, dass sie doch keine Motelbesitzer mehr sein wollen?"

„Liebling ..."

Ich schüttelte den Kopf, zunehmend aufgebracht. „Sie werden es an irgendein Luxushotel verkaufen und dann wird es keine Woche dauern, bis die Bulldozer hier sind. Sie werden das *Treasure Chest* abreißen und dann ist es für immer weg."

„Das *Treasure Chest* abreißen?"

Die schockierte Frage kam nicht von meinem Vater. Sie kam von Tante Ingrid. Diese stand in der Tür zwischen Gemeinschaftsraum und Empfangsbüro und die rosige Farbe in ihren Wangen wich einer Blässe, die sie auf einen Schlag so alt aussehen ließ, wie sie war, oder vielleicht sogar noch älter. Sie trat einen Schritt zurück und das

Entsetzen in ihrem Blick verwandelte sich in eine Verwirrung, die mir das Herz brach.

„Was meinst du damit, dass sie mein Motel abreißen?“ Ihre Miene war jetzt panisch. „Habt ihr mit Gerald darüber gesprochen?“

Dad machte vorsichtig einen Schritt auf sie zu. „Tante Ingrid, lass mich das erklären.“

„Da gibt es nichts zu erklären. Ich will mit Gerald sprechen.“ Sie wich noch einen Schritt zurück. „Wo ist mein Gerald? Er wird das nicht zulassen. Und ich auch nicht. Das hier ist unser Zuhause! Ihr könnt doch nicht unser Zuhause abreißen!“

Rayanna kam herbeigeeilt. „Ingrid, Schätzchen, warum sind Sie denn so aufgebracht?“

Tante Ingrid sah sich im Zimmer um – mit wildem, orientierungslosem, verängstigtem Blick. Der Schalter war umgelegt worden. „Bitte, wo ist Gerald? Ich will wissen, wo mein Mann ist.“

Tränen brannten in meinen Augen. Denn ich konnte ihr ein renoviertes *Treasure Chest* geben, aber ihren toten Mann konnte ich ihr nicht wiedergeben. Und ich konnte sie auch nicht von dem Ort zurückholen, an dem sie jetzt war.

# Kapitel 42

*Gracie*

Elias und ich lagen auf der Motorhaube meines Autos, den Rücken an die Windschutzscheibe gelehnt, die Hände hinterm Kopf gefaltet, und blickten zum Himmel hinauf. In den Pausen zwischen unseren Worten konnten wir nur das schwache Flüstern des Meeres und das leise Summen der Elektrizität von der Leuchttafel hören. Sie erhellte den Parkplatz und warf einen rosa bläulichen Schein auf die Unterseite der dunklen lilafarbenen Wolken, die ganz schwer aussahen. Es war ein surrealer Moment. Ein „Ich kann nicht fassen, dass ich am Heiligabend hier mit diesem Jungen sitze"-Augenblick, während unser Atem in kleinen Rauchwolken in die Luft stieg. Es war kalt – so kalt, dass Elias aus dem Auto seiner Mutter einen Mantel geholt hatte.

„Glaubst du, es wird schneien?", fragte ich.

„Es gibt jemanden, den wir das fragen könnten."

Ich wollte Carmen lieber außen vor lassen. Nichts gegen sie persönlich, aber am liebsten wäre ich ewig mit Elias hier draußen geblieben.

Er stützte sich auf seine Ellbogen. „Ich habe dir was gekauft."

„Was denn?"

„Ein Geschenk."

„Nicht im Ernst, oder?"

„Klar, es ist doch Weihnachten." Er sprang vom Auto.

Ich setzte mich in den Schneidersitz, während Elias die hintere Tür des Hondas aufmachte und eine eingepackte Schachtel herausholte, die mich an das Spiel *Zwanzig Fragen* erinnerte, das Mom und ich früher immer gespielt hatten, wenn wir im Auto unterwegs gewesen waren. *„Ist es größer als eine Butterbrotdose?"* Aus irgendeinem Grund war das immer unsere erste Frage gewesen. Das Geschenk, das Elias in der Hand hielt, war eindeutig größer als eine

Butterbrotdose, und als er es vor mir abstellte, klapperte es, als wäre es aus Metall.

Ich rutschte von der Motorhaube. „Ich habe auch was für dich."

„Echt?"

Ich öffnete meinen Kofferraum und holte das Geschenk heraus, das mir an diesem Nachmittag solche Bauchschmerzen bereitet hatte. Jetzt machte mich das Päckchen in meiner Hand ganz schwindelig. Ich gab es ihm und kletterte wieder zu ihm auf das Auto. Mein Geschenk an ihn lag auf seinem Schoß – ordentlich eingewickelt in glänzendes blaues Papier mit silbernen Schneemännern. Ich hatte sein Geschenk auf dem Schoß, ungeschickt eingepackt in Geburtstagspapier mit Star-Wars-Motiven.

„Was anderes hatte ich nicht."

Ich lachte. „Wer fängt an?"

„Wir packen beide gleichzeitig aus."

„Wie jetzt?"

„So macht es mehr Spaß. Glaub mir." Er hielt die Hand über das Geschenkpapier, bereit, es zu zerreißen. „Auf die Plätze …"

Ich tat es ihm gleich.

„Fertig … los!"

Das Zerreißen des Papiers übertönte das Rauschen des Meeres und das Summen der Neonröhren. Ich riss den Kopf von Darth Vader ab und stieß darunter auf einen Pappkarton, wie man ihn von Amazon geschickt bekommt. Ich nahm den Deckel ab und erblickte ein Sechserpack Afri-Cola, eine Dose mit Marshmallowkeksen und eine magische 8er-Kugel. Mein Grinsen hätte sich selbst mit Gewalt nicht zurückhalten lassen und das Gleiche galt für Elias, denn er hielt seinen neuen Meccano-Baukasten hoch.

Dann fingen wir beide an zu lachen.

„Jetzt kannst du die Schneefrage deinem neuen Spielzeug stellen."

Ich nahm die magische 8er-Kugel in die Hand. „Wird es heute Abend schneien?"

Elias spähte über meine Schulter und dabei war sein Körper meinem so nahe, dass meine Haut kribbelte.

Ich schüttelte die Kugel und drehte sie um.

*Ganz entschieden ja.*

„Das hier", sagte ich mit der Kugel in der Hand, „ist ganz offiziell das beste Weihnachtsgeschenk, das ich je bekommen habe."

„Schön, dass es dir gefällt."

Ich löste eine Cola für ihn aus dem Sixpack und dann eine für mich. Nachdem wir unsere Getränke geöffnet hatten, stießen wir mit den Dosen an. „Auf den Gemischtwarenladen von Bay Breeze."

„Und auf Schnee an Heiligabend", fügte Elias hinzu.

Wir tranken einen Schluck und machten uns dann über die Kekse her.

Elias biss in seinen Keks, kaute und schluckte. „Hier ist es ziemlich cool."

„Das sehe ich auch so."

„Danke für die Einladung."

„Gern geschehen." Ich aß ebenfalls einen Bissen und die cremigsüße Füllung war so gut, dass sie mir ein Stöhnen entlockte. Nie im Leben hätte ich gedacht, dass der Junge, dem ich am ersten Abend am Bootssteg begegnet war, jetzt hier sein würde – an Heiligabend, bei dem Motel, das ich so sehr liebte.

„Deiner Mom scheint es gut zu gehen."

Ich verdrehte die Augen – nicht wegen seiner Worte, sondern wegen des peinlichen Benehmens meiner Mutter.

„Findest du nicht?"

„Ich finde, sie macht sich zum Affen."

„Bei Henry?"

„Du hast es also auch gemerkt."

„Vielleicht ein bisschen."

Ich aß meinen Keks auf und stopfte das Papier in die Blechschachtel. „Sie hat ihn immer geliebt. Ich glaube, die erste Therapie hat sie gemacht, um ihn zurückzubekommen. Leider habe ich ihre Pläne zunichtegemacht."

„Was meinst du damit?"

Ich griff nach der Keksdose. „Ich finde, wir sollten noch einen Keks essen."

Elias zog die Dose weg. „Kommt nicht infrage."

„Aber wir haben Weihnachten. An Weihnachten darf man so viele Marshmallowkekse essen, wie man will."

„Du kannst nicht einfach so eine Bemerkung fallen lassen und dann das Thema wechseln."

Ich machte eine abwehrende Handbewegung. „Ach, nichts. Wirklich."

„Gracie."

„Also gut. Als Carmen in der siebten Klasse war, hat sie sich bei einem Autounfall das Schlüsselbein gebrochen. Unsere Mutter hatte am Steuer gesessen – betrunken. Ich vermute, das war der Tropfen, der das Fass zum Überlaufen brachte, denn danach hat Henry sich Carmen geschnappt und ist gegangen. Meine Mutter hat eine Therapie angefangen, um wieder clean zu werden, und sich mit irgendeinem Typen vom Militär – auch bekannt als mein Vater – getröstet. Und tata! Dann kam ich. Dass sie mit dem Kind eines anderen schwanger war, hat ihre Henry-Pläne natürlich gründlich sabotiert. Und da sie ihn nicht haben konnte, gab es für sie keinen Grund mehr, nüchtern zu bleiben."

Elias runzelte die Stirn.

„Bist du jetzt nicht froh, dass du es unbedingt wissen wolltest?"

Er ließ die Coladose langsam um sein Knie kreisen und seine grünbraunen Augen leuchteten mit einer Intensität, die mein Herz schneller schlagen ließ. „Wir haben alle genug eigene hässliche Geschichten, Gracie. Du brauchst dir nicht die von deiner Mom anzuziehen."

„Was meinst du damit?"

„Damit meine ich, dass es nichts mit dir zu tun hat, dass sie nicht nüchtern geblieben ist. Das ist ihre Sache." Elias stellte die Blechdose beiseite und rutschte näher. Mein Herz machte einen kleinen Satz. Bis zu diesem Abend war mir nicht bewusst gewesen, wie viel Sicherheit mir mein Pony für gewöhnlich gab. Elias stützte einen Ellbogen auf sein angewinkeltes Knie und suchte in meinen Augen nach etwas. Einer Erlaubnis vielleicht? Ich hatte keine Ahnung. Ich wusste nur, dass das Klopfen meines Herzens sich in ein Flattern verwandelt hatte und mir trotz der Kälte ganz heiß war. Elias' Blick wanderte zu meinen Lippen.

Ich saß regungslos da.

Er beugte sich vor.

Die Tür des Empfangsbüros öffnete sich.

Und der Augenblick zerbarst wie eine Seifenblase.

Elias und ich wichen beiden ein Stück voneinander zurück. Rayanna kam mit Ingrid aus dem Haus, die hysterisch weinte. „Ich will meinen Gerald. Ich weiß nicht, wo er ist. Ich verstehe nicht, warum sie mein Baby abreißen wollen."

Carmen war ihnen dicht auf den Fersen und versuchte, Ingrid zu trösten, indem sie ihr die Schulter tätschelte. Aber Ingrid sah sie an, als wäre sie eine Fremde. Als hätte sie Carmen noch nie gesehen.

„Ist schon gut, Miss Ingrid", sagte Rayanna. „Alles ist gut. Wir setzen uns jetzt in das Auto hier und beruhigen uns, in Ordnung?" Rayanna half Ingrid auf den Rücksitz.

„Bitte bringt Gerald her."

Elias und ich sahen einander an, unsere Pupillen riesengroß.

„Wer ist Gerald?", fragte er.

„Das war Ingrids Mann. Er ist vor vier Jahren gestorben." Mein Blick wanderte zu Carmen hinüber. Sie hielt sich die Hand vor den Mund. Und plötzlich machte sich in meinem Herzen ein überaus merkwürdiges Gefühl breit. Es war ein Gefühl, das ich noch nie gehabt hatte – Mitleid mit meiner Schwester.

# Kapitel 43

*Carmen*

Hinter mir wusch Bens Mutter in der Spüle das Besteck ab. Ich wünschte, sie täte es nicht. Ich wollte, dass sie ging. Alle anderen waren gegangen, entweder nach Hause oder in ihre jeweiligen Motelzimmer. In der Wohnung neben uns versuchte Liz, ihre Kinder zu Bett zu bringen. Das Ganze klang eher wie eine Raubtierbändigung. Ihre genervten Zurechtweisungen, die gedämpft durch die Wände drangen, kratzten an meinem Herzen, das ohnehin schon zu wund war.

Die Eingangstür öffnete und schloss sich. Es war Ben, der die Reste vom Kuchen hereinbrachte. Ich öffnete einen großen Gefrierbeutel und verstaute die übrig gebliebenen Brötchen darin.

„Mom", sagte er leise, „geh ruhig schlafen. Carmen und ich können den Rest machen."

„Ich werde kein solches Chaos hinterlassen."

Ich presste die Lippen aufeinander und widmete mich weiter meinen Brötchen. Wenn es für sie so wichtig war, noch mehr Enkel zu haben, warum ging sie dann nicht nach nebenan und half bei denen, die sie schon hatte?

„Ich bin mir sicher, Dad würde sich über die Gesellschaft freuen." Ben zögerte. „Bitte."

*Vergiss es,* dachte ich. Sie ließ nie irgendwelche Unordnung zurück. Und sie sorgte immer dafür, dass ihr Tun nicht unbemerkt blieb. Soweit ich das beurteilen konnte, war es für sie nie eine Priorität gewesen, ihrem Mann Gesellschaft zu leisten. Aber wie durch ein Wunder hörte sie auf zu schrubben. Die Tür ging auf und wieder zu und dann waren Ben und ich allein. Ich schloss den Gefrierbeutel und legte ihn in den Kühlschrank. Darin befanden sich schon die Reste vom Schinken, dem Kohl, der Truthahnfüllung und Bratensoße.

Er stellte einen Kuchen auf die Küchenzeile. „Bist du okay?"

Ich schüttelte den Kopf. Nein, ich war alles andere als okay. Es ging mir miserabel. Ich fand es furchtbar, dass Tante Ingrid mitbekommen hatte, was ich zu meinem Dad gesagt hatte. Ich fand es schrecklich, dass mein Vater ein so deprimierendes Thema während der Feier angeschnitten hatte. Und ich fand es schrecklich, dass die Nachricht, dieses Motel könnte abgerissen werden, Ingrid zum Verhängnis geworden war.

Ben legte eine Hand auf die Kante der Arbeitsplatte.

Ich riss ein Stück Frischhaltefolie von der Rolle und deckte den Kuchen ab.

„Was willst du mit dem Motel machen, Carmen?"

Ich schluckte, als könnte ich dadurch den Kloß in meinem Hals loswerden, und wickelte dann das nächste Kuchenstück in Folie. Der heutige Abend war so vollkommen gewesen. Aber mit einem Fingerschnipsen war alles aus den Fugen geraten. „Ich wollte nur diesen einen Abend. Einen Abend für Tante Ingrid."

„Und was geschieht nach diesem einen Abend?"

Ich wischte mir die Hände an einem Handtuch ab. „Wie meinst du das?"

Bens Blick blieb an dem Sofa hängen.

Ich fragte mich, ob er sich genauso zurückerinnerte, wie ich es getan hatte. Diese Wohnung zu renovieren – sie von oben bis unten zu schrubben, den Teppich herauszureißen und Schichten aus Staub und Schmutz zu beseitigen –, hatte unzählige Erinnerungen auferstehen lassen. Wie wir Tränen gelacht hatten, während wir spät am Abend Monopoly gespielt hatten. Bens katastrophaler Versuch, an Tante Ingrids Geburtstag Schokoladenpfannkuchen zu backen. Die heimlichen Küsse auf dem Flur und die Schwierigkeit, uns zu beherrschen, damit wir nicht zu weit gingen – ein täglicher, verzweifelter Kampf, den wir gemeinsam gewonnen hatten. All das waren auch seine Erinnerungen.

„Heute ist nur ein Abend." Er trat näher und seine blauen Augen suchten wieder einmal nach dem, was er damals gesucht hatte, als ich zu viel Angst gehabt hatte, ihm zu sagen, was er hören wollte. Er schob mir eine Haarsträhne hinters Ohr. „Ich vermisse dich."

Einerseits wollte ich mich ihm entziehen, denn so einfach war es nicht. Andererseits sehnte ich mich nach seiner Berührung, nach dem Gefühl seiner warmen Hand auf meiner Haut.

Ben hob mein Kinn an und seine fragenden Augen warteten darauf, dass ich sagte, ich vermisste ihn auch.

„Ich vermisse, wie es zwischen uns war", gab ich zurück. Aber davon waren wir weit entfernt und ich war mir nicht sicher, ob wir überhaupt dahin zurückkonnten.

Er ließ die Hand sinken.

Ich wandte mich der Spüle zu, drehte das heiße Wasser auf, spritzte etwas von dem blauen Spülmittel in die Auflaufform und sah zu, wie sie sich mit Seifenblasen füllte. Als der Schaum überlief, trat Ben hinter mich und stellte das Wasser ab, wobei er mir so nah kam, dass seine Lippen mein Haar berührt hätten, wenn ich mich auch nur wenige Zentimeter zurückgelehnt hätte. Er schob die Locken aus meinem Nacken über meine Schulter. „Ich will keine Ehe wie die meiner Eltern."

Der Kloß in meiner Kehle wurde noch größer.

„Sie geben sich nicht einmal Mühe. Zwischen ihnen ist keine Nähe." Bens Atem kitzelte mich am Ohr. „Keine Leidenschaft."

Ich schloss die Augen und spürte das Verlangen in meinem Bauch, mit dem ein ganzes Heer von gemischten Gefühlen aufbrach, die man am besten gar nicht erst weckte.

„Meine Mom hat immer gesagt: ‚Dein Vater und ich werden uns nie scheiden lassen.' Das war ihr Motto. Ihr Sicherheitsnetz. Sie hat es gesagt, als hätten Liz und ich keinerlei Grund, uns Sorgen zu machen. Aber heute Abend ist mir etwas klar geworden." Er fuhr mit der Hand meinen Arm hinunter und drehte mich dann zu sich um. „Mit einer toten Ehe ist der Teufel ganz genauso zufrieden wie mit einer Scheidung."

Der Schmerz in meiner Brust dehnte sich aus.

„Ich will nicht wie mein Vater sein, Carmen. Ich möchte dich erreichen. Ich will für uns kämpfen, aber du musst mir helfen, weil ich nicht mehr weiß, wie."

Es war etwas, worum er mich schon einmal gebeten hatte. Nach unserem dritten Verlust – dem schlimmsten von allen, als die Hoffnungslosigkeit gesiegt hatte und meine Seele gestorben war. Es war eine Bitte, auf die ich damals nicht geantwortet hatte. Weil ich es schrecklich fand, dass er es nicht wusste. Ich fand es schrecklich, dass er mich darum bitten musste. Und noch schrecklicher fand ich, dass ich die Antwort selbst nicht kannte. Ich sah zu Ben auf, zu diesem Mann, der mir sein Herz offenbarte und von Dingen sprach, über die wir nicht sprachen, der die Entfernung zwischen uns benannte, und ich wusste, dass ich diesmal antworten musste.

Es gab eine Million Worte, die ich hätte sagen können. Es gab eine Million Dinge, die wir klären mussten. Aber vielleicht war ein Schritt für heute genug. Ich lehnte mich an ihn – ein kleines bisschen nur. Und doch war mehr nicht nötig. Bens Blick verwandelte sich von fragend zu hungrig. Seine Lippen fanden die meinen und es war wie ein Feuerstein auf Stahl, der eine latente Leidenschaft entzündete, von der ich nicht gedacht hatte, dass es sie noch gab. Eine latente Leidenschaft, die mit einem Mal wie Feuer brannte – glühend heiß und gierig. Ben hob mich vom Boden, als wöge ich gar nichts. Ich schlang die Beine um seine Taille und vergrub die Finger in seinen Haaren. Während seine Lippen über meinen Hals wanderten, trug er mich zum Sofa. Und in dem Motel, in dem Ben und ich begonnen hatten – dem Motel, das langsam wieder zum Leben erwacht war; dem Motel, das ich immer noch verlieren konnte –, liebten wir uns, als wären es unsere Flitterwochen.

Das Wasser toste um mich herum. Es stieg immer höher, während ich um mich schlug und nach Luft schnappte und keuchte. „Hilfe! Helft mir!"

Ben griff nach meinen Armen. „Nimm meine Hand, Carmen."

Aber sosehr ich mich auch an ihn klammerte, seine Hand entglitt mir wie ein glitschiger Aal und ich wusste nicht mehr, wie man schwimmt.

Die Wellen stiegen bis über mein Kinn.

Kaltes Wasser füllte meine Lunge.

Und dann schlug ich die Augen auf.

Ich atmete tief ein – Luft, nicht Wasser – und nahm den Kopf von Bens Brust. Verwirrt und schläfrig blinzelte ich und sah mich um. Wir waren in der Wohnung im Motel, die einmal Tante Ingrids Zuhause gewesen war, und lagen ineinander verschlungen auf dem Sofa. Durch die Wand drangen keine Zubettbringkämpfe mehr.

Liz' Kinder schliefen längst. Das einzige Geräusch war Bens rhythmischer Atem.

Das Licht aus der Küche warf einen schwachen Schein ins Wohnzimmer. Ich sah meinen Mann an – den dunklen Fächer seiner Wimpern, seine glatte Stirn, den kantigen Kiefer, die vollen Lippen. Im Schlaf hatte er einen Arm um seinen Kopf gelegt, die Handfläche nach oben. Wieder stieg eine wohlige Hitze in mir auf, als ich daran dachte, wie diese Hand meinen Körper berührt hatte, diese Lippen meine Haut. War das wirklich geschehen? Und was jetzt? Ein Augenblick der Leidenschaft konnte nicht Jahre der Gebrochenheit heilen. Ein Löffelchen Zucker machte nicht alles besser. Egal, wie sehr ich mir das wünschte.

Ich blickte durch das Halbdunkel zu der Uhr an der Wand hinüber. Viertel vor eins. Der Weihnachtstag war angebrochen. Ich musste nicht arbeiten, aber bevor Dad in sein Zimmer gegangen war, hatte ich ihm versprochen, dass wir uns im *Aurora's* in der Dock Street zum Weihnachtsfrühstück treffen würden. „Wir müssen reden", hatte er gesagt. Das sah ich auch so. Im Moment war Gracie ganz allein zu Hause. Jemand sollte bei ihr sein.

So vorsichtig wie möglich befreite ich mich aus Bens Armen. Er drehte sich um und seufzte, wachte aber nicht auf. Ich zog mich an, nahm meine Handtasche und ging zur Tür. Wir waren getrennt mit beiden Autos hergekommen, also gab es keinen Grund, ihn zu stören. Nicht, wenn er so friedlich schlief. Leise trat ich auf den Vorplatz hinaus. Schneeflocken fielen aus den Wolken. So winzig, dass sie kaum größer waren als glitzernde Punkte.

# Kapitel 44

*Carmen*

Ich fuhr auf den Parkplatz des *Aurora's,* der Austernbar in der Dock Street, die sonn- und feiertags Frühstück anbot. Nachdem ich in der vergangenen Nacht völlig aufgewühlt nach Hause gekommen war, hatte ich noch lange wach gelegen. Bens Seite des Bettes war glatt und unbenutzt geblieben. Als ich an diesem Morgen aufgewacht war, hatte ich nur einen zusammenhängenden Gedanken gehabt. Ich musste das Motel behalten – um Tante Ingrids willen, um Gracies willen, um meiner selbst willen. Und das bedeutete, dass ich meinen Vater davon überzeugen musste, es nicht zu verkaufen.

Sobald ich ausstieg, wurde ich von einer kalten Windböe erfasst, die von der Bucht hereinwehte, sodass ich schnell zum Eingang eilte. Dad war schon da und stand im Türrahmen. Ich versuchte, meine Verärgerung in den Griff zu bekommen. Ihm erst einmal nichts zu unterstellen, während eine freundliche Bedienung uns frohe Weihnachten wünschte und uns durch die Menge der Festtagsgäste führte, die sich Frühstücksspeck und Waffeln und Krebsfrikadellen schmecken ließen. Die junge Frau platzierte uns in einer Nische und ließ uns zwei Speisekarten da.

Dad legte die Hände flach auf den Tisch. „Es tut mir leid."

„Ich verstehe nicht, warum du gestern davon anfangen musstest."

„Tante Ingrid sollte es doch gar nicht hören."

„Und ich? Konntest du dir nicht vorstellen, dass es mir den Abend verderben würde?"

„Ich wusste nicht, dass es dich so treffen würde. Als wir das letzte Mal miteinander gesprochen haben, war dir wichtig, dass das *Treasure Chest* als Motel erhalten bleibt. Wenn dieses Ehepaar das Gebäude kauft, wird genau das passieren."

Er hatte recht. Ursprünglich war das mein einziges Ziel gewesen. Aber das war vor der ganzen Arbeit gewesen, die Gracie und ich hineingesteckt hatten, und bevor ich meiner Schwester einen Job versprochen hatte. Ich hatte das Motel zwar vorher schon geliebt, aber jetzt liebte ich es noch mehr. Die Bedienung kam mit meinem Kaffee und Dads Wasser zurück. Mein Vater bestellte Arme Ritter und ich ein Austernomelett. Als wir wieder allein waren, trommelte er mit den Fingern auf der Tischdecke.

„Ich weiß, dass du nicht wieder ins Motelgeschäft einsteigen willst, Dad." Mein Vater war damit aufgewachsen und hatte es kaum erwarten können, das alles hinter sich zu lassen. Aber für mich war es immer ein Ort der Erholung gewesen. Meine Fluchtmöglichkeit vor einer dysfunktionalen Welt. Der Ort, an dem ich Ben kennengelernt hatte. „Aber ich will es vielleicht."

„Und was ist mit der Meteorologie?"

„Ich weiß es nicht." Ich liebte das Wetter. Hatte es immer geliebt und würde es immer lieben. Aber in letzter Zeit hatte der Job seine Spuren hinterlassen. Die Erwartungen, die mit der Fernsehwelt verbunden waren. Der Mangel an Privatsphäre. Die Arbeitszeiten. Ben kam von der Arbeit nach Hause und ich ging schlafen. Wir schliefen nicht zusammen ein. Wir wachten nicht zusammen auf.

„Das Motel zu führen, würde deinen ganzen Lebensstil ändern, Carmen, darüber musst du dir im Klaren sein. Es ist kein Job mit festen Arbeitszeiten, bei dem man irgendwann Feierabend hat. Dein Leben ist deine Arbeit und deine Arbeit dein Leben. Eine Trennung gibt es nicht."

„Das weiß ich." Ich hatte es bei Tante Ingrid und Gerald gesehen. Natürlich war das Motel ihr Leben gewesen und es war durchaus mit Stress verbunden, aber letztendlich hatten sie die Arbeit geliebt. Und sie hatten sie zusammen gemacht. Mir war bewusst, dass Ben seine Stelle hatte und wirklich glücklich damit war, aber er hatte lange Sommerferien. Und Gracie war auch noch da. „Das *Treasure Chest* gehört zu unserer Familie, Dad. Es ist seit sechsundsiebzig Jahren Teil der Familie. Wenn du es erst einmal verkauft hast, kannst du diese Entscheidung nie mehr rückgängig machen."

„Ich will nicht hartherzig klingen, Liebling, und es geht mir auch überhaupt nicht darum, mit dem Verkauf Geld zu machen, aber wir können nicht zulassen, dass das Motel Ingrids Bankkonto auf Dauer ausblutet. Momentan sieht es nicht danach aus, als könntest du das Motel übernehmen, und das mit dem Verwalter haben wir ja schon probiert. Wie du weißt, hat das nicht funktioniert."

„Ich weiß, aber diesmal werde ich mit von der Partie sein. Ich werde dafür sorgen, dass die Person, die wir einstellen, ihre Arbeit gut macht."

Dad nahm seine Brille ab und rieb sich die Augen.

„Bitte, Dad! Tante Ingrid hat so viel für dich und mich getan. Sind wir es ihr da nicht schuldig, ihre Wünsche zu respektieren?"

Die Bedienung brachte unser Essen, füllte Dads Wasserglas auf und fragte mich, ob ich noch mehr Kaffee haben wolle. Dabei hatte ich die erste Tasse bisher nicht einmal angerührt. Als sie ging, setzte Dad seine Brille wieder auf. „Also gut."

Ich richtete mich auf. „Wirklich?"

„*Wenn* du das Motel startklar machen kannst und *wenn* du jemanden findest, der es führt, und *wenn* du so viel damit verdienen kannst, dass es sich selbst trägt, dann bin ich einverstanden."

Erleichterung durchströmte mich.

„Das sind eine Menge *Wenns*, Carmen." Dad wickelte sein Besteck aus. „Ich hoffe, du weißt, worauf du dich da einlässt."

„Ich habe keine Angst vor viel Arbeit."

„Und Ben? Sieht er das genauso?"

Da war ich mir nicht sicher. Ich hatte ihm nämlich noch nichts davon erzählt. Aber ich würde es erfahren, wenn ich nach Hause kam.

Bens Wagen stand hinter Gracies Mitsubishi in der Auffahrt. Ich konnte mich nicht entscheiden, ob ich mich wie ein Teenager fühlte, der dabei ertappt worden ist, dass er sich hinausgeschlichen hat, oder wie ein Mädchen, das den Jungen nach dem ersten Kuss wiedersieht und sich unsicher ist, wie es nach diesem Meilenstein weitergehen wird. Die letzte Nacht hatte etwas geändert. Ich wusste nicht, ob es besser oder schlimmer oder nur anders geworden war, aber wir hatten einen Schritt getan, den wir nicht mehr rückgängig machen konnten. Ich parkte neben seinem Wagen und atmete zitternd aus. Schon bald würde diese Einfahrt überfüllt sein. Mom,

Dad und Bens Familie würden zum Mittagessen herkommen. Und ich musste mit Ben reden, bevor sie hier auftauchten.

Sobald ich das Haus betrat, erhob Ben sich von seinem Platz auf dem Sofa. Seine Stirn war jetzt nicht mehr glatt vom friedlichen Schlaf, sondern gerunzelt vor Verwirrung. Oder vielleicht aus Verletzung. Seinen Haaren nach zu urteilen hatte er seit gestern Abend keinen Kamm benutzt.

Im Fernsehen lief die jährliche Wiederholung der Dickens'schen Weihnachtsgeschichte. Gracie hatte ein Knie angezogen, ihr Pony war nicht mehr zurückgesteckt und sie blickte zwischen uns hin und her. Sie wusste, dass Ben letzte Nacht im Motel geschlafen hatte und ich hier. Das musste irgendetwas bedeuten. Und wahrscheinlich nichts Gutes. Sie legte die Fernbedienung auf das Kissen neben sich und stand auf. „Ich, äh … ich lasse euch beide mal allein."

Und das tat sie auch.

Sobald die Tür zu ihrem Zimmer oben ins Schloss gefallen war, fuhr Ben sich mit beiden Händen übers Gesicht und dann durch die Haare. „Warum bist du gegangen?"

„Jemand musste zu Gracie nach Hause. Und ich wollte dich nicht wecken."

„Ist das wirklich der Grund, Carmen?"

Ich hängte meinen Autoschlüssel an den Haken über der antiken Sitztruhe. Ich konnte Bens Blick in meinem Rücken spüren, während er auf eine Antwort wartete, aber welche Antwort konnte ich ihm schon geben? Der Boden, auf dem ich stand, fühlte sich fremd an. Mit einem zitternden Atemzug drehte ich mich um. Seine gekränkte Miene tat mir in der Seele weh. „Es tut mir leid."

Es war eine dürftige Gabe. Ben hatte etwas Besseres verdient.

Er verlagerte sein Gewicht auf das andere Bein. „Wie war das Frühstück?", fragte er.

Ich knetete meine Hände. Gestern Abend hatte er mich gefragt, wie er mich erreichen könne.

Da hatte ich noch keine Antwort gehabt, aber inzwischen hatte ich eine. Jetzt oder nie. „Ich habe ihn gebeten, das Motel nicht zu verkaufen."

„Was hat er gesagt?"

„Er sagte, wenn ich jemanden finde, der es führt, und ich es bald wiedereröffne, wird er nicht verkaufen."

Ben blickte zu Boden.

Einerseits wollte ich wissen, was er dachte, aber andererseits hatte ich Angst zu fragen. Selbst mit einem Geschäftsführer war es eine große Verpflichtung. Noch eine Entscheidung, die ich getroffen hatte, ohne sie vorher mit ihm zu besprechen. Irgendwie war ich ihm immer einen Schritt voraus. Es war keine Absicht, aber offenbar konnte ich nicht anders.

Er kratzte sich am Kinn. „Das ist dir wichtig, oder?"

„Ja." Unglaublich wichtig.

„Dann sag mir, wie ich dir helfen kann."

# Kapitel 45

*Carmen*

Mom kehrte nach Apalachicola zurück. Bens Familie reiste nach New Orleans ab. Und Dad flog nach Hause nach Gainesville. Weihnachten war vorüber. Jetzt mussten wir uns um das Motel kümmern. Aber zuerst wollte ich Tante Ingrid versichern, dass wir es nicht verkauften. Niemand würde es abreißen. Es würde in der Familie bleiben. Dafür würde ich sorgen. Eigentlich hatte ich sie gleich am nächsten Tag besuchen wollen, aber als ich angerufen hatte, hatte Rayanna gesagt, es sei kein guter Tag. Vielleicht wäre morgen besser. Als ich nun an Ingrids Zimmertür klopfte und vorsichtig den Kopf hineinstreckte, hoffte ich, dass sie recht hatte. „Hallo?"

Rayanna sah aus dem Schlafzimmer herüber und kam mit einem halb vollen Essenstablett in der Hand zu mir in den Wohnbereich.

„Geht es ihr besser?", fragte ich.

„Die letzten beiden Tage waren ziemlich heftig."

„Das liegt an dem, was sie im *Treasure Chest* gehört hat, nicht wahr?"

„Jetzt zerbrechen Sie sich darüber mal nicht den Kopf, Carmen. Sie wissen doch, dass diese Krankheit unberechenbar ist. Wenn das nicht der Auslöser gewesen wäre, wäre es etwas anderes gewesen."

„Hat sie das Motel denn erwähnt? Glauben Sie, wenn ich ihr erkläre, dass wir es nicht verkaufen oder abreißen werden, hilft es?"

„Ich glaube, es würde sie nur verwirren. Im Moment trauert sie um Gerald."

Der Gedanke versetzte meinem Herzen einen Stich. Um den Mann zu trauern, den sie geliebt hatte, war schon beim ersten Mal schlimm genug gewesen. Musste sie diese Trauer wirklich immer wieder durchleben – ihren Kummer wie in einer Wiederholungsschleife? All das war ein viel zu vertrautes Gefühl.

„Gehen Sie doch zu ihr. Ich bringe gleich den Nachtisch." Rayanna drückte lächelnd meinen Ellbogen und ging dann. Im Schlafzimmer saß Tante Ingrid in einem Schaukelstuhl am Fenster, eine Bibel aufgeschlagen auf dem Schoß, und starrte auf die Eichen vor dem Fenster und die hohen Kiefern am Horizont hinaus. „Ingrid?“

Als sie ihren Namen hörte, drehte sie sich um. Ihre dunklen Augen waren tränenfeucht, weshalb sie sich schnell mit einem zerknüllten rosafarbenen Papiertaschentuch die Augenwinkel abtupfte. Sie hatte noch nie gerne vor anderen Menschen geweint und ich merkte, dass es ihr peinlich war, jetzt dabei ertappt worden zu sein. Wenigstens gab es einige Dinge, die sich nicht änderten. Und an diese Dinge klammerte ich mich wie an ein Rettungsboot.

„Geht es dir gut?“, fragte ich, obwohl ich im gleichen Moment wusste, dass die Antwort offensichtlich war. Natürlich ging es ihr nicht gut.

„Meine Augen sind heute nur ein bisschen gereizt, das ist alles.“ Sie betupfte sie noch ein paar Mal und sah mich dann ohne jede Spur des Erkennens an. „Und Sie sind?“

„Carmen.“

Sie nickte. „Arbeiten Sie hier, Carmen?“

„Ich bin heute nur zu Besuch. Ist es in Ordnung, wenn ich mich ein wenig zu dir setze?“

„Ich befürchte, ich bin heute nicht sehr gesellig.“

Ich setzte mich auf die Kante ihres Bettes. „Das macht nichts.“

Ihr Kinn bebte, während sie den Blick wieder aufs Fenster richtete. Draußen huschten Grasmücken, rotbauchige Spechte und Rotschulterstärlinge von einem Futterspender zum nächsten. Einige hockten auf dem marmornen Vogelbad und tauchten die Schnäbel ins Wasser. Viele der Bewohner hier sahen den Vögeln gerne zu, vor allem in den kälteren Monaten, wenn die selteneren Spezies zum Überwintern hierher in den Süden kamen.

Rayanna kehrte mit zwei Schälchen Götterspeise zurück. Eines stellte sie neben Ingrid, das andere reichte sie mir und drückte noch einmal aufmunternd meinen Ellbogen, bevor sie uns allein ließ.

Ingrid trocknete sich noch einmal die Augen, dann nahm sie ihren Löffel und stach etwas von der Götterspeise ab. „Ich mag Wackelpudding.“

Das tat sie. Sogar so gern, dass sie – meine gutmütige Tante – vor einigen Monaten einem armen Mädchen den Löffel an den Kopf geworfen hatte, als das junge Ding versucht hatte, ihr das geliebte Dessert wegzunehmen. Ich hielt die Schale, die Rayanna mir gegeben hatte, auf dem Schoß und sah zu, wie Ingrid kleine Bissen von dem Wackelpudding aß.

*„Nicht alles lohnt das Bewahren, musst du wissen. Aber für manche Dinge lohnt es sich, mit aller Kraft zu kämpfen. Man muss nur den Unterschied erkennen.“*

Diese Worte hatte sie in einem Zustand der Verwirrung gesagt und sie waren auf etwas so Albernes wie Wackelpudding bezogen gewesen, aber trotzdem enthielten ihre Worte eine tiefe Wahrheit. Und während sie jetzt in meinen Gedanken nachhallten, kam mir die gleiche Frage wie damals in den Sinn: *Lohnt sich das Bewahren?* Nur ging es diesmal nicht um das *Treasure Chest*. Es ging um meine Ehe.

Tante Ingrid aß ihr Dessert auf, wischte sich die Lippen mit einer Serviette ab und nahm die Bibel von ihrem Schoß. „Würden Sie mir vielleicht etwas vorlesen?“

Ich stellte meinen Wackelpudding fort und nahm die Bibel entgegen. Sie war beim Buch des Propheten Jesaja aufgeschlagen – schon immer eines von Ingrids Lieblingsbüchern in der Bibel. Viele Verse waren unterstrichen und an den Rand waren winzige Notizen gekritzelt.

Ingrid schloss die Augen und lehnte den Kopf an die Rückenlehne des Schaukelstuhls.

Ich schluckte den Kloß in meinem Hals hinunter und fing oben auf der Seite an.

„Begreift ihr denn nicht? Oder habt ihr es nie gehört? Der Herr ist der ewige Gott. Er ist der Schöpfer der Erde – auch die entferntesten Länder hat er gemacht. Er wird weder müde noch kraftlos. Seine Weisheit ist unendlich tief.

Den Erschöpften gibt er neue Kraft, und die Schwachen macht er stark.

Selbst junge Menschen ermüden und werden kraftlos, starke Männer stolpern und brechen zusammen.

Aber alle, die ihre Hoffnung auf den Herrn setzen, bekommen neue Kraft. Sie sind wie Adler, denen mächtige Schwingen wachsen. Sie gehen und werden nicht müde, sie laufen und sind nicht erschöpft.“

Tante Ingrid, die sich weder an mich noch an das Motel erinnerte, das sie ihr ganzes Leben lang geliebt hatte, sprach lautlos jedes Wort mit, das ich las.

Während der Dezember in den Januar überging, ebbte Tante Ingrids Traurigkeit ab, aber ihr Geisteszustand besserte sich nicht. Sie blieb in der Vergangenheit eingeschlossen, in einer Zeit, bevor Gerald seinen Herzinfarkt gehabt hatte und das *Treasure Chest* geschlossen worden war, bevor es mich überhaupt gegeben hatte. Je länger sie dortblieb, desto mehr bekam ich es mit der Angst zu tun, weil ich immer mehr davon überzeugt war, dass die Dinge, die sie an Heiligabend gehört hatte, ihr Gehirn unwiderruflich geschädigt hatten.

Ich flehte Rayanna an, sie möge mich mit Ingrid noch einmal zum Motel fahren lassen, damit sie mit eigenen Augen sehen konnte, dass es ihrem Baby gut ging. Tatsächlich sah es besser aus als jemals zuvor. Ben hatte seine gesamte Footballmannschaft eingespannt, um den Garten auf Vordermann zu bringen, alle Badewannen neu zu emaillieren und die Toiletten zu ersetzen. Sie hatten Nägel eingeschlagen und den Pool zu Ende geschrubbt. Das jüngste Projekt war Natalies Idee gewesen – eine Hommage an den ersten Investor des Motels, Charles Darrow. Ben verwandelte die aus Betonplatten bestehende quadratische Umrandung des Schwimmbeckens momentan nach und nach gewissenhaft in ein Monopoly-Spielbrett.

Ich hätte es Tante Ingrid so gerne gezeigt, aber ihre Ärzte hielten es für keine gute Idee, sie aus *Pine Ridge* herauszuholen. Sie waren der Meinung, dass die Unterbrechung der gewohnten Abläufe überhaupt erst die dramatische Verschlechterung ihres Geisteszustandes ausgelöst hatte. Während ihr Baby also wieder zum Leben erwachte, konnte ich nichts tun, als tatenlos zuzusehen, wie sie mit jedem Tag ein bisschen mehr von sich selbst verlor. Wir spielten nicht Karten. Wir gingen nicht in den Speisesaal. Tante Ingrid blieb in ihrem Zimmer und bat mich, ihr aus der Bibel vorzulesen. Und während ich las, schlichen sich leise Zweifel ein. Die Art Zweifel, die ich an tief verborgenen dunklen Orten versteckt hielt.

Was, wenn nichts davon stimmte? Was, wenn es diesen Gott, zu dem wir beteten, gar nicht gab?

Der Himmel wusste, dass ich versucht hatte, Ben gerecht zu werden. Jeden Tag hallte die Frage, die aufgekommen war, als Tante Ingrid ihren Wackelpudding-Wutanfall bekommen hatte, in mir wider. Lohnte es sich, meine Ehe zu retten? Ja, es lohnte sich. Ich wollte die zerbrochenen Teile wieder zusammenfügen. Ich wollte, dass wir wieder eins wurden. Aber eine Beziehung zu reparieren, war nicht so einfach, wie ein Motel zu renovieren. Ich musste erst noch das richtige Zaubermittel finden, das die Flecken entfernte. Zum ersten Mal seit Langem versuchte ich es. Aber je mehr ich es versuchte, desto tiefer versank ich in den Fluten. Vielleicht war es meiner Mutter auch so ergangen – verzweifelt in ihrem Kampf mit der Flasche, aber unfähig, genug Willenskraft aufzubringen.

Der Winter entpuppte sich als kälter, als es im Norden Floridas üblich war, und während der Januar sich dem Ende entgegenneigte, hing ich in einer scheinbar endlosen Warteschleife fest. Ich wartete darauf, dass Tante Ingrid zurückkam. Dass das Motel öffnete. Dass die Sozialarbeiterin anrief. Dass die Lethargie in meiner Seele ihre eiserne Faust lockerte. Dass Ben mich erreichte – nicht nur hin und wieder, sondern für immer und ewig. Ich musste gerettet werden. Und da ich nicht mehr wusste, ob Gott da war, um es zu tun, beschloss ich, dass ich es wohl selbst tun musste.

# Kapitel 46

*Gracie*

Elias' achtzehnter Geburtstag musste mir den Verstand vernebelt haben, denn als ich ihn am Freitag in der Mittagspause fragte, was er sich wünsche, und er sagte, er wünsche sich, dass ich mit ihm in die Kirche gehe, sagte ich Ja. Er verkündete, er werde mich um neun Uhr abholen. Und übrigens wäre es nicht schlecht, wenn ich ein Kleid tragen würde. Ich besaß einen bodenlangen schwarzen Rock. Ein Kleid hatte ich nicht.

Carmen sei Dank trug ich eines – ein A-förmiges Teil in einem Rote-Bete-Ton mit Ziehharmonikafalten –, als ich am Sonntagmorgen die *Cross Church* betrat. Es war mein zweiter Besuch dort, nur dass ich diesmal nicht das einzige weiße Mädchen war. Elias' Mom Leah war auch da. Wir standen rechts und links von Elias, bildeten sozusagen einen umgekehrten Oreo-Keks, der eher nach Karamell aussah als nach Schokolade. Zu dritt betraten wir den Gottesdienstraum, wo ein Platzanweiser uns zu einer Bank in der Mitte führte. Ich zog an dem Saum meines Kleides.

„Du zappelst rum", sagte Elias.

„Wahrscheinlich, weil ich mir komisch vorkomme."

„Warum denn das?"

„Hast du mich mal angeschaut?"

Er schlug mir mit dem Gottesdienstprogramm aufs Knie. „Du siehst gut aus."

Wahrscheinlich wäre ich rot geworden, hätten die Worte, die in dicken blauen Buchstaben auf dem Programm standen, mich nicht abgelenkt – Taufsonntag. Ich zog Elias das Programmheft aus der Hand, um es mir anzusehen, aber bevor ich weitere Nachforschungen anstellen konnte, fing der Chor auf der Bühne an zu klatschen und die Gemeinde stand auf, um ein Lied zu singen, in dem es um einen Kampf ging, der vorüber war. Eine korpulente Frau, die vorne stand, wiegte sich mit einem Rhythmusgefühl, das ich niemals haben würde. Zu meiner Linken schwenkte ein alter Mann mit Nelson-Mandela-Frisur (Gott hab ihn selig) die Hände überm Kopf. Ihre Stimmen stiegen zum Himmel auf wie ein Schrei und ich war die Zuschauerin, die sich nicht traute mitzumachen. Nach dem vierten Lied setzte die Gemeinde sich. Ich atmete erleichtert auf. Ein Mädchen, das ich kannte, trat aus dem Chor ans Mikrofon. Es war Chanelle. Als sie anfing zu singen, war ich nicht überrascht. Alles an ihr war vollkommen. Warum sollte sie nicht auch eine Stimme haben, die es mit denen der Sieger von *American Idol* aufnehmen könnte?

„*Amazing Grace* … Oh Gnade Gottes, wunderbar hast du errettet mich. Ich war verloren ganz und gar, war blind, jetzt sehe ich."

Sie klang überhaupt nicht verloren.

Die Frau vor uns musste sich wohl mit dem Text identifizieren, denn sie nickte während Chanelles Solo die ganze Zeit so heftig, dass ihr Körper sich vor- und zurückwiegte. Ich warf Elias einen verstohlenen Blick zu. Er sah Chanelle so an, dass dieser lästige Funke der Eifersucht wieder aufflammte, den Elias' Reaktion auf Chanelle immer in mir anheizte. Als das Lied zu Ende war und der Chor sich setzte, trat Pastor Zeke hinter die Kanzel – nicht im Sonntagsanzug, sondern in einer Art Trainingshose und einem T-Shirt –, eine aufgeschlagene Bibel in der großen Hand.

Ich beugte mich näher an Elias' Ohr. „Und mich hast du gezwungen, ein Kleid anzuziehen?"

Er lächelte.

„‚Ihr wisst doch, was bei der Taufe geschehen ist: Wir sind auf den Namen von Jesus Christus getauft worden und haben damit auch Anteil an seinem Tod. Durch die Taufe sind wir also mit Christus gestorben und begraben. Und wie Christus durch die Herrlichkeit und Macht seines Vaters von den Toten auferweckt wurde, so haben auch wir ein neues Leben empfangen und sollen nun so handeln, wie es diesem neuen Leben entspricht.' Römer 6, die Verse 3 und 4." Pastor Zeke breitete die Arme aus. „Wie unsere junge Schwester gerade gesungen hat: Wir waren verloren, aber jetzt sind wir gefunden."

Mehrere Gottesdienstbesucher stießen ein „Amen" oder „Mhmmm" aus.

Die Frau vor uns fing wieder an zu nicken.

Und während Pastor Zeke über das Wasser der Taufe sprach, ertappte ich mich selbst dabei, dass ich mich vorbeugte, als wären seine Worte vielleicht die Antwort auf all die Fragen, die sich in mir angesammelt hatten, seit Mom zum ersten Mal im Fluss untergetaucht war. Er kam früher zum Ende, als ich gedacht hätte. Der Chor trat wieder auf und sang noch ein Lied. Als die Sänger wieder abgetreten waren, stand Pastor Zeke weiter hinten auf dem Podium in einem Wasserbecken. Er hielt die Hand eines dünnen Mädchens, das kaum älter sein konnte als ich.

Mit einer für ihre Größe erstaunlich lauten Stimme erzählte die junge Frau der Gemeinde von ihrem Leben vor Christus und der Freiheit, die sie durch Christus gefunden hatte – und das alles, während sie bis zur Taille im Wasser stand. Als sie fertig war, packte Pastor Zeke ihre Schultern und sie hielt sich die Nase zu. „Auf dein Bekenntnis des Glaubens an den Herrn Jesus Christus hin taufe ich dich im Namen des Vaters, des Sohnes und des Heiligen Geistes. Mit ihm im Tod begraben. Mit ihm zu neuem Leben auferstanden."

Er tauchte sie unter und als er sie wieder hochzog – ganz durchnässt, aber von einem Ohr zum anderen strahlend –, jubelte die Gemeinde und brach in laute „Halleluja"-Rufe aus. Nach ihr trat noch jemand in das Becken. Auch er erzählte seine Geschichte und Pastor Zeke tauchte ihn unter. Dann noch einer und noch einer und noch einer. Und während ich zusah und zuhörte, konnte ich mich nicht entscheiden, ob ich mich wie sie ins Wasser stürzen oder mich über sie lustig machen sollte.

Zum ersten Mal in meinem Leben gab ich mir Mühe. Wirklich Mühe. Ich war Mitglied des Quizteams meiner Schule. Meine Noten waren besser als je zuvor. Ich hatte Freunde, mit denen meine Lehrer und Erziehungsberechtigten einverstanden waren. Und doch war meine Angst nur noch größer geworden. Je mehr Mühe ich mir gab, desto schlimmer wurde sie. Nahm immer mehr zu. Dehnte sich aus. Weil ich die Wahrheit kannte. Egal, mit wie viel Spucke und Pomade ich mein Äußeres bearbeitete, mein Inneres würde sich nicht ändern – ich würde immer derselbe verkorkste Reizstoff in der Muschel bleiben, Gracie Fisher.

Ich faltete Elias' Gottesdienstprogramm erst zu einer Ziehharmonika, dann zu einem Flugzeug. Dabei spürte ich, wie er mich beobachtete, aber ich hielt den Blick starr auf mein Origami gerichtet. Als der Gottesdienst endlich vorbei war, wäre ich am liebsten sofort abgehauen. Aber Leah musste auf die Toilette und Elias wollte Pastor Zeke im Foyer begrüßen. Da es sein Geburtstag war und wir seine Mutter nicht allein zurücklassen konnten, folgte ich ihm.

„Gracie Fisher", dröhnte Pastor Zeke. Er hatte seine nassen Sachen ausgezogen und trug jetzt Schlips und Anzugjacke. „Wieder in der *Cross Church*, um mehr von Jesus zu bekommen. Schön, dich zu sehen."

„Elias hat sich zum Geburtstag gewünscht, dass ich mitkomme."

„Ein Taufsonntag ist eine gute Gelegenheit für einen Besuch. Dabei geht es darum, neues Leben zu feiern." Pastor Zeke gab Elias einen väterlichen Klaps auf die Schulter. „Hab ich recht, Eli?"

„Ja, Sir."

„Du solltest Miss Fisher heute Abend zum Essen einladen. Da deine Mama arbeiten muss, haben wir einen Platz am Tisch frei."

„Abendessen?", quiekte ich.

„Wir feiern den Geburtstag dieses Jungen hier mit einem gemeinsamen Abendessen, seit er in der Pampersliga Football gespielt hat. Panierte Steaks mit Wurstsoße. Mmmm!"

Elias sah zu mir herunter. „Hast du Lust?"

„Ich weiß nicht."

„Ach, komm. Jeder sollte wenigstens einmal im Leben Mrs Z.s panierte Steaks probiert haben." Er sah mich mit einem Hundeblick an. „Bitte?"

Ich hatte keine Ahnung, warum er das unbedingt wollte. Warum sollte jemand wie Elias mich dabeihaben wollen? Ich sah ihn an und dachte an Heiligabend zurück – den Moment auf der Motorhaube meines Wagens, in dem etwas zwischen uns gewesen war … bevor wir gestört worden waren. Ich hatte diesen Augenblick tausendmal auf tausend unterschiedliche Arten gedanklich durchgespielt. Wenn Ingrid nicht herausgekommen wäre, hätte Elias mich dann geküsst? Und wenn er mich geküsst hätte, hätte das dann meine Frage nach seiner geheimnisvollen Beziehung zu Chanelle beantwortet? Mehrmals schon hatte ich mir vorgenommen, ihn zu fragen, ob zwischen ihnen etwas lief, aber mir fiel einfach nicht ein, wie ich es tun könnte, ohne peinlich interessiert zu klingen.

„Ein letztes Geburtstagsgeschenk?", fügte er hinzu.

Und so wie am Freitag in der Cafeteria hörte ich mich Ja sagen.

# Kapitel 47

*Gracie*

Pastor Zeke wohnte in einem korallenfarbigen Haus in einer von Bay Breezes bescheideneren Gegenden. Ein Zaun, der bereits bessere Zeiten gesehen hatte, begrenzte eine frisch gemähte Rasenfläche. Das alles betrachtete ich aus der Sicherheit meines Wagens heraus, während ich noch nervöser war als an diesem Morgen, bevor ich die Kirche betreten hatte. Ich meine, es war eine Sache, mit Pastor Zeke im Foyer seiner Kirche Small Talk zu machen. Aber sein Haus zu betreten und an seinem Tisch zu essen, das war etwas ganz anderes – das war viel persönlicher und gab ihm die Gelegenheit, mich aus der Nähe zu betrachten. Wie lange würde es wohl dauern, bis er erkannte, dass Elias sich mit dem falschen Mädchen abgab?

*Wen kümmert es denn, wenn er dich nicht mag? Du brauchst seinen Segen nicht.*

Die Gedanken kamen wie zwei gute alte Freunde. Ich legte meine Hand um den Schlüssel, der noch im Zündschloss steckte, bereit, den Motor wieder anzulassen und wegzufahren, aber dann zwang ich mich zu bleiben. Tief Luft zu holen. Den alten Gracie-Reaktionen die Stirn zu bieten. So gerne ich es auch geleugnet hätte, so gerne ich es vielleicht sogar rückgängig gemacht hätte – mir war nicht egal, was Pastor Zeke dachte. Seine Meinung war mir wichtig, weil mir die Freundschaft mit Elias wichtig war. Wahrscheinlich zu wichtig.

Ich wischte mir die verschwitzten Handflächen an den Ziehharmonikafalten meines Kleides ab und griff nach dem Teller mit den Hafer-Rosinen-Plätzchen, die ich am Nachmittag gebacken hatte. Dann stieg ich aus in die kühle Luft und klopfte an die Haustür. Elias öffnete so schnell, dass er am Fenster Ausschau gehalten haben musste.

„Du hast ja immer noch dein Kleid an."

„Und du hast immer noch deine Sonntagsklamotten an."

„Stimmt, aber ich habe mich auch nicht so aufgeführt, als könnte ich es gar nicht erwarten, mich endlich umzuziehen."

„Ich war eben noch nie bei einem Pastor zum Essen eingeladen. Also kenne ich die Kleiderordnung nicht. Als ich versucht habe, im Internet eine Antwort zu finden, hat Google mich schmählich im Stich gelassen. Ich habe es sogar mit Bing versucht. Und niemand benutzt Bing."

Elias lächelte und öffnete die Tür ganz. „Du hättest anrufen können."

Ich trat ein und stand in einem kleinen Flur, dessen Wände in Rosenmuster tapeziert und mit gerahmten Fotografien versehen waren, auf denen offenbar Pastor Zekes Verwandtschaft zu sehen war. Der Duft von Südstaatensteaks hing in der Luft.

„Oh, hast du für mich gebacken?", fragte Elias.

Ich zog den Teller weg. „Die sind für Pastor Zeke und seine Frau."

„Habe ich da meinen Namen gehört?" Pastor Zeke kam in den Flur hinaus, woraufhin es in dem ohnehin engen Raum durch seine bullige Gestalt noch enger wurde. „Gracie Fisher, es ist mir ein Vergnügen, dich heute hier bei uns zu haben."

„Es … ist ein Vergnügen, hier zu sein."

„Oh, ist Gracie da?" Aus der Küche trat eine Frau, die eine karierte Schürze umgebunden hatte und die klassische Schönheit einer Clair Huxtable hatte.

„Gracie, das ist meine Frau Gloria. Gloria, das ist Gracie."

Ich streckte die Hand aus, aber offensichtlich umarmte Gloria die Leute lieber. Als sie mich losließ, nahm sie mir die Plätzchen mit einem herzlichen „Danke dir" ab und dann folgte ein schrecklich unangenehmer Augenblick, in dem alle sich gegenseitig anstarrten.

„Das Essen duftet wundervoll." Die Überdosis Nervosität hatte mich irgendwie in Laura Ingalls verwandelt.

„Danke, Gracie. Ich hoffe, es schmeckt so gut, wie es riecht."

„Was Sie kochen, schmeckt immer so gut, wie es riecht, Mrs Z."

Gloria warf Elias ein Lächeln zu. „Was möchtest du trinken, Gracie? Wir haben Milch oder Eistee. Eli sagte, du trinkst normalerweise gerne Afri-Cola."

„Ein Wasser wäre perfekt. Danke."

„Gut. Eli, bring unseren Gast doch bitte zum Tisch, während wir in der Küche weitermachen."

Pastor Zeke nahm mir meinen Mantel ab und ich folgte Elias durch einen kleinen Wohnzimmerbereich in ein Esszimmer mit Holzvertäfelung und noch mehr bunter Tapete. An einer Wand hing ein großes Foto von Pastor Zeke, Gloria, drei erwachsenen Mädchen, die genauso aussahen wie Gloria, zwei Männern, die weder Gloria noch Pastor Zeke ähnlich sahen, und einem lachenden Baby auf dem Knie des Pastors.

Elias zog einen Stuhl für mich unter dem Tisch hervor. „‚Ein Wasser wäre perfekt, danke'?"

„Halt die Klappe."

„Du brauchst nicht nervös zu sein."

„Du hast leicht reden!" Pastor Zeke und Gloria liebten ihn. Er gehörte schon zur Familie. Und warum auch nicht? Er war wie die männliche Version von Chanelle. Vielleicht war er ja nächste Woche mit dem Solo dran.

Elias setzte sich mir gegenüber und stützte die Ellbogen auf den Tisch. „Ich warte immer noch."

„Worauf?"

„Dass du mir zum Geburtstag gratulierst."

„Hab ich doch schon."

„Nein, hast du nicht."

„Ich war mit dir in der Kirche. Und jetzt sitze ich hier mit dir."

Seine Grübchen vertieften sich. „Fällt es dir wirklich so schwer, es auszusprechen?"

„Herzlichen Glückwunsch zum Geburtstag."

„Oh, danke."

Ich verdrehte die Augen.

Er lachte und in diesem Moment brachte Pastor Zeke mein Wasser und eine Platte mit panierten Steaks. Gloria folgte ihm auf dem Fuß, eine Schüssel mit Stielmus und Schweinshaxe in der einen, einen Teller Maisbrot in der anderen Hand. „Ellbogen vom Tisch, Eli."

Er nahm sie sofort herunter.

Ich saß unnatürlich gerade und faltete die Hände auf dem Schoß.

Nachdem der Pastor und seine Frau sich gesetzt hatten, sprach

Pastor Zeke ein Tischgebet. Es war keins von diesen vorformulierten, heruntergeleierten Gebeten, die ich von Carmen gehört hatte, sondern ein von Herzen kommendes Dankgebet, das er mit seiner tiefen Stimme sprach. Es war so faszinierend, dass ich ihn am Ende beobachtete, anstatt den Kopf zu neigen. Als er „Amen" sagte, blickte ich über den Tisch und stellte fest, dass Elias mich beobachtete, was nicht gerade gegen die verschwitzten Hände half.

„Ich bin froh, dass du mit uns isst, Gracie." Gloria reichte mir das Maisbrot.

„Es ist ein Vergnügen, hier zu sein." Sobald mir die Worte entschlüpft waren, hätte ich am liebsten mein Gesicht im Maisbrot vergraben. Diesen Spruch hatte ich im Flur schon mal gebracht. Es war so was von offensichtlich – fand ich jedenfalls –, dass ich noch nie versucht hatte, jemanden dazu zu bringen, dass er mich mochte. Es war irgendwie anstrengend. Die Schüssel mit dem Gemüse nahm ich mit einem sehr verlegenen „Danke" entgegen.

„Wir finden es sehr schön, wenn Eli einen Gast mitbringt", fügte Gloria hinzu.

Ich gab etwas von dem Essen auf meinen Teller und fragte mich, wie oft er Gäste mitbrachte. Vielleicht war das ganz normal. Vielleicht war ich eins von mehreren Mädchen, die er schon mit hergebracht hatte, und unsere Beziehung war überhaupt nichts Besonderes. Es wäre nicht das erste Mal, dass ich eine Situation falsch einschätzte.

„Wir haben inzwischen ein leeres Nest, deshalb freuen wir uns über jeden."

Ich räusperte mich. „Wie … wie viele Kinder haben Sie denn?"

„Drei Töchter", sagte Gloria. „Und zwei Schwiegersöhne. Außerdem einen Enkel. Und ein zweites Enkelkind ist unterwegs."

„Der Herr hat uns mit einer Vielzahl Kinder gesegnet." Pastor Zeke löffelte eine üppige Menge Soße auf seinen Teller und zwinkerte Elias zu. „Und nicht nur mit leiblichen."

„Wir sind jedes Mal traurig, wenn sie wieder abreisen. Dann fühle ich mich wie eine Vogelmama, die zusehen muss, wie ihre Babys flügge werden."

Elias grinste angesichts der warmherzigen Worte von Gloria. Ich konzentrierte mich auf mein Essen, obwohl ich vor Nervosität gar nichts schmeckte. Zum Glück fragten Pastor Zeke und seine Frau mich nicht aus. Die meiste Zeit über verfolgte ich nur die Unterhaltung, die die anderen führten. Wir leerten unsere Teller und Gloria brachte selbst gebackenen Pekannusskuchen und den Teller mit meinen Plätzchen herein. Elias kam auf das Quizteam der Schule zu sprechen.

„Macht es dir Spaß?“, wollte Pastor Zeke wissen.

Ein Teil von mir wollte zu schwärmen beginnen, denn es machte wirklich Spaß. Meine Fähigkeit, große Mengen willkürlicher Informationen abzuspeichern, leistete mir gute Dienste. „Wir haben bisher noch keine Wettkämpfe bestritten, sondern üben nur untereinander. Nächste Woche wird die Mannschaft gewählt, die bei den Meisterschaften antreten soll.“

„Du schaffst es in die Mannschaft.“ Als Elias das sagte, war nicht der geringste Anflug von Zweifel in seiner Stimme zu hören. „Malik ist der Kapitän und er hat gesagt, deine Scharfsinnigkeit sei apodiktisch.“

Alle am Tisch lachten. Diese Worte klangen hundertprozentig nach Malik.

„Ich habe keine Ahnung, was das bedeutet“, gab Gloria zu.

Elias trank einen Schluck von seiner Milch. „Kein Grund für Komplexe. Ich musste es auch nachschlagen.“

„Ich habe inzwischen eine Wörterbuch-App auf mein Handy geladen, damit ich mich während des Trainings mit ihm unterhalten kann.“

Pastor Zeke lachte wieder.

Diese Reaktion rief ein warmes, merkwürdiges Gefühl in meiner Magengegend hervor.

„Es bedeutet, dass sie unwiderleglich schlau ist.“ Pastor Zeke zwinkerte mir zu. „Malik hat unserer Gracie ein Kompliment gemacht.“

Das warme Gefühl breitete sich aus. Nicht so sehr wegen des Zwinkerns, sondern wegen der Worte. *Unsere Gracie.* Ich aß einen Bissen von dem Kuchen, während meine Nervosität sich langsam legte.

# Kapitel 48

*Carmen*

„Du brauchst Werbung.“ Natalie rückte ihren Stuhl ein wenig näher und senkte ihre Stimme in dem abgedunkelten Raum zu einem Flüstern. „Du kannst nicht einfach das ‚Zimmer frei‘-Schild einschalten und erwarten, dass jemand kommt.“

Ich hielt den Blick stur auf den Fernseher im vorderen Teil des Raums gerichtet. Auf dem Bildschirm brach ein Mann mit Tom-Selleck-Schnurrbart auf dem Gehweg zusammen und eine Frau mit Dolly-Parton-Frisur stieß einen übertriebenen Schrei aus. Ich verschränkte die Arme und lehnte mich zu Natalie hinüber. „Die Schauspieler sind schrecklich.“

„Es ist ein Trainingsvideo für Erste-Hilfe-Kurse. Was erwartest du?“

Der Mann, der in der Reihe vor uns saß, warf uns über die Schulter einen Blick zu. Natalie und ich duckten uns auf unseren Sitzen und sahen zu, wie Dolly die Lebenszeichen des Mannes überprüfte und dann um Hilfe rief. Sie zeigte auf einen Passanten und sagte: „Hey, Sie, rufen Sie sofort den Notruf 911 an. Dieser Mann atmet nicht.“

Sie sagte tatsächlich *Hey, Sie*.

„Wie wäre es, wenn der Sender etwas bringt?“, flüsterte Natalie. „Über das Motel?“

„Ja. Außerdem könntest du Pressemeldungen an die Zeitungen schicken. Oh! Und vielleicht könntest du auch den Heimatverein anrufen und das *Treasure Chest* als historische Sehenswürdigkeit eintragen lassen. Alt genug ist es schließlich.“

„Zuerst muss ich jemanden finden, der das Motel führt.“ Denn ohne einen zuverlässigen Geschäftsführer konnten wir das *Treasure Chest* nicht wiedereröffnen. Gestern hatte ich eine Anzeige in der Zeitung und auf verschiedenen Online-Jobbörsen geschaltet. Dadurch fühlte sich die ganze Sache erstmals richtig echt an. „Sobald wir einen Geschäftsführer haben, können wir über Werbung reden."

„Aber es ist doch aufregend, oder?"

Ich nickte, auch wenn ich mir da nicht so sicher war. Die Renovierung hatte ich übernehmen können. Teppiche rauszureißen war eine klar umrissene Angelegenheit. Das mit der Werbung hingegen machte mich nervös. Klar, für meinen Sender machte ich auch Werbung, aber das war mein Job. Für das *Treasure Chest* zu werben, war etwas ganz anderes. Dabei stand viel mehr auf dem Spiel – oder jedenfalls fühlte es sich so an. Was, wenn ich einen Geschäftsführer fand und wir das Motel eröffneten, aber niemand kam? Dad sagte, wir könnten das Motel behalten, solange es sich selbst finanzierte. Das würde es ohne Kunden nicht tun.

Sobald das Video zu Ende war, ging der Referent mit uns in einen anderen Raum im Gemeinschaftshaus von Bay Breeze. Dort lagen sechs Trainingspuppen auf dem Boden. Wir sollten uns zu zweit zusammentun und uns eine Puppe aussuchen. Die heutige zweistündige Schulung würde uns das Zertifikat in Herz-Lungen-Wiederbelebung bescheren – für Natalie eine Notwendigkeit, wenn sie als Tagesmutter arbeiten wollte, für mich ein Bonus. Der Erste-Hilfe-Kurs würde nicht nur in unserer Akte gut aussehen, er bot mir auch einen Vorwand, mich mit unserer Sozialarbeiterin in Verbindung zu setzen. Wir waren jetzt seit einigen Monaten wieder auf der Warteliste und hatten bisher überhaupt nichts gehört. Es gab Augenblicke, meistens nachts, in denen ich angesichts der Warterei buchstäblich aus der Haut hätte fahren können.

„Da wir heute voll besetzt sind, müssen wir uns die Puppen teilen. Aber keine Sorge, die Bazillen teilen wir nicht." Der Trainer verteilte Alkoholtücher, bat uns, auf dem kalten Boden Platz zu nehmen, und begab sich dann nach vorne. „Dies ist der wichtigste Teil des Kurses. Die praktische Übung. Falls Sie jemals in eine Situation kommen sollten, in der eine Herz-Lungen-Wiederbelebung nötig ist, dann verspreche ich Ihnen, dass Sie sich an das hier erinnern werden."

Er kniete sich hinter seine eigene Puppe. „Kann jemand mir sagen, was Sie tun sollen, bevor Sie mit der Beatmung beginnen?"

Natalie hob die Hand. „Jemanden bitten, einen Krankenwagen zu rufen."

„Und dann?"
„Versuchen, das Opfer zu wecken, und nachsehen, ob es atmet."
„Gut."
Natalie lächelte mir zu. „Siehst du, ich habe bei dem Video aufgepasst."
„Wenn die betroffene Person nicht reagiert und nicht atmet, beginnen Sie mit der Wiederbelebung. Zuerst drehen Sie sie auf den Rücken und fangen mit der Herzdruckmassage an." Er zeigte uns, wie wir die Hände halten mussten – einen Handballen auf dem Brustbein des Opfers, die andere Hand darüber, die Finger ineinander verschränkt. „Bei einem Erwachsenen drücken Sie die Brust fünf Zentimeter runter, bei einem Kind drei bis vier Zentimeter, hundertmal pro Minute. Es hilft, die Druckmassage zu der Melodie von *Stayin' Alive* durchzuführen. *Another One Bites the Dust* funktioniert auch, ist aber ein bisschen makaber, meinen Sie nicht auch?"
Er schenkte uns ein aufgesetztes Lächeln und fing dann an, das erstgenannte Lied in einer hohen Falsettstimme zu singen, während er die Brust der Übungspuppe niederdrückte.
Natalie und ich sahen einander mit hochgezogenen Augenbrauen an.
„Sie müssen kräftig drücken. Wenn Sie mit der Puppe üben, sollten Sie bei jeder Bewegung ein rhythmisches Klicken hören. Drücken Sie dreißig Mal, dann beatmen Sie zwei Mal." Er machte vor, wie der Kopf des Opfers gehalten werden musste, und verabreichte zwei Atemstöße. „Wenn Sie zu stark pusten, wird Ihre Puppe ein unhöfliches Geräusch machen. Sagen Sie nicht, ich hätte Sie nicht gewarnt."
Ein nervöses Tuscheln lief durch den Raum.
„Sie sollten den Luftzug hören und sehen, wie sich der Brustkorb hebt."
Dann ging er den Ablauf noch einige Male durch, bevor er die Musik anstellte und uns aufforderte, es selbst zu versuchen. Während die Bee Gees aus den Lautsprechern plärrten, bedeutete ich Natalie, dass sie anfangen sollte. Sie summte die Melodie mit und ich ertappte mich dabei, wie ich den leblosen Gummitorso auf dem Boden anstarrte. Während der Brustkorb der Puppe sich mit Natalies Atemzügen hob und senkte, musste ich immerzu daran denken,

dass man eine Herz-Lungen-Wiederbelebung nicht bei sich selbst durchführen konnte. Egal, wie sehr man es auch versuchte, man konnte dem eigenen Körper kein Leben einhauchen.

# Kapitel 49

*Gracie*

In dem Augenblick, in dem Malik meinen Namen vorlas, lief eine Reihe aufeinanderfolgender Gefühle in mir ab wie Dominosteine, die einer nach dem anderen umfallen. Ungläubiges Staunen stieß ein Hochgefühl an, das Hochgefühl traf auf Begeisterung, die Begeisterung wurde zu Besorgnis und die Besorgnis zu Angst. Die Sorte Angst, bei der man am besten eine Kotztüte parat hat. Ich war offizielles Mitglied im Quizteam der Schule – nicht nur für interne Übungen nach dem Unterricht, sondern für den Wettkampf. Ich gehörte zu der Mannschaft, die es im letzten Jahr bis in die Landesmeisterschaften geschafft hatte und die das dieses Jahr wieder vorhatte.

Ein Schüler aus dem zweiten Jahr klopfte mir anerkennend auf den Rücken.

Unsere Übungsgruppe war von zehn Personen auf vier eingedampft worden – Malik, Veronica, ich und ein Junge mit einem rattenartigen Gesicht und schrecklicher Akne, aber einem Gedächtnis von der Größe Chinas. Im Ernst, er war wie ein wandelndes Wikipedia, nur dass bei ihm alle Informationen stimmten. Er hieß Fred und sein größter Traum war es, bei der Fernsehshow *Jeopardy* einen neuen Rekord aufzustellen, indem er die längste Siegesserie aller Zeiten hinlegte. Ich zweifelte nicht daran, dass ihm das irgendwann gelingen würde. Ich war die einzige Neue in der Mannschaft und ersetzte ein Mädchen, das im letzten Jahr von der Schule abgegangen war. Außerdem gab es zwei Ersatzleute, falls einer von uns plötzlich krank wurde oder unerwartet starb.

Malik eröffnete das Treffen. „Wenn niemand Einwände vorbringt, werden wir dieselbe Strategie anwenden wie im letzten Jahr. *Never change a running system* ist vielleicht kein literarisches Weltklassezitat, aber ich halte es zufällig für eine unfehlbare Philosophie. Fred, letztes Jahr warst du unser herrschender Experte bei allem, was mit Geschichte und aktuellem Weltgeschehen zu tun hat. Was hältst du davon, wenn du deine Expertise in diesem Jahr noch ausbaust?“

Fred formte eine Hand zu einer Pistole und tat, als würde er Malik abknallen. Es war seine Art zu sagen: „Abgemacht.“

„Veronica, bist du bereit, deine Rolle als Wissenschafts- und Geografie-Aficionado einzunehmen?“

Veronica hob beide Daumen.

„Dann bleiben nur noch ich für Literatur und Kunst und Gracie Fisher für RMP.“ Malik blickte von seinem Klemmbrett auf. „Bei R-Fragen kann ich helfen, da ich ein langjähriger Connaisseur in religiösen Dingen bin, aber M und P überlasse ich ganz dir.“

RMP stand für Religion, Mythologie und Philosophie. Ich hätte mir die Themen selbst nicht besser aussuchen können, denn ich fand alle drei Themen interessant. „Klingt gut.“

„Willkommen an Bord, Fisher. Ich würde ja sagen, mach uns stolz, aber ich weiß sowieso, dass du das tun wirst.“

Dann erklärte Malik den neuen Trainingsplan, jetzt, wo unser erster Wettkampf und damit die erste Station auf dem Weg zu den Landesmeisterschaften kurz bevorstand. Seine Worte setzten ein Kaleidoskop aus Schmetterlingen in meinem Bauch in Gang. Diese ganze AG-Sache nahm gerade ziemlich konkrete Formen an. Sobald unser Mannschaftskapitän fertig war und uns für heute entlassen hatte, begrüßte Veronica mich herzlich im Team und Elias klopfte an die Tür des Klassenraums. Er kam herein und sagte Malik Hallo. Ich hatte keine Ahnung, warum er noch in der Schule war.

„Die Wettbewerbe machen riesigen Spaß.“ Veronica schob sich den Riemen ihrer Tasche über die Schulter, während die anderen gingen. „Wir quetschen uns alle in Maliks Van und üben den ganzen Weg über. Anschließend gehen wir in das ausgefallenste Restaurant, das wir finden können. Letztes Jahr haben wir diesen witzigen Imbiss im Piratenschiffdesign in Seagrove gefunden. Die Bedienung hat Malik auf einem Balken balancieren lassen.“

„Von dem er in ein Bällebad gefallen ist“, fügte Elias von einer anderen Tischreihe aus hinzu.

Ich zog eine Augenbraue hoch. „Du warst dabei?“

„Leider nicht. Aber ich habe die Geschichte schon ein paarmal gehört." Er lächelte mir zu. „Glückwunsch, dass du es ins Team geschafft hast. Ich wusste, dass sie dich nehmen."

„Ist doch keine große Sache." Abgesehen von der Tatsache, dass ich wahrscheinlich Beruhigungsmittel brauchen würde.

„Was meinst du mit ‚keine große Sache'? Das grenzt ja an Häresie!" Malik presste in typischer Malik-Manier die Hände auf seine Brust. „Du bist jetzt offizielles Mitglied des akademischen Quizteams von *Bay Breeze*, dem amtierenden Florida-Meister. Das ist ein Triumph, dem es Honneur zu erweisen gilt."

Ich lachte. „Honneur?"

Irgendwann während Maliks Rede hatte Veronica angefangen zu nicken. „Er hat recht. Wir sollten feiern." Sie blickte zwischen Malik, dem Wortschmied, und Elias, dem Beanie-tragenden Footballer hin und her. „Wir sollten zum Sadie-Hawkins-Ball gehen."

Beide Jungs zeigten fragend mit dem Finger auf sich selbst.

Ich war genauso verwirrt wie sie. „*Wer* sollte zum Sadie-Hawkins-Ball gehen?"

„Wir vier. Malik und ich können zusammen hingehen und du und Eli. Dann sind wir zwei Paare."

Ich warf Elias einen Blick zu, aber den schien die Idee zu amüsieren.

Malik schob seine schwarz umrandete Brille auf der Nase nach oben. Ich hatte schon vor einiger Zeit bemerkt, dass sie nur Show war. Das Gestell umrahmte schlichtes Fensterglas. „Frau, du lädst mich zu einem Ball ein?"

„Sieht so aus. Am Sadie-Hawkins-Tag ist doch traditionell Damenwahl." Veronica zuckte fröhlich mit den Schultern. „Kommt schon, das macht bestimmt Spaß."

„Das ist aber eine ziemlich verspätete Feier", sagte Malik. „Der Ball ist erst Ende Februar."

„Okay. Wir können heute ins *Barbeque Pit* gehen und in ein paar Wochen zu dem Ball." Sie wandte sich mit begeisterter Miene an mich. „Was meinst du?"

„Gracie mag keine Bälle", sagte Elias.

„Selbst wenn ich sie mögen würde, könnten wir nicht hingehen."

„Warum nicht?"

Dies war die perfekte Gelegenheit, um herauszufinden, was genau zwischen Elias und Chanelle lief, ohne zu neugierig zu klingen. „Hätte Chanelle nicht etwas dagegen?“

„Chanelle?“

„Ja, Chanelle.“ Ich schob die Daumen unter die Riemen meines Rucksacks und konzentrierte jedes bisschen Energie darauf, nicht rot zu werden. „Seid ihr beiden nicht …?“

„Was sollen wir sein?“

„Zusammen?“

Elias schüttelte den Kopf.

Ich neigte meinen ein wenig. „Komm schon. So wie ihr euch immer in die Arme fallt?“

Er unterdrückte ein Lachen. „Chanelle und ich kennen uns schon ewig. Sie ist wie eine Schwester.“

„Dann ist ja alles klar“, warf Veronica ein. „Dann gehen wir vier.“

Trotz größter Anstrengungen wurden meine Wangen warm. Die Röte stieg mir sogar bis zum Haaransatz. Ich hatte die Füße nach außen geknickt, sodass ich auf den Kanten meiner Stiefel stand. „Wenn ihr so feiern wollt, würde ich mitmachen.“ Ich sah Elias an. „Wenn du Lust hast.“

Auf sein Gesicht trat ein breites Grinsen. „Hast du mich gerade zum Tanz aufgefordert?“

Malik schlug ihm auf die Brust. „Es war vielleicht ein bisschen unkonventionell, aber ich glaube, das hat sie.“

# Kapitel 50

*Gracie*

Ich starrte mit großen Augen die Hochstaplerin im Spiegel an, während Carmen die letzten Klammern in meinen Haaren befestigte. Gestern hatte sie mich nach dem Quiztraining entführt und mich nicht nur zum Kleiderkauf in die *Cordova Mall* geschleppt, sondern mir auch eine Maniküre und einen Besuch bei einem schicken Friseur spendiert. Da mein mausbrauner Haaransatz schon ziemlich offensichtlich gewesen war und meine grün gefärbten Weihnachtsspitzen inzwischen die Farbe von verwelktem Spargel angenommen hatten, hatte ich mich nicht dagegen gewehrt. Ich meine, wenn sie gerne hundert Dollar für etwas ausgeben wollte, das ich auch mit einer Acht-Dollar-Packung *Garnier Nutrisse* hätte erreichen können, war das ihre Sache. Hätte ich gewusst, dass die Friseurin sich so für ein dunkles Mahagonibraun einsetzen würde, hätte ich mich vielleicht doch gewehrt. „Das bringt Ihre Augen so was von zur Geltung“, hatte sie gesagt.

Jetzt, mit hochgesteckten Haaren und einem weicheren Lidschatten anstelle meines schwarzen Eyeliners, erkannte ich das Mädchen, das mich ansah, überhaupt nicht wieder.

Unsere Blicke trafen sich im Spiegel. „Und?“, fragte Carmen.

Ich drehte den Stimmungsring an meinem Finger. Dank Maniküre hatte ich jetzt nicht mal mehr eine ausgefranste Nagelhaut, an der ich herumzupfen konnte. „Ich seh komisch aus.“

„Du siehst toll aus.“

Ja, wie eine tolle Mogelpackung.

Carmen hielt das Kleid hoch, das wir bei *Dillard's* gekauft hatten – knielang, Neckholder, leuchtendes Türkis. Es war eine Farbe, die die blaue Ruhe mit einem Hauch gelber Energie verband. Im Moment hätte ich auf das Gelb gut verzichten können. Carmen überreichte mir das Kleid mit einer schwungvollen Geste, platzierte eine Strumpfhose und ein Paar hochhackige Schuhe auf der Truhe an meinem Bettende und ging hinaus, damit ich mich ungestört umziehen konnte. Ich stieg in das Kleid und umschiffte Carmens Accessoires mit wadenlangen schwarzen Leggings und einem Paar Chucks ohne Schnürsenkel. So fühlte ich mich deutlich weniger aufgemotzt und deutlich mehr wie Gracie.

Es klingelte.

*Showtime.*

Während ich meine kalten Hände schüttelte, ging ich hinaus in den Flur und die Treppe hinunter. Als ich auf der dritten Stufe angekommen war, verstummte die Unterhaltung zwischen Ben und Elias. Alle drei starrten mich an – Carmen mit zusammengezogenen Augenbrauen (sicher wegen meiner Leggings-Schuh-Kombination), Ben mit offenem Mund und Elias … tja, er schob seine Hände in die Hosentaschen und stieß einen leisen Pfiff aus. „Gracie Fisher, du siehst super aus."

Sein Kompliment ließ meine Ohren brennen.

Als ich am Fuß der Treppe angekommen war – wo ich weiterhin im Mittelpunkt des Interesses stand –, wünschte ich mehr denn je, Elias hätte mir erlaubt, dass ich ihn abholte. Aber er war nicht zu überreden gewesen. Obwohl ich ihn zum Ball eingeladen hatte, hatte er darauf bestanden, mich abzuholen. Ich warf ihm so lässig wie möglich einen kurzen Blick zu. Er trug etwas Ähnliches wie das, was er an Weihnachten getragen hatte, nur dass sein Hemd diesmal in der Hose steckte und er statt des dunkelblauen einen schiefergrauen Schlips gewählt hatte.

Carmen faltete die Hände unterm Kinn. „Und wo geht ihr beiden zum Essen hin?"

„Wir treffen uns mit Veronica und Malik in der *Hot Dog Hut*", erwiderte Elias.

„In der *Hot Dog Hut?*"

Ich konnte förmlich sehen, wie Elias' Worte die romantische Luftblase, die in ihrem Kopf entstanden war (Abendessen für zwei bei Kerzenschein mit Geigenserenade), zum Platzen brachten. Als wir gestern in der Mall einkaufen gewesen waren, hatte sie nicht gefragt, was zwischen Elias und mir war, aber ihren ständigen Bemerkungen war deutlich zu entnehmen gewesen, dass sie einige voreilige und unzutreffende Schlüsse gezogen hatte. „Warum sollen wir eine Stunde in einem überteuerten Restaurant in Pensacola auf das Essen warten, wenn wir die besten Chili-Hotdogs der Welt gleich hier vor der Haustür haben?“

Sie rümpfte die Nase.

„Keine Ansteckblumen?“, fragte Ben.

„Ich musste Gracie versprechen, ihr keine Blumen zu kaufen.“ Elias lächelte, als er das sagte, so als amüsiere ihn meine Beharrlichkeit. Aber im Ernst – Blumensträuße und Ansteckblumen? Kitschige Bilder in Ballkleidung? Irgendwo gab es Grenzen. Und wenn Elias dickköpfig sein konnte, was das Abholen anging, konnte ich es zumindest bei den Blumen sein.

„Aber du hast mir nicht das Versprechen abgenommen, keine Fotos zu machen.“ Carmen hielt ihr Smartphone hoch.

Ich stöhnte, aber in meinem Inneren flackerte ein winziger Funke Dankbarkeit auf, wenn auch nur widerwillig. Noch niemals zuvor hatte sich jemand mir gegenüber wie eine stolze Entenmama verhalten.

Elias legte einen Arm um mich und kam mit seinen Lippen ganz dicht an mein Ohr. „Kein Stirnrunzeln in die Kamera!“

Das Kitzeln seines Atems schlug mir auf den Magen wie eine Achterbahnfahrt.

Carmen machte ihr Foto. Ben gab mir einen Kuss auf die Wange und sagte, ich sei schön (was auch nicht gerade gegen die leuchtenden Ohren half). Und kurz darauf waren Elias und ich in dem Honda seiner Mutter unterwegs zur *Hot Dog Hut.*

Der Schülerrat hatte die Highschoolcafeteria in einen Tanzsaal verwandelt, der mit Ballons, Girlanden und Lampions geschmückt war. Es gab einen Fotografen, der einen schwarzen Hut trug und vor einem Hintergrund aus hauchdünnem Stoff Fotos machte. Ein DJ spielte einen schrecklichen Mix aus Teenie-Popsongs, während sich Mädchen in Kleidern jeglicher Farbschattierung und Jungen mit Krawatten wie eine riesige Masse über die Tanzfläche schoben. Auch wenn dies eine Antithese gegen so ziemlich alles war, wofür ich stand, hatte mich ein merkwürdiges, schwindeliges Gefühl überkommen, das ich nicht mehr loswurde. Meine Wangen waren gerötet, ob ich wollte oder nicht.

Elias sah mich an.

Noch bevor er fragen konnte, schüttelte ich den Kopf.

„Aber Fisher, es ist ein *Tanz*fest, kein *Steh*fest."

„Meine Füße tanzen nicht."

Elias versuchte, Malik und Veronica auf seine Seite zu ziehen, so als würden meine Füße es sich anders überlegen, wenn er mir die Personen, bei denen ich stand, wegschnappte. Wie sich herausstellte, hatten Maliks Füße genauso wenig Interesse an der Tanzfläche wie meine. Veronica sah aus, als hätte sie Lust, folgte uns aber zu einem Tisch weiter hinten, während Elias sehnsüchtig zur Tanzfläche hinüberblickte.

„Du brauchst nicht hier bei uns zu bleiben." Ich machte eine Handbewegung in Richtung der tanzenden Meute. „Von mir aus kannst du gerne das Tanzbein schwingen."

„Das macht dir nichts aus?"

„Nein." Aber einen kleinen Stich spürte ich doch – Eifersucht? Sehnsucht? Ich war mir nicht sicher.

„Also gut. Ein Tanz. Vielleicht auch zwei. Dann komme ich wieder und sehe nach, ob du es dir anders überlegt hast." Elias warf mir ein Lächeln zu und bahnte sich dann einen Weg durch die herumstehenden Mitschüler zur Tanzfläche. Ich sah ihm nach und versuchte, nicht darüber nachzudenken, mit wem er tanzen würde.

Malik räusperte sich betont laut und faltete die Hände auf dem Tisch. Er hatte sich für eine schwarze Fliege und passende Hosenträger entschieden, dazu ein weißes Anzughemd und eine Jeans. Es passte zu ihm. „Was ist jetzt eigentlich mit dir und Banks?"

„Wie meinst du das?"

„Wie ich das meine? Mensch, du weißt genau, wie ich das meine."

Veronica beugte sich über den Tisch. „In den letzten Wochen hat er an den meisten Tagen in der Cafeteria mit dir zu Mittag gegessen. Vorhin beim Abendessen hat er total mit dir geflirtet. Und es ist das erste Mal, dass er mit einem Date tanzen geht. Sonst geht er immer mit einer Gruppe von Leuten."

„Das liegt daran, dass du ihn mit deinem spontanen Vorschlag überrumpelt hast."

„Einen Vorschlag, gegen den er sich kein bisschen gewehrt hat."

Ich schüttelte den Kopf, um Maliks Bemerkung abzutun. Elias hatte jede Menge Gelegenheiten gehabt, sich mit mir zu verabreden, aber bis jetzt waren wir nur Freunde. Okay, es hatte diesen Beinahe-Kuss an Weihnachten gegeben und er hatte vorhin wirklich ziemlich geflirtet, aber ich wollte nicht zu den Mädchen gehören, die in eine Sache alles Mögliche hineininterpretierten, das nicht den Tatsachen entsprach. Ich wollte nicht das Mädchen sein, das ich im letzten Jahr in Apalachicola gewesen war, als ich dachte, Chris Nanning würde tatsächlich etwas für mich empfinden. Das erste Lied endete und das zweite begann. Ich blickte zur Tanzfläche hinüber und sah dann wieder meine Teamkollegen an. „Meint ihr, wir sind gut vorbereitet auf das Halbfinale nächste Woche?"

„Ah, ein Ablenkungsmanöver."

„Im Ernst, Malik. Wie gut ist Lake City?"

„Gut genug, um es ins Halbfinale geschafft zu haben", sagte Veronica.

In Florida waren die Highschoolwettbewerbe in vier Regionen unterteilt: Süden, Mitte, Norden und Nordwesten. Die Regionalsieger trafen dann in den Halbfinalwettkämpfen aufeinander: Süden gegen Mitte und Norden gegen Nordwesten. Wenn wir Lake City schlugen, würden wir entweder gegen Coral Gables (den Regionalmeister im Süden) antreten oder gegen Kissimmee (den Regionalmeister in der Mitte Floridas). Das Team mit der besten Punktzahl hatte Heimvorteil im Finale. Von den vier Mannschaften, die noch übrig waren, hatten wir den höchsten Punktestand, was bedeutete, dass das Finale in Bay Breeze ausgetragen würde, wenn wir das Halbfinale gewannen. Jedes Mal, wenn ich mir das vorstellte, hatte ich plötzlich keinen Appetit mehr. Malik und Veronica hatten mir versichert, dass zum Finale tatsächlich Leute kamen, um zuzugucken, und wenn es in Bay Breeze stattfand, würden wir sicherlich eine Menge Zuschauer haben.

Während Malik und Veronica die Stärken und Schwächen unserer zukünftigen Gegner analysierten, versuchte ich, nicht zu intensiv über die Zukunft nachzudenken. Irgendwann drang ein vertrauter Song aus den Lautsprechern und riss mich schlagartig aus meinen Grübeleien. Bei den Klängen der bombastischen europäischen Klänge fiel mir die Kinnlade herunter. Der DJ hatte Delain auf seiner Playlist?

„Du kannst mir auf der Tanzfläche danken."

Ich fuhr zusammen, als ich Elias' Stimme direkt an meinem Ohr vernahm, und als ich mich umdrehte, sah ich sein selbstgefälliges Grinsen. Bevor ich irgendwelche Fragen stellen konnte, packte er meine Hand und zog mich zu der Traube Teenager, die zu einer Musik tanzten, die sie nicht kannten, geschweige denn zu würdigen wussten. Auf halbem Weg verebbte mein Schock und Panik setzte ein. Ich wehrte mich, aber gegen Elias hatte ich keine Chance. Er benahm sich vielleicht nicht wie ein typischer muskelbepackter Footballer, aber letzten Endes hatte er doch die Kraft eines solchen. Und dank dieser Kraft bekam er seinen Willen. Wir standen zwischen heißen Körpern und mein Herz hämmerte heftiger als der Beat der Musik.

„Ich habe kein Rhythmusgefühl!", brüllte ich, damit er mich trotz der lauten Musik hörte.

„Macht nichts, ich habe genug für uns beide."

Das war keine Übertreibung. Während ich hilflos dastand und nicht wusste, was ich mit meinen Händen machen sollte, bewies Elias, dass er nicht nur Rhythmusgefühl hatte, sondern auch Sinn für Humor – diese clevere Mischung, die mich zum Lachen brachte – und bevor ich länger verlegen sein konnte, ging der Song in einen langsameren über. Elias hörte auf zu tanzen. Ich blieb stehen. Die Schüler fanden sich zu Paaren zusammen. Elias kratzte sich am Nacken. Ich verdrehte die Augen und drehte mich um, weil ich zum Tisch zurückgehen wollte, aber er hielt mich am Handgelenk fest und zog mich näher. Dann legte er meine Hände um seinen Nacken.

„Komm schon, Fisher. Du musst dich nur hin und her wiegen."

Ja, wiegen. Es wäre einfacher gewesen, wenn seine körperliche Nähe nicht das Blut in meinen Ohren hätte rauschen lassen. „Dir ist schon klar, dass Schwofen genauso spießig ist wie Ansteckblumen, oder?"

„Dann habe ich ja Glück, dass du das Schwofen nicht auch verboten hast."

„Ich werde daran denken, es nächstes Mal auf die Liste zu setzen."

„Nächstes Mal?“ Er zog eine Augenbraue hoch. „Willst du mich zum Abschlussball einladen?“

„Träum weiter.“

Elias lachte.

Ich versuchte, den Duft seines Rasierwassers zu ignorieren, ebenso wie das Gefühl seiner großen Hände auf meinem Rücken. *Freunde, Gracie. Ihr zwei seid Freunde. Freunde, Freunde, Freunde.* Die ganze Zeit konzentrierte ich mich darauf, lange, gleichmäßige Atemzüge zu machen, und richtete meine Aufmerksamkeit auf alles außer auf Elias. Auf die Ballons, die an den Deckenbalken befestigt waren. Auf unsere Mitschüler, die sich hin und her wiegten, einige Paare enger als andere. Wie lang war dieses Lied eigentlich?

„Der Coach hatte recht.“

Ich blickte zu ihm auf. „Womit?“

„Du bist wirklich schön.“

Es folgte eine Pause. Ein Stolpern. Ein kurzes, elektrisch geladenes Schweigen, in dem ich zu ihm aufsah und er auf mich hinunterblickte, und es so war, als säßen wir wieder am Heiligabend auf der Motorhaube meines Wagens. Schön? Elias fand mich – Gracie May Fisher – schön? Das war ein Wort, das ich nur in Verbindung mit meiner Mutter oder Carmen kannte. Das Kompliment verwandelte mich in die waghalsige Gracie, die erst handelte und dann nachdachte. In das Mädchen, das sich auf die Zehenspitzen stellte und ihre Lippen auf seine drückte.

Nur dass Elias meinen Kuss nicht erwiderte.

Er lehnte sich zurück.

Sämtliche Farbe wich aus meinen Wangen. Und mit ihr jedes gute und glückliche Gefühl, das sich im Lauf des Abends eingestellt hatte. All das war schlagartig verschwunden. Ich war wieder mal Gracie, der Trottel. Beim Highschoolball. Beim Schwofen zu langsamer Musik. Umgeben von Mitschülern, die Elias' Zurückweisung allesamt mitbekommen hatten.

Mit verkrampftem Magen ließ ich die Hände von seinem Hals sinken und eilte davon. Raus und direkt zu Elias' Auto. Die kalte Luft war mir dabei ebenso egal wie der Sternenhimmel über mir. Und ich sah mich auch nicht um, als ich dicht hinter mir Schritte hörte.

„Jetzt warte mal einen Augenblick." Er berührte meinen Ellbogen.

Ich schüttelte seine Hand ab und lief weiter.

„Kannst du bitte stehen bleiben?"

„Warum?"

„Damit wir reden können."

„Lieber nicht." Ich war zu sehr mit dem unerbittlichen Drang beschäftigt, mich in den Erdboden zu graben, bis ich am Erdkern vorbei- und irgendwo in der Nähe von Singapur wieder herauskam.

„Komm schon."

Ich fuhr auf dem nicht vorhandenen Absatz meiner Chucks herum. „Bin ich für dich ein Mitleidsprojekt?"

Jetzt blieb Elias stehen. „Was?"

Ich dachte an Parkers Warnung bei der Party, damals im Herbst. Bis jetzt hatte ich sie als betrunkenen Unsinn eingestuft. Und wann immer der Gedanke wieder aufgekommen war, hatte ich mich bemüht, ihn beiseitezuschieben. Elias hatte mich nie wie ein Projekt behandelt, egal, was Parker sagte. Aber jetzt? „Bekommst du Extrapunkte beim Chef da oben, wenn du dich in der Schule um die Versagerin kümmerst?"

„Wovon redest du?"

„Ich rede hiervon." Mit dem Finger zeigte ich erst auf ihn, dann auf mich. „Von uns. Was bin ich für dich?"

„Du bist eine gute Freundin."

„Eine Freundin?"

„Ja."

„Weißt du was, Elias? Freunde nennen sich nicht gegenseitig schön. Und Freunde flirten nicht miteinander, so wie du mit mir geflirtet hast. Selbst Malik und Veronica ist das aufgefallen." Ich schüttelte den Kopf. Er spielte mit mir. Und ich war so dumm, darauf hereinzufallen. Ich konnte meine Haare färben und bei so vielen AGs mitmachen, wie ich wollte, mein altes Ich war gesund und munter.

„Du hast recht." Er massierte sich die Nasenwurzel. „Ich war verwirrt. Ich bin hin- und hergerissen. Im Juni gehe ich an die *Mississippi State University*."

Sein Geständnis war wie eine Nadel, mit der er den immer größer werdenden Ballon in meiner Brust mit einem Knall zum Platzen brachte. Er zerbarst und schwirrte davon und ich blieb leer und ernüchtert auf dem Parkplatz der *Bay Breeze Highschool* zurück.

„Wir sind Schüler, Gracie. Ich halte nichts von Beziehungen, die nicht ernst gemeint sind. Und du bist noch nicht mal gläubig."

„Was soll *das* denn heißen?"

„Nein, warte – das habe ich blöd formuliert." Er faltete die Hände auf dem Kopf und blickte zu den Sternen hinauf. „Ich mag dich. Sehr sogar. Wahrscheinlich mehr, als ich sollte. Aber im Moment kann ich nicht mehr als ein Freund sein."

Röte brannte in meinen Wangen. Vielleicht hatte sein Geständnis etwas von der Verletzung abmildern sollen, aber das tat es nicht. Eine Zurückweisung war eine Zurückweisung, basta. Und ich war sie echt leid. „Ich wünschte, du hättest mir das gesagt, bevor die ganze Schule zugesehen hat, wie ich mich zum Narren gemacht habe."

„Die ganze Schule ist nicht hier."

„Aber ein genügend großer Teil davon, dass am Montag alle Bescheid wissen werden." Ich starrte in die Dunkelheit hinaus, während sich ein schweres Gewicht auf meine Schultern legte. Wie konnte es sein, dass ich vor einer halben Stunde noch das Gefühl gehabt hatte zu schweben? „Kannst du mich nach Hause fahren?"

„Gracie …"

„Ich fühle mich gerade zu schrecklich, um deine Freundin zu sein, Elias."

Sein Blick war traurig, unsicher. Er sah aus, als wollte er noch etwas sagen, mir widersprechen oder eine Frage stellen. Doch dann nickte er stattdessen. „Okay. Ich fahre dich nach Hause."

# Kapitel 51

*Gracie*

Wir machten Lake City im Halbfinale fertig. Malik, Veronica und Fred waren begeistert. Ich bekam ein Magengeschwür. Heute, am Tag nach unserem Sieg, hatte Malik uns den Nachmittag freigegeben. Wir sollten unseren Triumph genießen und am Montag mit voller Kraft weiterüben. Sie luden mich ein, mit ihnen ins *Barbeque Pit* zu gehen, um die Feier vom vergangenen Abend fortzusetzen, aber ich lehnte dankend ab. Lieber wollte ich Carmen helfen, die letzten Liegestühle mit Farbe zu besprühen. Außerdem war ich mir ziemlich sicher, dass Elias auch ins *Barbeque Pit* kommen würde.

Ich blinzelte in die Sonne, als ich zwischen Carmens Wagen und einem weißen Ford Pick-up mit Schlammspritzern am Heck hindurchging. Eine salzige Windböe wehte vom Strand herauf und erwischte mich von der Seite, sodass mir meine mahagonifarbenen Haare ins Gesicht schlugen. Ich pflückte die Strähnen von meiner Wange und betrat das Empfangsbüro. Aus dem Gemeinschaftsraum drangen Stimmen herüber. Ein Herr mit Anzug, Schnürsenkelkrawatte und Cowboyhut saß Carmen gegenüber und gestikulierte, während er sprach.

Als Carmen mich im Türrahmen stehen sah, nickte sie dem Mann zu. „Danke, dass Sie für das Gespräch hergekommen sind, und für Ihren Lebenslauf." Sie hielt das Blatt Papier hoch. „Ich melde mich bald bei Ihnen."

Er dankte ihr, tippte sich an den Hut und ging. Sobald er fort war, vergrub Carmen das Gesicht in den Händen. Sie hatte mindestens fünf Personen interviewt und bis jetzt hatte sie an jedem Bewerber etwas auszusetzen gehabt.

„Kein gutes Bewerbungsgespräch?", fragte ich.

„Er hat fünf Jahre lang auf einer Touristenranch gearbeitet." Durch ihre Hände klangen die Worte gedämpft.

„Was bedeutet, dass er schon mal Gäste betreut hat."

„Die Ranch hat vor drei Monaten dichtgemacht."

Ich ließ mich in den leeren Sessel fallen, in dem bis gerade der Cowboy gesessen hatte. „Und … glaubst du, das ist ein schlechtes Omen?"

Sie sah mich über ihre Hände hinweg an. „Ich weiß es nicht."

„Warum führst du das Motel nicht einfach selbst?"

„Weil ich einen Job habe." Sie schob eine Strähne ihrer Locken hinter ihr Ohr, während sie sich ein wenig aufrichtete. „Übrigens, herzlichen Glückwunsch zum Finale."

„Du hast mir gestern Abend schon gratuliert."

„Aber nicht persönlich." Carmen hatte mich gebeten, sie anzurufen, sobald der Wettkampf vorbei war. Das hatte ich getan. Bis wir in Maliks Van den langen Weg nach Hause zurückgelegt hatten, hatte Carmen längst geschlafen. „Bedeutet das, ich darf dich endlich bei einem Wettkampf anfeuern?"

Ich trommelte mit den Fingern auf die Tischplatte. Veronica hatte bereits ihre ganze Familie eingeladen, entfernte Verwandte eingeschlossen, und außerdem die gesamte Musikkapelle von *Bay Breeze*. Fred hatte sogar seinem Hautarzt Bescheid gesagt. Malik wollte die Jugendgruppe einladen, zu der natürlich auch Elias gehörte. Bei dem Gedanken wurde mir ganz schlecht. Seit dem Kuss-Fiasko am Samstag ging ich ihm aus dem Weg.

Carmen zog die Augenbrauen hoch und wartete auf meine Antwort.

„Ja, du kannst kommen."

Das Lächeln in ihrem Gesicht ließ etwas von der Müdigkeit in ihren Augen verschwinden. „Weißt du, wen du meiner Meinung nach noch einladen solltest?"

„Wen?"

„Mom."

Ich schürzte die Lippen. Ein Reflex, vermute ich, wenn es um unsere Mutter ging.

„Sie vermisst dich, Gracie."

„Sie vermisst den Alkohol."

„Sie gibt sich Mühe."

Sie hatte es schon häufiger versucht und ich hatte mir Hoffnungen gemacht. Ein Mädchen konnte nicht unbegrenzt oft von seiner

Mutter enttäuscht werden, ohne dass die Hoffnung vertrocknete und starb. Aber selbst ich musste zugeben, dass Mom sich wirklich Mühe gab. Jedenfalls rief sie weiterhin an. Nicht mehr jeden Abend, aber mindestens einmal die Woche – und dann fragte sie nach meinen Schulnoten, dem Motel, nach meiner Arbeit, dem Quizteam und nach Elias. In letzter Zeit hatten die Unterhaltungen sich verändert. Es hatte längere Phasen des Schweigens gegeben. So als würde Mom – wie Carmen steif und fest behauptete – mich tatsächlich vermissen und nicht mehr wissen, was sie sagen sollte. Carmen hatte mir im November noch eine Chance gegeben. Konnte ich meiner Mutter auch noch eine Chance geben?

Alles in mir sträubte sich dagegen, die Dumme zu sein. Wieder mal ein Risiko einzugehen. Trotzdem blieb ein winziger Funke Hoffnung, den ich nicht loswurde. Und dieser winzige Funke Hoffnung stellte eine sehr laute Frage. Was, wenn Mom sich diesmal wirklich geändert hatte? Ich seufzte. „Na gut, ich werde Apalachicola einen Überraschungsbesuch abstatten."

Carmen lächelte. „Sie wird sich riesig freuen."

Mein Auto brauchte dringend einen neuen Auspuff. Je weiter ich auf dem Highway 98 fuhr, desto lauter wurde der Motor. „Komm schon, Kleine", sagte ich und tätschelte das Armaturenbrett. „Wir sind doch gleich da."

Vor einigen Wochen hatte Elias das Auto Wanda getauft und das hatte irgendwie dazu geführt, dass ich ein unbelebtes Objekt in weiblicher Form anredete. Mein Blick wanderte zu dem Handy, das auf dem Beifahrersitz lag. Nein, ich würde ihn nicht anrufen oder ihm eine Nachricht schicken oder ihn in den sozialen Netzwerken verfolgen. So ein Mädchen würde ich nicht sein. Auf gar keinen Fall.

Ich setzte den Blinker und bog vom Highway in die Twenty-fourth Avenue ab, womit ich den Großteil von Wandas Protesten besänftigte. Fünf Minuten später hielt ich in der Auffahrt zu meinem alten Zuhause. Nach all den Monaten war es ein komisches Gefühl, hier zu sein. Abgesehen von dem langen Gras und dem Unkraut in den Beeten sah alles genauso aus wie früher. Ich ließ den

Schlüsselbund um meinen Finger kreisen und stieg aus, während ich überlegte, ob ich klopfen sollte oder nicht. Ich hatte noch nie geklopft, aber ich hatte Mom auch nicht gesagt, dass ich kommen würde.

Also hob ich die Faust und klopfte vorsichtig an die Tür. Mom machte nicht auf. Vielleicht war sie auch gar nicht zu Hause. Es konnte ja sein, dass sie einkaufen war. Oder vielleicht in ihrem neuen Job die Samstagsschicht übernommen hatte. Ich versuchte es noch einmal, diesmal kräftiger. Immer noch nichts. Als Nächstes steckte ich den Haustürschlüssel ins Schloss, drehte ihn und betrat das Haus, in dem die Jalousien heruntergelassen waren.

„Hallo?"

Eine Flasche Wein und ein leeres Weinglas standen verlassen auf dem Couchtisch. Ich war diesen Anblick zu Hause so gewohnt, dass ich die Gegenstände zuerst gar nicht bemerkte. Dann erschien Mom im Schlafanzug im Wohnzimmer, die Haare zerzaust, so als wäre sie gerade erst aufgewacht.

Es war beinahe Mittag.

Sie hob die Hände in dem Versuch zu verbergen, was ich bereits gesehen hatte. „Gracie? Was machst du denn hier?"

Schockiert sah ich sie an, obwohl ich nicht wusste, warum ich überrascht war. Schließlich hatte ich es hier mit meiner Mutter zu tun. „Wir haben das Halbfinale gewonnen. Ich bin gekommen, um dich zum Finale einzuladen."

„Wirklich? Das ist wunderbar, Liebling. Aber komm doch erst mal rein." Sie zog die zusammengeknüllte Decke von den Sofakissen und winkte mich näher. „Wie schön, dich zu sehen."

Meine Muskeln widerstrebten der Einladung, der vorgetäuschten Lässigkeit, mit der sie so tat, als wäre es eine ganz normale Situation. Ich sagte mir, dass ich mich umdrehen und gehen sollte. Zurück zu Wanda und ihrem lauten Motor und so tun, als wäre das alles gar nicht geschehen, aber da war immer noch dieser letzte, blöde kleine Funke in mir, der hoffte, ich hätte mich geirrt. Der mir sagte, ich solle keine voreiligen Schlüsse ziehen. Vielleicht hatte sie gestern Abend Besuch gehabt und das Weinglas gehörte gar nicht ihr, auch wenn die schuldbewusste Art, wie sie das Glas nahm und damit in die Küche eilte, eine andere Sprache sprach.

Ich rührte mich nicht von meinem Platz im Türrahmen. Nicht, während sie sich in der Küche zu schaffen machte, nicht, als sie im Bad zugange war, und nicht, als sie wiederkam und mich zitternd umarmte.

„Ich bin ja so froh, dass du gekommen bist."

Sie stank nach Alkohol und Mundspülung.

Ein Kloß des Ekels bildete sich in meiner Kehle.

Sie ließ mich los und fingerte an dem Saum ihres Pyjamaoberteils herum. Als sie aufblickte, hatte sie Tränen in den blutunterlaufenen Augen. „Bitte sag Carmen nichts."

Kein „Es tut mir leid". Kein „Sei nicht böse". Ihr kam es nur darauf an, ihr Geheimnis vor meiner Schwester zu verbergen.

„Sie wird sonst bestimmt wütend", sagte Mom.

„Und was ist mit mir?" Die Frage kam wie aus der Pistole geschossen – eine abgefeuerte Anschuldigung, die sie zusammenzucken ließ. „Macht es dir nichts aus, wenn *ich* wütend bin?"

„Vor zwei Wochen haben sie mich entlassen, ohne jeden Grund. Und ich vermisse dich, Gracie. Es ist schwer, hier allein zu sein."

„Oh nein." Ich schüttelte den Kopf. Die Anrufe, die sich verändert hatten? Das Schweigen, das ich für Traurigkeit gehalten hatte? Das war keine Traurigkeit gewesen. Da hatte meine Mutter nur versucht, nüchtern zu klingen. Oder sie hatte zwischendurch Wein getrunken. „Wage es ja nicht, mir die Schuld für deine Trinkerei in die Schuhe zu schieben."

Sie hielt sich die Hand vor den Mund, während ihre Augen noch feuchter glänzten. „Es tut mir leid. Ich weiß nicht, wie das passiert ist. Nachdem sie mich gefeuert haben, bin ich zum Supermarkt gegangen und mit einer Flasche nach Hause gekommen. Ich wollte nur ..."

„Ein Glas trinken? Wirklich, Mom?" Konnte sie noch klischeehafter werden? „Spar dir deine Geschichte für jemanden auf, der sie hören will. Ich habe genug davon."

„Du verstehst das nicht, Gracie. Mein Leben ist hart."

„Willkommen im Klub." Ich spuckte ihr die Worte vor die Füße, dann ging ich hinaus und knallte die Tür hinter mir zu. Währenddessen brodelte Abscheu unter meiner Haut – mehr noch mir selbst gegenüber als ihr gegenüber. Ich hätte es doch inzwischen wirklich besser wissen müssen. Der Funke Hoffnung gehörte endlich ausgetreten. Meine Mutter konnte sich so viel Mühe geben, wie sie wollte. Das änderte gar nichts.

# Kapitel 52

*Carmen*

Die Mischung aus rohem Fleisch, Eiern, Zwiebeln und Paniermehl schmatzte zwischen meinen Fingern, während mir die unterschiedlichsten Gedanken durch den Kopf gingen. Keinen von ihnen konnte ich lange genug festhalten, um irgendeinen zusammenhängenden Gedankengang daraus zu bilden. Sie hüpften hin und her wie eine ganze Ladung Flummis, deren Glasbehälter mit voller Wucht auf einem harten Betonboden aufgeschlagen war. Die Stelle des Geschäftsführers für das *Treasure Chest*, die noch immer nicht besetzt war, die stetige Verschlechterung von Tante Ingrids Zustand, der zunehmende Druck meiner Produzentin, an meiner Präsenz in den sozialen Netzwerken zu arbeiten, Gracie, die nach Apalachicola gefahren war und dort übernachten wollte, Ben und ich zum ersten Mal seit August einen Abend allein zu Hause und der Anruf von unserer Sozialarbeiterin, der nie kam. Als ich sie wegen meines Erste-Hilfe-Kurses angerufen hatte, hatte sie mir zu dem Zertifikat gratuliert, unser Profil entsprechend ergänzt und das war's. Seither hatte ich nichts mehr von ihr gehört.

Die Haustür knallte zu.

Ben war bei Brandon und half ihm, sein Dach neu zu decken. Ein Blick auf die Uhr sagte mir, dass er erst in einer Dreiviertelstunde zurückkommen würde. Ich nahm die Hände aus der Schüssel und lehnte mich ein wenig zurück, um ins Wohnzimmer blicken zu können. Es war Gracie. Sie schleuderte ihre Stiefel fort und ging nach oben. Kein „Hallo". Kein „Hi, ich bin doch schon wieder da". War sie überhaupt in Apalachicola gewesen? Eine Fahrt von insgesamt sieben Stunden machte man nicht so locker an einem Tag.

Ich wusch mir schnell die Hände und trocknete sie ab, damit ich nach oben gehen und nach ihr sehen konnte. Als ich zu ihrem Zimmer kam, lag sie auf dem Bauch auf ihrem Bett, die Ohrstöpsel im Ohr, das Kinn auf die Faust gestützt, die Augen geschlossen. Es war jetzt eine Woche her, dass wir zusammen beim Friseur gewesen waren, und ich konnte immer noch nicht fassen, wie viel besser sie ohne die schwarzen Haare mit den grünen Spitzen aussah.

„Gracie?" Ich machte einen vorsichtigen Schritt in ihr Zimmer.

Nichts.

„Gracie?", sagte ich, diesmal ein wenig lauter.

Sie schlug die Augen auf und nahm einen der Ohrstöpsel heraus.

„Ist alles in Ordnung?"

„Alles bestens."

„Ich dachte, du wolltest erst morgen zurückkommen."

„Planänderung."

„Willst du mir erzählen, was passiert ist?"

„Eigentlich nicht."

Ihr kurz angebundener Tonfall löste eine unwillkommene Mischung aus Verärgerung und Angst in mir aus. Verärgerung, weil er mich unangenehm an unsere Beziehung vor unserem Thanksgiving-Durchbruch erinnerte. Und Angst, weil ich mich insgeheim vor diesem Moment des Rückfalls gefürchtet hatte – mich dagegen gewappnet hatte, als wären die letzten Monate nur Zufall gewesen und als könnte die zerbrechliche Beziehung, die wir aufgebaut hatten, jeden Augenblick wieder zerbersten. Ich schluckte diese Gefühle hinunter und machte einen weiteren, entschlossenen Schritt. Wir waren zu weit vorangekommen, um in unsere alten Muster zurückzufallen. Ich würde nicht zulassen, dass sie jetzt dichtmachte. „Hast du Mom zu dem Wettkampf eingeladen?"

„Ja."

„Und kommt sie?"

„Sie muss arbeiten."

„Was?" Das war absurd. Gracie war schließlich ihre Tochter. Genau aus diesem Grund bekam man doch Urlaub. „Hast du ihr erzählt, dass es um die Meisterschaft geht?"

„Ist doch nicht so wichtig."

Seit Gracie bei uns wohnte, hatte ich einiges dazugelernt. Zum Beispiel: Je mehr Gracie so tat, als wäre ihr etwas egal, umso wichtiger war es ihr. Deshalb fühlte ich mich verpflichtet, Mom auf der Stelle anzurufen und zu verlangen, dass sie sich den Tag freinahm. Und da ich diejenige war, die Gracie dazu ermutigt hatte, sich aus dem Fenster zu lehnen und Mom einzuladen, fühlte ich mich jetzt persönlich verantwortlich für Gracies Enttäuschung. „Ich rufe sie an.“

Gracie setzte sich auf. „Nein, mach das nicht!“

„Du bist ins Finale der Meisterschaften gekommen, Gracie. Mir ist egal, wenn du das nicht wichtig findest – ich finde, es ist etwas Besonderes. Und Mom sollte dabei sein.“

Gracie zupfte an einem Faden ihrer Bettdecke.

„Es ist eine echte Leistung. Du solltest stolz darauf sein.“ Ich ging noch einen Schritt näher. „Ben und ich sind jedenfalls stolz auf dich. Das weißt du, oder?“

Eine leichte Röte stieg in ihre Wangen.

Es gab Momente wie diesen – immer häufiger –, die mir meine Schwester auf eine Weise näherbrachten, die ich nie erwartet hatte. Was ich hier tat – mich um Gracie zu kümmern –, hatte sich irgendwann im Lauf der letzten Monate in mehr als eine Pflichtübung verwandelt. „Bist du dir sicher, dass ich sie nicht anrufen soll?“

„Ganz sicher.“

„Na gut, wenn Mom nicht kommen will, ist sie selbst schuld. Ich werde da sein. Und wenn du willst, bringe ich sogar eine Rassel mit.“

Auch wenn Gracie auf ihren Schoß hinunterblickte, verzogen ihre Wangen sich auf eine Weise, die mich glücklich machte. Ich hatte meine Schwester zum Lächeln gebracht. „Ich glaube, eine Rassel ist nicht nötig, aber danke.“

„Ist doch logisch.“ Ich wandte mich zum Gehen, doch dann fiel mir etwas ein. „Ach ja, das hätte ich beinahe vergessen: Eli war vorhin hier.“

Sie blickte auf. „Wann?“

„Vor zwei Stunden etwa. Ich habe ihm gesagt, dass du erst morgen wiederkommst.“

„Was wollte er?“

„Ich bin mir nicht sicher. Abhängen, vermute ich.“

„Oh.“ Gracie zupfte wieder an dem Faden.

„Ist zwischen euch alles in Ordnung?“ Gracie war am letzten Samstag früher nach Hause gekommen als erwartet. Ich hätte sie gerne gefragt, warum, und ich hatte auch noch eine Million andere Fragen, aber ich hatte mich zurückgehalten. Das war noch etwas, das ich in den letzten Monaten über meine Schwester gelernt hatte. Je mehr ich fragte, desto weniger erzählte sie. Ich wartete darauf, dass Gracie die Frage abtat. Mir sagte, alles sei okay. Stattdessen drehte sie den Ring an ihrem Finger und ihr Blick wandelte sich von unsicher zu entschlossen. Gerade als sie den Mund aufmachte, um etwas zu sagen, klingelte mein Telefon.

Ich ignorierte es und verfluchte insgeheim die Störung.

Beim dritten Klingeln schob Gracie den Ohrstöpsel wieder in ihr Ohr. „Du gehst wohl besser dran."

Seufzend zog ich den Störenfried aus meiner Gesäßtasche. Und in dem Augenblick, in dem ich die Nummer auf dem Display sah, stockte mir der Atem. Es war unsere Sozialarbeiterin. Unsere Sozialarbeiterin rief an. An einem Samstag. Mein Herzschlag beschleunigte sich zu einem vollen Galopp. Er hämmerte in meiner Kehle und in meinen Ohren und in meinen Kniekehlen. Eine hoffnungsvolle, beängstigende Sekunde lang stand ich da, dann trat ich auf den Flur hinaus, während alle Ungewissheit der Welt sich in meiner Brust sammelte. Mit tauben Fingern wischte ich über den Bildschirm und hielt mir das Handy ans Ohr. „Ja, Carmen hier."

„Hallo Carmen! Sandy Booth. Wie geht es Ihnen?"

„Mir geht es gut." Abgesehen davon, dass ich gerade einen Herzinfarkt bekam. Und nicht atmen konnte. Und total ausflippte, denn warum rief sie mich an einem Samstag an? Um mich zu fragen, wie es mir ging?

„Gut, gut. Ich habe vielversprechende Neuigkeiten."

Ich hielt die Luft an.

„Eine werdende Mutter hat heute Morgen Ihr Profil gesehen." Es folgte eine winzige Pause. Die eine Ewigkeit dauerte. Die jenseits aller Zeitvorstellungen war. „Sie würde Sie beide gerne kennenlernen."

Das war der Anruf, auf den ich gewartet hatte. Der Anruf, von dem ich gedacht hatte, er würde nie kommen. Und plötzlich war er da. Es war tatsächlich geschehen. Irgendwann heute, während ich mit meinen chaotischen Gedanken beschäftigt gewesen war, hatte eine Mutter unsere Unterlagen gesehen und unsere Sozialarbeiterin angerufen und jetzt rief unsere Sozialarbeiterin mich an. Sie sagte, dass die leibliche Mutter uns gerne am kommenden Mittwoch treffen würde, und stellte mir noch ein paar Fragen, die ich so zusammenhängend wie möglich beantwortete. Dann legte ich auf, rutschte an der Wand herunter und fing an zu weinen.

# Kapitel 53

*Carmen*

Ben fuhr in eine freie Parklücke und stellte den Motor ab, während ich mir die Hände an den Hosenbeinen abwischte. Ich hatte mich bestimmt zwanzig Mal umgezogen, bevor ich mich für ein gutes Paar Jeans und eine fliederfarbene Bluse entschieden hatte. Ich hoffte, die Lässigkeit und das Selbstbewusstsein dieses Ensembles würden die zunehmende Verzweiflung verbergen, mit der ich mich nach einem Baby sehnte, und der Kindsmutter die Nervosität nehmen. Aber was, wenn ich mich irrte? Was, wenn sie meine Jeans sah und dachte, mir wäre die Begegnung nicht wichtig genug? Kleide dich stets so, dass du einen bleibenden Eindruck hinterlässt, lautete das Motto meiner Produzentin.

Regentropfen landeten auf unserer Windschutzscheibe. Mit wachsender Unruhe spähte ich in den grauen Himmel hinauf und versuchte, den Nieselregen nicht als schlechtes Omen zu werten. Ich hatte die Wetterbedingungen für diesen Tag ganz genau berechnet und diese Genauigkeit war der Grund, warum ich bei meiner Arbeit so gut war. Der Regen sollte erst nach Mitternacht einsetzen. Das hatte ich selbst bei meinem morgendlichen Wetterbericht verkündet.

„Alles in Ordnung?", fragte Ben, dessen Hände noch immer am Lenkrad lagen.

Nein, es war nicht alles in Ordnung. Seit dem Anruf unserer Sozialarbeiterin hatte ich mich jede Nacht unruhig hin und her geworfen und lediglich hier und da zwanzig Minuten geschlafen zwischen langen Phasen, in denen ich einfach nur zur Decke hinaufgestarrt hatte. Eigentlich hätte ich völlig erschöpft sein müssen, aber durch meine Adern strömte so viel Adrenalin, dass ich wahrscheinlich weitere achtundvierzig Stunden ohne Schlaf auskommen könnte. Meine Zähne fingen an zu klappern, aber es lag nicht daran, dass mir kalt war.

„Carmen?"

„Sie muss uns mögen, Ben."

Er atmete langsam aus und rieb sich das Kinn. Auf seinen Wangen war nicht einmal der Hauch eines Bartschattens zu sehen, und dabei war Mittwoch. Mittwochs rasierte Ben sich nie, aber heute war kein normaler Mittwoch. Dieser Mittwoch war so wenig normal – so voller weitreichender Folgen –, dass ich dabei war, die Fassung zu verlieren.

„Ich würde gerne beten, bevor wir reingehen."

Ich blinzelte, erstaunt über den Vorschlag. Es war sehr, sehr lange her, dass er so etwas vorgeschlagen hatte.

Ben streckte den Arm aus und ergriff meine feuchte Hand. Ich verstand nicht, wie seine Hand so trocken, so ruhig sein konnte. „Herr, danke für diese Gelegenheit. Wir sind beide nervös …"

Den Rest von Bens Gebet bekam ich nicht mit. Über das Hämmern meines Herzens und mein eigenes verzweifeltes *Bitte, Gott … bitte, Gott … bitte, Gott …* hinweg konnte ich seine Worte nicht hören. Es war lange her, dass ich gewagt hatte, mir Hoffnungen zu machen, und jetzt, wo die Hoffnung anklopfte, hatte ich schreckliche Angst aufzumachen.

*Wenn du wirklich da oben bist … bitte.*

Nach dem Gebet traten wir in den nachmittäglichen Nieselregen hinaus, den es eigentlich nicht geben sollte, nahmen den Aufzug in den dritten Stock und betraten die Suite Nummer 301, die uns inzwischen sehr vertraut war. Sandy streckte den Kopf aus ihrem Büro und kam heraus, um uns per Handschlag zu begrüßen. Sie hatte ein Grübchen am Kinn, einen verwuschelten Kurzhaarschnitt und ein ruhiges Auftreten, von dem ich mir sicher war, dass sie es sich im Lauf ihrer Jahre als Sozialarbeiterin antrainiert hatte. „Kommen Sie rein", sagte sie und führte uns in ihr Büro, wo sie auf einen runden Tisch in der Ecke zeigte. „Wie geht es Ihnen beiden? Ich weiß, dass so ein Termin nervenaufreibend sein kann."

*Sein kann?* Im Sinne von: Andere Leute sind in dieser Situation nicht mit ihren Nerven am Ende?

„Wir halten die Ohren steif." Ben zog für mich einen der Stühle vom Tisch weg.

„Das ist gut." Sandy setzte sich ebenfalls. „Ich möchte Sie daran erinnern, dass ein solches Gespräch nicht immer zu einer Vermittlung führt. Die leibliche Mutter interessiert sich für Ihr Profil und möchte Sie ein bisschen besser kennenlernen. Das Beste ist, wenn Sie einfach Sie selbst sind."

Ich nickte, aber ehrlich gesagt war ich mir gar nicht mehr sicher, was das überhaupt bedeutete: ich selbst sein. Wer war ich denn? Die Carmen, von der alle glaubten, sie zu kennen, die jeden Morgen auf dem Fernsehbildschirm erschien? Die Carmen, die sonntags in der Kirche lächelte? Oder die Carmen, bei der irgendwann die Ernüchterung eingesetzt hatte? Ben drückte unter dem Tisch meine Hand, um mich zu beruhigen.

Dann klopfte es leise an der geöffneten Tür.

Ben und ich standen auf. Und da war sie – die werdende Mutter, ein schmales Mädchen mit dunklen Haaren, Sommersprossen, blassen Armen und einem dicken Bauch. Sie konnte kaum älter sein als Gracie. Sandy begrüßte sie mit einer herzlichen Umarmung und stellte uns einander vor. Die junge Frau namens Missy sagte mit einem deutlichen Alabama-Akzent „Hallo" in unsere Richtung, dann nahm sie auf dem letzten der vier Stühle Platz. Ich verspürte das beinah unwiderstehliche Bedürfnis, sie in den Arm zu nehmen und zu drücken, aber stattdessen faltete ich krampfhaft die Hände auf dem Schoß. Eine Umarmung wäre merkwürdig gewesen.

„Wir können uns so wenig oder viel Zeit nehmen, wie wir wollen", sagte Sandy. „Dieses Treffen ist ganz informell. Es soll Ihnen einfach die Chance geben, einander etwas besser kennenzulernen und Fragen zu stellen."

Ich konnte den Blick nicht von Missys Bauch abwenden. Da war ein kleines Baby drin, ein Baby, das vielleicht ein Teil der Familie Hart werden würde. Ein Baby, das ich vielleicht im Arm halten und mein Kind nennen könnte. Ein Baby, auf das wir so lange gewartet hatten. Eine tiefe, unbändige Sehnsucht stieg in meiner Brust auf und mit dieser Sehnsucht kam die Hoffnung, vor der ich solche Angst hatte. Ich zwang mich, den Blick von ihrem Bauch abzuwenden, und bemerkte, dass Missy mich ansah. Mein Herz setzte einen Schlag aus. *Sag etwas!* Aber aus meinem Mund kam nichts heraus. Ich war vollkommen sprachlos.

„Wie geht es Ihnen?", fragte Ben.

„Abgesehen von dem Sodbrennen ist die Schwangerschaft ziemlich okay."

Ben lächelte sein berühmtes Lächeln – das besonders charmante. Noch nie war ich so froh über dieses Lächeln gewesen. Vielleicht würden wir dafür Bonuspunkte kriegen, so wie es bei all den Müttern des Fördervereins der Fall war.

Missy erwiderte sein Lächeln und zog dann ein zusammengefaltetes Blatt Papier aus ihrer Tasche. Es war ein Zettel, wie man ihn aus einem Notizbuch mit Spiralbindung reißt. „Ich habe ein paar Fragen aufgeschrieben."

„Das ist gut, Missy", ermunterte Sandy sie. „Dann fangen wir doch einfach damit an."

„Ich fand Ihr Profil wirklich gut." Das Papier knisterte, als sie es auseinanderfaltete und Ben ansah. „Sie sind Lehrer an der Highschool?"

„Ja. Ich unterrichte Töpfern und trainiere die Footballmannschaft."

„Sie sind schon zweimal Floridameister geworden." Sobald mir die Worte entschlüpft waren, verzog ich innerlich das Gesicht und wies mich zurecht. Was spielte das für eine Rolle?

„Dann müssen Sie ziemlich gut sein." Missy wandte sich mir zu. „Und Sie sind Meteorologin?"

„Im Moment ja, aber wir haben immer in Erwägung gezogen, dass ich zu Hause bleibe, wenn wir ein Kind haben." Meine Gedanken wanderten zum *Treasure Chest.* Tante Ingrid hatte das Motel zusammen mit Gerald geführt und gleichzeitig Dad und Patrick großgezogen. Was wäre, wenn ich es auch so machte? Ich stellte mir vor, dort zu leben. Mit Gracie. Das Motel mit meiner Schwester zu führen, ein kleines Baby auf dem Arm.

„Und Sie haben bisher noch gar keine Kinder?"

„Das stimmt."

„Carmens jüngere Schwester lebt vorübergehend bei uns", sagte Ben.

„Sie ist ungefähr so alt wie Sie. Sie heißt Gracie und ist wirklich ein großartiges Mädchen."

Missy blickte auf ihren Zettel hinunter. Ich sah, wie ihre Hand bebte, und das beruhigte mich ein bisschen, weil ich mich in das

Mädchen hineinversetzen konnte. Am liebsten hätte ich ihr gesagt, dass ich auch nervös war. Wir könnten gemeinsam nervös sein und vielleicht könnten wir dann auch zusammen darüber lachen. Aber ich behielt die Worte für mich. „Warum haben Sie denn keine leiblichen Kinder?“, fragte sie.

Ben warf mir einen Blick zu. „Wir haben einige Fehlgeburten hinter uns.“

„Das muss schwer gewesen sein.“

„Das war es, aber jetzt freuen wir uns, hier zu sein“, sagte Ben.

„Gott hatte dabei eine Absicht.“ Wieder schnitt ich innerlich eine Grimasse. Hatte ich das gerade wirklich gesagt? Wie oft hatten andere mir nach unseren ersten Fehlgeburten etwas Ähnliches gesagt und wie oft hätte ich diesen Trost am liebsten zusammengeknüllt und angezündet? Vielleicht stimmte es und vielleicht hatte ich es irgendwann auch einmal geglaubt und vielleicht glaubte ich es sogar immer noch. Aber hilfreich war es nicht.

Missy rutschte ein wenig auf ihrem Stuhl herum. „In Ihren Unterlagen steht, dass Sie Christen sind. Spielt die Religion eine große Rolle in Ihrem Leben?“

Ich hielt die Luft an, weil ich mir unsicher war, wie wir auf diese Frage reagieren sollten. Diese ganze Unterhaltung kam mir vor wie ein einziges Minenfeld. Wir hatten in den Kursen und bei den Treffen mit Sandy erfahren, dass die Mutter eine Familie manchmal aufgrund einer bestimmten Antwort auswählte, manchmal wurde eine Familie aber auch wegen einer bestimmten Antwort abgelehnt und manchmal spielten die Antworten kaum eine Rolle. Religion war ein heißes Eisen. Laut Sandy war es das Beste, wenn wir ehrlich antworteten. Sie hatte gut reden, denn schließlich war sie nicht diejenige, für die alles auf dem Spiel stand.

„Ja, sie spielt eine große Rolle“, sagte Ben. „Oder zumindest wünschen wir uns das.“

Missy nickte, als fände sie das gut, und wie ein kleiner Vogel, der zum ersten Mal mit den Flügeln schlägt, begann die Hoffnung sich zu rühren. Diesmal kämpfte ich nicht dagegen an. Ich versuchte nicht, sie zu unterdrücken. Im Laufe unserer Unterhaltung schien Missy sich zu entspannen. Das Blatt Papier in ihrer Hand zitterte nicht mehr und sie lächelte öfter. Ab und zu lachten wir sogar zusammen. Und meine zerbrechliche Hoffnung schwang sich in die Luft. Sandy war bei dem Gespräch dabei, falls wir ins Stocken gerieten oder die Situation irgendwie unangenehm werden sollte, aber sie brauchte kaum etwas zu sagen. Missy fragte uns, wie wir uns kennengelernt hätten. Ben erzählte die Geschichte und selbst Sandy schien ergriffen zu sein. Am Ende des Gesprächs faltete Missy ihren Zettel zusammen. Sie hatte ihre Fragen gestellt und ich wollte unbedingt wissen, ob wir bestanden hatten.

„Sind Sie alle fertig?", fragte Sandy.

„Eine Frage habe ich noch." Missy legte eine Hand auf ihren runden Leib. „Wären Sie gerne im Kreißsaal dabei, wenn das Baby geboren wird?"

Tränen brannten in meinen Augen. Ja, ja, ja. Tausendmal ja. Ich blinzelte schnell, um die Tränen einzufangen, bevor sie entwischen konnten. „Das wären wir sehr gerne, aber nur, wenn es Ihnen nichts ausmacht."

Sandy wandte sich an uns. „Hat einer von Ihnen denn noch Fragen an Missy?"

Ben und ich sahen uns an. Wir hatten keine Fragen, aber vielleicht sollten wir die haben. Sandy zufolge spielte der leibliche Vater keine Rolle oder wollte keine spielen. Ich wollte kein schmerzliches Thema anschneiden, hatte aber zugleich das Gefühl, dass ich irgendetwas sagen sollte. Eine Million Dinge. Darüber, wie lange wir gewartet hatten. Wie sehr ich mir wünschte, Mutter zu sein. Wie sehr wir ihr Kind lieben würden. Aber ich brachte nichts davon heraus. Ich konnte nicht betteln. Das war etwas, das ich nicht über mich brachte. Deshalb lächelte ich in der Hoffnung, dass das Lächeln alle meine Gefühle ausdrücken würde. „Es ist sehr mutig von Ihnen", sagte ich, „diesem Kind das Leben zu schenken."

Ben nahm meine Hand und nickte.

Auf dem Weg zum Auto schwankte ich zwischen Hochstimmung, weil ich mir sicher war, dass es endlich so weit war, und einer schrecklichen Angst, weil ich befürchtete, es könnte nicht klappen. Die beflügelte Hoffnung in mir schwang sich einmal gen Himmel und stürzte dann wieder in die Tiefe, sodass ein flaues Gefühl in meinem Magen zurückblieb. Sobald wir im Auto saßen und uns angeschnallt hatten, platzte all die nervöse Energie, die sich in mir angestaut hatte, aus mir heraus. Ich wiederholte das Gespräch in allen Einzelheiten und kommentierte es, als wäre Ben nicht dabei gewesen. Er lenkte den Wagen auf die Straße und fuhr uns nach Hause. Wir hatten die Three Mile Bridge schon überquert, als ich endlich damit fertig war.

„Was war dein Eindruck?", fragte ich.

Er warf mir einen Blick zu und konzentrierte sich dann wieder auf die Straße. „Ich finde, es ist ganz ordentlich gelaufen."

Seine Reaktion ließ meine Hoffnung in den Sturzflug gehen. „Ganz ordentlich?" Waren wir nicht bei demselben Gespräch gewesen? „Sie hat gefragt, ob wir bei der Entbindung dabei sein wollen. Das muss doch etwas zu bedeuten haben."

„Woher weißt du, dass sie das nicht bei jedem Gespräch fragt?"

Ich funkelte ihn böse an.

„Ich will nur nicht, dass du dir zu große Hoffnungen machst."

„Zu große Hoffnungen? Ben, das ist das erste Mal, dass ich überhaupt so etwas wie Hoffnung empfinde."

In seinem Kiefer zuckte ein Muskel.

Am liebsten hätte ich laut geschrien. „Ist es wirklich zu viel verlangt, dass du meine Hoffnung teilst?"

„Das ist nicht fair."

*„Fair? Fair!* Nichts von alle dem ist *fair*. Wir haben alles richtig gemacht, Ben. Wir haben nach Gottes Regeln gespielt. Natalie und Brandon haben das nicht. Mom hat es nicht. Und deine Schwester auch nicht. Aber Gott hat ihnen trotzdem Kinder geschenkt. Erklär mir mal, was daran fair sein soll."

Darauf hatte Ben keine Antwort.

Außer dem Prasseln der Regentropfen und dem rhythmischen Hin und Her der Scheibenwischer war nichts zu hören. Ich presste die Lippen aufeinander und starrte aus dem Fenster, während das Wasser über die Scheibe lief und mein Blick sich vor hitzigen Emotionen trübte. Keiner von uns sagte etwas. Nicht, als wir in unsere Straße einbogen. Nicht, als vertraute Häuser am Fenster vorbeizogen. Und auch nicht, als wir in der Auffahrt hielten und der Motor erstarb.

Ben drehte den Autoschlüssel um den Schlüsselring. „Wird ein Baby alles heilen, was zerbrochen ist, Carmen?"

Die geflüsterte Frage kroch in mein Ohr und scheuerte an meinem Herzen, meinen Nerven, meinem Verstand.

„Denn ich habe schreckliche Angst, dass es das nicht tut."

Ich konnte unmöglich auch nur eine Sekunde länger unter dem Gewicht seiner Angst sitzen bleiben, also riss ich an dem Türgriff und stürzte in den Regen hinaus.

# Kapitel 54

*Carmen*

Ich wusch eine grüne Paprika und fing an, sie auf dem hölzernen Schneidebrett zu würfeln, das Bens Mutter mir zu Weihnachten geschenkt hatte. Etwas Komplizierteres als gefüllte Tortillas zuzubereiten, traute ich mir nicht zu, während mir unaufhörlich Bens Frage durch den Kopf ging.

*„Wird ein Baby alles heilen, was zerbrochen ist?"*

Am liebsten hätte ich in meine Seele gegriffen, die Frage beim Schlafittchen gepackt und herausgerissen. Ja, das würde es. Denn wenn wir erst einmal ein Baby hatten, hätte das Warten endlich ein Ende. Der Winter würde der Vergangenheit angehören. Und die Distanz zwischen uns, die Ben und ich immer wieder zu überbrücken versuchten, würde sich wie Nebel auflösen. Ich drehte die Paprika und entfernte die Samen. Gracie kam in die Küche, nahm sich einen Karottenstick aus einer Schale, die ich auf den Tisch gestellt hatte, und kaute daran. In der Zwischenzeit gab ich die gewürfelte Paprika auf einen Teller, holte dann eine Dose Mais aus der Vorratskammer und kramte in der Schublade nach dem Dosenöffner.

„Wo ist Ben?"

„Unten, glaube ich."

„An der Töpferscheibe?"

Ich zuckte mit den Schultern. Seit Sandys Anruf am Samstag hatten Bens Gewohnheiten sich verändert. Anstatt vor dem Abendessen in seine Garage zu gehen und Darts zu spielen oder Gewichte zu stemmen, ging er jetzt in den Keller und setzte sich an die Töpferscheibe, die wir vor Jahren in die Ecke geschoben hatten, woraufhin sie vollkommen eingestaubt war.

Gracie nahm sich noch ein Stück Karotte.

Ich öffnete die Dose mit dem Mais.

„Wie ist es heute gelaufen?", fragte sie.

„Gut." Nicht ordentlich. Gut. Dessen war ich mir sicher gewesen – jedenfalls, bis Ben seinen Senf dazu abgegeben hatte. Ich vermischte den Mais mit der Paprika und holte dann einen Rest Hühnchenfleisch, eine Packung Tortillas und geriebenen Käse aus dem Kühlschrank.

„Ich muss zur Arbeit."

„Okay." Normalerweise fragte ich, ob sie zu Abend gegessen hatte oder ob sie Geld brauchte, um sich auf dem Weg zum Kino etwas zu kaufen. Heute gingen diese Fragen in meinem Gedankengewirr unter.

Sie nahm sich den nächsten Gemüsestick aus der Schale. „Du kommst doch morgen zum Wettkampf, oder?"

„Ja, natürlich." Mein Blick wanderte zu meinem Handy, das neben mir auf der Küchenzeile lag. Sandy hatte gesagt, dass die leibliche Mutter sich manchmal sofort entschied, manchmal aber auch Tage vergingen. Also blieb mir nichts anderes übrig, als wieder einmal zu warten. Und es handelte sich noch dazu um die schlimmste Form des Wartens, die, bei der ich mich fühlte, als hätte ich eine Zeitbombe verschluckt und keine Ahnung, ob die Explosion Freude oder Verzweiflung verursachen würde.

Die Haustür ging auf und zu.

Gracie war gegangen.

Ich schaltete die Herdplatte ein und goss Olivenöl in eine Pfanne, während ich erneut das Gespräch mit Missy vor meinem geistigen Auge Revue passieren ließ. Ich sezierte ihre Körpersprache, ihre Fragen, ihren Tonfall und versuchte, mich davon zu überzeugen, dass Ben sich irrte. Ich wollte, dass meine Hoffnung wieder die Flügel ausbreitete. Als das Öl zu brodeln begann, legte ich eine Weizentortilla in die Pfanne und bedeckte sie mit Käse, Hühnchen, Gemüse und einer weiteren Tortilla. In diesem Moment kam Ben in die Küche, um sich etwas zu trinken zu holen. Ich wartete darauf, dass er die Saftpackung wieder in den Kühlschrank stellte und ging, aber er blieb. Während ich die Tortilla wendete, fragte ich mich, ob er dort stehen bleiben und mich beobachten würde.

„Ich finde, wir sollten reden."

Wir brauchten nicht zu reden. Was wir brauchten, war den Anruf von Sandy. Ich blickte zu meinem Telefon hinüber. Wenn Sandy anrief und uns verkündete, dass Missy uns ausgewählt hatte, könnten wir anfangen, das Kinderzimmer herzurichten. Ich hatte immer gedacht, Gracies Zimmer würde das Kinderzimmer, aber der Raum auf der gegenüberliegenden Seite des Flures tat es genauso gut. Missys Entbindungstermin war Ende April. Bis dahin war es nur noch ein guter Monat. Ben und ich könnten wieder anfangen, uns Namen zu überlegen, so wie wir es vor all diesen Jahre getan hatten. Wir könnten Gracie fragen, ob sie Patin werden wollte.

Ich ließ die erste gefüllte Tortilla aus der Pfanne auf einen Teller gleiten und machte mich an die zweite. Während ich den Teigfladen mit Käse bestreute, erklang ein Geräusch, das sich anhörte wie das einer Bohrmaschine. Ich drehte mich um und sah, dass mein Handy auf der Arbeitsplatte vibrierte. Trotz der Entfernung konnte ich die Nummer von Sandy Booth auf dem Display erkennen.

Einen Sekundenbruchteil lang setzte mein Herzschlag aus. Meine Lunge atmete nicht. Meine Gedanken erstarrten. Ben trat zu dem summenden Telefon und nahm den Anruf entgegen. Ich wandte mich ab, steckte mir die Finger in die Ohren und kniff die Augen zusammen, weil ich nichts hören oder sehen wollte. Jetzt hämmerte mein Herz wie wild – es war ein schmerzhaftes Pochen, das meinen Brustkorb von innen malträtierte. Ich stand mitten in der Küche, während mein Körper erst heiß, dann kalt wurde. Heiß, kalt, wie ein kaputter Thermostat, und ich wiederholte das Gebet von vorhin. Das einzige Gebet, das ich seit Tagen sprechen konnte.

*Bitte, Gott … bitte, Gott … bitte, Gott …*

Ben berührte meinen Arm.

Als ich mich umdrehte, leuchteten seine blauen Augen nicht. Sie tanzten nicht. Sie lächelten nicht. Tränen glänzten darin, aber es waren keine Freudentränen. „Es tut mir leid, Carmen."

Nein. Das konnte nicht wahr sein.

Er schlang die Arme um mich, aber ich entglitt an einen gefühllosen, kalten Ort, während das Abendessen auf dem Herd verbrannte.

Der Regen prasselte draußen erbarmungslos auf das Pflaster des Parkplatzes und hämmerte auf den Stoff der Markise. Ich umklammerte die Armlehnen des Holzliegestuhls – den Gracie letzte Woche in Feuerwehrrot lackiert hatte – und starrte in den Sturm hinaus. Das Unwetter war früher gekommen, länger geblieben und deutlich heftiger ausgefallen, als es hätte sein sollen. Ich war mir sicher, dass irgendjemand oder auch mehrere irgendjemande meine fehlerhafte Vorhersage morgen früh entsprechend kommentieren würde.

Nach Sandys Anruf hatte ich zu Ben gesagt, ich müsse allein sein. Das Haus und seine leeren Zimmer drohten mich zu ersticken. Ben verstand das. Er hatte mir den Freiraum gegeben. Also hatte ich eine kleine Tasche gepackt und war hierher gefahren, um mich zu sammeln, so als bestünde auch nur die geringste Hoffnung, dass all die Gedanken, die mir durch den Kopf schossen wie der Regen draußen auf den Boden, sich irgendwie sammeln ließen.

Ich hatte Ben gefragt, ob Sandy ihm einen Grund genannt habe. Welchen Fehler hatten wir gemacht? Warum hatte Missy uns abgelehnt? Sandy hatte zu Ben gesagt, es sei nichts Persönliches. Missy wolle einfach ein Ehepaar, das weniger religiös war. Die Ironie machte mich sprachlos. Nicht nur, dass Gott meine Gebete nicht erhörte – jetzt verhinderte ausgerechnet unsere Beziehung zu ihm, dass ich bekam, worum ich ihn angefleht hatte.

Ich starrte in den bedrohlichen Himmel hinauf – einen Mantel aus regennasser Dunkelheit und grollendem Donner – und sagte Gott, was ich mich zuvor nicht zu sagen getraut hatte.

„Es gibt dich nicht." Ich beugte mich auf meinem Stuhl vor und ließ den Gedanken fliegen. „Hast du mich verstanden?"

Der Ruf kehrte als Echo zurück.

Und in der gefühllosen Mauer, die mein Herz umgab, entstand ein winziger Riss. Was nützte es überhaupt, an Gott zu glauben? Tante Ingrid hatte ihm ihr Leben geweiht, und was hatte sie jetzt davon? Sie wusste meistens nicht einmal mehr, wer sie war. Ich saß in dem Motel, das sie über alles liebte und das rechtzeitig zur Touristensaison wiedereröffnet werden sollte, und Tante Ingrid wusste es nicht einmal. Sie hatte sich immer an Gott gehalten und ich hatte es ihr nachgemacht. Die wilden, rebellischen Jahre, die so viele meiner Freunde durchlebt hatten, hatte ich ausgelassen. Ich hatte wirklich geglaubt, dass es das Beste war, nach Gottes Willen zu leben. Und was war aus mir geworden? Ein unfruchtbarer Schoß. Ein Haufen vertrockneter Knochen.

Meine Finger gruben sich in das lackierte Holz. „Ich glaube nicht mehr an dich!“

Es war nicht so, dass mir die mangelnde Logik dieses Augenblicks oder der Denkfehler, der meiner Äußerung innewohnte, entgangen wäre. Wenn das, was ich sagte, stimmte, wenn ich wirklich nicht mehr an Gott glaubte, warum musste ich es dann überhaupt sagen? Mit wem redete ich dann?

# Kapitel 55

*Carmen*

Ben streckte sich nach mir aus. „Carmen, nimm meine Hand."

Aber ich konnte ihn nicht erreichen. Und er bekam mich nicht zu fassen.

Ich schlug um mich und kämpfte mit jeder Faser meines Körpers – um mich zu retten, zu schwimmen, zu atmen. Aber die Wellen waren zu stark. Sie schlugen über mir zusammen. Immer und immer wieder, bis ich Salzwasser schluckte. Ich hatte nichts mehr zu bieten. Keine Kraft mehr. Also hörte ich auf, mich zu wehren, und ließ zu, dass ich sank. Und irgendwie konnte ich beim Sinken wieder atmen.

Ein lautes *Piep-piep-piep* durchdrang den schockierenden Augenblick.

Flatternd öffneten sich meine Lider.

Ich atmete Luft ein und kein Wasser. Erwachte. Ich ertrank nicht im Meer. Ich war im *Treasure Chest,* hatte die Nacht in einem der Motelzimmer verbracht. Sandys Anruf gestern Abend hatte mich hergetrieben. Jetzt drehte ich mich um und drückte auf mein Handy. Draußen hatte es aufgehört zu regnen. Drinnen war die Mauer, die mein Herz umgab, so stark und stabil wie eh und je.

Wie üblich war ich eine der Ersten, die im Sender erschien. Ganz automatisch machte ich meine Arbeit. Gewissenhaft wertete ich die Informationen der Radare und Satelliten aus und erstellte die Wetterprognose für den Tag. Aber wozu das Ganze? Dasselbe hatte ich gestern getan und ich hätte nicht mehr danebenliegen können. Das Wetter tat nicht, was es tun sollte.

Langsam erwachte der Sender zum Leben. Nach und nach kamen die Leute, wurden Lichter eingeschaltet. Ich bemühte mich, jeden direkten Blickkontakt zu vermeiden, während ich die letzten Daten analysierte und dann in eine der Tonkabinen ging, um einige Aufnahmen für die örtlichen Radiosender einzuspielen. Der aufgesetzt fröhliche Ton meiner Stimme, als ich über den stürmischen Tag sprach, der vor uns lag, zerrte an meinen Nerven. Selbst wenn ich es versucht hätte, ich hätte mich nicht mehr vor mir selbst ekeln können.

Als ich ins Studio ging, saßen die beiden neuen Moderatoren der Morgensendung bereits auf ihren Plätzen. Jason, die männliche Hälfte des Duos, hielt in einer Hand einen Spiegel und fingerte an seiner Frisur herum. „Hey, Hart", sagte er, als ich vorbeiging. „Ich habe gestern die Fenster im Auto aufgelassen. Soll ich dir die Rechnung für den Wasserschaden schicken?" Seine Stimme klang amüsiert.

Ich lachte ein hohles Lachen.

Der Kameramann richtete eine der Kameras aus. „Dreißig Sekunden!"

Ich schraubte den Deckel von einer Wasserflasche und trank einen Schluck, während ich versuchte, mich zu sammeln. Meine Carmen-Hart-Maske aufzusetzen, damit ich den Wetterbericht verkünden und anschließend gehen konnte. In den Überlebensmodus zu schalten, um irgendwie weitermachen zu können. Das war mir schon öfter gelungen und ich würde es wieder schaffen. Wie betäubt würde ich diesen Tag und den nächsten überstehen, bis die Zeit den Schmerz irgendwann dämpfte. Carmen, die Kellerassel.

„Zehn Sekunden."

Der Kameramann zählte den Countdown.

Die Moderatoren setzten ein gleichmäßiges, strahlend weißes Lächeln auf.

Dann fing Jason an, von seinem Teleprompter abzulesen – irgendwas über Benzin- und Dieselpreise. Nancy sah mich von der anderen Seite des Ganges und eilte mit entsetzter Miene herüber.

„Carmen", flüsterte sie, „du siehst schrecklich aus."

„Ich habe nicht besonders gut geschlafen."

„Kannst du denn auf Sendung gehen?"

„Mir geht es gut", sagte ich, während ich Jason beobachtete.

„Ein Seemann wird weiterhin vermisst, nachdem ein Helikopter der Navy am Mittwochmorgen während einer Übung ins Meer gestürzt ist. Vier der fünf Besatzungsmitglieder wurden direkt nach dem Aufprall ins Krankenhaus gebracht. Einer von ihnen befindet sich noch in einem kritischen Zustand. Die Rettungsmannschaften suchen seit Mittwoch nach dem vermissten Matrosen." Jason wandte sich an seine Kollegin. „Unsere Gedanken und Gebete sind bei den Angehörigen."

„Ja, das sind sie, Jason." Sie machte weiter, wo er aufgehört hatte. „Leider ist dies nicht die einzige traurige Geschichte heute Morgen. Gestern Abend wurde ein zwei Monate altes Baby tot in einem Mietshaus in Pensacola aufgefunden. Die Polizei hat das Kind in seinem Bettchen entdeckt, nachdem ein besorgter Bewohner des Mietshauses angerufen hatte. Die Mutter wurde kurz darauf festgenommen. Wie die Polizei berichtet, stand die Frau unter dem Einfluss von Amphetaminen."

Ein Bild erschien auf dem Monitor – von einer gestressten Mutter, die ihr eigenes Baby getötet hatte.

Die Story landete wie ein Vorschlaghammer in der gefühllosen Mauer um mein Herz. Er verursachte einen gewaltigen Einschlag, von dem sich ein ganzes Spinnennetz aus Rissen ausbreitete.

„Komm nach der Sendung bei mir vorbei." Nancy tätschelte meine Schulter. „Ich möchte mit dir über die Idee zu einer Blog-Serie reden, die mir gestern Abend gekommen ist. Und vielleicht richtest du noch dein Make-up." Sie ging um die Bühne herum und ließ mich allein vor dem grünen Bildschirm zurück.

„Und jetzt", sagte Jason, „zu Carmen Hart, die uns verrät, wie das Wetter wird."

Das war der Punkt, an dem ich in die Kamera lächeln und den Wetterbericht präsentieren musste. Ein beträchtliches Unwetter zog vom Golf herauf und es sah ganz danach aus, dass es uns am Abend erreichen würde, mit starken Windböen und gelegentlichen Schauern. Aber in Wirklichkeit wusste ich es nicht. Ich konnte die Zukunft nicht vorhersagen, schon gar nicht, wenn diese Zukunft sich ständig änderte.

Jason räusperte sich.

Der Kameramann machte eine Handbewegung.

Ich war auf Sendung. Einige Sekunden lang war ich jetzt schon auf Sendung und starrte vor mich hin. Ich musste mich zusammenreißen und den Wetterbericht herunterleiern, den ich wie ein Profi vorbereitet hatte. Aber als ich den Mund aufmachte, kam nicht dieser Wetterbericht heraus. Nicht einmal ansatzweise.

„Ich weiß es nicht."

Im Studio wurde es mucksmäuschenstill.

„Ich könnte Ihnen erzählen, dass es ein Unwetter geben wird, aber ich weiß es nicht." Ein schrilles Lachen entwich meinen Lippen – in einer hysterischen Stimmlage. „Eigentlich weiß niemand es, und wer etwas anderes behauptet, der lügt. Es ist ein einziges Glücksspiel."

Die Stille wich einer plötzlichen Panik. Der Kameramann schwenkte hektisch zu den beiden Moderatoren zurück, die versuchten, meinen kolossalen Fehltritt zu überspielen. Ich stand dort, vor dem Bildschirm, und war genauso schockiert wie alle anderen. Was hatte ich getan? Was in aller Welt hatte ich gerade gesagt?

Dann sah ich Nancys Blick.

Bevor sie mich erreichte, schnappte ich mir meine Handtasche und rannte aus dem Sender.

Sobald ich das Haus betrat, sprang Ben wie eine Wackelfigur auf, das Haar in alle Richtungen abstehend, so als wäre er unzählige Male mit den Händen hindurchgefahren. Offenbar hatte er entweder von meinem Zusammenbruch vor der Kamera gehört oder ihn selbst mit angesehen, denn eigentlich hätte er bei der Arbeit sein müssen.

„Wo warst du?"

„Ich bin herumgefahren."

„Die ganze Zeit?"

Ich legte meine Handtasche auf die Bank.

„Ich habe dich alle fünf Minuten angerufen."

„Es tut mir leid." Ich hatte Bens Anrufe nicht annehmen können. Genauso wenig wie die von meiner Produzentin oder die von Natalie. Ich hatte nur mit beiden Händen das Lenkrad umklammern und den Fuß auf dem Gaspedal halten und fahren können, als würde eine ausreichende Entfernung alles auslöschen, was geschehen war. Erst als ich in Baton Rouge gewesen war, hatte ich den Fuß vom Gas genommen.

„Es tut dir leid?“

„Was soll ich denn sonst sagen?“

„Ich weiß nicht – dass wir reden müssen?“

„Ich will nicht reden.“ Es wäre mir recht, nie wieder reden zu müssen. Ich kehrte Bens Kummer den Rücken und ging die Treppe hinauf.

Er folgte mir.

Oben zog ich einen Koffer aus unserem Wandschrank und legte ihn geöffnet aufs Bett.

„Was machst du da?“

„Ich packe.“

„Wofür?“

„Fürs *Treasure Chest.*“ Ich fing an, Oberteile von Bügeln zu zerren und in den Koffer zu stopfen. Dabei machte ich mir nicht die Mühe, die Kleidung zusammenzulegen. Mit den Knitterfalten konnte ich mich später befassen. „Ich halte es hier nicht mehr aus.“

Nicht hier, in diesem Haus, wo das Leben im Chaos versank. Nicht hier, in Bay Breeze, wo alle über die Wetterfee und ihren öffentlichen Zusammenbruch tuscheln würden – diesmal noch schlimmer, weil es nicht auf YouTube, sondern live im Fernsehen zu sehen gewesen war. Ich war vor laufender Kamera durchgedreht und mitten in der Nachrichtensendung aus dem Sender gerannt. Und ich wusste noch nicht einmal, wer den restlichen Morgen für mich eingesprungen war.

Ben stand eine Weile einfach nur reglos in der Tür und sah zu, wie ich zwei Paar Jeans in den Koffer stopfte. Das war's, dachte ich. Er gab den Kampf auf. Ich gab den Kampf auf. Wir hatten das Ende der Fahnenstange erreicht und uns blieb nichts außer zerbrochenen Träumen und einer ganzen Welt verletzter Gefühle. Aus der untersten Schublade meiner Kommode zog ich eine Trainingshose. Und dann holte Ben sich ebenfalls einen Koffer und platzierte ihn neben meinem auf dem Bett.

„Was machst du?“

„Ich packe fürs *Treasure Chest.*“

Ich schüttelte den Kopf. „Ich brauche etwas Zeit für mich.“

„Nein.“

„Was meinst du mit ‚Nein‘?“

„Nach jeder Fehlgeburt hast du mich um Zeit für dich gebeten und ich habe sie dir gegeben. Du hast mich gestern Abend um Zeit gebeten und ich habe sie dir gegeben. Ich habe dir genug Zeit für dich selbst gegeben, Carmen. Wir brauchen jetzt etwas anderes."

Ich schüttelte wieder den Kopf und wich ihm aus.

„Du bist meine Frau." Mit einem einzigen Schritt überbrückte er die Distanz, die ich zwischen uns geschaffen hatte. Er stand so nah, dass wieder ein Stück aus meiner Mauer brach – meiner Mauer, die ich krampfhaft aufrechtzuerhalten versuchte, obwohl sie schon beschädigt war. Ich hatte Angst vor dem, was ich dahinter finden würde. Ben legte eine Hand auf meine Wange und fuhr dann mit den Fingern durch die Locken in meinem Nacken. „Ich werde dich nicht ertrinken lassen."

Diese Erklärung erschütterte mich, denn woher wusste er das? Wie konnte er von meinem Traum wissen, wenn ich ihm doch nie davon erzählt hatte? „Du hättest nicht warten sollen."

„Wie meinst du das?"

„Ich habe dir doch gesagt, dass du nicht warten sollst – als ich zurück an die Uni gegangen bin." Vielleicht hätten wir all diesen Schmerz und all den Kummer vermeiden können, wenn er nicht gewartet hätte. Dann gäbe es keine gescheiterte Ehe. Keine Fehlgeburten. Keine sterbenden Träume. „Du hättest auf mich hören sollen."

„Bereust du, mich geheiratet zu haben?" Ben ließ die Hände sinken.

Eine Träne lief über meine Wange. Dann eine zweite und dann noch eine. Ich trat einen Schritt zurück und wandte den Blick ab. „Wir werden nie Kinder haben, Ben. Dieses Haus ist leer. Es wird immer leer sein." Die Gewissheit, die ich empfand, presste die Luft aus meiner Lunge. Sie zerriss mein Herz. Brannte in meinen Augen. „Ich kann dir keine Babys schenken!"

Plötzlich nahm er meinen Koffer und schleuderte ihn gegen die Wand und seine Augen brannten wie blaues Feuer. „Ich will keine Babys!"

Ich zuckte zusammen.

Der Koffer fiel mit einem dumpfen Aufprall zu Boden.

„Ich will meine Frau."

Seine Worte drangen tief in meine Seele ein und prallten gegen die Mauer, sodass genug davon einstürzte, um den Schmerz dahinter zu entblößen. Egal, wie sehr ich mich abmühte, ich konnte die Mauer nicht mehr aufrechterhalten. Konnte sie nicht wieder aufbauen. Und meine Tränen waren keine Tränen mehr, sondern Schluchzer. „Aber ich will welche!"

*Oh Gott, ich wünsche mir das so sehr.*

Mit jeder Schwangerschaft war der Wunsch stärker geworden. Mit jedem Verlust war der Schmerz größer geworden. Mehr als alles auf der Welt wollte ich Mutter sein. Ich wollte es mehr, als ich das *Treasure Chest* wollte. Mehr als ich mir wünschte, Tante Ingrid wäre wieder da. Ich wollte es mehr, als ich Gracie durch dieses Jahr bringen wollte.

Ich wollte es mehr, als ich meinen Mann wollte.

*Willst du es mehr als mich, mein geliebtes Kind?*

Die Frage war nicht mal ein Flüstern, sondern eine wortlose Frage von Gott, die sich aus den Tiefen meiner Seele erhob und mich erstarren ließ. Die Wahrheit kam aus meinem betäubten, verzweifelten Herzen.

*Ja, Gott, mehr als dich.*

Dir Erkenntnis ließ alles, was noch übrig war, zusammenfallen. Ich sank zu Boden. Aber Ben fing mich auf. Er nahm mich in den Arm, während ich längst überfällige Tränen weinte. Ich ließ eine Trauer heraus, die mich von innen nach außen krempelte. Ich trauerte um das, was ich mir für unser Leben gewünscht hatte, was aber nicht geschehen war. Ich trauerte um die sechs Babys, die in meinem Leib Wurzeln geschlagen hatten, aber nicht geblieben waren. Ich trauerte um den leichten Weg, auf dem so viele unterwegs waren, ohne zu wissen, wie leicht er war – heiraten und Kinder kriegen und zusehen, wie diese Kinder größer werden. Und als ich ausgewrungen war und keine Tränen mehr kamen, saß ich ganz still da und lauschte dem gleichmäßigen Rhythmus von Bens Herzen.

Ich schniefte und wischte mir die Tränen fort. „Warum muss das so schwer sein?"

„Ich weiß es nicht."

„Wir haben doch alles richtig gemacht." Aber als ich diese oft wiederholten Worte aussprach, klangen sie erbärmlich. Richtig nach welchem Maßstab? Ich kannte die Bibel. Glaubte ich wirklich, dass Gott mir für mein gutes Benehmen etwas schuldig war? Irgendwann hatte ich mit ihm eine Abmachung getroffen, die er aber nie mit mir gemacht hatte. Ich würde ihn lieben und tun, was er sagte, solange er mir gab, was ich wollte. Ich hatte ihn zu meinem persönlichen Flaschengeist gemacht. „Was ist, wenn wir nie Kinder haben werden, Ben?"

„Dann wird Gott uns die Kraft geben, auch damit klarzukommen."

Das waren beängstigende Worte. Worte der Ungewissheit. Worte, die nicht mit einer Verheißung verbunden waren. Worte ohne klares Ende. Worte, die von mir verlangten, dass ich an einen souveränen Gott glaubte, der ganz und gar gut war, trotz der aktuellen Umstände, die mir etwas anderes einflüsterten. Ich war mir nicht sicher, ob ich schon so weit war.

„Ich finde, wir sollten noch mal zu Dr. Rafferty gehen, Carmen."

„Wenn Sandy von meinem Zusammenbruch erfährt, wird uns wahrscheinlich gar nichts anderes übrig bleiben."

„Nicht wegen der Adoption. Unseretwegen."

Mein Reflex war ein Nein. Wir brauchten keine Therapie. Wir brauchten ein Kind. Aber ich war es leid, etwas zu brauchen, was wir vielleicht nie bekommen würden. Ich war es leid, mich in einem ständigen Zustand der Sehnsucht zu befinden. Vielleicht war es an der Zeit, mich mit dem zu befassen, was ich vor mir sah, anstatt mit dem, was nicht da war. Im Moment hatte ich Ben. Früher war das nicht nur genug gewesen; es war alles gewesen. Und wenn es uns gelingen würde, wieder zueinanderzufinden und gestärkt aus der Sache hervorzugehen, entstand vielleicht zu guter Letzt doch noch etwas Gutes aus all dem Zerbruch. „In Ordnung."

Er legte die Hände um mein Gesicht und wischte mit den Daumen meine Tränen fort.

„Ich glaube, ich habe heute meinen Job verloren", sagte ich.

„Und wenn nicht?"

Dann wollte ich meine Channel-3-Nachrichten-Rolle als Wetterfee Carmen Hart für immer an den Nagel hängen. „Dann möchte ich kündigen."

# Kapitel 56

*Carmen*

Ich betrat das *Pine Ridge*-Seniorenheim mit merkwürdig gemischten Gefühlen, ängstlich und befreit zugleich. Als ich mich in das Besucherregister eintrug, vermied ich es, dem Mädchen am Empfang in die Augen zu sehen, und ging direkt zu Tante Ingrids Zimmer im zweiten Stock hinauf. Schon vor Wochen hatte ich die Hoffnung aufgegeben, sie im Speisesaal anzutreffen. Je näher ich kam, desto lauter wurde der Lärm. Offenbar hatte Dorothy die Lautstärke ihres Fernsehers bis zum Anschlag aufgedreht. Ihr keuchender Husten mischte sich mit dem Fernsehlärm und dazwischen war Rayannas ruhiger Südstaatenakzent zu hören, in dem sie Dorothy höflich, aber bestimmt aufforderte, die Lautstärke herunterzuregeln.

„Aber ich kann nichts hören, wenn ich ihn leiser mache. Was bringt mir ein Fernseher, wenn ich den Ton nicht höre?"

„So kann jeder in Pensacola Ihren Fernseher hören, Miss Dorothy."

Vor Tante Ingrids Zimmer angekommen, erblickte ich sie in einer vertrauten Position – im Schaukelstuhl mit Blick zum Fenster saß sie da, die rheumatischen Hände über der Bibel, die auf ihrem Schoß lag. Ein Windstoß ließ die Bäume draußen schwanken und die leere Futterstation für Vögel tanzen.

Ich räusperte mich und klopfte an ihre geöffnete Zimmertür, um mich bemerkbar zu machen, während ich mich fragte, wer ich wohl heute sein würde. Eine Fremde? Evelyn? Ich selbst? Ihre Augen verrieten mir, dass in ihrem Inneren Verwirrung und Wiedererkennen miteinander rangen. Ich feuerte das Wiedererkennen an, aber letztlich ging die Verwirrung als Siegerin aus dem Kampf hervor.

„Hallo", sagte ich von der Tür aus.

„Hallo", antwortete sie. „Haben Sie den Himmel gesehen?"

Ich nickte.

„Sieht aus, als würde ein Unwetter aufziehen." Sie lächelte angesichts der dunklen, regenschweren Wolken, die von Süden herüberwehten. „Ich mag Stürme."

Auch wenn sie mich nicht erkannte, war sie in einer angenehmen Gemütsverfassung. An den meisten Tagen regten ihre Vergesslichkeit, ihre Unfähigkeit, sich zu erinnern, ihre ständige Verwirrung sie auf. Heute war nicht so ein Tag. Vermutlich war das ein kleiner Sieg.

„Ist es in Ordnung, wenn ich eine Weile bleibe?", fragte ich.

„Das wäre nett."

Also setzte ich mich auf ihre Bettkante, während die nächste Windböe unter uns über den Rasen des Wohnheims fegte. Im Garten hingen mehrere Windspiele und ich konnte beinahe die metallischen Klänge hören, wenn die Röhren aneinanderstießen.

Tante Ingrid schaukelte vor und zurück.

„Mir ist heute gekündigt worden", sagte ich, noch immer nicht ganz in der Lage, es zu fassen.

Ingrid zog bei meinem Geständnis ihre dünnen Augenbrauen hoch. „Was für eine Arbeit hatten Sie denn?"

„Ich bin Meteorologin."

Das schien Tante Ingrid zu freuen. „In den Nachrichten?"

„Ja."

„Dann wissen Sie ja alles über das Gewitter, das da im Anzug ist."

Theoretisch ja.

„Warum hat man Ihnen denn gekündigt?"

„Ich habe zu viele Fehler gemacht." Oder eher zwei große Fehler. Damals im August waren sie gnädig gewesen. Aber diesmal war an Gnade nicht zu denken. Nicht, nachdem ich vor laufender Kamera die Nerven verloren hatte und anschließend aus dem Studio gestürmt war und sie auf dem Trockenen hatte sitzen lassen.

„Wissen Sie schon, was Sie jetzt machen wollen?"

Ich schüttelte den Kopf, denn ich hatte keine Ahnung. Würde ich im *Treasure Chest* arbeiten? Würden Ben und ich unser Haus verkaufen und in die Wohnung im Obergeschoss des Motels ziehen? Würde Gracie mitkommen? Ich wünschte, ich könnte meiner Tante erzählen, was wir alles dort gemacht hatten. Ich wünschte, ich könnte sie um Rat fragen, aber sie lebte jetzt in einer Welt, in der das *Treasure Chest* nicht existierte.

Ingrid schaukelte noch eine Weile hin und her, während draußen der Wind blies, dann nahm sie die Bibel von ihrem Schoß und hielt sie mir hin. „Würden Sie mir vielleicht etwas vorlesen? Wenn ich es selbst versuche, geraten all die Worte in meinem Kopf durcheinander."

Ich lehnte mich ein Stück zurück. Ich hatte Gott gesagt, dass ich nicht an ihn glaubte, aber es war, als hätte er mich beim Schlafittchen gepackt und nicht die Absicht loszulassen. Ingrid streckte die Hand mit der Bibel noch weiter aus, sodass mir nichts anderes übrig blieb, als sie zu nehmen. Also tat ich es. Ich schlug das Buch an der Stelle auf, an der sich Ingrids Lesezeichen befand, und landete bei Hiob. Die beiden deprimierendsten Bücher der Bibel mussten die Klagelieder und Hiob sein. War ja klar, dass sie ausgerechnet eines von diesen beiden vorgelesen haben wollte.

Ich fing an zu lesen, verstört von dem ganzen Leid. Ab und zu blickte ich zu Tante Ingrid hinüber, weil ich befürchtete, die Geschichte könnte auch sie verstören. Aber sie hatte den Kopf an die Lehne des Schaukelstuhls gelehnt, die Augen geschlossen und lauschte mit heiterer Miene.

„Da stand Hiob auf, zerriss sein Obergewand und schor sich den Kopf. Dann fiel er zu Boden und betete: ‚Nackt bin ich zur Welt gekommen, und nackt verlasse ich sie wieder. Herr, du hast mir alles gegeben, du hast mir alles genommen, dich will ich preisen!' Obwohl dieses Leid über ihn hereinbrach, versündigte Hiob sich nicht. Kein böses Wort gegen Gott kam über seine Lippen."

Diesen Abschnitt hatte Tante Ingrid mit blauer Tinte unterstrichen und ein vertrautes Datum an den Rand gekritzelt. Es war der Tag, an dem Gerald an einem Herzinfarkt gestorben war. Während ich diese Notiz betrachtete, überwältigte mich der Gedanke daran, was meine Tante alles verloren hatte. Ihre Eltern, alle ihre Geschwister und auch ihren Mann. Und als wäre das nicht genug, hatte sie jetzt auch noch sich selbst verloren. Die Demenz hatte ihr die Erinnerungen geraubt. Ihre Beziehungen. Ihren Verstand.

Aber ihren Glauben hatte sie ihr nicht genommen.

Diese Erkenntnis traf mich wie ein Blitzschlag. Und mir war augenblicklich klar, welche tiefe Wahrheit ihr innewohnte. Das war die eine Sache, die Ingrids Krankheit ihr nicht hatte nehmen können. Und selbst wenn sie irgendwann jedes Wort, das sie unterstrichen hatte, vergaß, konnte sie diesen Glauben gar nicht verlieren. Ingrid war versiegelt. Sie war in Sicherheit. Diese Welt konnte ihr alles nehmen, aber Gott würde nicht zulassen, dass sie ihm aus der Hand gerissen wurde. Das war ein Versprechen, das direkt aus dem Buch stammte, das auf meinem Schoß lag.

*„Herr, du hast mir alles gegeben, du hast mir alles genommen, dich will ich preisen!“*

Mitten in Tante Ingrids Zimmer im *Pine Ridge*-Seniorenheim, einem Ort, an dem das Alter jeden Kampf gewann, wurde ich mit der Tatsache konfrontiert, dass ER Gott war. Mit welchem Recht sagte ich, er könne mir nicht wegnehmen, was er mir gegeben hatte? Wer war ich, dass ich dachte, er wäre mir etwas schuldig? Vor allem, nachdem er mir bereits alles gegeben hatte – am Kreuz und im leeren Grab hatte er mir alles gegeben. Alles andere – meine Ehe mit Ben, meine Freundschaft zu Natalie, meine wachsende Beziehung zu Gracie – war ein Bonus.

Diese Erkenntnis beförderte eine Pflanze in meinem Herzen ans Tageslicht – eine Pflanze der Selbstgerechtigkeit und Bitterkeit. Eine Pflanze, die nichts als den Tod ausgesät hatte. Ich wollte nicht, dass dieses Ungetüm weiterhin in meinem Herzen Wurzeln schlug, aber nach so langer Zeit war ich mir nicht sicher, wie ich es herausreißen konnte.

„Klopf, klopf! Zeit fürs Abendessen.“ Rayanna stand im Türrahmen.

„Ist schon Essenszeit?“, fragte Ingrid. „Ich habe noch gar keinen Hunger.“

Die Ankündigung traf mich völlig überraschend. Ich blickte auf die Uhr neben Ingrids Bett. In zehn Minuten begann Gracies Quizwettbewerb. Beinahe hätte ich ihn vergessen. Ich ließ die Bibel auf dem Bett liegen, verabschiedete mich schnell und eilte zu meinem Wagen hinaus. Bei wenig Verkehr dauerte die Fahrt von Pensacola nach Bay Breeze fünfzehn Minuten. Und ich versuchte, mitten im Berufsverkehr dorthin zu gelangen, während nachtschwarze Wolken über mir hingen.

Ich nahm die am wenigsten befahrene Route und hoffte, dort so wenige Bremslichter wie möglich zu Gesicht zu bekommen, während ich zum Telefon griff. Ich musste Gracie anrufen und ihr sagen, dass ich kommen würde, wenn auch etwas verspätet. Ich hatte versprochen zu kommen, und dieses Versprechen würde ich nicht brechen. Aber als ich versuchte, mein Handy anzumachen, reagierte es nicht.

Da ich es gestern Abend nicht aufgeladen hatte und heute jede Menge Anrufe eingegangen waren, hatte der Akku seinen Geist aufgegeben. Ich trommelte auf das Lenkrad und blickte auf meine Uhr, während ich die ganze Zeit „Komm schon, komm schon, komm schon!“ murmelte. Dann kam ich an die Brücke, die über die Pensacola Bay führte, und mir wurde ganz flau im Magen. Der Verkehr stand völlig still. Ich verrenkte mir fast den Hals, um zu sehen, woran das lag, als würde das Warum den Stau in Luft auflösen. Doch alles, was ich sah, war eine lange Reihe Autos, Stoßstange an Stoßstange. Die Brücke war völlig blockiert.

Von wegen verspätet. Ich konnte von Glück sagen, wenn ich überhaupt ankam.

# Kapitel 57

*Gracie*

Von hinter der Bühne spähte ich in den Zuschauerraum hinaus und suchte die Stuhlreihen ab. Bis jetzt war Carmen nirgends zu sehen. Hinter mir gingen meine Mannschaftskollegen ein letztes Mal ihre Notizen durch. Jeder von ihnen hatte in der Garderobe Besuch bekommen – Malik von seinen Eltern, Fred von seinem großen Bruder, Veronica von ihrem neuen Freund. Die Einzige, die keinen Besuch bekommen hatte? Ich.

Malik rief mich zu den anderen.

Mir drehte sich vor Aufregung der Magen um.

„Also, der heutige Sieg hängt von flinken Fingern ab. Das Team von Coral Gables ist schnell wie der Blitz, wenn es um den Buzzer geht. Wir dürfen nicht zulassen, dass sie uns zuvorkommen." Heute verzichtete er auf poetische Vokabeln. Jetzt war Showtime. Wer hier gewann, würde als frisch gekürter Florida-Meister bei den Landesmeisterschaften in Chicago antreten. Letztes Jahr waren die Meisterschaften in St. Louis gewesen und ihre Mannschaft war bis ins Viertelfinale vorgedrungen. In diesem Jahr war Malik der Meinung, dass wir sogar eine Chance hatten, amerikanischer Meister zu werden. „Vergesst nicht eure Spezialgebiete. Wenn wir uns auf die Themen konzentrieren, die wir vorbereitet haben, dürfte eigentlich nichts schiefgehen. Dann ist unser nächstes Ziel Chicago."

Meine Nerven begaben sich in Panikmodus.

„Hände zusammen. Und auf drei: *Konzentration*. Eins … zwei … drei …"

Malik, Veronica und Fred hoben die Hände und brüllten das Wort. Meine Hände gingen auch nach oben, aber meine Kehle war so trocken, dass kein Laut herauskam.

Dann wünschte der Direktor der *Bay Breeze* uns viel Glück und schob uns auf die Bühne. Die Zuschauer applaudierten und es gab sogar ein paar Pfiffe und Rufe. Die Moderatorin – eine ernst dreinschauende Frau mit knochigen Ecken und Kanten – stellte uns einzeln vor und forderte uns dann auf, unsere Plätze hinter einem langen Tisch einzunehmen. Auf der gegenüberliegenden Seite der Bühne saßen unsere Gegner an einem Tisch wie dem unseren, gekleidet in einheitliche rote Shirts, auf die in Grau das Wort *Cavaliers* gestickt war. Vor jedem Platz waren ein Buzzer und ein Mikrofon auf dem Tisch installiert.

Ich drehte den Stimmungsring um meinen verschwitzten Finger. Der Stein war blaugrün, was denkbar weit von der Wahrheit entfernt war. Ich fühlte mich alles andere als ruhig oder entspannt. Die Moderatorin erklärte den Zuschauern die Spielregeln. Wir kannten sie natürlich. Ein paar Reihen vor mir entdeckte ich Elias im Publikum. Chanelle saß neben ihm. Aber kein Ben. Keine Mom. Und trotz all ihres Geredes, wie stolz sie sei und dass sie mich anfeuern würde, auch keine Carmen.

Ich versuchte, unter dem Tisch die Hände auszuschütteln, so als könnte die Bewegung sie wieder mit Blut versorgen. Sie waren eiskalt. Die Moderatorin wies uns an, die Startposition einzunehmen. Wir alle legten eine Hand flach vor uns neben den Buzzer und die andere Hand auf den Rücken.

„Eine Zehn-Punkte-Frage", sagte die Moderatorin hinter ihrem Pult. „Wie heißt die amerikanische metrische Entsprechung der Einheit Pferdest –"

Veronica schlug auf den Buzzer und beugte sich zu ihrem Mikrofon vor. „Watt."

„Das ist korrekt."

Das Publikum jubelte. Malik und Fred klopften Veronica anerkennend auf den Rücken.

Ich dachte an meine Mutter, die in unserem verdunkelten Wohnzimmer auf dem Sofa lag, umgeben von billigen Weinkartons. Auf sie konnte ich mich nicht verlassen. Aber ich hatte mich auf Carmen verlassen. Ich hatte ihr geglaubt, als sie versprochen hatte, hier zu sein.

„Zehn Punkte: Welches Adjektiv mit 13 Buchstaben wird vor das Wort *Zeichen* gesetzt, um –"

Malik und ein pummeliges Mädchen betätigten ihren Buzzer, aber Malik war den Bruchteil einer Sekunde schneller.

„Diakritisches."

„Das ist korrekt."

Wieder Applaus. Weiteres Rückenklopfen.

Eine der Türen hinten im Zuschauerraum ging auf. Ich spähte in die Dunkelheit und versuchte, die Person zu erkennen, die den Gang herunterkam. War es Carmen? Oder Ben?

„Zehn Punkte: Welcher Philosoph verneinte angeborene Ideen und behauptete, das menschliche Bewusstsein sei bei der Geburt ein unbeschriebenes Blatt –"

Ich hob die Hand vom Tisch, aber nicht schnell genug. Ein Mitglied der gegnerischen Mannschaft hatte bereits den Summer betätigt. „John Locke."

„Korrekt."

Meine Mannschaftskollegen rutschten auf ihren Stühlen herum, weil das mein Thema war. Ich sollte diese Antwort wissen und hatte noch nicht einmal auf den Buzzer gehauen. Ich konnte mich nicht entspannen. Ich konnte mich nicht konzentrieren. Während die Fragen weitergingen, blickte ich immer wieder ins Publikum und wartete darauf, dass Carmen auftauchte. Ich verstand nicht, wie sie es vergessen konnte. Gestern Abend hatte ich sie noch daran erinnert. Und sie hatte gesagt, sie werde kommen.

Die nächste Runde begann und jetzt waren die einzelnen Fragen nicht mehr zehn, sondern zwanzig Punkte wert.

„Die männliche Hälfte dieser Gottheit wird Purusha genannt, während die weibliche Form dieser Gestalt als Satrap bezeichnet wird."

Malik stieß mich leicht an, so als wollte er sagen: *Hier geht's um Mythologie. Du bist dran, Gracie Fisher.* Aber mein Gehirn war wie leer gefegt.

„Unter den Gegenständen in seinen Armen befinden sich ein Wasserkrug –"

Veronica schlug zu spät auf den Summer. Jemand vom anderen Team war ihr zuvorgekommen. „Brahma."

Zwanzig Punkte für die anderen.

Mein Selbstvertrauen war dahin.

Elias und mein Team und Pastor Zeke hatte ich vielleicht täuschen können, aber mir selbst konnte ich nichts vormachen. Ich gehörte nicht hierhin, an diesen Ort, an dem die anderen sich auf mich verlassen mussten. Wie hatte ich es überhaupt so weit kommen lassen können? Veronica sah mich fragend an, so als wollte sie wissen, ob es mir gut ging. Nein, wollte ich sagen. Mir ging es gar nicht gut. Ich wollte von dieser Bühne runter. Ich wollte, dass die Leute aufhörten, mich anzustarren.

„Im Zweiten Weltkrieg war sein Spitzname ‚Blut und –'"

Fred war schnell und holte mit George S. Patton zwanzig Punkte für unser Team. Die zweite Runde ging zu Ende und das Finale nahte. Von Carmen war noch immer nichts zu sehen. Es war ein Kopf-an-Kopf-Rennen. Malik, Veronica und Fred erfüllten ihre Aufgabe. Sie beantworteten die Fragen, die sie beantworten sollten. Ich dagegen machte immer wieder Fehler. Jedes Mal, wenn eine Frage aus dem Bereich RMP kam, wurde ich entweder von einer Bewegung im Publikum abgelenkt oder war nicht schnell genug am Buzzer oder konnte mich nicht an die richtige Antwort erinnern. Bei einigen Religionsfragen rettete Malik uns, aber Mythologie und Philosophie waren meine Domäne. Als der Wettkampf in die letzte Runde ging, führten wir mit zehn Punkten und das gesamte Publikum saß vor Spannung auf der Stuhlkante.

Hinter dem Podium blätterte die Moderatorin zur letzten Frage.

Ich kniff die Augen zusammen und betete, dass die Frage nicht in meinen Bereich fiel.

„Das Blut dieser Gottheit erschuf eine Pflanze, die man in eine Salbe verwandeln konnte, die den, der sie auftrug, unbesiegbar machte."

Meine Hand löste sich vom Tisch und schlug auf den Buzzer, weil es eine Frage zur Mythologie war, und das war mein Bereich. Ich musste diese Frage beantworten, wenn wir es in die Landesmeisterschaften schaffen wollten. *Komm schon, Gracie – unbesiegbar. Das hast du erst vor zwei Tagen gelesen.* Ich kannte die Antwort. Irgendwo in meinem Gehirn war sie abgespeichert. Die Moderatorin sah mich an. Meine Mannschaftskollegen sahen mich an. Das ganze Publikum sah mich an.

Und aus meinem Mund kam absolut nichts.

„Tut mir leid, die Zeit ist abgelaufen." Die Moderatorin wandte sich an das gegnerische Team und derselbe Junge, der die Brahma-Frage beantwortet hatte, beugte sich zum Mikrofon.

„Prometheus?“

„Das ist korrekt.“

Seine Mannschaft rastete aus. Die vier umarmten einander und hüpften auf und ab, während ihre kleine Fangruppe im Publikum jubelte und die anderen Zuschauer höflich klatschten. Ich stand da und mir war schlecht. Ich hatte den Wettkampf verloren. Ich hatte verloren und Carmen war nicht gekommen. Dabei hatte ich gedacht, es wäre ihr wichtig. Ich wäre ihr wichtig. Aber wieder einmal hatte ich die Signale falsch gedeutet. Ich war ihr nicht wichtig oder jedenfalls nicht so wichtig wie ein Baby. Davon war sie besessen. Alles andere spielte keine Rolle. Ungeachtet dessen, was sie gesagt hatte, war ich nur ein Anhängsel.

Weil ich meiner Mannschaft nicht in die Augen sehen konnte, hastete ich von der Bühne. Ich schnappte mir meinen Rucksack und wollte durch einen Hinterausgang verschwinden, als jemand mich am Arm packte. „Warte, Gracie.“

Es war Elias.

Wir hatten fast zwei Wochen lang nicht miteinander gesprochen. Ich wusste immer noch nicht, warum er am Samstag bei mir vorbeigekommen war, denn ich hatte ihn nicht gefragt, und von sich aus hatte er auch nichts gesagt. Ihn jetzt zu sehen und zu wissen, dass er mein Versagen mit angesehen hatte, während Chanelle sich wahrscheinlich an seinen Arm geklammert hatte, trieb mir die Röte ins Gesicht, sodass es förmlich brannte.

„Ist alles in Ordnung?“, fragte er.

„Nicht wirklich.“ Ich streifte mir einen der Schulterriemen über und stieß die Tür auf.

„Hey, sollen wir was essen gehen?“

Ich schüttelte den Kopf. Nein, ich wollte nicht essen gehen. „Ich muss jetzt allein sein.“ Weit weg von allen, die mich kannten.

Wenn ich doch nur vor mir selbst weglaufen könnte.

Riesige Wellen ergossen sich über den weißen Sand. Die Wolken sahen aus wie violett verfärbte Blutergüsse, die sich bis zum Horizont erstreckten und dort auf das mit Schaumkronen gesäumte

Meer trafen. Anders als bei dem Bootssteg, auf dem Elias und ich immer gesessen hatten, gab es hier nichts, was die Macht des Wassers einschränkte. Kein Ufer auf der gegenüberliegenden Seite der Bucht. Keine flackernden Hotellichter auf einer Insel in einiger Entfernung. Es war eine Weite, die sich bis in die Ewigkeit auszudehnen schien – Kilometer um Kilometer wütende See und verletzter Himmel.

Ich war zum *Treasure Chest* gefahren, um nachzudenken, aber irgendwie war ich am Strand gelandet. Eine Windböe erfasste mich und hätte mich fast umgehauen. Als ich die Augen schloss, um mich vor der unsichtbaren Macht zu schützen, verbanden sich die Bilder in meinem Kopf zu einem verwirrenden Kaleidoskop. Meine verkaterte Mutter. Carmen, die mit versteinerter Miene eine grüne Paprika würfelte. Chanelle in ihrem Chorgewand, die *Amazing Grace* anstimmte. Die Jugendgruppe von Elias, die mit erhobenen Händen sang, während die Probleme, die jeder Einzelne mitgebracht hatte, sich in der Musik aufzulösen schienen. Pastor Zeke, der Erwachsene in einem Wasserbecken untertauchte und dann wieder herausholte, während die ganze Gemeinde feierte. Meine Mutter, die in den Fluss ging. Die Leinwand an der Wand in meinem Zimmer.

*Siehe, ich mache alles neu.*

Während ich an diesem Strand stand, wusste ich nur eins mit Gewissheit: Ich wollte nicht mehr Gracie Fisher sein. Ich hatte es so satt, eine Unannehmlichkeit, eine Last, eine Versagerin zu sein. Sosehr ich mich auch bemühte, ich war immer noch nicht gut genug. Wenn der Wettkampf an diesem Abend etwas bewiesen hatte, dann das. Für dieses Quiz hatte ich mehr gelernt als jemals zuvor für irgendetwas in meinem Leben, aber wenn es drauf ankam, versagte ich. Der nächste Windstoß erfasste mich. Eine Welle leckte an den Spitzen meiner Stiefel. Die Luft roch nach Regen. So wie Elias. Und mit dem Wind wehte mir seine Frage entgegen, die, die er mir auf dem Parkplatz der *Cross Church* gestellt hatte.

*„Für wen hältst du diesen Jesus, Gracie Fisher?"*

Ich wusste es nicht. Jedenfalls nicht genau. Aber ich wusste, für wen ich ihn halten wollte. Und ich wusste, wer ich nicht mehr sein wollte. Also zog ich meine Stiefel aus. Ich ließ sie im Sand zurück. Und dann ging ich ins Wasser hinein.

*Mach mich neu. Bitte mach mich neu.*

# Kapitel 58

*Carmen*

Als ich auf den Parkplatz fuhr, wusste ich gleich, dass ich zu spät gekommen war. Die Leute gingen bereits zu ihren Autos. Der Parkplatz leerte sich. Das Herz wurde mir schwer. Ich hatte es vermasselt, und zwar so richtig. Ich hatte Gracie etwas versprochen und dieses Versprechen gebrochen, weil ich zu sehr mit meinem eigenen Gefühlschaos beschäftigt gewesen war. Natürlich konnte ich nichts für den Stau, aber ich hätte gar nicht erst in die Gefahr geraten dürfen, von einem Stau aufgehalten zu werden. Bis zehn Minuten vor dem Wettkampf hatte ich das Mädchen, das sich auf mich verlassen hatte, vollkommen vergessen gehabt.

Ich schnallte mich ab und hastete in die Schule. Wie ein Lachs, der gegen den Strom schwimmt, schlängelte ich mich in Richtung Saal, während alle anderen sich davon entfernten. Dabei hielt ich Ausschau nach Ben und Gracie. Am Saal angelangt, stieß ich die schwere Doppeltür auf. Mein Blick fiel auf ein paar kleinere Schülergruppen, die noch vereinzelt herumstanden. Als ich mich auf die Zehenspitzen stellte, entdeckte ich Eli, der mit einigen Klassenkameraden an der Bühne lehnte. Er bemerkte mich, noch bevor ich bei ihm angelangt war.

„Hallo, Mrs Hart. Sind Sie gerade erst gekommen?"

„Leider ja." Ich warf einen Blick in die Runde und lächelte den Jugendlichen geistesabwesend zu. „Weißt du, wo Gracie ist?"

„Nein. Ich habe sie gefragt, ob wir noch was zusammen unternehmen sollen, aber sie wollte allein sein."

„Sie haben nicht gewonnen?"

Eli schüttelte den Kopf. „Aber es war knapp."

Ich fuhr mir mit den Händen über die Augen. Gracie und ich hatten in den letzten Monaten riesige Fortschritte gemacht, aber als besonders stabil würde ich unsere Beziehung nicht gerade bezeichnen. Wir waren immer noch dabei zu lernen, einander zu vertrauen. „Hast du Ben gesehen?"

„Nein, tut mir leid."

„Könntest du mir vielleicht kurz dein Handy leihen? Mein Akku ist leer."

„Klar." Eli zog sein Smartphone aus seiner Gesäßtasche und reichte es mir.

Ich wählte Gracies Nummer und schob dann den Daumennagel zwischen meine Schneidezähne. Keine Antwort. Als Nächstes versuchte ich es bei Ben. Er ging beim dritten Läuten dran.

„Hallo ... Eli?"

„Bitte sag mir, dass du irgendwo hier in der Schule bist. Dass du es nicht auch verpasst hast."

„Carmen?" Eine Pause folgte und dann musste ihm ein Licht aufgegangen sein, denn Ben stieß ein lautes Stöhnen aus. „Das Quiz."

„Genau."

„Ich bin so ein Idiot. Bei allem, was los war ... ich hab's total vergessen. Ich bin zu Hause und mache Abendessen."

„Gracie ist nicht zu Hause?"

„Nein. Du hast es also auch verpasst?"

„Auf der Brücke war ein Unfall. Es ging weder vor noch zurück. Ich hätte dich ja angerufen, aber mein Handy hatte keinen Saft mehr. Jetzt bin ich gerade hier angekommen und Eli hat mir erzählt, dass sie verloren haben und Gracie allein sein wollte. Ich habe keine Ahnung, wo sie ist." Aber noch während ich die Worte aussprach, erinnerte ich mich an etwas – an einen Abend kurz vor Weihnachten, als ich zum *Treasure Chest* gefahren war, um nach dem Leuchtschild zu sehen, und Gracie mit einer Dose Afri-Cola am Pool angetroffen hatte. *Es gefällt mir hier,* hatte sie gesagt. *Es ist ein guter Ort, um allein zu sein.* „Schon gut. Ich weiß, wo sie ist."

„Wo denn?"

„Beim *Treasure Chest.*" Natürlich würde sie dorthin fahren. Sie war schon einmal zum Motel geflohen und würde es wieder tun.

Ich legte auf, gab Eli sein Handy zurück, sagte „Danke" und eilte aus dem Saal, während meine Sorge sich zusammenballte wie das Unwetter draußen. Es war eine ganz andere Art der Besorgnis, als ich sie an jenem ersten Freitag empfunden hatte, als ich von dem

Footballspiel nach Hause gekommen war und festgestellt hatte, dass Gracie nicht da war. Ganz anders auch als die Sorgen, die ich mir gemacht hatte, als Eli Gracie weit nach Mitternacht betrunken und bekifft nach Hause gebracht hatte. Das war eine empörte Sorge gewesen. Eine „Wie kannst du nur so undankbar sein"-Sorge. Die Art Sorge, die mehr Wut als echte Besorgnis war. Was ich jetzt empfand, war eine Angst, die mir das Herz zusammenschnürte, eine „Herr, bitte hilf mir, sie zu finden"-Sorge.

Ich trat in die Dunkelheit und den Wind hinaus, stieg in mein Auto und fuhr nach Osten. Über mir war der Himmel eine wütende schwarze Masse, die an meinen ohnehin strapazierten Nerven zerrte. Als ich den Highway 399 erreicht hatte, war der Wind so heftig, dass ich das Lenkrad fest umklammern musste, um den Wagen auf der Spur zu halten. Ich lockerte meinen Griff erst, als ich auf den Parkplatz des *Treasure Chest* fuhr und Gracies Wagen in der Nähe des Empfangsbüros stehen sah. Ich parkte daneben und stieg eilig aus. Der Wind verwandelte mich in Dorothy aus dem *Zauberer von Oz*, nur dass ich nicht „Tante Em, Tante Em!" rief, sondern Gracies Namen. Sie hatte keinen Schlüssel für das Motel, also musste sie irgendwo draußen sein. Hastig lief ich durch den Hof zum Swimmingpool, wo einige Stühle umgekippt waren. Die Palmen bogen sich im Wind und irgendwo heulte eine Sturmsirene.

Ich drehte mich einmal im Kreis und entdeckte dann plötzlich am Strand eine Gestalt, die ins Wasser lief. Das Herz klopfte mir bis zum Hals. Was in aller Welt tat sie da – wollte sie sich ertränken? Ich rannte, so schnell ich konnte, gegen den Wind, vorbei an den Palmen, über den Strand, hinein in das Unwetter. Erst als ich das Wasser erreicht hatte, blieb ich stehen, streifte meine Schuhe ab und folgte ihr in die Wellen. „Gracie, bleib stehen!"

Falls sie mich hörte, reagierte sie nicht auf mein Rufen.

„Gracie!", schrie ich wieder.

Eine Welle warf mich hin und her wie eine Boje, aber ich hielt erst an, als ich bei ihr war. „Was machst du denn hier?" Ich musste brüllen, damit sie mich über den Lärm von Wind und Wellen hinweg überhaupt hören konnte.

Sie starrte auf den Horizont.

Das Wasser ging mir jetzt bis zur Taille und wurde immer höher. Ich war mir nicht sicher, ob wir hinausgetrieben wurden oder ob die Wellen das Meer anschwellen ließen. Rasch packte ich Gracie am Arm. „Wir müssen zurück zum Ufer."

Sie riss sich los. „Du hast gelogen."

„Es tut mir total leid, dass ich den Wettkampf verpasst habe. Ich war ein Idiot und habe dich einfach im Stich gelassen. Aber wir müssen aus dem Wasser raus, Gracie." Nicht nur, dass es gefährlich war; es war auch eiskalt.

Sie schüttelte den Kopf, so als beunruhige es sie gar nicht, dass uns das Wasser inzwischen bereits bis zur Brust reichte. „Du bist auch nicht besser als sie."

Ich brauchte nicht zu fragen, wen sie meinte. Ich wusste genau, von wem Gracie sprach. Genau wie unsere Mutter hatte ich sie im Stich gelassen. Aber jetzt war nicht der richtige Zeitpunkt, um diese Unterhaltung zu führen. Die Sirene heulte und der Wind brüllte. Wir mussten uns in Sicherheit bringen. Auf der Stelle. „Ich weiß. Und es tut mir leid. Wirklich! Ich werde versuchen, es wiedergutzumachen, aber wir können nicht hier draußen bleiben."

„Ich habe den Wettkampf vermasselt. Meinetwegen haben wir verloren."

Meine Verzweiflung stieg mit dem Wasserspiegel. Wie sollte ich Gracie ans Ufer zurückbringen? „Also bist du hergekommen, um dich umzubringen?"

„Nein, ich will mich nicht umbringen. Ich will mich taufen."

„Dich taufen?"

„Ich will ein neuer Mensch sein." Eine Welle brachte uns ins Straucheln. „Ich will nicht mehr ich sein."

„Gracie, du kannst dich selbst bis in alle Ewigkeit untertauchen. Das wird nichts ändern."

„Dann ist es also hoffnungslos?"

„Das habe ich nicht gesagt." Ich durchforstete mein Hirn krampfhaft nach einer Antwort. Nach irgendetwas, was sie dazu bringen könnte, sich in Bewegung zu setzen. Der Wind war so stark, dass ich kaum klar denken, geschweige denn reden konnte, und ich war mir sicher, dass der Abstand zwischen uns und dem Ufer größer geworden war, obwohl unsere Füße sich nicht von der Stelle gerührt hatten. „Ich meinte nur, dass wir uns nicht selbst ändern können. Das kann nur Gott tun."

Wieder packte ich Gracie am Arm. Wenn ich sie ans Ufer zerren musste, würde ich es tun. Aber bevor ich auch nur einen Schritt machen konnte, schlug eine Welle über uns zusammen und riss mir die Füße weg. Ich klammerte mich fester an Gracie und hielt die Luft an. Dann versuchte ich, an die Oberfläche durchzustoßen, aber ich wusste nicht einmal mehr, wo oben war. Als wir endlich wieder auftauchten, brannte meine Lunge und das Ufer war viel weiter weg, als es hätte sein sollen. An meiner Seite geriet Gracie in Panik. Die Art Panik, die uns beide unter Wasser ziehen würde.

Sie schlug mit den Armen um sich und trat mit den Beinen.

Es war genau wie in meinem Traum, nur dass nicht ich ertrank, sondern Gracie.

„Ich kann nicht schwimmen!", schrie sie. „Hilfe!"

Die nächste Welle verschlang uns, zog uns nach unten und warf uns hin und her. Wir würden sterben. Meine Schwester und ich würden hier draußen im Meer sterben. Eine Angst, wie ich sie noch nie erlebt hatte, erfasste meinen ganzen Körper. Mit aller Kraft schwamm ich gegen die Strömung an. Gracie tat ihr Möglichstes, um ihren Kopf über Wasser zu halten, aber sosehr wir uns auch abmühten, zum Ufer zurückzukommen, es entfernte sich immer weiter. Wieder schlug eine Welle über uns zusammen. Ich schnappte nach Luft. Und während Gracie neben mir mit den Armen ruderte und sich gegen das Wasser wehrte, hörte ich auf einmal Earls Stimme.

*„Man kann nie entkommen, wenn man gegen die Strömung ankämpft."*

Die nächste Welle brach über uns und ich hielt meine Schwester mit einem Griff umklammert, der nicht aus mir selbst heraus kam. „Wir müssen parallel zum Ufer schwimmen, Gracie!", schrie ich und änderte meine Richtung. Ich kämpfte nicht mehr gegen die Strömung an, sondern ließ mich und Gracie davon aufs offene Meer hinaustragen, während ich seitwärts schwamm. Immer weiter brachen die Wellen über uns herein. Das Salzwasser brannte in meiner Lunge, aber ich schwamm und schwamm, bis ich nicht mehr schwimmen konnte. Meine Kraft ließ nach. Wir würden es nicht schaffen. Wir sanken. Ich war nicht stark genug.

*Hilf uns, Herr. Ich schaff es nicht allein!*

Die nächste Welle rauschte über uns hinweg, aber irgendetwas an der Strömung bewegte sich. Änderte sich. Und mit einem Mal wurden wir von den Wellen nicht mehr zum Horizont hinausgezogen, sondern in Richtung Ufer getragen. Ich konzentrierte alle meine restliche Energie darauf, den Arm meiner Schwester festzuhalten und meinen Kopf über Wasser zu halten. Und irgendwie erreichten wir den Sand. Ich zog Gracie ans Ufer. Erschöpft. Euphorisch. Erleichtert.

„Wir haben es geschafft. Alles ist gut, Gracie."

Gracie antwortete nicht. Sie lag auf dem Rücken, die Augen geschlossen, die Lippen blau. Ich rüttelte an ihrer Schulter. Nichts. Ich schüttelte sie kräftiger. Keine Reaktion. Dann hielt ich ein Ohr an ihre Lippen, aber sie atmete nicht. Zitternd suchte ich nach ihrem Puls, aber ich fand ihn nicht.

*Nein. Nein, nein, nein …*

Ich fuhr herum, aber da war niemand, und mein Handy lag nutzlos im Wagen. Wieder schüttelte ich Gracie. Sie reagierte genauso wenig wie die Plastikpuppen in der Gemeinschaftshalle von Bay Breeze.

*„Falls Sie jemals in eine Situation kommen sollten, in der eine Herz-Lungen-Wiederbelebung nötig ist, dann verspreche ich Ihnen, dass Sie sich an das hier erinnern werden."*

Ich legte den Handballen auf Gracies Brustbein und begann mit der Druckmassage. Eins, zwei, drei, vier, fünf. Im Rhythmus von *Stayin' Alive*. „Komm schon, Gracie, wach auf!" Sechzehn, siebzehn, achtzehn … „Hilfe! Wir brauchen Hilfe!"

Eine von Gracies Rippen knackte, aber ich machte weiter. Achtundzwanzig, neunundzwanzig, dreißig. Dann bog ich ihr Kinn nach hinten, hielt ihr die Nase zu und bedeckte ihre Lippen mit meinem Mund, um zwei Atemzüge in ihre Lunge zu pusten. Ihr Brustkorb hob sich, aber sie wachte nicht auf.

*Bitte, Gott … bitte, Gott …*

„Komm schon, Gracie. Wach auf!"

Meine Schwester durfte nicht sterben. Ich konnte nicht zusehen, wie sie starb, nicht, nachdem wir es doch noch ans Ufer geschafft hatten. Wieder fing ich mit der Druckmassage an. Noch ein Knochen knackte. Gracies Kopf fiel zur Seite. Mein Blick war trüb von Tränen, während der Wind mir ins Gesicht blies. Ich blickte mich um, längst jenseits hektischer Panik, und sah, dass Ben auf uns zugelaufen kam.

„Ruf den Rettungswagen!“, brüllte ich ihm zu.

Wieder bog ich Gracies Kinn nach hinten. Atmete einmal und wollte gerade zum zweiten Atemzug ansetzen, aber dann – wie durch ein Wunder – hustete Gracie. Ein Strom Wasser entwich ihren eiskalten blauen Lippen. Sie rollte sich auf die Seite und schnappte nach Luft. Und ich schlang die Arme um sie und ließ sie nicht mehr los.

# Kapitel 59

*Gracie*

Meine Lider öffneten sich zögernd und alles war strahlend weiß – weiße Wände, weißer Boden, weiße Laken. Es war eine Farbe, die jede andere Farbe des Spektrums enthielt, und zwar im perfekten Gleichgewicht. Eine Farbe, die für Ganzheit und Neuanfang stand. Aber warum fühlte ich mich dann so elend? Ein Stöhnen entwich meinen ausgetrockneten Lippen. Alles tat weh. Meine Muskeln. Mein Gesicht. Meine Arme und Beine. Meine Zunge. Meine Rippen.

*Autsch, meine Rippen.*

Wieder stöhnte ich und jemand nahm meine Hand.

Es war Carmen. Sie saß an meinem Bett, ihre Haare ein zerzaustes Durcheinander, und sah genauso schrecklich aus, wie ich mich fühlte. „Wie geht es dir?", fragte sie.

„Es ging mir schon mal besser."

Sie lachte ein wenig.

Ich auch, schnitt aber sofort eine Grimasse. „Was ist passiert?"

„Du erinnerst dich nicht?"

Ich schloss die Augen, während einzelne Erinnerungsfetzen sich wie ein Puzzle zusammenfügten. Wir hatten den Wettkampf verloren. Ich war zum *Treasure Chest* gefahren. Und dann war ich ins Meer hinausgelaufen. Carmen war mir gefolgt. Wir waren auf die offene See hinausgetrieben. Hatten um Hilfe gerufen, sicher, dass wir sterben würden, und dann nichts mehr. „Wie haben wir es zurück geschafft?"

„Da bin ich mir immer noch nicht ganz sicher." Ein Schauer durchfuhr Carmens Körper. „Ich musste dich wiederbeleben. Erst dachte ich, du würdest es nicht schaffen."

Ich blinzelte zur Decke hinauf, erstaunt darüber, dass ich hier war. Dass ich am Leben war.

„Es tut mir wirklich leid, dass ich den Wettkampf verpasst habe. Ich weiß, dass ich dich enttäuscht habe. Auf der Brücke gab es einen Unfall.“ Sie schüttelte den Kopf. „Aber das spielt eigentlich gar keine Rolle. Ich hätte –“

„Ich verzeihe dir.“ Die Worte kamen ohne Anstrengung heraus. Ohne Zögern. Weil ich mich noch an etwas anderes erinnerte. Carmen hatte nicht losgelassen. Selbst als ich sie mit mir unter Wasser gezogen hatte, hatte sie nicht losgelassen.

Sie drückte meine Hand.

Eine Weile schwiegen wir, keine von uns fand irgendwelche Worte.

Carmen brach das Schweigen zuerst. „Du hast Besuch.“

„Wen denn?“

„Eli wartet draußen mit Ben. Ich glaube, er will dich unbedingt sehen.“ Sie zog ihre Hand aus meiner. „Ich hole ihn.“

„Warte.“

Carmen blieb in der Tür stehen, eine Hand an den Türrahmen gelegt.

„Danke.“

„Wofür?“

„Dass du mich festgehalten hast.“

Tränen traten in ihre Augen. „Immer.“

Wir lächelten einander zu und wenige Augenblicke später klopfte Elias an die offene Tür. Wenn mir nicht alles so wehgetan hätte, hätte ich mir vielleicht das Kissen über den Kopf gezogen. Ich musste furchtbar aussehen. Aber er trat an mein Bett und seine tiefen Grübchen erschienen, so als wäre es ihm völlig egal, wie ich aussah.

„Was machst du hier?“, fragte ich.

„Dasselbe könnte ich dich fragen.“

Ich verdrehte die Augen. Selbst das tat weh.

„Ich habe mir Sorgen um dich gemacht, also habe ich den Coach angerufen. Du kannst dir meine Überraschung vorstellen, als er sagte, er sei auf dem Weg ins Krankenhaus, fahre hinter dem Rettungswagen her. In dem du lagst.“ Er ließ sich auf dem Stuhl neben mir nieder und verschränkte die Arme auf meiner Bettkante. „Kannst du mir bitte etwas erklären?“

„Ich kann es versuchen.“

„Was hast du dir dabei gedacht, mitten in einem Unwetter ins Meer hinauszuwaten?"

„Ich bin mir nicht sicher, dass ich überhaupt nachgedacht habe."

Elias schüttelte den Kopf – teils verwundert, teils belustigt. „Mit dir ist es jedenfalls nie langweilig, was, Fisher?"

„Hast du mich nicht vermisst?"

„Doch, das habe ich." Er nahm meine Hand und verflocht seine Finger mit meinen.

Mein Herz machte einen kleinen Satz. Das arme Ding war diese Hüpfer inzwischen bestimmt leid.

„Also, wie sieht's aus – können wir wieder Freunde sein?"

„Freunde, hm?" Ich fuhr mir mit der freien Hand über die Unterlippe, die trocken und aufgeplatzt war. „Ich weiß nicht. Vielleicht muss ich meine magische Kugel deswegen befragen."

Elias lachte.

Es war ein Geräusch, das ich vermisst hatte. Ein Geräusch, das mir das Herz wärmte. Ich schloss die Augen, weil ich das Gefühl hatte, ein ganzes Jahr lang schlafen zu können. Und während ich wegnickte, meine Hand in seiner, dachte ich wieder an die Frage, die er mir auf dem Parkplatz der *Cross Church* gestellt hatte. Die Frage, die ich am Strand nicht hatte beantworten können, bevor ich ins Meer gewatet war.

*„Für wen hältst du diesen Jesus, Gracie Fisher?"*

Ich war mir da immer noch nicht ganz sicher, aber ich wusste: Wenn Carmen mich nicht rechtzeitig gefunden hätte, wäre ich niemals lebend ans Ufer zurückgekommen. Und ich wusste auch: Als ich um Hilfe geschrien hatte, hatte er uns nicht ertrinken lassen.

Das war doch sicherlich ein Anfang.

*Carmen*

Während ich zum *Treasure Chest* hinausfuhr, lief im Radio ein Lied von Tenth Avenue North. Am Tag zuvor hatten wir Gracie nach Hause geholt. Heute Morgen war Eli Banks mit einer Tüte Zwiebelringe und einem Film vorbeigekommen – ausgerechnet *Der klei-*

*ne Horrorladen*. Ich fand die Wahl etwas merkwürdig, aber Gracie schien sich zu freuen. Ich konnte immer noch nicht fassen, dass sie am Leben war, und die Ereignisse vom Donnerstag liefen immer wieder vor meinem geistigen Auge ab.

Wann hörte eigentlich der Zufall auf, ein Zufall zu sein, und wurde zu etwas ganz anderem?

Einige Tage vor Weihnachten hatte ich einen völlig unlogischen Drang verspürt, das Leuchtschild des *Treasure Chest* zu überprüfen. Hätte ich diesen Drang nicht verspürt, hätte ich nicht gewusst, dass Gracie zum *Treasure Chest* gefahren war, um allein zu sein, und wäre vielleicht nicht sofort dorthin gefahren. Lange vorher hatte Tante Ingrid einen *Hearts*-Tag gehabt. Sie hatte von einem Albtraum erzählt und Earl hatte die Bemerkung über Strömungen gemacht. Natalies jüngster Sohn war in diesem Jahr in den Kindergarten gekommen. Seine traurige Mama hatte ihre Tage mit Arbeit füllen und ich mein Adoptionsprofil aufpolieren wollen. Also hatten wir zusammen den Erste-Hilfe-Kurs gemacht. Vor Jahren hatte dieselbe Mama mit CrossFit angefangen und mich dazu überredet, mitzutrainieren. Dadurch hatte ich Ausdauer und eine Kraft gewonnen, die es mir ermöglichte, den Kopf über Wasser zu halten. Im wahrsten Sinne des Wortes. Und als wir im Meer zu versinken drohten und keine Kraft mehr hatten und niemand in der Nähe war, der uns hätte hören können, hatte die Strömung sich geändert, sobald ich um Hilfe geschrien hatte.

Zufall?

Oder ein Beweis für einen Gott, der selbst die banalsten Dinge zu unserem Besten beeinflusste? Einen Gott, der seine Hand nie aus meinem Leben abgezogen hatte. Nicht, als ich zweifelte. Nicht, als ich die Hoffnung aufgegeben hatte. Nicht einmal, als ich in den Himmel hinaufgesehen und ihm gesagt hatte, es gebe ihn gar nicht. Die ganze Zeit war er da gewesen und er war es auch jetzt. An jenem Strand, an dem ich Leben in Gracies Lunge geatmet hatte, hatte er auch mich wiederbeatmet.

Ich war mir nicht sicher, ob ich jemals darüber hinwegkommen würde.

Tenth Avenue North wurde von Matthew West abgelöst. Ich trat das Gaspedal etwas weiter durch und klappte meine Sonnenblende herunter. Die Sonne war hell. Der Sturm war weitergezogen. Überall rund um Bay Breeze waren Äste abgebrochen, sogar die eine oder andere Telefonleitung war beschädigt worden. Regen hatte es kaum gegeben, aber der Wind hatte Hurrikanstärke gehabt. Ich machte mir Sorgen, wie das *Treasure Chest* den Sturm überstanden haben mochte.

Ben war an diesem Morgen früh weggefahren, um Besorgungen zu machen. Seitdem hatte ich ihn nicht gesehen. Aber als ich nun auf den Parkplatz einbog, war er nicht leer. Bens Wagen stand in einer der Parkbuchten. Ich hielt daneben, stellte den Motor aus und betrachtete die Schäden mit zunehmender Bedrückung. Die Stühle waren überallhin geweht worden. Die Blumen und Grünpflanzen im Hof waren verwüstet. Die Abdeckplane des Pools hatte sich um den Stamm einer Palme gewickelt. Äste und Dachpfannen und abgebrochene Teile von was auch immer zierten den Parkplatz.

In diesem Augenblick kam Ben mit einem Müllbeutel aus dem Empfangsbüro, und als er mich hinterm Lenkrad meines Wagens sitzen sah, blieb er stehen. Ich öffnete die Fahrertür und trat in die helle Sonne hinaus.

„Ich dachte, ich fange schon mal mit dem Aufräumen an", sagte er und hielt die Tüte hoch.

Tränen brannten in meinen Augen. „Es ist eine Menge kaputtgegangen."

Er kam auf mich zu und nahm meine Hand. „Das kriegen wir wieder hin."

„Die Hurrikansaison beginnt doch erst." Ich betrachtete all die Arbeit, die ein einfacher Sturm zunichtegemacht hatte. „Was ist, wenn es immer wieder passiert?"

„Dann reparieren wir es immer wieder." Ben legte einen Arm um meine Taille und zog mich an seine Seite. „Egal wie oft. So lange es nötig ist. Wir werden es zusammen wieder hinkriegen."

Da sagte er zu mir: „Sprich zu diesen dürren Knochen und fordere sie auf: Hört, was der Herr euch sagt: Ich bringe Geist in euch zurück und mache euch wieder lebendig! Ja, das verspreche ich, Gott, der Herr. Ich lasse Sehnen und Fleisch um euch wachsen und überziehe euch mit Haut. Meinen Atem hauche ich euch ein, damit ihr wieder lebendig werdet. Daran sollt ihr erkennen, dass ich der Herr bin."

*Hesekiel 37,4-6 (Hoffnung für alle)*

# Fragen für Buchgruppen

- Wessen Geschichte hat Ihnen besser gefallen – die von Carmen oder die von Gracie? Warum?

- Dieser Roman wurde von dem Tal der trockenen Gebeine im Buch Hesekiel inspiriert. Im Verlauf der Geschichte hat Carmen mehrfach das Gefühl, dass sie nicht mehr ist als ein Haufen vertrockneter Knochen. Hatten Sie dieses Gefühl auch schon einmal? Hat Gott Sie jemals in einem Bereich Ihres Lebens wiederbelebt, von dem Sie glaubten, dass er nicht mehr zu retten sei? Erzählen Sie einander davon.

- Carmen durchlebt einen wiederkehrenden Albtraum, der sich jedes Mal ein wenig verändert. Wie beginnt dieser Albtraum? Inwiefern ändert er sich? Welche schockierenden Dinge geschehen in dem letzten Albtraum? Wie spiegeln diese Albträume sich in Carmens Tagen wider? Können Sie das nachvollziehen? Inwiefern?

- Am Ende des Romans fragt Carmen sich, an welchem Punkt der Zufall aufhört, ein Zufall zu sein. Glauben Sie an Zufälle? Warum oder warum nicht?

- Ben beschreibt den Prozess, dass Ton auseinandergebrochen und wieder zusammengeknetet werden muss, damit er den Brennofen überlebt. Inwiefern könnte eine Analogie zu dem Leben von Carmen und Gracie bestehen? Wie sieht es mit Ihrem eigenen Leben aus?

- Entropie ist das allmähliche Versinken im Chaos – der Gedanke, dass ohne regelmäßige Wartung alles verfällt. Welche Dinge in dieser Geschichte leiden unter der Wirkung der Entropie?

Auf welche Weise kämpfen Sie in Ihrem Leben gegen die Entropie an?

- Carmen glaubt, dass ein Baby ihre Probleme lösen wird. Halten Sie das für realistisch? Warum oder warum nicht? Haben Sie auch schon einmal so gedacht? Tauschen Sie sich in der Gruppe darüber aus.

- Gracie und Carmen gehen ganz unterschiedlich mit dem Alkoholismus ihrer Mutter um. Wie wird Carmen damit fertig? Und wie Gracie? Inwiefern haben frühere Erfahrungen ihre Persönlichkeit zu Beginn der Geschichte geprägt?

- Carmen glaubt, dass Gott ihr für ihr vorbildliches Verhalten etwas schuldet und dass er ihr absichtlich etwas Gutes im Leben vorenthält. Gab es schon einmal eine Zeit in Ihrem Leben, in der auch Sie dieses Gefühl hatten, dass Ihnen etwas zusteht? Glauben Sie, dass Gott uns absichtlich gute Dinge vorenthält?

- Welche Nebenfigur gefällt Ihnen am besten? Warum?

- Gracie bezeichnet Carmen als Heuchlerin. Inwiefern verhält sich Carmen im Verlauf des Romans heuchlerisch? Welche Rolle spielen die sozialen Medien in Carmens Kampf? Haben Sie das Gefühl, dass die Person, die Sie der Welt zeigen, dem entspricht, wer Sie tatsächlich sind? Wie könnten Sie besser Sie selbst sein?

- Auf welche Weise helfen Gracie und Carmen einander im Verlauf der Geschichte? Wer ist am Ende die größte Hilfe?

# Dank

Zu jedem Roman, den ich schreibe, habe ich eine andere Beziehung. Es gibt solche, in die ich mich sofort verliebe. Andere beginnen mit einem vagen Gefühl der Zuneigung. Und dann gibt es dieses Buch …

Lange konnte ich *Das Motel der vergessenen Träume* gar nicht so recht leiden. Es schien eine Menge unangenehmer Gefühle zu wecken, allen voran Unsicherheit, Frustration und Erschöpfung. Wenn man eine Phase durchlebt, in der man auf etwas wartet, ist es schwierig, eine Geschichte über eine Figur zu schreiben, die sich ebenfalls in Warteposition befindet.

Wären nicht diese Unterstützer gewesen, die mich angefeuert und mir geholfen haben, hätte ich dieses „Haare raufen, im Dunkeln tappen, keine Ahnung haben, wie ich die Geschichte verbessern kann"-Stadium wahrscheinlich nie hinter mir gelassen. Es ist schon komisch, wie manchmal die widerspenstigste Geschichte zum Liebling werden kann.

Ein großes Dankeschön geht an …

Ryan, weil du nicht nur mein Mann, sondern auch mein bester Freund bist. Jede Autorin braucht einen Partner wie dich. Pech für die anderen, dass du ganz mir gehörst.

Melissa Gilroy, weil du mich nicht nur an die Dinge erinnerst, die ich so leicht vergesse, wenn ich in einer Autorenkrise stecke, sondern auch für alles andere, was du in meinem Leben bist. Ich würde ja sagen, dass du gar nicht weißt, wie viel du mir bedeutest, aber irgendwie habe ich das Gefühl, dass du es sehr wohl weißt.

Meine Familie, für eure unablässige Unterstützung. Ohne euch könnte ich diese Arbeit, die ich liebe, nicht machen.

Jill Kemerer, Beth Vogt, Becky Wade, Carla Laureano, Laurie Tomlinson und alle anderen Schriftstellerkolleginnen, die mir geholfen haben, aus einer vagen Idee eine ausgewachsene Geschichte zu machen.

Hillary Manton Lodge, weil sie mir die perfekte Idee geliefert hat, als ich nicht mehr weiterwusste. Die Ziege kam genau zum richtigen Zeitpunkt und hat Wunder gewirkt, um die Geschichte etwas leichter werden zu lassen. Abby Van Gerpen für eine lustige Geschichte, die zu dem Verschwörungstheoretiker Jimmy geführt hat. Meinen Cousin Travis McGivern und den Debattierklub der *Bettendorf High School*, weil sie all meine dummen Fragen beantwortet haben und ich bei ihren Proben zusehen durfte.

James Zahara, den leitenden Meteorologen vom *Storm Team 8*, der mir die Einzelheiten von Wettersendungen erklärt hat. Was immer in der Geschichte fehlerhaft ist, ist meine Schuld.

Shannon Marchese, wie immer, für deine Klugheit und dafür, dass du siehst, was gar nicht da ist. Das ist eine erstaunliche Gabe. Du kannst das Potenzial herauskitzeln, bis es nicht mehr nur Potenzial ist, sondern, wie Malik sagen würde, kinetisch. Danke, dass du an mich und an diese Geschichte geglaubt hast.

Lissa Halls Johnson dafür, dass du mit mir gegangen bist und meine Hand gehalten hast, als ich ganz ausgelaugt war und keine Gehirnzellen mehr übrig hatte. Dein konkretes Feedback war genau die richtige Menge Licht, die nötig war, um die Geschichte auseinanderzunehmen und wieder zusammenzusetzen.

Laura Wright, für deinen erstaunlichen Blick fürs Detail. Dem ganzen Team von WaterBrook Multnomah für die Begeisterung, Energie und fleißige Arbeit, die ihr alle in meine Schriftstellerkarriere investiert habt. Ich empfinde für euch alle nichts als Liebe.

Rachelle Gardner, eine außergewöhnliche Agentin, für alles, was du tust, um meine Arbeit an die Öffentlichkeit zu bringen.

Meine Leserinnen und Leser, weil Sie die Besten sind. Ihre Mut machenden Worte – sei es per E-Mail, Facebook oder Twitter – kommen immer zur rechten Zeit, genau wenn ich sie brauche. Ich bete, dass diese Geschichte Ihnen weiterhilft.

Und natürlich danke ich meinem Herrn und Heiland, Jesus Christus – dem Geber aller guten Gaben, dem Einzigen, der Leben einhauchen kann, wo keines ist. Ich bete, dass ich mich mit jedem Tag etwas mehr verliere in der allumfassenden Herrlichkeit, dich zu kennen.